금혼령 2

천 지 혜
장편소설

금혼령

조선혼인금지령

2

차 례

1

어제는 빈궁으로 위장을 하시더니, 오늘은……

‘뭐? 소랑이가 본명이 아니라고?’

내금위 옥사, 모두가 대경실색을 하여 그녀를 쳐다보았다. 그녀가 지금까지 쌓아왔던 신뢰와 친분이 모두 무너지는 듯한 눈빛이었다.

네가 소랑이가 아니라면, 그럼 너는 대체 누구인 것이냐. 가장 큰 혼란에 빠진 것은 바로 신원이었다. 지금까지 소랑이라는 거짓 이름으로 우리들 모두를 속여 온 것이냐? 널 이렇게 따뜻하게 대해 준 이들을? 신원이 그녀에게 다가와 물었다.

"소랑아, 너 본명이 따로 있어?"

그녀는 그 시선을 불안하게 피하며 입을 닫았다. 이 숨길 수 없는 반응에서 사람들 모두가 확신했다. 그녀에게 또 다른 본명이 있구나. 그런데 왜 지금까지 우리 모두를 속인 것일까.

"무슨 사정인데 그래?"

그녀는 입술을 깨물며 다시 고개를 숙였다.

"그래, 어떤 연유인지는 묻지 않을게. 상황이 상황이니까 본명만 말해 주면 내가 여기서 최대한 나갈 수 있게 조치해 줄게."

허나 소랑의 입은 한일자로 굳게 다물어져 열릴 생각을 하지 않았다.

"우리 동무라며. 이러면 널 도와줄 수가 없잖아. 응?"

그의 보채는 듯한 추궁에도 소랑은 입을 열 수가 없었다.

이미 자신의 본명으로 다른 사람이 살아가고 있다는 얘기를 어찌할 것인가.

분명 아비인 예현호 대감 댁에 피해가 갈 것이다. 그 조사까지 벌어지게 되면 일은 또다시 어마어마하게 커지고 말 것이다. 하는 일마다 사고만 빵빵 쳐 왔던 그녀인데, 이제 더 이상 일을 키우고 싶지 않았다.

그녀의 앞에 앉은 신원에게는 더더욱 이름을 얘기할 수가 없었다.

내 이름은 예현선이다. 7년 전 네가 잃어버렸던 신부가 나였다고, 네가 그토록 그리워하던 여자가 바로 나였다고, 그런데 신분을 숨기느라 그 어떤 말도 차마 할 수가 없었다고. 지금껏 알고도 모른 척했다고.

그리 말하면 애써 감정을 감추며 살고 있는 그에게 어떤 파동이 생길지 모르는 일이었다. 저번엔 심지어 칼부림이 벌어지고 말았는데 또 신원에게 위험한 일이 닥쳐올 수도 있다.

마침내 그녀는 입을 다물기로 했다. 벌어질 생각이 없는 그 굳건한 입매에 신원의 표정이 서서히 식어 내리기 시작했다.

"난 대체 너에게 뭐냐?"

실망 가득한 한마디였다.

"그럼, 이대로 있을 거야? 억울한 누명 쓰고 내금위 옥사에 갇혀서?"

이때 한 관원이 들어와 내금위장 김의준에게 보고를 올렸다.

"궐에 있는 궁녀들의 전수조사를 모두 마쳤습니다. 신분이 확인되지 않은 자는 단 한 명도 없었습니다."

그의 시선이 다시 소랑에게 닿았다.

"단 한 명 빼고는."

소랑의 낯빛이 아까와는 다른 느낌의 당황스러움으로 가득 차올랐다.

"죽은 폐빈의 얼굴을 아는 자도 함께 조사에 참여하였지만, 조금이라도 닮은 자는 전혀 나타나지 않았습니다."

머리엔 온통 복잡한 생각들이 부대끼고 있었다. 그럼 그 여자는 어떻게 궐을 빠져나가려 했단 말인가.

"전혀 자취를 찾아볼 수 없기에 진짜 유령이 아닌가, 하는 소문이 돌고 있습니다. 전하께서 제대로 홀린 것이 아닌가 하는……."

"헛소리 집어치워라."

김의준은 우렁찬 목소리로 고함을 쳤다.

"일단 지금 시국에서 가장 의심스러운 자들부터 조사를 진행할 것이다. 그들을 비호하려는 윗세력들도 지위 여하에 구분 없이 철저히 조사를 진행할 것이고."

김의준의 서늘한 목소리가 세장과 원녀에게 닿았다.

"죄송하지만 조사실로 걸음 해 주셔야 할 것 같습니다."

조사실에선 소랑이에 대한 질문이 이어질 것이다. 신분을 속인 저 여자가 어떻게 궐에 들어왔고, 제대로 된 입궁 절차를 밟지도 않은 그녀가 대체 어떻게 지금까지 궐 나인의 행세를 할 수 있었는지.

실은 모두 세장과 원녀가 있었기에 가능한 일이었다. 그 비호를 받은 것이 틀리다 말할 수는 없었다.

소랑은 조사실로 가고 있는 그들에게 고개를 흔들어 보였다. 그 질문에 답해서는 안 된다는 뜻이었다. 죽은 폐빈의 넋을 받기 위해 사특한 점쟁이를 왕의 가장 곁 지밀나인에 들였다는 소문이 퍼지게 되면 사태는 걷잡을 수 없어진다. 어제 연못가에서 경대로 속임수를 쓴 그 여자가 진짜 세자빈의 유령이었다 확신을 해 주는 꼴이 되고 만다.

사람들이 옥사에서 하나둘 사라지고 마지막으로 신원의 눈빛이 그녀에게 닿았다. 신뢰가 깨어져 버린 듯한 눈빛. 이제는 그 무엇으로도 돌이킬 수가 없었다.

북적했던 발걸음들이 모두 흩어지고, 내금위 옥사에는 다시 소랑 혼자만이 남았다.

바로 이때,

'헛둘 헛둘—'

옥사 근처에서 우렁찬 구령 소리가 들려왔다. 예전에 들어 본 적 없는 수백 명의 발걸음 소리였다. 왜 갑자기 궐에 이렇게 많은 이들이 들어온 것인가? 소랑은 옥사를 지키고 있던 내금위 금군에게 물었다.

"지금 이게 무슨 소리요?"

"오늘 변방으로 오랑캐를 토벌하러 가는 군대의 출정식이 있습니다."

"출정식이요?"

"북으로 가면 한겨울을 나면서 온갖 고생을 하고 사나운 오랑캐들과 맞서 싸워야 하니, 탈영을 하는 자들이 많습니다. 그러니 출정하기 전에 전하의 격려를 받고, 그들의 사기를 높이는 것이지요."

대규모의 군사가 궐에 들어왔더라.

"그렇다면 그 인원 모두가 출입궁 시 모두 호패를 확인하기는 힘들 것이겠네요."

순간 번뜩, 직감이 들었다.

"혹, 이신원 도사를 불러 주실 수 있소?"

"지금은 조사를 받는 중이오만."

"중요한 일이오. 이러다간 죽은 폐빈을 닮았다는 그 여자를 놓치게 됩니다. 이제 내금위로 관할이 넘어갔으니, 그 여잘 잡지 못하면 내금위의 책임이 되겠지요."

고민을 하던 그는 잠시 후, 신원을 데려왔다. 아직까지 소랑을 못 믿을 사람처럼 보고 있는 신원. 허나 지금은 그 눈빛을 신경 쓸 때가 아니었다. 소랑은 창살에 딱 붙어서 말했다.

"우리가 지금껏 궁녀들을 찾은 게, 그 여자가 궁녀로 신분을 감추었을 것이라 생각한 거잖아. 신분을 감추려면, 남장을 할 수도 있잖아!"

"궐에 있는 남자들의 호패 조사를 하자?"

"아니, 호패도 필요 없이 궐에 출입궁을 하는 남자들이 있어. 바로 오늘 출정식을 하는 군사들."

북적한 군사들의 사이로 파고들어가 남장을 하고 신분을 숨기면?

"혹, 내금위장께 그 전수조사를 하라 청할 수 있을까?"

신원은 고개를 가로저었다.

"아마 불가능할 거야. 이번 행사를 통솔하는 자가 바로 병판 조성균 대감이거든. 감히 내금위장이 이래라저래라 할 수가 없지. 내금위도 사실 병판의 영향력 하에 있는 건데."

"그럼, 그 군사들의 얼굴을 확인할 자는 없는 거야?"

잠시 고민을 하던 신원은 의미심장한 목소리로 말했다.

"딱, 한 사람 있지."

"누구?"

"병판보다 위에 있는 사람, 이 군사들의 출정식을 지켜보고 있을 사람, 그리고 죽은 세자빈의 얼굴을 알고 있는 사람."

소랑과 신원은 서로 말을 하지 않아도 알 수 있었다.

그 사람은 바로, 왕 이헌이었다.

✽

근정전 앞, 군사들은 일제히 장검을 들고 찌르기, 돌려막기 등의 몇 가지 기술들을 선보이고 있었다. 한 치도 틀림없이 딱딱 맞아 떨어지는 동작들. 전각 위에서는 왕 이헌의 양쪽으로 앉은 병조판서와 참판, 참의, 좌랑들이 그 모습을 흐뭇하게 보고 있었다.

"이렇게 용맹한 군사들이 모였으니, 오랑캐들이 혼쭐을 당할 일만 남았겠군요."

"병판 조성균 대감께서 세세한 것까지 놓치지 않고 직접 그 훈련 과정을 확인한 덕분이 아니겠습니까."

병판은 왕 이헌에게 군사들을 가리키며 말했다.

"어떠신지요. 전하. 이제 변방의 오랑캐들은 한시름 놓을 수 있지 않겠습니까?"

"그렇겠군요."

헌은 무심하게 고개를 끄덕였다. 이미 생각은 다른 곳에 가 있는 듯했다. 그 태도에 병판은 내심 만족스러운 미소를 지었다.

조선에 혼란이 오는 모든 것들이 병판에게는 반가운 일이었다. 모두가 그 혼란에 휩쓸리고 정신을 잃고 갑론을박을 하는 사이, 병판은 침착하게 자신이 하려는 일을 추진해 나갈 수가 있었기 때문이었다. 불안한 민심을 잘만 이용하면 그 뒤로 원하던 일을 교묘하게 뜻대로 움직일 수가 있었다.

어제 그 연못가 유령 사건 정도면, 왕 이헌의 가슴에 태풍이 불어 닥쳤을 것이다. 오늘 이 군사들의 검술 시범엔 별 관심이 없는 것이 당연했다.

"이만 철수하라 이르도록 하겠습니다."

하며 정리를 하려는데, 돌연 왕 이헌이 옥좌에서 일어났다.

"겨울이면 북쪽 지방은 살을 에는 듯한 추위로 고생을 한다지요. 오뉴월까지 함박눈이 내리는 곳이 있다 들었습니다."

뜻밖의 말이었다.

"그런 곳에 스스로 가겠다고 자원을 한 자들이니, 임금으로서 격려와 치하를 아끼지 않아야겠군요."

갑자기 왜 이렇게 군사들에게 관심을 가지지?

순간 병판에게 번뜩, 불안한 예감이 찾아왔다.

"그리하여 저는, 한 명 한 명 병사들에게 악수를 하여 그 뜻을 격려하려 합니다."

함께 자리하던 참판, 참의들이 일제히 일어나 왕 이헌을 말렸다.

"아니, 전하 그리하지 않으셔도 됩니다. 기백 명이 되는 수가 아닙니까?"

"아뇨. 군 장병들이야말로 가장 듬직한 내 나라의 백성이 아니겠습니까. 그들을 아끼고자 하는 과인의 마음을 말리지 말아 주세요."

이때, 어디선가 쨍그랑― 칼을 떨어뜨리는 소리가 났다. 한 병사가 손을 부들부들 떨다가 그만 칼을 놓친 것이었다. 모두의 시선이 그쪽으로 모이자 그는 재빨리 고개를 꾸벅 숙여 죄송하다는 인사를 하고서 다시 칼을 부여잡았다.

왕 이헌은 옥좌에서 내려와, 각을 맞춰 서 있는 병사들 사이로 돌아다니며 한 명 한 명 악수를 하기 시작했다. 열심히 하라며, 덕분에 이 조선이 안전할 수 있는 것이라며, 한 명 한 명 눈을 맞추고 치하의 말을 건네었다.

이렇게 가까이 용안을 뵐 수 있을 것이라고는 생각지 않았던 병사들의 얼굴색이 훤하게 밝아졌다.

단 한 명, 떨리는 손에 칼을 놓쳤던 아까의 병사를 제외하고.

병판의 얼굴 역시 차갑게 굳어지기 시작했다. 이 정도로 한 명 한 명 얼굴을 제대로 확인할 줄은 예상치 못했다. 어느새 그의 손끝이 버석버석 마르고 있었다.

왕 이헌은 어느덧 검을 떨어뜨렸던 그 병사에게까지 도착해 악수를 건네었다.

"어찌 그리 고개를 숙이고 있느냐. 고개를 들어 보아라."

하늘과 같은 어명에도 쉬이 고개를 들지 못하는 그 병사, 왕 이헌은 급기야 그의 턱을 잡아채 고개를 들게 했다.

사시나무 떨듯 긴장을 하며 그를 올려다보고 있는 그 사람은……
바로 죽은 세자빈 안씨를 똑 닮은 여인네였다.

"하아, 안녕하시오."

헌의 얼굴에 비스듬한 비소가 스쳤다. 그는 직접 손을 들어, 그녀가 인중에 붙이고 있던 가짜 수염을 휘익— 떼 버렸다. 그제야 얼굴이 진정 명확해졌다. 어제 연못가에서 자신을 홀리던 그 얼굴이 분명했다.

"어제는 나의 빈궁으로 위장을 하시더니, 오늘은 북벌 병사로 위장을 하시었소?"

훤한 대낮에 마주해 그녀의 얼굴을 요목조목 살펴보자, 이목구비가 안씨와 닮기는 했지만 풍기는 분위기가 안씨와는 전혀 달랐다.

음전하고 현명한 인상에 이 나라 중전감으로 손색없는 관상을 자랑하던 안씨라면, 이 아이는 그보다 눈썹과 입매가 날카로워 협잡扶雜의 기운을 풍기고 있었다. 분명 천하게 자란 아이일 것이다.

헌의 안에서 부글부글 화가 치밀어 오르기 시작했다. 바로 어제 연못가에서 느꼈던 그 한없는 절망감을 생각하면, 이번 사건을 꾸민 자를 절대로 용서할 수가 없었다. 누가 감히 죽은 세자빈과 닮은 자를 궐로 들여 왕과 이 나라의 국민들을 농락하는 것인가.

"너에게 이 일을 시킨 자가 누구냐?"

왕 이헌의 서슬 퍼런 목소리가 으르렁 울려 퍼졌다. 전각 위에 앉아 있던 이들의 얼굴이 하얗게 질렸다. 궐을 이 잡듯이 뒤지게 했던 바로 저 여자가 여기에 숨어 있으니 책임을 피할 수가 없게 된 것이다.

곧, 신원의 밑에 있는 의금부 금군들이 우르르 들어와 그 여자를 금부로 압송했다. 헌의 칼날과 같은 눈빛은 전각 위에 앉아 있는 자

들에게서 떨어지지 않았다. 대체 누구란 말인가. 이런 일을 꾸밀 정
도 배포의 사람이.

지켜보는 시종일관 병판의 자세는 꼿꼿했다. 별다른 말을 꺼내지
도 않았다. 왕 이헌을 무너뜨릴 비책이 한 가지 더 있었기 때문이
었다.

"고문을 시작했다고 하옵니다."

병판의 뒤에서 누군가가 조용히 다가와 소식을 전했다.

"그래?"

그는 다시 왕 이헌의 눈빛이 무너지기를 기다렸다.

'아아아아앗—'

내금위 옥사의 지하 고문실.

소랑은 그곳에서 팔을 위로 묶여 모진 고문을 당하고 있었다. 내
금위장은 손수 말채찍을 들어 그녀의 팔 안쪽과 허리, 허벅지 등을
내리쳤다.

씨익, 웃는 그 미소에 그의 숨겨 두었던 본성이 드러나는 듯했다.
그 잔인한 채찍이 그녀의 몸에 닿을 때마다 여러 겹의 붉은 실금을
내고 살갗을 찢어 냈다. 곧 붉게 부르튼 상처에서 피가 툭, 터져 나
와 흐르기 시작했다.

하얀 속옷이 피와 땀으로 젖어 몸에 착 달라붙었고, 정신을 차리

라 물까지 끼었으니 그 살결이 투명하게 비칠 수밖에 없었다.

고문보다 견딜 수 없는 것이 바로 이 수치심이었다. 내금위장의 탐욕스러운 눈빛이 소랑의 몸 곳곳에 머물렀기 때문이었다. 그는 말채찍을 곧 밑의 사람에게 넘겨주고 본격적으로 그녀의 몸매를 감상하기 시작했다.

"수치스러우냐! 그러니 왜 말을 하지 않는 것이냐. 소랑이라는 가짜 이름은 어디서 난 것인지, 원래 이름은 무엇인지, 누가 이 궐에 들어와 궁녀를 가장하라고 시켰는지."

허나 소랑은 입을 열지 않았다. 왕의 명 아래 지밀나인을 가장했다 하면, 책蔞이 그쪽으로 돌아가게 되는 것이었다. 옆에서는 시뻘건 인두까지 달구어지고 있었다.

아무리 입을 열지 않는다 하더라도 이렇게까지 가혹한 고문을 행하는가. 소랑이 치를 떨면서 내금위장을 노려보았다.

"어이구? 노려보니까 더욱 귀여운데?"

징그러운 그의 눈빛. 그가 가까이 다가와 소랑의 가슴께를 살펴보았다. 물에 젖은 옷자락에는 아직 모두 지워지지 않은 옥새 자욱이 비쳐 보이고 있었다.

"이것은 무슨 도장을 찍어 놓은 것이냐?"

"그 손 치우지 못하겠소!"

"어디서 바락바락 대드느냐!"

바로 소랑의 뺨를 날리는 내금위장. 그 억센 손아귀에 소랑의 고개가 휘익, 돌아갔다.

'쿠쿠쿵―'

뒤에서 두꺼운 철문이 열리는 소리가 났다.

"누가 내 허락도 없이 문을 여는 게냐."

내금위장이 홱 돌아보며 고개를 돌리자마자 누군가의 매서운 주먹이 그의 얼굴에 날아왔다.

2

제가 더 이상
이곳 지밀에 있을
이유가 없습니다

주먹을 날린 이는 다름 아닌 왕 이헌이었다.

헌의 시선이 참혹한 꼴을 하고 있는 소랑에게 닿았다. 온몸이 화염에 휩싸인 듯, 분노가 훨훨 불타올라 천장까지 치솟는 듯했다.

그녀의 모습은 이루 말할 수 없이 끔찍했다. 어찌 이렇게 짧은 시간에 모진 고문을 당할 수 있나, 싶을 정도로.

몸의 곳곳에 붉은 채찍 자욱이 나 있었고, 그 실금마다 붉게 피가 흘러내렸다. 잔뜩 젖어 있는 하얀 속치마는 차마 똑바로 보고 있기가 민망할 정도였다.

내시 세장이 그녀가 묶여 있는 팔목의 오라를 풀자, 그녀는 쓰러지듯 바닥에 주저앉아 버렸다.

왕 이헌은 곤룡포를 벗더니, 피와 땀에 젖은 그녀의 몸을 그것으로 감싸 주었다. 곧 귀한 곤룡포가 그녀의 붉은 피로 젖어 들어갔다. 소랑은 깜짝 놀라, 이렇게 하지 않으셔도 된다며 손을 내저었다.

내가 감히 임금의 곤룡포로 몸을 덮을 자격이 있을까. 허나 구석구석 그녀를 감싸고 있는 왕 이헌의 손길은 군건했다. 감히 거부하지 말라는 뜻이었다.

"누가 나의 여자를 잡아들였느냐."

낮게 가라앉은 이헌의 목소리에, 바닥에 나동그라져 있던 내금위장 김의준이 소랑을 보며 비열한 소리를 내뱉었다.

"저은하. 제대로 정체가 밝혀지지도 않은 년입니다."

"나의 지밀에 소속된 나인이다. 더한 설명이 필요한가!"

"위에 누구의 비호가 있는지도 밝혀지지가 않았습니다. 더러운 줄과 연결되어 있을지도 모릅니다."

"그 비호를 하고 있는 게 바로 나다. 바로 왕, 이헌이다."

"저, 저 소랑이라는 이름도 본명이 아닙니다."

순간 헌이 멈칫했다.

소랑은 질끈 입술을 깨물며 눈을 감았다. 헌의 눈빛도 그들처럼 변해 갈까? 어떻게 그럴 수 있냐는 눈빛, 신뢰가 모두 깨어진 눈빛, 경멸에 가득 찬 눈빛, 차마 그 눈빛을 그에게서 보고 싶지 않았다.

나는 어떻게 될까. 왕을 속인 죄를 받게 되는 것일까. 아닌데, 그러려고 했던 게 아닌데. 이름을 감추고 살아야만 하는 삶도 있음을, 차마 말할 수 없을 뿐인데.

그런데 헌의 눈빛에는 변함이 없었다.

"그래서 뭐?"

"궐에 신분이 명확하지 않은 자를 두는 것은 위험합니다."

"내가 아는 이 여자의 이름은 소랑이다. 이 여자가 그전에 어떤 이름으로 어떻게 살았든, 내게는 전혀 중요치가 않다."

소랑은 감은 두 눈을 뜨고 눈앞의 헌을 바라보았다.

"예전의 이름은 지워라, 소랑아. 순아라 가짜 이름을 씌웠던 것도 잊어라. 나는 너를 소랑이로만 기억할 것이다."

"정말 중요하지 않으십니까. 제가 어떤 사람인지, 어떻게 살았는지."

"상관없대도. 가자, 어의를 불러 상처를 치료할 것이다."

그녀는 왕 이헌이 내미는 손길을 뿌리치고서 말했다.

"저를 믿지 마시옵소서, 전하. 언제 이렇게 전하를 곤경에 빠뜨리고, 크게 사고를 치고 뒤통수를 칠지 모릅니다."

뜨거운 눈물이 쉴 새 없이 그녀의 볼을 적셨다.

"배신하지 말라 명하지 않으셨습니까. 소녀는 이미 전하를 배신했사옵니다."

헌은 이에 침착하게 답을 하기 시작했다.

"네 덕분에 빈궁을 사칭한 그 여자를 잡을 수 있었다. 너는 이 모진 고문에도 우리의 숨겨진 비밀을 이야기하지 않았고, 심지어 이 지경이 되도록 너를 비호하고 있는 나를 부르지도 않았다. 그리고 너는 무엇보다 가짜 빈궁에 현혹되어 무너지고 있는 나를 구해 주었다. 네가 나를 언제 배신했다 그러느냐."

상처 입은 소랑을 어루만지는 왕 이헌의 손길은 그저 따뜻하기만 했다.

"네가 정 따르지 않겠다면, 어쩔 수가 없구나."

왕 이헌은 그녀에게로 다가가 훌쩍 몸을 들어 담뿍, 품에 안았다.

"가자, 내 오늘 너를 직접 간병할 것이다."

이제는 곤룡포에 이어 헌의 하얀 적삼까지 그녀의 피로 붉게 물들어 가고 있었다.

"내금위장은 죄 없는 이를 고문하여 나의 여자를 이 꼴로 만들었다. 이는 곧 나의 옥체에 상처를 입힌 것과 같으니 자리에서 파직하고, 임금에게 상처를 입힌 것과 같은 큰 벌을 받게 될 것이다."

"전하, 전하!"

한순간에 모든 것을 잃어버린 내금위장이 안타까운 비명을 내지르고 있을 때, 왕의 품 안에서의 소랑은 긴장이 풀렸는지 까무룩 정신을 잃고 말았다.

'소랑아, 소랑아.'

그녀의 이름을 부르는 안타까운 소리가 더더욱 아득해지고 있었다.

어디론가 급히 가고 있는 모양새. 병판은 불안에 가득 찬 발걸음으로 혼비백산 산길을 걷고 있었다.

그가 다다른 곳은 한 거대한 폐창고였다. 오랫동안 관리를 하지 않은 것인지 주변에는 잡목과 수풀이 무성하게 우거져 있었다.

창고의 문틈으로 새어 나오는 얇은 빛, 병판은 그 문을 활짝 열어젖혔다.

"다녀오셨습니까."

건장한 사내들의 우렁찬 목소리가 이어졌다.

"사, 살려 주세요."

그리고 한쪽에서는 몇몇 아가씨들이 철창에 갇혀 울음을 터트리는 소리가 들려왔다.

산적들만큼이나 우락부락한 인상에 힘깨나 쓸 것 같은 몸의 사내들. 바로 이들은 혼인하지 않은 아가씨들의 보쌈을 전문으로 하는 전문 보쌈꾼 선수들이었다.

납치 및 인신매매로 이어지는 약탈혼 전문가들.

예전에 서씨가 병판에게 선물을 해 주었던 암조직은 바로 전국망에 걸쳐져 있는 보쌈꾼 조직이었다.

금혼령 시대, 병판은 은밀히 이 보쌈꾼 조직을 운영하면서 막대한 이득을 취해 왔다. 국청이 설치되어 아무리 이 조직을 잡으려 해봐도 소용없었던 이유는 바로 그 배후에 병판이 있었기 때문이었다.

지금으로부터 한 달 전.

병판은 이곳에서 꾀죄죄한 한 아가씨를 발견했다. 한밭골의 한 기방에서 훔쳐 데리고 나온 아가씨라 했다. 얼굴도 반반한 것이, 어디에라도 쓸 곳이 있을 것 같아 특별한 의뢰는 없지만 일단 보쌈을 해 왔다 한다.

"이름이 무엇이냐."

"차년이라 하옵니다. 나으리, 사, 살려 주십시오."

그는 우뚝 멈추어 서서 차년이라 이름을 밝힌 그 여자를 빠안히 바라보았다. 익숙한 얼굴이었다. 어디서 본 여자였던가.

"저 아이를 씻기고 단정한 옷을 입혀 데려오너라."

그녀가 다시 단장을 하고 나타나서야 병판은 7년 전에 잊었던 그 얼굴을 기억할 수 있었다. 바로 폐빈 안씨와 똑 닮아 있는 얼굴이었던 것이다. 비록 눈매와 입매에서 좀 천한 기색이 흐른다 하더라도 야밤에 분위기만 잘 내면 폐빈이라 착각할 수 있을 정도의 모습이었다.

병판은 계획을 세웠다. 차년이를 통해서 이 조선을 뒤집어 놓을 계획을.

이 모든 것이 끝나고 나면 고향에 얌전히 돌려보내 주겠다는 그 말에 차년은 생각보다 큰 반항을 하지 않고 계획에 잘 따랐다. 사람을 시켜 안지형의 집에서 대례복을 훔치고, 차년이에게 그 옷을 입혀 사람들 눈에 잘 띄는 곳에 세워 두었다.

철저히 밤에만 다니게 하면 누구라도 그녀를 안씨로 착각할 수밖에 없었다. 반응은 예상대로였다. 죽은 폐빈이 살아 돌아왔다, 기겁을 하는 자부터 유령을 보았다며 거품을 무는 자까지.

목표는 단 하나였다. 왕 이헌이 정사에 집중할 수 없도록 더더욱 정신을 흩트려 놓는 것이었다. 그 정사의 일을 자신이 마음대로 주무를 수가 있도록.

급기야 병판은 차년이를 왕 이헌의 앞에 보여 줄 계획을 세웠다. 아직도 폐빈을 잊지 못하는 왕 이헌이 더더욱 큰 혼란에 빠질 수 있도록. 병판이 이끌고 있는 군사들의 출정식에서 병사들 틈에 섞여 퇴궐을 시킨다는 계획도 함께였다.

그런데 생각보다 궐내에서는 죽은 폐빈이 나타났다는 풍문에 대해서 침착하게 대응해 나갔다. 유령일 것이다, 실제 살아 있는 폐빈일 것이다, 라는 떠돌이 풍문은 제외하고 이 궐에 아직 남아 있을 가능성부터 생각해 차근차근 궁녀들의 전수조사를 시작한 것이다.

병판은 당황했다. 그리고 내부 소식통으로부터 이 전수조사를 제안한 것이 왕 이헌 곁의 한 지밀나인임을 알아냈다.

그래, 내금위라면 아직까지 나의 영향력이 미치는 곳이다. 내금위로 조사를 넘겨 역으로 그 나인을 잡아들이고, 가능하면 죽여 버리라는 명을 내렸다. 그 나인이 자신의 신분을 밝힐 수 없음은 누구보다도 잘 알고 있는 터였다.

그러고서 출정식에서 차년이를 빼돌리려고 하는데, 뜻밖에도 왕 이헌이 직접 나서서 그 여자를 색출하기 시작했다. 아직까지 엄청난 정신 붕괴에 빠져 있다 들었는데, 어찌 된 것인가.

결국은 왕 이헌이 한 명 한 명 군사들의 얼굴을 조사한 끝에 차년이를 찾아내고 말았다. 왕 이헌의 추궁에 병판은 저렇게 변장을 한 이가 군사들 사이에 섞여 들어갈 줄은 상상도 하지 못했다고, 모든 책임을 통감하고 직접 조사에 나서겠다고 했지만, 헌은 조사 또한 의금부 관할로 넘겼다.

혹 의금부에서 거센 고문이라도 하게 되면, 차년이가 모두 자백해 버릴지도 모르는 일이었다.

그녀가 어떻게 잡혀 와 이 계획에 휘말리게 되었는지. 그리고 이 일의 배후가 누구인지. 그리하면 보쌈꾼의 실체와 자신이 저질렀던 악행들이 모두 드러나고 만다.

그전에 손을 써야 했다. 초조함에 손이 말려 올라갔다. 빨리, 최대한 빨리.

그러나 차년이 외에 또 손을 써야 할 이가 있었다. 바로 모진 고문에도 왕의 이름을 끝까지 대지 않았다는 그 독한 년 소랑이라는 계집이었다.

강녕전의 침소.

왕 이헌은 그때 사냥터에서처럼 하나하나 그녀의 몸을 닦아 주며 간호를 하고 있었다. 곧 어의들이 들어와 그녀의 상처 부위에 소독을 하고 약재들을 얹어 주었다. 상처를 씻기고 옷을 갈아입혔지만,

아직까지 소랑의 상태는 말이 아니었다.

'으윽!'

살점이 찢어져 나가는 듯 끔찍한 아픔에 소랑이 정신을 차렸다. 흐려졌던 시야에 서서히 들어온 건, 바로 걱정이 담긴 왕 이헌의 얼굴이었다.

"괜찮으냐."

그의 목소리엔 온몸이 노곤해질 정도의 따뜻한 온기가 배어 있었다.

세자빈을 닮은 연못 거울녀의 등장 이후로 온 정신이 나가 있던 듯한 헌이었다. 이제 그녀가 안씨가 아니라는 것을 알고 나서 마음이 편해진 것일까. 그의 눈빛은 오로지 소랑이에게만 집중되어 있었다.

많이 아팠느냐. 네가 이렇게 된 것은 다 나 때문이다. 미안하다. 그의 눈이 이렇게 말하고 있었다.

"이제는 빈궁마마를 지워 내실 수 있겠습니까?"

소랑은 힘겹게 입을 열었다. 이 사달까지 겪어 냈으니, 이제는 왕 이헌이 진정 세자빈을 지워 내야만 했다.

"제가 이렇게까지 하였사온데, 아직도 힘드시겠습니까? 아직까지도 조금도 내보내기 싫으십니까?"

그녀의 눈빛은 안타까울 정도로 애처로웠다.

"아셔야만 합니다. 전하의 작은 감정의 파도마저 백성들에게는 지진이 되고, 해일이 된다는 사실을 말입니다. 그리하여 악독한 세력들이 전하에게 파도를 일으키려 이 일을 꾸민 것이 아닙니까. 넘어가서는 안 됩니다. 중심을 잡으셔야 합니다. 이제 정말……."

소랑은 목이 메어 더 이상 말을 이어 나가지 못했다. 그러나 잔뜩 상처 입어 제대로 몸을 일으킬 수 없음에도 불구하고, 그녀의 눈빛에는 흔들림이 없었다.

"전하께서 더더욱 마음을 다잡으셔야 합니다."

왕은 한참 만에 나지막이 말을 꺼냈다.

"내가 너에게 배우는 것도 있구나. 늘 사고만 치는 너에게."

헌은 소랑의 상처를 아득하게 바라보며 말했다.

"빈궁을 모두 잊어야 한다 말했느냐."

"힘드셔도 그리하셔야 합니다. 아니시면 두 번 세 번 이런 일이 반복될 것입니다."

"알겠다. 내 앞으로 더 이상 빈궁을 찾지 않겠다."

이 말씀, 진정이실까? 정말?

"그리고 빈궁이라는 단어조차 내 입 밖으로 내뱉지 않겠다."

빗겨 누워 있는 소랑에게서 눈물 한 방울이 옆을 타고 주르륵 흘렀다.

"그리고 내 너에게 더 이상 빈궁의 넋을 받으라는 명도 내리지 않겠다."

소랑은 고개를 끄덕였다.

그래, 이렇게 끝이구나. 이제 모든 것이 끝이었다. 지금껏 힘들었던 세월도. 다사다난했던 궐 생활도. 그녀는 남은 눈물을 마저 떨어뜨리고서는 말했다.

"이제, 여기서 저의 명은 끝이겠군요."

이에 헌의 얼굴이 다소 흐려졌다.

"제가 이곳 지밀에 더 있을 이유는 없는 듯하옵니다."

"네가 이 궐에 있는 이유를 잘못 이해한 듯싶구나."

"빈궁마마의 넋을 받기 위해서가 아니었습니까."

"너는 나를 보필하기 위해 있는 것이다. 모든 지밀나인이 그렇지 않겠느냐. 나를 위해 존재하는 것이다. 이제 어설펐던 가짜 지밀나인 순아는 퇴궐하게 될 것이다. 그리고 소랑이라는 이름의 궁녀가 정식으로 입궐하게 될 것이다."

"하오나 전하."

왕 이헌은 소랑에게로 다가가 그녀의 옷고름을 풀었다. 갑작스럽게 옷을 벗기는 손길에 소랑은 적지 않게 당황할 수밖에 없었다. 나를 위해 존재하는 것이라니, 갑자기 왜?

헌은 드러난 그녀의 앙가슴을 가리키며 말했다.

"이를 벌써 잊었더냐."

그곳엔 몇 번의 목간으로 어릿어릿 지워진 옥새 자욱이 남아 있었다.

"옥새를 찍어 놓지 않았느냐. 바로 내 여자라고."

이어진 것은 헌의 깊은 입맞춤이었다. 따스함이 깃들어 있는 입술이었다. 거칠게, 폭압적으로 그녀를 제압하려 했던 예전과는 달랐다.

헌은 지금껏 아파했던 소랑의 마음결을 부드러운 입술로 달래고 있었다.

'네가 나 때문에 이런 꼴을 당했구나. 미안하구나, 소랑아. 너 때문에 이 일을 극복할 수 있었다. 내 곁에 있어 다오.'

소리가 없는 말이 그 입맞춤으로 전달이 되는 것 같았다. 고문으로 인한 몸의 통증도, 본명을 밝히지 않은 것에 실망하지 않으실까 가졌던 그 불안함도, 그 입맞춤 속에서 모든 아픔을 녹여낼 수 있었다.

모든 것이 아찔해졌다. 소랑은 부드럽게 감기어 오는 그의 입술과 혀를 조심스럽게 입을 열어 받아들였다. 그녀 역시 위로하고 있었다.

'빈궁마마를 잊겠다니, 큰 결정을 하셨습니다. 많이 놀라셨지요. 이렇게 상한 꼴을 보여서 죄송합니다.'

둘은 서로만이 마실 수 있는 그 따뜻한 술을 입안에 품고 또 품었다. 참으로 아름다운 입맞춤이었다.

그러나, 곧 청천벽력 같은 소식이 들려왔다.

"저은하!"

내시 세장의 목소리였다.

"무슨 일이냐."

세장은 문을 열고 들어와 왕 이헌과 소랑의 곁에 납작 엎드리며 말했다. 따라 들어온 원녀는 더 이상 말을 하지 말라, 애타게 세장을 말렸다.

"그 여자가 의금부 옥사에서 그만 목을 매달아 자결했다고 하옵니다."

쿵— 헌의 가슴속에 천둥이 내리쳤다. 소랑으로 인해 잠시나마 따뜻했던 몸속 마디마디의 혈관이 모두 끊겨 버리는 것 같았다.

$$3$$

내 앞에 서 있는

이 여자는 누굴까

자, 자결이라고?

난데없는 세장의 말에 왕 이헌의 얼굴이 새파래졌다. 잔뜩 상처
입어 누워 있던 소랑의 얼굴 역시 하얗게 식어 내렸다.

헌은 모든 것을 제치고 누가 말릴 새도 없이 의금부 옥사로 향하
기 시작했다. 마치 피를 흘리며 내달리는 야수와 같았다. 온몸이 쓰
라려 움직일 수도 없던 소랑도 남은 힘을 쥐어짜 그 뒤를 따랐다.

"아니 되옵니다. 전하."

겹겹이 그의 걸음을 막는 사람들뿐이었지만, 호랑이와 같은 그의 기세를 막아 낼 수는 없었다.

"전하, 들어가서는 아니 되옵니다. 아직 아무런 조치도 해 놓지 못했습니다."

그러나 헌은 그 모든 만류를 뿌리치고 벌컥 문을 열었다. 보지 않고서는 믿을 수가 없었기 때문이었다.

그는 결국 보고야 말았다. 의금부 옥사에 목을 매고 자결을 한, 차년의 시체를.

보고서도 믿을 수가 없었다. 눈을 감은 그녀의 모습은, 눈을 떴을 때보다도 더욱 죽은 세자빈 안씨를 닮아 있었다. 가슴에서 늑골이 우지끈 조각나는 듯, 격한 통증이 밀려오기 시작했다.

진짜 자결일까, 앞으로의 조사가 두려워 지레 겁을 먹고 목을 매단 것인가. 혹은 살변인가.

그 뒤에 있는 배후가 밝혀질까 두려워 미리 꼬리를 자른 것인가. 아무런 증거와 흔적이 없다 하니, 이 일 역시 그때 7년 전처럼 다시 미궁에 빠질 터였다.

답답함이 목 끝까지 차오르며 뇌수를 칼로 파내는 듯한 두통이 시작되었다. 아득해지는 정신에 헌은 그만 휘청, 중심을 잃을 뻔했다.

뒤에서 소랑이 헐레벌떡 뛰어왔다. 그녀가 왕 이헌의 곁으로 다가가려 했을 때 누군가 그녀의 뒷덜미를 확 잡아채었다. 그러고서는 손으로 그녀의 두 눈을 가렸다.

신원이었다. 차마 소랑에게까지 이 시체의 모습을 보게 할 수가 없었다. 이걸 보면 그녀 역시 걷잡을 수 없는 충격에 휩싸일 것이었다.

곧 왕 이헌이 옥사에서 나오고 문이 닫혔다.

"송구합니다. 다 저의 불찰입니다."

신원은 소랑을 놓아주고 난 뒤, 헌의 앞에 무릎을 꿇었다.

"이번 일이 너의 불찰이라 하면, 7년 전의 사건 때는 나의 불찰이었겠지. 일어나거라. 그 누구도 막을 수도, 돌이킬 수도 없는 일이었다."

독방에 가두어져 한시도 쉬지 않고 감시가 붙어 있었는데, 문지기가 바뀌는 그 틈을 타서 옷고름과 대님을 이어 목을 매었다 했다.

소랑은 딱딱하게 굳어져 있는 헌을 그저 안타깝게 바라보았다. 앞으로는 빈궁을 잊겠다고, 더 이상 그 단어도 입에 올리지 않겠다 약속했던 헌이지만, 지금 이 사건은 너무나 충격적일 것이었다.

과거의 일이 반복되는 이 현실에 헌의 마음을 어찌 추스르게 해야 할까, 감히 가늠도 되지 않았다.

궐내의 분위기가 삽시간에 어둠에 잠기었다.

그저 죽은 폐빈을 닮은 여자가 궐 내부인들에게 혼란을 주기 위해 들어왔던 것이지, 실제로는 유령도 죽은 세자빈도 아니었다는 말에 모두들 고개를 끄덕였으나, 결과적으로는 비슷했다.

그 여자마저 옥사에서 자결을 해 버리다니. 궐내 분위기가 뒤숭숭해질 수밖에 없었다.

강녕전 침소로 돌아간 왕 이헌은 끙끙 앓기 시작했다. 열이 펄펄

끓어 정신이 혼미해지고 생사를 오갈 정도였다.

소랑은 제 몸 상처 입은 것도 잊고 혼신의 힘을 다해 그를 간호했다. 본인보다도 왕 이헌이 받은 이 충격이 먼저였기 때문이었다.

여러 번 악몽을 꾸어 온몸을 식은땀으로 적시고 가위에 눌려 괴로워했지만, 그는 지독하게도 이 한마디를 내뱉지 않았다.

'빈궁.'

헌이 그 소리를 눌러 참고 있는 것을 보며 소랑은 가슴이 더더욱 아파 왔다. 그렇게 말끝마다 안씨의 얘기를 꺼내던 헌이었는데, 이제는 소랑이와의 약속 하나에 마음 놓고 그녀를 그리워할 수도 없게 된 것이었다.

헌에게도 소랑에게도 정말이지 너무나 힘든 시간들이었다.

신원에게도 역시 책임감으로 인한 고통 때문에 힘든 날들이었다.

차년이라는 여자를 잡아서 취조하느라, 소랑이 내금위에서 잔뜩 고문을 당했다는 소식을 듣고도 가 보질 못한 터였다.

이후 헌이 곤룡포로 그녀를 감싸 안아 강녕전으로 데려왔다는 소식을 들었다.

대체 얼마나 다쳤길래, 얼마나 상처 입었길래. 걱정 때문에 가슴이 찢어질 것만 같았으나, 이 여자의 배후를 알아내는 게 우선이었다.

그런데 유일한 증거였던 그 여자마저 죽어 버리고 만 것이다. 심지어 자결인지 살변인지까지 사인을 분간할 수 없으니, 눈앞이 더더욱 막막해져 왔다. 그녀가 한밭 출신이라는 단서가 나와 금군들과 밤낮으로 말을 달려 그곳에 다녀오기도 했다.

쓰러져 가는 시골집에서는 옛날 옛적에 그녀를 기방에 팔았다 하였고, 다시 찾아간 기방에서는 그녀가 근 한 달 전 보쌈이 되어 어디론가 사라졌다는 말을 전했다.

"보쌈이라?"

이번 사건이 전국을 떠들썩하게 한 보쌈군 조직과 연관이 있다는 사실이 밝혀진 것이었다. 보쌈을 당했다면 바로 사내의 집으로 강제 시집을 갔을 터였다. 그렇지 않았다면, 그럼 이 여자가 한양에 납치당해 와서는 대체 어디서 지냈다는 것인가.

그가 의금부에 돌아와 그간의 증거 물품들을 보고 있을 때, 소랑이가 그곳에 찾아왔다.

"웬일이야?"

"아, 전하께서 너에게 전하실 말씀이 있다 하셔서."

"아직 많이 편찮으셔?"

"몸져누워 일어나지도 못하셔."

"너는, 너는 괜찮아?"

소랑은 말없이 소맷부리를 거두어 팔뚝을 보여 주었다. 검붉은 흉과 피딱지가 얼룩져 차마 여인네가 입은 상처라고는 믿을 수가 없었다. 신원은 쓰라린 속을 혼자서 꿀꺽 삼켰다.

"많이 아팠지. 미안해."

그때의 널 구해 주지 못해서. 널 모두 믿지 못해서.

"사실 그 말 전해 주러 온 거야. 미안해하지 말라고. 네 탓이 아니라고. 전하께서 그 걱정을 계속하셨어. 너의 관할 아래 벌어진 사건이라, 네가 스스로를 탓할까 봐 그게 많이 걱정이셨나 봐."

"그 몸도 안 좋으신데 내 걱정을 하고 계셨던 거야?"

"그때 네가 내 눈을 막아, 시체를 보지 못하게 했던 것도 고맙다 전하라 하셨어. 나까지 그런 상처에 묶여 살 필요 없다고."

너무나 의외의 말이었다. 언제나 자기감정을 표출하기에 바빴던 헌이었다. 그런데 이렇게 세심하게 걱정을 해 주고, 심지어 죄책감을 갖지 말라 직접 하교해 주다니.

요새의 헌은 달라지고 있었다. 분명히.

"알았지? 혼자서 아파하지 마. 신원아. 약속해."

"그래."

"그거 아직도 궁금해? 내 본명?"

소랑은 그때 내금위 옥사에서 신원의 눈빛을 생생히 기억하고 있었다. 많이 충격을 받던, 그 눈빛을.

"솔직히, 궁금해. 말할 수 없는 사정이 있겠지 싶다가도, 나한테 끝까지 속내를 숨기는 것 같아 다시 또 서운해져. 동무라며, 우리는."

"내가 입 열지 않으면, 동무도 안 할 거야?"

"내게 말해 줄 생각은 끝까지 없어?"

"응."

소랑의 대답은 짤막하고 단호했다. 그녀에게 더 다가갈 수 없는 선이 그어지는 것 같아, 신원은 쓰린 눈빛으로 그녀를 바라보았다.

"근데, 네가 뭐 동무하기 싫다고 우리 관계가 끊어지겠냐. 못 믿어도 가는 거지. 그래, 잘됐다. 신원아. 나 믿지 마라. 내가 뭐 믿을 구석이 있는 년인가. 안 믿기로 했으니 나중에 내가 배신 때려도 탓하기 없기다."

그녀를 바라보는 신원의 눈매가 깊어졌다. 내 앞에 서 있는 이 여자는 누굴까. 시종일관 능청거리는 말로 자신을 숨기고, 허당일 때도 모든 걸 몸으로 때울 때도 많지만, 가끔 슬픈 사연을 깊이 숨기는 그녀는.

"이거 뭐야? 그 여자의 유품들?"

"어. 증거품으로 수집된 거야."

그녀는 무심히 지나가듯 보더니 한 귀걸이를 집어 들었다.

"이거 댓젓골 근처 보석상에서 올해 여름부터 팔던 거야."

"아, 한양에 올라온 지 한 달 되었다 하니 여기 올라와서 그걸 살 수도 있겠네."

"아니, 비싼 거야 이건. 시골 기방 출신 여인네가 쉽게 살 수 없을 만큼."

내가 찾지 못했던 단서를 이렇게 쉽사리 풀어내는 이 여자는, 대체 누구일까.

병판과 서씨 부인이 앉아 있는 여원회의 협실.

서씨가 탁상을 쾅, 치자 그 위에 놓여 있던 다기들이 들썩이며 제자리를 잃었다.

"자결한 것처럼 보이게 마무리를 했다니. 하아, 어찌하여 그런 짓을 하셨답니까?"

"한 달간이나 차년이를 거두고 보살피시더니, 어째 정이라도 드셨습니까?"

병판이 입매에 날카로운 비소를 걸고서는 물었다.

"정이라니요. 내가 여원회에서 그 촌년, 때 빼고 광내느라 얼마나 품이 많이 들었는지 아십니까? 아무리 비싼 장신구를 걸어 봐도 도무지 태가 안 나더이다. 그나마 대례복을 입었을 때 조금 모양새가 산 것이지."

서씨가 하고 싶은 얘기는 따로 있었다.

"왕이 또 자결로 인해 큰 충격을 얻고, 간택이라도 또 미루면 어찌하려 그러십니까. 잘 어르고 달래 어떻게든 간택을 추진해야지요."

"지금 나를 못 믿어서 하시는 말씀입니까. 걱정 마시지요. 그 일정은 빈틈없이 계획되어 있으니."

이미 여원회 어미들의 원성이 높아지고 있었다. 이 나라 내명부에는 다 쥐락펴락할 수 있는 뒷배를 만들어 놓았다고 했으면서, 어찌 이렇게 일이 추진이 되지 않는 것이냐고. 그 불만을 매일같이 들고 있으니 서씨가 초조해질 만도 했다.

"이번 일이 어그러진 게 다 그년 때문입니다."

"혹시."

"당신의 의붓딸, 예현선. 지금은 소랑이라는 이름으로 지밀나인으로 들어가 있는 그 여자 말입니다."

서씨는 독초라도 씹는 듯 입을 앙다물었다.

"저번에 살수를 보냈다가 실패를 하지 않았습니까."

병판의 눈에는 전에 없던 살기가 버썩 타올랐다.

"남의 손에 일을 맡기니 그리되지요. 이번엔 제가 직접, 나서 보겠습니다. 그년을 제거해야 다음 계획도, 그다음 계획도 이룰 수가 있을 것 같습니다."

"직접 처리한다 하심은……."

서씨와 병판의 사이에서 무언의 끄덕임이 오갔다.

그래, 바로 그것.

"소식 들으셨어요? 윗마을 종달 아씨가 간밤에 보쌈꾼들에게 당했다고 합니다."

애달당 안, 해영은 끔찍하다는 표정으로 온몸을 떨었다. 언제나처럼 그녀의 앞에는, 도석과 춘석이 은근히 서로를 견제하고 있었다.

"아니, 보쌈을 당해서 새살림을 차렸다 한들, 다시 도망을 가면 되지 않소?"

도석의 질문에 춘석은 이 냥반 뭘 잘 모른다는 투로 비아냥거렸
다.

"그럼 도망가게 두겠소? 일단 보쌈을 해 온다! 그러면 어디 도망
못 가게 그날 밤 겁간부터 한다고 합니다."

"뭐라고요?"

"이미 정조를 빼앗긴 신부를 친정으로 돌려보낸다 한들, 다른 곳
에 또 시집보낼 수가 있겠습니까. 이미 그 집에선 받아 주지도 않지
요. 그렇게 끌려가 평생 밥하고 빨래하고 사는 겁니다."

해영에게서는 다시 꺄아 하는 비명 소리가 튀어나왔다.

"겁간이라니, 상상하기도 싫어요."

"그러니 해영아, 이런 패설책만 보지 말고 현실적으로다가 이 세
상을 봐야 한다니까? 봐 봐. 현실적으론 이런 오빠 같은 남자가 대
박이야. 일단 널 영원히 지켜 줄 수가 있잖아?"

춘석의 돼먹지도 않은 수작에 도석이 치를 떨었다.

"그러다 해영 아씨에게 무슨 일이라도 생기면 그쪽이 가장 먼저
죽어 나갈 줄 아시오."

"그쪽이 나의 해영이에게 신경 쓸 것 없네. 꺼지래도 만날 애달당
에 출근 도장이야.

여전히 그녀의 앞에서 티격태격하는 도석과 춘석. 해영은 끝날
시간이 되었다며 그들을 몰아내기 시작했다.

"밤도 깊었는데 빨리빨리 돌아가시지요. 저도 얼른 자야 내일 장

사를 하지요."

해영의 손길에 등 떠밀려 나가면서도 춘석과 도석의 티격태격은 멈추지 않았다. 애달당 안을 모두 비운 그녀는, 걱정스럽게 바깥을 한 번 바라보며 생각했다.

'우리 주인 언니 올 때가 되었는데.'

🌸

"지금 궐 밖을 나가도 되려나."

궐 앞, 소랑이 신원의 말에 올라타며 하는 말이었다. 조사를 위해 하는 수 없이 애달당으로 가는 길이었다.

"전하께서 아직 많이 편찮으신데."

"그래도 이 배후를 찾아야지. 사내가 보석상에 가서 이거 누구에게 팔았냐, 언제 팔았냐 하면 대번 의심부터 할걸."

"그래. 이틀 내에 조사 마치고 돌아오자."

그런데…… 애달당에 도착해 문을 열고 들어가 보니, 집기가 모두 어지러이 쏟아져 있었다. 이게 어찌 된 일일까? 이때 뒤뜰에서 우당탕하는 소리가 났다.

뭐지? 불안한 예감에 신원과 소랑은 바로 그쪽으로 뛰어가 보았다. 거기에서는 개이가 눈물범벅이 되어 담을 넘으려는 누군가의 다리를 붙잡고 늘어지고 있었다. 그러나 그 사내의 세찬 발길질에 개이는 곧 구석으로 나가떨어지고 말았다.

"대체 무슨 일이오!"

신원이 급박하게 물었다.

"해영이가, 해영이가 보쌈꾼에게 당했소!"

뭐요?

신원이 재빠르게 뒤뜰 담장 너머로 올라가 보니, 이미 보쌈꾼 일당들은 자루에 그녀를 넣어 저 먼 곳으로 도망치고 있었다.

"으악, 신원아. 어떻게 해?"

"여기 가만히 있어. 내가 쫓아가 볼게."

신원은 매어져 있는 말을 향해 앞문 쪽으로 나갔다. 그 조금의 앞에는 도석이 말을 타고 가고 있었다.

"어, 어딜 그렇게 급박하게 가시오?"

"해영 아씨가 납치를 당했소."

허어억! 단숨에 도석의 눈이 돌아갔다. 우리 천사 같은 해영 아씨가 누구에게? 그는 하얗게 질려 신원의 말을 달려 함께 뛰기 시작했다.

"오늘, 오늘 안에 저놈들을 붙잡아야 하오. 그렇지 않으면 그날 밤에 겁간을……!"

신원은 더더욱 말의 속도를 높였다. 소랑은 뒤뜰에서 발을 동동 구르고 있었다.

"아니, 해영이에게 이런 일이 생길지는 모르셨단 말입니까?"

"계속 춘석이나 도석이 놈이 같이 있길래 안심하고 있었지."

"아이고, 이걸 어쩐다 말입니까. 휴우."

"너도 계속 이신원 도사가 곁에 있기에 별걱정을 안 하고 있었는데."

"신원이가 없을 때는 꼭 이런 꼴을 당하지 않았겠습니까?"

소랑이 소맷부리를 걷어 팔뚝에 난 고문의 흔적을 보여 주었다. 순간, 개이의 얼굴이 새파랗게 질렸다.

"잠깐, 지금도 신원이가 곁에 없잖아?"

"네? 그, 그게 무슨 얘기……."

신원이 보쌈꾼 작당들을 잡으러 간 사이, 소랑이 그 없이 남겨진 것이었다. 바로 이때, 누군가의 검은 그림자가 확 소랑을 덮쳤다. 신원이 사라지길 기다려 그녀를 노린 보쌈꾼이었다. 순식간에 자루에 쌓여 버린 소랑의 눈에는 오로지 암흑만이 가득했다.

개이가 다시 그에게 매달렸지만 노인네 힘으로는 그 건장한 사내를 조금도 당해 낼 수가 없었다.

"꺄아아악!"

소랑이 자루 안에서 크게 소리를 지르자, 그 사내는 둔기를 휘둘러 그녀를 기절시켰다. 이어진 것은 오로지 암흑뿐이었다.

4

보쌈꾼의 본거지,
구해 주어도 나가지
않겠다는 여인네들

밤이 내려앉은 너른 갈대밭.

신원과 도석은 말을 달리는 보쌈꾼 대여섯의 뒤를 쫓고 있었다. 잠시라도 소랑이 옆을 비워서는 안 되었는데, 소랑이를 지켜 내라는 것이 왕명이었는데. 신원은 후회스럽고 또 후회스러웠다.

이대로 소랑이를 잃는다면, 그녀가 무슨 꼴이라도 당하게 된다면…… 아, 정말 상상하고 싶지도 않았다.

해영의 자루에서는 계속해서 몸부림을 치는 것이 보이는데, 어째 소랑이가 담긴 자루는 잠잠했다. 서늘한 예감이 엄습했다.

도석 역시 이를 앙다물며 말을 달렸다. 보쌈꾼들이 예쁜 아가씨만 골라잡아간다는 얘기는 들었으나, 감히 우리 해영 아씨를, 꽃 같은 해영 아씨를 잡아갈 줄은 꿈에도 몰랐다. 제발, 무사해야만 한다. 제발!

너른 들이 끝나고 길이 좁아질 무렵, 힘써 달리던 보쌈꾼 일당들이 '히히힝' 소리와 함께 말을 멈추었다.

그들이 돌아서 검을 뽑아 들자 신원 역시 굳건한 자세로 검을 쥐었다.

"그래, 한바탕 작살을 내주마."

허나 뒤에서 도석은 잔뜩 당황한 채로 빈손을 어쩌지 못하고 있었다.

"잠깐, 내가 검도 없이 왜 이렇게 죽자 살자 쫓아왔지?"

평생을 붓대와 춘화첩 자료만 들었던 도석에게 검이 있을 리 없었다. 신원은 간단하게 눈앞의 보쌈꾼을 제압해 그 검을 빼앗아 들고 도석에게 던졌다.

"이것으로 날아드는 검만 막으시오."

도석이 뭐라 답할 새도 없이 신원은 빠르게 검을 휘둘러 앞에 선 이들을 헤치웠다. 그렇게 소랑과 해영이 담겨 있는 자루로 다가가려는데, 획획획— 왼쪽 하늘에서 화살이 떨어지기 시작했다. 신원은 그제야 보쌈꾼들이 여기서 멈춰 선 이유를 알 수 있었다. 더 많은 조직원들이 습격을 위해 여기서 매복하고 있었던 것이다.

도석이 앞뒤로 떨어지는 화살에 기함하여 비명을 지르고 있을 때, 신원은 안장을 잡고 말 오른편으로 매달렸다.

"빨리 이 자세를 따라 하시오. 안 그러면, 죽습니다."

활을 피해 말 옆으로 몸을 숨긴 자세. 도석은 되든 안 되든 따라 해야만 했다.

후두두둑, 신원과 도석은 빗방울처럼 주변에 내리꽂히는 화살들을 피해 산의 샛길로 내달렸다. 그렇게 어둠 속으로 숨어 일단 몸을 피하기는 했지만, 이미 소랑과 해영을 실은 자루는 저 멀리 달려 나가 버린 뒤였다.

"이를 어찌하면 좋소."

검 한 번 제대로 잡지는 못했지만, 도석의 마음은 초조하기만 했다.

"여기서 행적을 놓쳤으니, 날이 밝기를 기다려 그들이 말을 달린 자욱을 따라가는 수밖에 없소."

"지금 그럴 시간이 어디 있소. 바로 그날 밤에 겁간을 한다는 소리 못 들으셨소?"

"일단 너른 들로 나가시지요. 저희 금군들을 부르겠습니다."

"그러다 우리 해영 아씨가 잘못되기라도 한다면, 흑!"

그의 머릿속에 춘화첩의 한 장면이 재생되기 시작했다. 털이 숭숭 나 배가 불뚝 튀어나온 악마 같은 놈이 해영의 머리채를 휘어잡고 저고리의 옷고름을 찢어 버리는. 으악, 상상만 해도 끔찍했다. 정말이지 절대로 벌어져서는 안 될 일이었다.

그렇게 둘이서 너른 들로 나갔을 때에는 의외의 상황이 펼쳐져 있었다. 갈대밭에 어느덧 수십의 금군들이 출동해 있었던 것이다.

가장 놀라운 것은, 그 가운데 서 있던 사람이었다.

"저, 전하!"

신원의 외침에 도석의 눈이 휘둥그레졌다. 저, 저분이 이 나라의 주상 전하라고? 이, 임금님?

"거짓부렁 하지 마시오. 어찌 이 나라의 임금께서 여기까지 출동하셨겠소?"

"저 귀티를 보시오."

곱고 매끈한 피부, 깊은 눈매, 오뚝한 콧날, 베일 듯한 턱 선. 세상에 저렇게 귀티가 흐르는 자는 일찍이 본 적이 없었다. 이, 임금님 맞구나!

"아이고, 전하의 용안을 뵙게 되다니 성은이 망극하옵니다."

도석은 허둥지둥 바닥에 엎드려 고개를 숙였다. 신원은 금군들 사이에 섞여 있던 춘석에게 물었다.

"춘석아, 이 어찌 된 일이냐."

"개이 할배가 금부에 신고를 넣었습니다. 그런데 보쌈당한 이가 강녕전의 지밀나인이라는 소식이 위쪽까지 전해진 것 같습니다."

그리하여 전하께서 직접 잠행에 나왔다고? 엊저녁까지 몸을 일으킬 수 없을 정도로 크게 앓았던 왕 이헌이었다.

"전하, 옥체는 강녕하시나이까."

"아니, 전혀."

헌의 얼굴은 병색과 피로, 그리고 분노로 가득 차 있었다.

"다 저의 불찰입니다. 잠시 다른 이를 쫓는 사이 소랑이가……."

어떤 일이 있어도 소랑이를 지켜 내라는 왕명을 어긴 것이었다. 그 때문에 병색이 깊은 전하를 예까지 불러내다니, 신원은 더더욱 고개를 들 수가 없었다.

"지금은 잘잘못을 가릴 때가 아니다. 오늘 밤 안에 납치된 소랑이를 찾아야 한다."

이때 의금부의 한 금군이 놈들의 소식을 전했다.

"관악산 쪽으로 의문의 자루를 실은 말들이 달려가고 있다는 제보입니다."

"그래?"

헌은 침착하게 그다음을 지시했다.

"한꺼번에 움직이면 바로 적들이 꽁무니를 빼고 내뺄 것이다. 여기서 모두 흩어져서 관악산까지 간다. 오늘 안에 그 여자를 찾아야만 한다."

그러고는 신원을 향해 어서 가자는 눈짓을 해 보였다.

"너는 나를 따라 소랑이의 행적을 찾자. 가자."

이때 도석이 울음이 터질 것만 같은 목소리로 읍소했다.

"저, 저도 따라가겠습니다. 제가 짝사랑을 하는 정인이 애달당의 안주인과 함께 잡혀갔습니다. 저도 가게 해 주십시오."

짝사랑이라? 순간 헌의 눈썹이 꿈틀거렸다.

잠시 고민을 하던 헌은 조용히 고갯짓을 했다. 무언의 허락이 떨어진 것이었다. 이에 왕 이헌과 신원과 도석, 그리고 몇몇의 호위 무사들이 관악산으로 향하기 시작했다.

"저, 저도 따라가겠나이다."

대열의 뒤에 있던 춘석이 그들의 뒤를 쫓으며 말했다.

"저, 저도 같이 가자니까요."

허나 이미 그의 외침이 닿지 않을 만큼 그들은 이미 멀리 달려 나가 버린 뒤였다.

❀

그들이 말들을 달려 도착한 곳은 관악산의 한 폐창고였다. 이미 일당들은 사라졌지만, 마치 이곳이 보쌈꾼들의 본거지였던 듯 곳곳에 흔적들이 남겨져 있었다.

이때 어둠 속에서 여인네들의 소리가 들려왔다. 보쌈꾼에게 납치된 여인들 열댓 명이 한쪽에 갇혀 있었지만, 소랑과 해영은 그 자리에 없었다.

"혹시, 소랑이라는 여인네가 여기 들렸었소?"

신원이 갇혀 있는 그들을 풀어주며 소랑의 행방을 물었다.

"많은 여인들이 이곳을 스치고 지나기에 그 이름은 알지 못합니다."

어, 어찌하지? 이래서는 소랑이가 사라진 곳을 알 수 없었다.

"오늘 잡혀 왔던 여인네 중 조금 특이한 여인은 있었소. 자기 몸값을 가지고 흥정을 다 하더이다."

"뭐요? 돈을 밝히던 여자가 있었다고?"

"싼값에 데려갈 거면 차라리 죽이라던 여자가 있었소. 그리고 이런 말을 했지요. '왜 돈은 니들만 갖냐, 나도 나눠 갖자.' 이러면서 고래고래 소리를 질렀지요. 인질 주제에 참으로 말이 많았습니다."

헌과 신원의 눈이 맞부딪혔다.

왜 그때 상황이 음성 지원이 되는 것 같지? 돈 밝히는 여자라면 분명 소랑이가 맞을 것이다.

"책을 가슴에 품고 구석에 박혀 있던 여인도 있었습니다."

해영이로구나. 도석의 눈이 번쩍 뜨였다.

"그 서책을 들고 있던 여인네는 하얀 말에 실려 다시 어디론가 끌려갔습니다. 돈 밝히는 여자는 잘 모르겠고요."

신원이 초조하게 주변을 서성이며 단서를 찾고 있는 가운데, 헌은 갇혀 있는 여인네들을 보며 말했다.

"일단 이 여자들을 모두 풀어주거라."

헌과 호위 무사들은 구석에 쪼그려 앉은 여인들을 직접 일으켜 주었다.

왕 이헌이 처음으로 궐 밖에 나와 백성들의 목숨을 구해 주는 것이었다. 고맙다 인사를 하는 여인네들부터 참아 왔던 눈물을 쏟는 여인네들까지, 다양한 이들이 있었으나 끝까지 자리를 지키고 앉은 몇몇 여인들이 있었다.

"어서 나가시지요."

그러나 그녀들은 굳은 심지의 눈빛으로 오히려 그들을 쏘아보왔다.

"왜 일어나지 않습니까, 어서."

"누군가의 안사람이 되고 싶습니다."

사무친 듯한 그녀의 목소리에 놀라 왕 이헌이 뒤를 돌아보았다.

"어미가 되고 싶습니다."

"그게 무슨 말씀이시오?"

"어차피 집에서 정해 주는 사내와 혼인을 한다 한들, 거기에 조금이라도 여자의 뜻이 섞인다 하더이까? 아니, 시대가 금혼이니 어차피 혼인하지를 못하겠구려. 누군가의 안사람이 되고 어미가 되는 기쁨을 누리지 못하니, 보쌈당하여 얼굴을 알지 못하는 홀아비와 살림을 차린들 그것이 무엇이 어떻단 말씀입니까?"

모두가 예상치 못했던 말이었다.

"높으신 분들을 알고 계시면 이 말씀 전해 주시오. 이렇게라도 혼인을 하고 싶은 게 백성들 심정이라고."

그녀들은 보쌈꾼에게 납치되어도 좋으니 어떻게든 혼인을 하겠다는 입장이었다. 구해 주어도 나가지 않겠다는 여인네들에게 헌은 당황할 수밖에 없었다.

밖에선 한 금군의 목소리가 들려왔다. 해영의 흔적을 찾았다는 소식이었다. 서둘러야 했다. 헌이 발걸음을 돌리는 순간에도 여인네들의 굳은 표정은 변함이 없었다.

너무나 마음이 쓰였다. 이런 백성들의 심정을 지금껏 너무 듣지 못하고 살아왔던 것은 아닌지, 속이 쓰려 왔다.

밖에 나와 보니 해영이 패설책을 한 장 한 장 찢어서 뭉쳐 버린 흔적들이 있었다. 일단 그 길을 쫓아가면 해영이 어디로 납치되었는지를 찾아낼 수 있을 것이다.

도석의 눈이 확 트였다. 이건 그가 선물해 준 패설책이었다. 이 책이 이렇게 쓰일 수도 있다니, 이걸로 해영 아씨를 구할 수 있다니, 도석은 주먹으로 눈물을 훔치며 다짐했다.

"기다리시오, 해영 아씨. 내가 꼭! 구해 주겠소!"

그들이 말을 달려 도착한 곳은 '와흘'이라는 마을이었다. 여기서 책의 마지막 장이 발견된 것으로 보아 더 이상 흔적을 알 수 있는 방법은 없는 듯했다.

깊은 야밤이었지만 보쌈꾼을 보았을 만한 동네 사람들을 수소문하는 것밖에 방법이 없었다. 신원은 마당 평상에 앉아 호롱불을 켜고 콩을 까고 있는 노인네를 발견했다.

"혹, 여기 커다란 자루가 실린 말이 지나가지 않았소?"

"내 가는귀가 먹어 소리가 잘 들리지 않소. 말이 지나갔다 한들, 콩 까고 있는데 들렸을 리가 없지."

딱 여기가 마을의 길목인데, 어쩐다.

"그럼 혹 이 동네에 장가를 가고 싶어 하는 홀아비가 있소?"

노인은 들고 있던 콩을 홱 던지면서 버럭 화를 냈다.

"여기 장가가고 싶은 사람이 한둘인 줄 아시오! 나도 가고 싶소! 우리 할매 떠나고 대체 혼자인 세월이 몇 년인디!"

신원은 역정이 난 노인을 살살 달래며 물었다.

"그중에서도 보쌈을 해서라도 장가를 가고 싶어 하는 자요."

노인은 고개를 절레절레 저었다.

"여기는 외진 시골 마을이라, 이곳의 사내들은 도시의 남정네들에 비해 훨씬 경쟁력이 떨어지오. 다들 가진 거야 땅 몇 마지기와 홀어머니뿐인데, 누가 이런 집에 시집오려 하겠소."

헌의 눈이 다시 가늘어졌다.

"그러니 멀리 아라사나 타국에서 신부를 사 오기까지 한다오. 말하자면 원정 혼인이랄까."

"그 여인들은 어찌 살고 계시오?"

"개중에는 알콩달콩 살림을 잘 차려 사는 이도 있지만, 밥하고 빨래하고 노비처럼 사는 여인도 있소. 휴, 금혼령으로 인해 우리 백성들 사는 게 말이 아니라오."

헌이 그간의 상소에서 한 번도 접하지 못했던 이야기였다. 그는 지금껏 체감하지 못했던 것이다. 금혼령으로 인해 백성들이 이다지도 고통받고 있을 줄은.

정상적인 혼인을 막아 놓으니 온갖 불법적인 것들이 판을 치고 있었다. 이제 그 희생자가 나의 가까운 이들이 될 참이었다. 사달이 벌어지기 전에, 어떻게든 이를 막아야만 했다.

마을에서도 가장 외진 오두막집.

조그맣게 화톳불이 켜져 있는 그 집에 해영이 담겨 있는 자루가 아무렇게나 던져졌다. 그녀가 자루에 난 작은 구멍으로 책을 찢어 오는 길을 표시했다는 걸 알고서, 그 보쌈꾼이 그녀의 머리에 둔기를 휘둘렀기 때문이었다.

"아시지요? 오늘 밤 내로 겁간을 해 버려야 여자가 도망가지를 못합니다."

보쌈꾼은 마치 수퇘지와 같이 살이 뒤룩뒤룩 오른 남자에게 돈을 받았다.

"바로 오늘이 내가 평생토록 기다려 왔던 밤이지요."

털이 북슬북슬 오른 가슴, 그리고 거나하게 마신 술로 가득 차 있는 배. 남자는 시커멓게 썩은 이를 드러내 보이며 징그러운 미소를 지었다. 지금껏 곱디고운 숫처녀가 손에 쥐어지기만을 손꼽아 기다려 왔다. 그 꽃잎을 산산이 찢어발겨 주리라.

지금 그는 짐승과 같이 주체할 수 없는 욕망으로 가득 차 있었다. 그는 탐욕에 불타는 눈빛으로 방에 들어와 자루 안에 있는 그녀에게 냅다 물 한 바가지를 끼얹었다.

"꺄악!"

정신을 차린 해영이 혼비백산 자루에서 빠져나와 눈 앞에 펼쳐진 광경들을 보았다.

그녀의 앞에는 수퇘지의 제왕 같은 사내가 서 있었고, 주변에는 사냥 기구인지 고문 기구인지, 낫과 끌, 호미와 창 등 온갖 서슬 퍼런 무기들이 매달려 있었다. 그녀의 얼굴은 바로 새하얗게 질리고 말았다. 수퇘지는 끈적한 목소리로 말했다.

"오늘부로 나를 서방이라 부르면 된다."

서, 서방이라고? 싫어. 이렇게 끔찍한 상황은 너무나 싫어! 그녀가 눈을 감고 비명을 지르고 있을 때!

'콰지지직!'

그 앞에서 문간이 부서지는 소리가 났다. 뭐, 뭐지? 혹, 수퇘지들이 여러 마리인가?

5

신부를 훔친 도적놈은,
바로 이 조선의 임금이오!

잠기어 있는 문을 부수고 들어온 건 다름 아닌 도석이었다. 아, 아니 어떻게 여기까지……!

"해, 해영 아씨!"

도석이 황급히 그녀에게로 달려와 손목에 묶여 있는 밧줄을 풀었다.

"어찌 여기까지 끌려오셨소. 이제 걱정 마시오. 이제 우리가 구해 줄 것이오."

익숙한 얼굴이 나타나자, 하얗게 질려 있던 해영의 얼굴에 잠시나마 핏기가 돌았다. 그러나 그것도 잠시.

"웬 놈들이냐!"

수퇘지가 벽에 걸려 있던 낫을 들고 휘두르며 도석과 해영을 공격하기 시작했다. 피할 곳도 없는 좁은 집안, 둘은 도망갈 곳도 마땅치가 않았다. 해영이 이제 죽는구나 싶어 도석의 품 안에서 히이익, 눈을 질끈 감았을 때, 그 두꺼운 낫을 채애앵— 얇은 칼로 막아 내는 이가 있었다. 다 찌그러진 갓과 떨어져 가는 도포 차림에도 극강의 귀티와 존재감을 자랑하는 이. 바로 왕 이헌이었다.

"전하, 물러나시지요. 제가 처리하겠습니다."

신원이 다가와 그의 앞을 호위하자, 해영의 눈이 둥글게 벌어졌다.

전하라고? 그럼 날 구해 준 이가 바로 조선의 왕? 도석은 벽에 걸려 있던 호미를 황급히 집어 들며 수퇘지의 앞을 휘휘 저었다.

"이누무 돼지야! 물렀거라."

"어디서 글만 읽은 백면서생이 나한테 달려드느냐?"

휘익, 휘두르는 수퇘지의 낫질 한 번에 도석이 쥐고 있던 작은 호미는 벽에 콰직, 박히고 말았다.

그가 끙끙대며 박힌 호미를 빼내려 하고 있을 때, 왕 이헌이 다시 칼을 들었다. 현란한 칼 놀림으로 수퇘지가 들고 있는 낫을 제압하려나 싶었는데, 그는 의외로 칼을 다시 칼집에 넣었다.

그러고는 그 칼집을 몽둥이 삼아 수퇘지를 두드려 패기 시작했다.

"네놈한텐 칼도 아깝다!"

보는 사람의 속이 다 시원해지는 매타작, 그야말로 돼지 잡는 풍경이 따로 없었다.

"치, 치우시오!"

"네 이놈! 이러고도 감히 용서를 구하느냐!"

멍이 들도록 두드려 맞던 수퇘지가 이대론 안 되겠는지, 일순 우우욱― 하고 앞으로 돌진하기 시작했다. 그가 덮친 것은 바로 구석에서 덜덜 떨고 있던 해영이었다. 그는 해영의 목을 인질처럼 끌어안았다.

"이 여자는 이미 돈을 주고 사 온 내 색시다! 어딜 뺏어 가려고!"

새, 색시라니. 너무나 끔찍했다. 바로 얼굴 옆에서 고함지르는 수퇘지의 침이 볼에 튀퉤 튀었다. 그 느낌이 소름 끼치도록 역겨워, 해영은 필사적으로 벗어나려고 버둥거렸다. 수퇘지는 벽에 걸려 있던 끌을 집어 들고서 더더욱 포악하게 그들을 위협하기 시작했다.

도석이 간신히 벽에서 호미를 뽑아 들고 다시 수퇘지에게 달려들려 했지만, 신원이 그를 말려 붙잡았다.

"이러다 해영 아씨가 다치겠소."

신원은 일단 그의 흥분을 진정시키려는 듯, 침착하게 수퇘지에게 말했다.

"일단 우리가 칼을 놓을 테니, 여자를 풀어 주시오."

신원은 먼저 바닥에다가 서서히 칼을 내려놓고 두 손에 아무것도 없다는 듯 펼쳐 보였다.

"나머지도 모두 내려놓으시오! 이 여자 목숨 줄 끊기는 거 보고 싶지 않으면!"

허공에 팽팽한 긴장의 끈이 흐를수록, 해영의 목을 죄어드는 힘이 점점 더 거세졌다. 그녀는 숨도 제대로 쉬지 못한 채, 콜록대고 있었다.

"빨리 내려놓으라고!"

수퇘지는 이미 흉포한 괴물로 변해 가고 있었다. 이러다 정말 무슨 일을 칠지 알 수가 없었다.

그러나 왕 이헌의 태도는 시종일관 여유로웠다. 그는 시키는 대로 칼을 내려놓지도 않고 그저 천천히 그의 앞을 맴돌았다.

"네 새색시라 하지 않았느냐! 네 신부의 목숨 줄을 네가 따서 되겠느냐."

그러다 일순 바람같이 날렵하게 휘두르는 칼.

"내가 다른 건 몰라도 네놈 바지 끈은 따 줄 수가 있겠구나."

단칼에 수퇘지의 허리끈이 풀려 털이 숭숭 난 다리가 드러났다.

"이, 이놈이!"

그가 움찔하자, 헌은 허리춤에서 번쩍 단도를 꺼내어 단숨에 그의 어깻죽지로 칼을 날렸다.

'으으윽!'

그의 승모근 부분이 찢겨 벽에 콰악, 꽂혔다. 어디로 옴짝달싹도 하지 못하게 꼼짝없이 벽에 박혀 버리게 된 것이다.

드디어 그의 손아귀에서 벗어난 해영이 재빨리 앞으로 내달렸다.

"아씨이이, 고생이 많으셨소오오오!"

도석이 두 팔을 벌려 달려오는 해영을 맞으려 했으나, 그녀가 향한 쪽은 도석이 아닌 왕 이헌의 쪽이었다.

"아, 아니 그쪽이 아닌데."

헌의 뒤로 풀썩 숨는 해영. 도석의 입이 황당하게 벌어졌다.

"끄아아악, 무서웠어요~"

사실상, 해영을 구해 준 건 처음부터 끝까지 왕 이헌이었다. 매일 매일 패설책을 보며 이런 이야기에 열광하던 해영이 아닌가. 그런 그녀에게 실물로 임금님이 튀어나와 자신의 목숨을 구해 주다니. 이 자체가 마치 꿈결에서 벌어진 일 같았다.

"괜찮으시오, 아씨?"

"덕분에 목숨을 구했어요~."

도석은 헌을 올려다보는 해영의 눈빛을 보며 절망에 빠졌다.

이, 이게 무슨 다 된 밥에 왕 빠뜨리기인가.

곧 금군들이 수퇘지를 오라로 묶어 마당에 꿇어 앉혔다. 입술과 어깨에서 피를 질질 흘리던 수퇘지가 삐죽한 눈으로 헌을 노려보았다.

"이분이 이 나라 조선의 왕이라 하였나?"

"무엄하도다. 어디 여자를 훔친 도적놈이 입을 여느냐!"

신원의 칼끝이 바로 그의 목으로 향했다.

"신부를 훔친 도적놈은 내가 아니라 바로 이 조선의 임금이오!"

저, 저놈이 무슨 말을 지껄이는 건가? 신원의 칼끝에서 피가 맺히기 시작했는데도 그 경망스러운 입은 멈추지 않았다.

"내가 처음부터 이렇게 되었겠소! 7년간 혼인도 하지 못하고 욕정도 풀 길이 없으니 그것이 쌓이고 쌓여 이렇게 된 것이 아니겠소!"

"이놈이 그래도!"

"나는 신부 하나를 훔쳐낸 것이지만 온 사내들의 신부를 훔쳐낸 건 바로 이 조선의 임금이 아니겠소!"

카아아악, 퉤!

그가 뱉은 가래침이 헌의 발끝 앞에 떨어졌다. 잔뜩 노기를 띤 신원의 칼이 수퇘지를 내리치려 하는데,

"그만두거라."

헌의 나지막한 목소리가 울려 퍼졌다.

"어차피 국법에 의해 처벌을 받을 자가 아니냐."

지금 헌보다 더더욱 분을 이기지 못하고 있는 건 신원이었다. 신원은 금군들을 불러 이자를 끌고 가라 명했다.

"왕은 인간의 순리를 막지 말고 하루빨리 금혼령을 철하여 이 나라의 기강을 세우시오!"

끌려가는 와중에도 돼지 멱을 따는 듯한 꾸역꾸역한 소리는 멈추지 않았다. 신원은 왕 이헌의 옷에 묻은 흙을 털며 말했다.

"전하, 돌아가시지요."

"차마 이런 모습은 생각하지 못했구나. 금혼령의 이 험악한 풍경을 말이다."

수퇘지가 끌려가는 뒷모습을 바라보는 수심 깊은 눈빛. 그의 머릿속에 수많은 생각들이 스쳤다.

실은 이것이 왕 이헌이 처음으로 경험하는 금혼령의 생생한 모습이었다. 상소문에 쓰여 있던 것과 직접 체감을 하는 것은 전연 달랐다.

7년간 이어졌던 백성들의 혼란과 도탄, 납치와 약탈혼, 그리고 폭력과 겁간. 대체 내가 죽은 빈궁을 부르짖었던 7년의 시간 동안, 내 나라 조선은 어찌 돌아가고 있었단 말인가. 헌의 눈에 상처 입은 채로 마당에 앉아 있는 해영의 모습이 들어왔다.

"미안하오, 아씨. 다 과인이 부덕하여 벌어진 일이오."

그가 해영의 앞으로 다가가 말했다. 진심이 담긴 목소리. 한없이 깊은 눈매. 해영은 딸꾹질이 나올 것처럼 깜짝 놀라 손을 내저었다.

"아니에요. 오히려 절 구해 주신걸요."

"자칫 큰일이 벌어질 뻔했소. 내 다시 한 번 꼭 이 사과를 전하리다."

그, 그 말씀은 또 볼 수 있다는 말씀?

"전하, 지체할 시간이 없습니다. 아직, 소랑이가."

그래, 여기서 시간이 늦어질수록 소랑이가 위험했다. 이제 다른 곳으로 끌려간 그녀의 행적을 찾아야만 했다. 이때, 한 금군이 근처 수풀에 숨어서 이 상황을 보고 있던 한 사내를 잡아들였다.

이놈은? 해영이를 보쌈해 수퇘지에게 돈을 받고 넘기던 놈이었다. 헌의 서슬 퍼런 칼끝이 꿇어앉은 그놈의 허벅지를 망설임 없이 찔렀다.

"네놈들 보쌈꾼의 본거지가 어디냐!"

기절해 있던 소랑의 눈에 희미한 빛이 들어오기 시작했다. 내 눈
이지만, 쉽사리 떠지질 않았다. 매캐한 향이 코를 훅 찔렀다. 납치를
했을 때 반항하지 않도록 향을 쓴 것이었다. 때문에 소랑의 정신이
아직 제대로 돌아오지 않은 상태였다.

온몸을 덮은 거친 헝겊의 감촉. 아직 자루 안인 것인가. 자루의
틈으로 희미하게 보이는 불빛. 저쪽에서 무언가를 공모하고 있는
것인가. 쉽사리 몸을 가눌 수도, 고개를 들 수도 없었다. 귀에 들려
오는 말도 현실의 것인지, 꿈결인지 구분할 수도 없었다.

"얼굴을 확인하셨습니까? 그 아이가 맞습니까."

"맞습니다. 쳇, 독하기도 하지요. 7년간 대체 뭘 하면서 살아남았
던 겐지. 죽지도 않고."

대화를 하는 여자와 남자의 목소리가 들려왔다.

"저 계집은 어쩌면 좋을까요?"

"어느 지방으로 팔아넘겨도 반드시 살아 돌아올 년입니다. 완벽
히 없애 버려야 할 텐데."

"완벽히 없앤다. 하하, 차라리 뼛골째 갈아 마셔 버리지 그래요?"

"갈아 마셔도 시원찮을 년이지요."

더러운 욕지거리를 내뱉는 저 여인의 목소리. 꿈결이지만 익숙한
것 같기도 했다. 어렸을 때 이 목소리를 들었던 것 같은데.

"물에 던졌을 때도 살아남았던 년이니 이번엔 산에 묻지요. 옴짝

달싹하지도 못하게."

"산이라, 그런 처리라면 믿을 만한 놈들이 있지요. 그들에게 맡깁시다."

"누구에게 맡기든 이번엔 저년 목숨 끊어지는 것까지 이 두 눈으로 똑똑히 봐야겠습니다."

잡혀 온 소랑에게 죽음이 선고되는 소리였다. 그러나 스스로 손가락 하나 까딱할 수가 없는 소랑이었다. 흐으윽, 정신은 그저 아득해져 오고만 있었다.

"아차, 이 일이 끝나면 해 주셔야 할 일이 있습니다. 아가씨들 몇 명을 더 보쌈할 것입니다."

"매일 해 오던 일이 아니오?"

"허나 지금보다 더 힘든 일이 될 것입니다. 모두 있는 집안 댁 귀한 여식들이라 경계가 삼엄할 것입니다."

"혹시?"

남자의 목소리가 가늘어졌다.

"집안 좋고 미색 좋고 교육 잘 받은 여식들이지요."

"미리 간택의 싹을 잘라 버리겠다?"

정신이 혼란한 와중에도 그들의 음모는 알 수가 있었다. 저들은 미리 중전 후보가 될 만한 아가씨들을 제거하여 차기 간택을 조작하려는 것이다. 이것은 분명 역모에 해당하는 일이었다.

이, 이들은 과연 누구인가.

"나에게 이 조직을 넘긴 이유가 다 여기 있었군 그려."

"하하. 결국 돈을 드린 것보다 낫지 않았습니까. 처녀들 보쌈하여 한 달에 벌어들이는 수익이 어마어마하다 들었는데."

금혼령이라는 시대를 이용해 혼란을 조장하고 범죄를 저질러 막대한 부를 축적하는 이들. 바로 이들이 저 바깥에 있었다.

마음 같아서야 자루를 찢고 나가 정체를 확인하고 금부에 찔러 넣고 싶은데. 몸이 조금도 움직여 주질 않았다. 오히려 힘을 쓸 때마다 머리에서 향이 도는 것인지, 더더욱 정신을 차릴 수가 없었다.

이때, 한 사병이 그들에게 다가와 급하게 고했다.

"금군들이 들이닥칩니다. 몸을 피하시지요."

"뭐라? 여긴 어찌 알고!"

혼비백산 그 안에 있던 사람들이 도망가면서 뿔뿔이 흩어지는 소리가 들렸다.

"오늘 아무래도 이년의 끝을 보진 못할 것 같소."

남자가 다급히 몸을 피하면서 내뱉은 그 소리에 여자는 잔뜩 당황한 눈치였다.

"꼭 봐야 다리 뻗고 잘 수 있을 터인데."

허나 금군은 생각보다 가까이 와 있는 듯했다. 소랑이 듣기에도 말발굽 소리들이 지척에서 들려오는 것 같았다.

누군가 소랑의 자루를 들춰 업자 그녀는 다시 공포에 휩싸였다. 나, 나는 어찌 되는 것인가. 이대로 산에 묻히게 되는 것인가.

몸이 거꾸로 뒤집히면서, 소랑은 다시 정신을 까마득히 잃고 말았다.

쿵쾅쿵쾅쿵—

헌과 신원은 음침한 비밀 통로를 따라 건물 깊숙이 내려왔다. 해영은 조금 더 조사가 필요해, 도석과 함께 금부로 보낸 상태였다.

'이곳인가?'

보쌈꾼을 고문하여 얻어 낸 정보. 그러나 활짝 열린 내부에는 아무도 없었다. 뒤에는 우르르 금군들이 함께 따라 들어왔지만, 방금 전 몸을 피해 사라진 듯한 흔적만 여기저기 널려 있었다. 모두 눈치채고 도망을 놓은 것인가. 신원은 애통하게 눈을 감았다.

소랑이, 이 아이를 찾아야 하는데. 어디 가서 해영 아씨 꼴이라도 당한다면! 그것이야말로 있을 수 없는 일이었다.

그런데 어느 순간, 신원의 코에 희미한 복사꽃 향기가 느껴졌다. 분간할 수 없을 정도로 옅은 향이긴 했으나, 소랑에게서만 나는 향이 분명했다.

"소랑이가 이곳까지 왔던 게 틀림없습니다."

구석구석 그녀의 흔적을 찾고 있던 헌이 고개를 돌려 신원을 보았다.

"혹, 어디로 사라졌을지도 감이 오느냐?"

주변에서는 그 어떤 단서도 발견되지 않았다. 다시 행방이 묘연해진 셈이었다. 헌은 아까 잡혀 온 보쌈꾼의 멱살을 다시 쥐었다.

"보쌈해 온 모든 처녀들을 모두 사내에게 팔아 버리느냐. 아니면 다른 곳으로 가는 처녀들도 있느냐?"

그가 고개를 숙이며 대답을 망설였다.

"네가 진정 사지 불구가 되고 싶구나."

"한 남자에게 팔려 가면 그나마 다행이지요."

"한 남자가 아니면?"

놀란 헌과 신원의 눈이 허공에 부딪혔다.

"반항을 심하게 하던 어떤 여인들은 산적에게 끌려가 노리개로 삼아졌다 합니다."

뭐, 뭐라?

"그러고선 땅에 묻어 버린다는 섬뜩한 소문이 있는데, 그게 진실일지 아닐지는 모릅니다요."

섬뜩한 소리에 헌의 가슴이 콱, 하고 졸아들었다. 제발, 제발 그런 일만은!

"혹 어디의 산적들을 말하는지 알고 있느냐?"

남자는 고개를 저었다.

"다만 호랑이도 때려잡는 거칠고 무시무시한 놈들이라는 이야기만 들었습니다."

신원이 헌의 앞으로 나서 말했다.

"최근 인왕산과 백악산에 호랑이가 자주 출연한다는 소리가 있으나, 특히 인왕산에는 호랑이보다 산적들이 더 기승을 부린다 합니다."

"그래?"

그 말에 헌은 무거운 얼굴로 호위 무사 한 명을 불렀다.

"내 상선에게 동이 트기 전까지 궐에 들어가겠다 하였으나 아마도 들어가지 못할 듯싶다."

"전하!"

"궐에 돌아가 그렇게 상선에게 전하여라. 아마 오늘 안에 돌아갈 수 없을 것 같다고."

모두들 깜짝 놀란 얼굴이 되었다. 아니 될 일이었다. 고작 여자 하나 때문에 왕이 궐을 비우게 된다니.

"소랑이를 찾는 건 저희에게 맡기시고, 이만 돌아가시는 게."

다들 아니 된다며 헌을 막아 보았지만, 그는 고개를 가로로 내저었다.

"오늘이 지나면 무슨 일이 생길 줄 어찌 알겠느냐."

다시 찾아오는 끔찍한 상상들. 소랑이에게도 해영과 같은 일들이 벌어진다면, 혹은 이미 벌어졌다면. 머릿속에 담고 싶지도 않은 일이었다.

한시가 급했다. 왕으로서 나의 궁녀가, 나의 백성이, 혹여라도 험한 꼴을 당하게 둘 수는 없었다. 한 남자로서도 이 여자만큼은 반드시 지켜 내야 하는 것이었다. 손이 축축하게 젖어 들어왔다. 일단 그곳으로 가 봐야 했다.

호랑이와 산적이 있다는, 인왕산으로.

6

안 그러면 이 삽에
쥐도 새도 모르게 묻힐 텐데

다그닥다그닥─

헌의 말이 인왕산을 향해 빠르게 뛰었다. 이와 함께 헌의 가슴 역시 주체할 수 없이 뛰어왔다. 최근 가짜 세자빈이 궐에까지 나타나고, 그 자결한 모습까지 본 헌의 심신은 정말이지 말이 아니었다.

힘겹게 빈궁을 잊기로 결심한 뒤 몸살까지 덮쳐 왔으니. 그런데 소랑의 납치 사실을 전달받은 뒤부터, 본인이 아픈 것은 전혀 문제되지 않았다.

그저 화가 날 만큼 소랑이 걱정될 뿐이었다.

아직 그때의 고문에서 생긴 상처가 모두 치료되지도 않았을 텐데 보쌈이라니, 보쌈을 당했다니. 누군가에게 끌려가 이리 실리고 저리 굴렀을 생각을 하면, 심지어 해영처럼 겁간의 위협이 있을 거라 생각하면, 가슴이 역하도록 분노가 차오르는 것이었다.

'제발 무사해야 한다, 제발. 무슨 일이 있어도 제발.'

산세는 몹시 험했다. 밤이라 더더욱 아무것도 보이지 않았지만, 가장 선두에 선 헌의 말은 거칠 것 없이 앞으로 나아갔다. 달마저 기울어지고 있을 때, 드디어 신원의 인도하에 산적들의 본거지를 찾았다.

'혹 이런 곳에 소랑이 잡혀 있는 것인가.'

가운데 횃불이 피워져 있는 어둑어둑 추적한 분위기, 산적들의 용모를 보아하니 아까의 수퇘지는 비할 바가 아니었다. 덥수룩한 수염에 동물의 가죽을 등에 걸친 자들. 그들은 잠도 자지 않고 거나하게 술을 마시거나 무기들을 다듬고 있었다.

이때, 한 산적이 축 늘어져 있는 자루를 둘러메고 나왔다.

사람을 실은 듯한 커다란 자루. 그러나 살아 있는 사람을 실은 것인지, 시체를 실은 것인지, 구분할 수 없을 정도로, 그 자루엔 조금의 미동도 없었다.

'혹시, 저게 소랑이인가?'

순간 헌의 가슴이 덜컹 내려앉았다. 뒷등이 축축하게 젖을 정도로 식은땀이 흘렀다.

"자, 오늘의 노리개가 바로 이년인가?"

머리에 사슴 가죽을 쓴 이가 험악하게 자루 앞으로 다가섰다. 놈은 칼침을 꺼내어 단숨에 자루를 지익― 찢어 버렸다. 함께 찢어져 드러나는 푸른색의 치마. 곧 축 늘어져 의식을 잃은 여자가 자루 안에서 나타났다.

소랑이었다.

그녀가 정신을 차리지 않자, 사슴 가죽을 쓴 이가 대야에 물을 담아 훼엑― 뿌렸다.

'이놈이 대체 어디서!'

순간 헌이 바로 튀어 나가 버릴 듯한 자세로 장검을 잡았다. 신원은 그런 헌을 말려 진정하시라, 눈빛을 주었다.

"저들의 수가 너무 많습니다."

횃불 앞에 앉아 있는 산적 수만 해도 우리의 금군의 수보다 한참 많았다.

"조금 더 있다가 기회를 보아 소랑이만 빼내는 것이 좋을 것 같습니다."

소랑이 찬물에 정신을 차렸는지 고개를 들어 주변을 둘러보았다.

곳곳에서 풍겨 오는 고기 냄새, 화르르 타오르고 있는 횃불, 험악하게 생긴 사내들. 아까 산에 묻어 버리겠다더니, 이들 산적들에게 나를 맡긴 것인가. 그녀의 얼굴이 하얗게 질렸다.

"혹시 춤은 출 줄 아느냐? 애교는 좀 부릴 줄 알고?"

사슴 머리 산적이 그녀를 향해 추저분하게 웃었다.

여기서 나를 기생처럼 굴릴 생각인가.

"시, 싫소. 끔찍한 소리 하지 마시오!"

"안 그러면 이 삽에 쥐도 새도 모르게 묻힐 텐데."

몇몇들이 커다란 대삽을 들고서 휘이휘이 위협을 주었다. 급기야 한 놈이 칼끝으로 소랑의 치맛자락을 살짝 들추자,

"이, 이놈들!"

바위 뒤에 숨어 있던 왕 이헌이 더 이상 참지 못하고, 버럭 소리를 질러 버리고 말았다.

"게 가만두지 못하겠느냐!"

신원과 주변의 호위 무사들이 당황해 그를 말려 보았지만, 이미 열이 머리끝까지 뻗쳐 버린 헌의 기세는 막을 수가 없었다.

"저, 저놈 뭐야?"

갑자기 들려오는 고함 소리에 소랑의 고개가 돌아갔다.

이 목소리는?

헌이었다. 왕 이헌이었다.

내가 아직 약에 취해 헛것을 보는 것은 아니겠지. 순식간에 주체할 수도 없는 눈물이 가득 차올랐다.

'저, 전하. 예까지 어떻게 찾아오셨습니까. 이, 위험한 곳까진 어떻게!'

반가움이 앞섰지만, 한편으로는 마음이 덜컹하기도 했다. 순식간에 횃불을 든 산적들이 무서운 기색으로 헌을 덮쳤기 때문이었다.

헌과 신원, 그리고 그 뒤에 있던 모두가 날랜 몸짓으로 칼을 빼어

산적들을 막아 보았지만 신원의 말 대로였다. 그들과 대적하여 싸워 내기엔 이쪽의 숫자가 턱없이 부족했던 것이다. 인원수로 밀고 들어오는 산적들을 이겨 낼 방법은 없었다.

챙챙챙─

한바탕의 칼부림이 이어졌으나 곧 헌과 그 곁의 호위 무사, 심지어 금군들까지 모두 산적들에게 단단히 붙들린 꼴이 되고 말았다. 그들은 곧 오랏줄에 꽁꽁 묶여 소랑의 옆에 꿇어 앉혀졌다. 소랑이 옆으로 끌려온 헌에게 말했다.

"저, 전하. 예까진 어떻게 오셨습니까."

뒤를 돌리고 서 있던 사슴 머리 놈이 그 소릴 들은 모양이었다.

"뭐? 방금 이 남자를 뭐라 불렀느냐?"

허억, 여기서 헌의 정체가 드러났다간 더 큰일이 벌어질지도 몰랐다.

"아, 이전하. 이분의 함자가 이전하요."

"아, 이 씨라고? 그럼 이가 놈이라 부르면 되겠구나."

이런 불충한 놈이 다 있나! 헌이 이빨을 꽉 깨물고는 확 달려들려 했으나, 온몸이 꽁꽁 묶여 어찌할 수가 없었다.

'네 이놈을 용서치 않으리라.'

헌이 이를 바드득 갈고 있는 저쪽에서는 산적의 우두머리와 몇몇이서 저들을 어찌 처리하면 좋을지 회의를 하고 있었다.

"싹 다 묻어 버리지요? 병판에게 의뢰받은 대로요."

"우리가 의뢰받은 건 저 여자만 묻어 버리라는 것이었는데."

"싹 다 해치워 버려야 뒤탈이 없지요."

"그럼 이렇게 묻는 것이 어떠오? 얼굴만 남기고 모두 묻어, 호랑이가 머리를 물어 가게 하는 것이오. 그럼 나중에 얼굴을 확인할 수가 없잖소."

"그거 좋은 생각이오. 호랑이가 자주 지나다니는 그 길목에 묻어 버립시다."

거 보십쇼. 여기까지 그 소리가 다 들린다오. 거 끔찍한 소리를 편하게들 하시네.

"지, 지금 저들이 나를 묻는다 말하는 것이냐? 이 조선의 하늘 같은 왕을?"

"말씀 낮추셔요. 지금은 왕이 아니라 이전하 씨가 아닙니까."

신원이 헌의 뒤에서 속삭였다.

"아까 금부에 추가 병력을 요청했으니, 더 많은 금군들이 이쪽으로 올 것입니다."

"그, 그게 호랑이에게 얼굴을 먹히고 나서는 아니겠지요?"

회의를 마친 듯한 그들이 이쪽으로 다가오고 있었다.

"참, 사내들 생긴 것 하고는. 다들 계집애같이 얼굴이 시허예 가지고."

"그래, 사내라면 우리 정도 풍채는 있어야 하지 않겠느냐."

그리고 한바탕 이어지는 껄껄껄 소리.

"이놈들! 어느 안전이라고 경박한 소리를 내뱉느냐. 당장 이 줄을 풀지 못할까!"

헌이 그들에게 서릿발같이 우렁찬 호통을 쳐 보았지만 그들에게는 씨알도 먹히지 않았다. 호랑이도 상대하는 산적들이라 하지 않는가.

"저, 전하. 제가 해 보겠습니다. 이들에게는 좀 더 다른 방법이 먹힐 것 같습니다."

소랑이가 위압적인 얼굴로 산적들을 올려다보았다.

어느덧 날이 밝아온 궁궐.

왕 이헌이 간밤 잠행을 나가서 돌아오지 않았다는 소식에 강녕전은 발칵 뒤집힌 상태였다. 내시 세장이 발을 동동 구르며 말했다.

"이, 이를 어쩐다 말입니까? 솔직하게 궁녀 하나 구하러 나갔다 할 수도 없고. 무슨 명분으로 상참과 조참을 취소한다 말입니까?"

원녀는 초조한 그를 진정시키며 말했다.

"계속 몸살이 도져 몸이 허하지 않으셨습니까. 많이 편찮으셔서 취소할 수밖에 없다고 해야지요."

"허나, 대쪽 같은 도승지는 어쩌고요. 분명 어디가 편찮으신 것인지 꼬치꼬치 물어보며 귀찮게 할 것입니다."

이때 나인 하나가 도승지가 이미 강녕전으로 들고 있다는 소식을 전했다.

"이, 이를 어쩐다 말입니까?"

"일단 이렇게 하시지요."

원녀는 박력 있게 세장을 이부자리에 눕혔다.

"뭐, 뭐하시는 겁니까?"

"전하의 대역이 있어야지요."

그러고는 세장의 머리에 상투관을 씌우고, 곤룡포를 대충 덮었다. 이불까지 덮은 뒤 얼굴이 보이지 않게 모로 돌려놓았을 때, 도승지 김설록이 들어왔다.

목소리를 들으면 내시 세장임을 바로 알아챌 것이다. 원녀는 근엄한 목소리로 도승지에게 말했다.

"차마 목소리가 나오지 않을 만큼, 심한 고뿔이 드셨습니다. 오늘 상참과 조참은 취소해야 할 것 같습니다."

"콜록콜록."

"그, 그리 심하십니까? 소인, 얼마나 편찮으신지 용안을 뵙고 가도 되겠습니까?"

"아니 되옵니다. 지금 많이 예민하셔서 감히 이런저런 청을 드릴 수가 없사옵니다."

내시 세장 역시 이불 바깥으로 손끝을 꺼내 휘이휘이 가라고 손짓을 해 보였다.

"저, 전하의 옥수玉手가 이상하옵니다."

"뭐, 뭐가 잘못되었다 그러십니까?"

"원래 옥수에 저렇게 자글자글 주름이 많으셨습니까?"

쓸데없이 예민한 관찰력. 괜히 김설록이 아니었다.

"심히 몸이 앓고 나면 그럴 수도 있지요. 어서 돌아가십시다."

"자, 잠깐만요. 원래 전하의 키가 이렇게 작으셨습니까?"

세장이 버선발을 쭈욱 뻗어 보아도 원래 왕 이헌의 키에는 미칠 수가 없었다.

"지금 몸을 굽히고 계셔서 그렇습니다."

"아닌데요, 다 펴고 계신 거 같은데."

"신하된 자로서 이렇게 전하를 귀찮게 하면 되겠습니까. 어서 돌아가시지요."

원녀의 단호한 말에 그는 하는 수 없이 걸음을 돌렸다.

"저은하. 오후에 다시 문안 여쭙겠습니다."

"아오, 진짜 됐대도!"

시종일관 끈질기게 구는 도승지의 태도에 원녀가 그만 버럭 화를 내고 말았다.

"아니, 원 상궁. 왜 화를 내고 그러시오?"

아, 아니지. 이게 아니지.

"오후에도 거동이 힘드실 듯하오니, 강녕전에는 그만 드시기 바랍니다."

제—발. 제에에—발.

도승지의 등을 떠밀어 밖으로 내보내는 원녀의 간곡하고 또 간곡한 청이었다.

"이놈들! 지금 우리가 누군지 알고 이러는 것이냐아!"

짐짓 무서운 표정을 지어 보인 소랑이 장군님처럼 그들에게 호령했다.

허나 남자가 소리쳐도 끄덕하지 않는데, 설마 여자 하나가 소리친다고 끄덕할까. 역시나 산적들은 들은 체도 하지 않고 이들을 파묻으러 갈 준비에 한참이었다.

"나는 악귀를 내쫓는 퇴마사다! 아주 이곳에 악귀들이 벌레 떼처럼 득시글하는구나!"

뭐? 퇴마사? 악귀? 의외의 단어에 산적들이 하나둘씩 그들을 돌아보았다. 의아한 얼굴로 그녀를 올려다보는 건 헌과 신원 역시 마찬가지였다. 얘가 대체 무슨 짓을 하려고 그래.

"허허허. 이거 동네 사람들이 완전히 잘못 알고 있구나. 네놈들이 호랑이도 때려잡는 산적이라고?"

비웃음이 가득 담긴 그녀의 목소리. 산적들이 발끈하여 그녀의 앞에 다가섰다. 그러나 그녀는 일순 더욱더 섬뜩한 표정을 지어 보이며 말했다.

"허허, 내가 보기엔 호랑이한테 가장 많은 고기를 내주는 게 네놈들 같은데."

순식간에 모여든 산적들이 술렁이기 시작했다. 산적들도 호랑이에게 물려가 많이 죽었다는 것을 알고 있는 걸까. 어디 새 나가지 않게 꽁꽁 감춰 둔 말이었는데.

"예, 예끼! 거짓말 마시오. 어찌 퇴마사라는 말을 믿소?"

"니들 죽은 동무를 불러내 보아야 정신을 차리겠구나."

뭐? 주, 죽은 동무를 보여 줘? 대삽을 든 사내들이 동요하기 시작했다. 서, 설마. 거짓말이겠지?

그러나 소랑은 어디에서 주웠는지 몰라도 발밑으로 호리병 하나를 쭈욱, 굴려 보냈다.

"자, 이 호리병 안에는 작년에 죽은 네 동료의 원혼이 담겨 있다. 나를 잘 보거라."

모두들 믿을 수 없다는 듯, 그녀의 행동을 유심히 쳐다보았다. 가장 걱정스러운 눈빛을 한 건 헌과 신원이었다. 그나마 그녀의 빙의 모습을 자주 보았던 그들이었지만 이런 상황에서 이렇게 빙의를 보여 줄 줄은 상상도 못 했기 때문이었다.

소랑은 온 공기를 휘어 마시는 듯 숨을 삼키고서는 온몸을 우둑우두둑 비틀기 시작했다. 다시 시작된 진지하기 짝이 없는 저 표정.

그녀는 스스로 자신의 연기에 완벽히 몰입하고 있었다.

보아라. 내 안에 또 다른 영혼이 접신되는 과정을. 투둑, 투두둑. 이 몸짓이 보이느냐?

그 순간, 갑자기 그녀의 뒤틀림이 멈추고 잠시의 고요가 찾아왔다.

저, 저 여자 진짜 뭐 하는 거지?

"저, 친구들 잘 있었나? 나 돌쇠일세."

어눌한 말투, 구부정한 허리, 자신 없는 말투. 방금 전까지 천지를 호령하듯 고함치던 소랑의 모습은 전혀 찾아볼 수가 없었다. 지, 진짜 다른 영혼이 빙의가 된 거야?

"도, 돌쇠. 진짜 자네가 맞는가? 작년에 죽은 도, 돌쇠가?"

실은 소랑이 작년에 죽었다 쓰인 돌쇠의 작은 비석을 보았기에 할 수 있는 것이었다. 여기서 죽었으면 분명 호랑이에게 물려갔겠지. 봉분도 없이 비석 하나만 세워진 것을 보면 시체도 제대로 수습하지 못한 게 분명했다.

"나, 사실 배가 많이 아파. 그래서 목소리가 이러니 다들 이해 좀 해 주게."

어딘가 아픈 듯한 표정. 심지어 멀쩡한 그녀의 눈이 퀭해 보이기까지 했다. 그야말로 혼신의 영혼 연기가 따로 없었다.

"호, 호랑이가 사람을 파먹을 때 가장 먼저 어딜 파먹는지 아는가?"

호, 혹시?

"바로 내장이라네. 내가 원귀가 되었는데도 먹어도 먹어도 배가 고파. 내장이 다 뚫려 있어서."

허어어억, 대경할 만한 소리였다. 산적들의 얼굴이 바로 사색이 되었다. 소랑이 그들이 두려워하는 것을 정확히 짚은 것이었다.

"한 번에 죽이면 얼마나 또 고마운가. 한 번에 죽이지도 않아요. 그놈 때문에 나도 내장 뜯긴 채로 몇 날 며칠을 고생했다네."

뭐? 그 말을 듣던 산적들 모두 자신이 속을 뜯기기라도 한 듯 배를 감싸 쥐었다. 윽, 몇 날 며칠을?

"매년 계절마다 두세 명씩 죽어 나갔으니, 이제 자네들 차례인가?"

그들의 두 눈에 푸르른 불덩어리가 피어올랐다. 나도 산에서 지내다 보면 언제 호랑이에게 물려가 죽을지 모른다는 공포가 찾아오기 시작한 것이다.

"어, 어떻게 해야 살아남을 수 있나?"

"그래, 돌쇠. 제발 좀 알려 줘. 우리 예전에 함께한 정이 있지 않은가?"

"아주 쉬운 방법이 있지."

"뭐, 무엇인가?"

모두의 시선이 소랑에게로 몰렸다. 시종일관 불안해하면서 그녀를 지켜보던 헌과 신원 역시 마찬가지였다.

"호랑이가 무서우면 호랑이를 피하면 되지. 산에서 내려가면 될 것이 아닌가."

"우, 우리보고 하산하라고?"

"그럼! 내려가서 손 씻고 깨끗한 사람이 되어 살뜰한 가정 꾸리고 살면 좀 좋은가?"

순간 모여든 산적들이 울컥하여 외쳤다.

"돌쇠! 우리라고, 안 그러고 싶은가!"

"진짜 너무하네!"

아까보다 격해진 사내들. 더욱더 사나워진 그들이 분통을 터트렸다.

"시대가 금혼령인데, 어딜 가서 여자를 구해 어떻게 살림을 차린다 말인가! 그래 봐야 금부에 끌려가기밖에 더하는가! 차라리 여기서 산적질 하면서 사는 게 낫지."

"우리도 차라리 보쌈꾼이나 할 걸 그랬네! 참한 색시 하나 훔쳐다 살게!"

호랑이 얘기를 할 때보다 금혼령 애길 할 때 더욱 격분하는 사내들이었다. 갑작스럽게 들고일어나는 사내들에게 당황해 소랑은 움찔 뒤로 물러났다.

'이걸 어쩌지.'

소랑은 부르르 몸을 떨고 흔들어, 돌쇠의 영혼이 빠져나가는 듯한 몸짓을 해 보이고서는 원래의 목소리로 그들을 위워 진정시켰다.

"저, 저기 진정하시오."

"돌쇠가 빠져나간 것이오? 다시 아씨로 돌아온 것이오?"

"그렇소. 일단."

"저기 퇴마사님, 말 좀 물읍시다. 돌쇠가 마을 내려가서 살뜰히 가정 꾸리라 그러는데, 어디 가서 여잘 구해 갖고 산단 말입니까?"

이 금혼령의 시대, 산적들 역시 설로인 것은 마찬가지였다. 아무리 그들이 평범한 삶을 살며 올바른 갱생의 길로 가려 하여도 답이 없었다.

소랑은 옆에 있던 왕 이헌을 가리키며 말했다.

"그, 그 해답은 이쪽이 갖고 있소."

나? 나? 헌의 눈이 동그래져서 말했다.

지금 내가 여기서 왕이라는 걸 밝히는 거야? 금혼령을 내린 자가 바로 나라고?

"소개회라고 들어 봤소?"

소랑의 당당한 말에 산적들 모두 의아한 표정을 지었다.

"여인들과의 단체 소개회, 어떠시오? 그걸 주선해 주실 분이 바로 이분이시오."

7

우리가 직접 확인해야겠소!

어서 후사를 만드시오!

헌은 뜨악한 얼굴로 소랑을 바라보았다. 뭐? 내가 소개회를 연다고? 어디 여자들이랑?

"형님! 저희가 진작 형님을 못 알아 뵈었습니다."

"아니, 어떻게 소개회를 시켜 준다는 겁니까? 주위에 여자들을 많이 알고 계시는 겁니까?"

"다른 여자들이 아니오. 바로 조선 궁궐의 궁녀들이오!"

'구, 궁녀?'

경을 칠 소리였다. 왕의 여자를 어디에다가 소개를 해? 바로 이 산적들에게?

"소랑아. 너 지금 무슨 미친 소리를 하는 게냐."

당황한 이헌이 그녀에게 속삭이자, 소랑은 더더욱 호기롭게 말했다.

"예전부터 나라에 흉사가 많이 벌어질 경우, 혼인을 하지 못하는 궁녀들의 원이 쌓여서라는 말이 있습니다. 그런 해에는 궁녀들 오륙십 명을 출궁시켜 짝을 지어 주고, 이 나라의 화복을 기원했다 합니다."

"그, 그래서요?"

산적들의 눈빛은 이미 목이 마른 강아지들과 같았다.

"그 출궁녀들이 나와 봤자 모두 남자 손 한 번 만져 보지 못한 설로가 될 터이니 단체 소개회를 하면 참으로 좋겠지요."

여자, 여자를 만나게 해 준다고? 그제야 산적들이 진정한 기쁨에 들뜨기 시작했다.

"허나 모든 것은 주선자 이씨에게 달려 있는 법. 그가 허락을 하지 않으면 말짱 도루묵이 될 것이오."

"대체 이자의 정체가 무엇이길래 그러오?"

"그렇소. 대체 누구길래 궁녀들을 많이 알고 계신단 말이오?"

"이자는……!"

소랑의 말에 다시 모두의 이목이 몰렸다. 가장 불안한 건 왕 이헌이었다. 대, 대체 무슨 말을 하려고.

"내시요! 그곳이 없어!"

그녀의 우렁찬 답에 모두의 실소가 터져 나왔다.

'멀쩡해 뵈는데?' 하면서 갸웃하는 산적부터 동정의 눈빛을 던지는 산적까지, 다양한 시선이 헌에게 머물렀다.

하아. 이런 능욕이 또 없구나. 멀쩡히 제대로 잘 붙어 있는데 소랑의 세 치 혀에 이렇게 내가 놀아나다니.

"그러니, 이렇게 단체 소개회도 주선하고 그러는 것이지."

"아이고, 형님. 우리 불쌍한 영혼들 구제 좀 해 주십시오."

"그래요. 우리가 아까 파묻어 버린다, 그런 장난들 다 잊고 우리 새로운 인생 좀 시작하게 도와주시오. 호랑이들 아주 무서워 죽겠어."

산적들이 헌에게 매달리며 말했다.

"소개 안 해 주면 우린 더더욱 삐뚤어질 것이오! 막 다 죽여 버리고 그럴 거얏~."

이걸 어쩌지. 결국 헌이 고개를 끄덕일 수밖에 없는 상황이 되었다. 그는 소랑에게 한 번 야속하다는 눈빛을 던지고서 말했다.

"그리하겠소. 내가 이 나라의 국왕께 말을 잘 전해, 혼인하지 못해 원이 쌓인 궁녀들을 출궁시키라 하겠소."

"아이고, 그렇다면 우리 모두 색시를 얻을 수 있단 말이오?"

뒤에서 신원이 거들었다.

"물론 혼인은 금혼령이 철회된 이후에나 가능하겠지만, 미리 사귀어 놓는 것은 나쁘지 않지요."

"그, 그럼 내게도 정인이 생기는 것인가?"

산적들이 일제히 두 손을 들어 환호를 했다. 그렇게 순진하게 기뻐하는 그들을 보니, 소랑은 그제야 마음을 놓을 수 있을 것 같았다. 아까는 다 구덩이에 파묻어 우릴 죽여 버릴 것 같은 악당으로만 보이더니, 이제는 금혼령 시대의 천진한 설로들로 보였다.

그들은 넉살 좋게 허허 웃으며 그들 일행의 오랏줄을 풀어주었다.

"형님, 이 약속 잊으시면 안 됩니다!"

"저는 특별히 예쁜 궁녀로~"

눈짓을 하며 당부하는 산적들. 그런데 바로 이때, 병판이 보낸 수하가 그들에게 도착했다. 소랑이를 잘 파묻었는지 확인하기 위함이었는데, 이게 웬일인가? 모두 그녀의 오랏줄을 잘 풀어주고 오히려옷을 털어 주며 이것저것 챙기는 게 아닌가? 아니, 저년이 대체 무슨사기를 쳤길래?

잠깐, 저기 옆에 있는 남자는 누구지? 바로 왕 이헌이 아닌가! 병판의 수하로 일을 하며 저번 사냥터에서 왕 이헌을 본 적이 있었다.

"지금 뭣들 하시는 것이오! 의뢰받은 일은 어쩌고?"

그가 산적들 사이로 헤치고 들어가 우렁찬 목소리로 외쳤다.

"것보다 더 중요한 것이 있소. 좀 비키시오. 이분들 가셔야 하니께."

완전히 달라진 산적들의 태도는 그렇게 온화하고 부드럽기 이를데가 없었다. 이를 본 병판의 수하는 더욱 이를 갈면서 그들에게외쳤다.

"지금 저분이 누군지 알고 이러시오!"

"이 조선의 내시가 아니오!"

내시? 왕이 고자였어?

"아니오! 저 사람은 바로!"

뜬금없는 남자의 등장에 소랑과 헌이 순간 불안한 눈빛을 교환했다. 여기서 정체가 밝혀지는 것은 아니겠지.

"이 나라 조선에 금혼령을 내린 왕 이헌이오!"

산적들에겐 청천벽력 같은 소리였다.

뭐라고? 이 사람이 왕 이헌이라고?

그들은 일제히 헌의 얼굴을 쳐다보았다. 거짓으로도 당황한 낯빛을 숨길 수가 없었다.

"그게, 사실이렷다!"

산적들의 눈빛이 대번 사나워졌다. 소랑과 왕 이헌, 그리고 신원의 목에 순식간에 수십 개의 칼날이 들어왔다.

"말해 보시오. 진짜로 이 나라에 금혼령을 일으킨 자가, 당신이오?"

빼도 박도 못할 상황이었다. 모두 금혼령으로 인해 잔뜩 성이 난 자들이었다. 소랑이 헌의 앞에 서서 양팔을 쫙 벌리고서 그들을 막았다.

"지금 여기서 칼을 휘두르면 더 이상의 소개회는 없소!"

"하앗! 우리가 지금까지 금혼령으로 인해 힘들었던 세월이 얼마인데!"

잔뜩 분노한 산적들의 칼이 금방이라도 목을 찌를 듯 움찔움찔했다. 단체 소개회로 잘 빠져나가나 싶었는데, 이렇게 정체가 탄로 나

버리다니, 소랑은 절망스럽게 주변을 둘러보았다.

이때 뒤에서 이 상황을 지켜만 보고 있던 산적들의 두목, 방만방이 나타났다. 압도적인 풍채, 덥수룩한 수염, 산적다운 야성과 우두머리의 진중함이 공존하는 얼굴이었다.

"모두 칼을 내려놓거라."

"두, 두목!"

"우리가 여기서 왕을 없앤다 한들, 이 환란이 사라지겠느냐. 금혼령이 끝나기라도 한다더냐. 우리들이 바라는 건 왕이 죽는 게 아니라 혼인을 제대로 할 수 있는 세상이 되는 것이다."

그래, 여기서 그를 죽인다고 능사는 아니었다. 산적들은 망연자실 칼을 툭툭 떨어뜨렸다.

"게다가 여기서 왕을 없애면 이 조선 왕조의 후대가 끊기겠지."

"죽이더라도 후사를 본 뒤에 죽여야 하지 않겠습니까."

"그렇습니다. 그 모습을 우리가 확인해야겠습니다."

엥? 왜 다들 결론이 그렇게 흘러?

"게다가 이 여자는 퇴마사이기 전에 현직 왕실의 궁녀라 하지 않았습니까?"

소랑을 가리키는 뜬금없는 손가락. 나, 나 말이오?

"그래! 궁녀가 있다면 왕의 씨를 받아야지!"

"우리가 직접 확인해야겠소! 어서 후사를 만드시오!"

헌과 소랑의 얼굴이 샛노랗게 질렸다. 여기서라니, 어떻게 여기서?

"아니, 왕실의 합궁에는 도리가 있는 법인데 여기서는 좀!"

산적들은 다 같이 입을 모아 일제히 같은 구호로 외치기 시작했다.

"합궁, 합궁, 합궁……!"

그 소리가 메아리가 되어 산이 부르는 거대한 합창이 들려왔다. 이게 무슨 해괴망측한 소리인가.

"그것은 깊은 야밤에 남녀끼리 은밀하게 치러져야 하는 일이지, 이렇게 남들 앞에선 아니 되오!"

"남들이 안 볼 땐 된단 얘긴가? 우리가 저쪽 창고를 내어 줄 테니 그곳에서 일을 치르시오."

황당한 헌과 소랑의 시선이 허공에 부딪혔다.

"안 그러면 여기서 절대 보내주지 않을 것이오!"

바로 이때, 당황한 그들을 구해 주는 이가 있었다.

"다들 이쪽으로 오너라!"

신원이었다. 그가 부른 금군들이 이제야 산적들의 본거지에 도착한 것이다.

"어디서 전하께 그런 불경한 말을 내뱉느냐!"

금군들의 도움 아래 다시 칼을 되찾은 헌과 신원. 그들이 산적들을 향해 칼을 겨누었다.

바쁘게 다시 무기를 챙겨 드는 산적들과 이에 맞서는 금군들. 이러다간 금군과 산적들 사이에 커다란 전투가 벌어질 것만 같았다. 이대로라면 여럿 피를 흘리는 건 시간문제였다.

이, 이래선 안 될 텐데.

"잠깐! 모두 멈추시오!"

당장이라도 전투가 벌어질 것 같은 일촉즉발의 상황. 그 가운데에 소랑이 나섰다.

"소랑아! 위험해, 이리 와!"

그녀의 목으로 날카로운 칼날이 모여들자 신원이 안타깝게 외쳤다. 허나 그녀는 꿈쩍도 하지 않고 오히려 장군 같은 목소리를 냈다.

"모두 칼을 거두시오. 이 산적들은 전하의 목숨을 위협한 자들이 아니오."

금군들을 향해 쩌렁쩌렁 외치는 소랑, 의외로 산적들을 감싸 주는 말이었다. 산적들의 표정이 의아함으로 가득 찼다.

"이들이 바라는 것은 오로지 이 나라의 금혼령이 철회되고 조선 왕조의 후대가 이어지는 것. 그 말을 조금 격하게 했을 뿐이오."

"그렇소, 다른 뜻은 없었소."

방만방이 다시 가운데에 나서서 근엄하게 이야기했다.

"우리에게 두 가지 약조만 해 주시면 되오."

"그게 무엇이오?"

"하나는, 아까 그 출궁한 궁녀들과의 소개회를 꼭 치르는 것!"

이 말을 들은 헌이 고개를 끄덕였다.

"이는 아까 약속하지 않았소. 그 약속은 꼭 지키겠소."

"그리고 두 번째는, 육 개월 안에 후사를 보는 것이오."

뭐? 모두의 입이 딱 벌어졌다.

"아니, 메뚜기도 아니고 어찌 육 개월 안에 후사를 보겠소?"

"육 개월 안에 원자 아기씨가 생겼다는 소식들만 백성들에게 들리면 되오. 그럼 이 금혼령 시대에 이 어쩌나 단비 같은 일이 되겠소!"

소랑의 얼굴이 벌게졌다. 신원 역시 앞으로 나서서 손을 내저었다.

"가능한 일이 아니오!"

"이 약속만 지켜지면, 우리 산적들은 모두 손 씻고 해산하여 민가에서 살아가겠소!"

해산이라고? 순간 금군들이 술렁거렸다. 오랫동안 골치를 썩여왔던 산적들의 문제를 한 번에 해결할 수 있다면야. 이런 큰 이득이 또 없었다.

이제 헌의 결정만이 남았다. 모두 다 헌의 입에서 말이 떨어지기만을 기다리며 그를 보았다.

"후사라…… 노력해 보겠소."

"지, 진정이시오?"

헌을 보던 산적들의 눈이 화악 밝아졌다.

"장담은 할 수 없으나 최선을 다해 노력하겠다고 약조하겠소."

굵게 울려 퍼지는 헌의 강건한 목소리. 산적들은 그제야 모두 무기를 내려놓았다. 두목 방만방도 왕 이헌의 앞으로 다가가 무릎을 꿇고 고개를 숙였다.

"모두 배운 것 없는 무뢰배들이라, 이런 식으로밖에 청을 전달하지 못합니다. 용서해 주시옵서. 허나 이 백성들의 이 열화와 같은 바람은 꼭 이뤄 주시기 바랍니다."

묵직한 목소리에 담긴 진심. 두목이 고개를 숙이자 다른 산적들 역시 모두 왕 이헌에게 무릎을 꿇어 예를 갖추었다.

"아니다. 모두 과인이 구제를 했어야 할 백성들이었다. 그간 백성들로부터 등을 돌렸던 과인의 잘못이다."

분위기가 참으로 훈훈하게 마무리되어 갔다. 산적들은 용서를 구하고, 금부 역시 육 개월 안에 산적들이 해산을 하겠다는 요청을 받아들이고.

까닥 목숨을 잃을 뻔했던 위험천만한 잠행이었으나, 왕 이헌에게는 금혼령의 풍경과 백성들의 열망을 직접 귀로 들어 볼 수 있는 의외의 기회였다.

왕 이헌은 근엄하게 돌아서 한숨처럼 이 한마디를 훅— 내뱉었다.

"그러니까 육 개월 안에 후사를 봐야 한다는 거지."

아, 이를 어쩐다.

"전하께서는 아직 누워 계시옵니까?"

그날 오후, 도승지가 다시 강녕전에 들었다. 원녀가 아직 몸이 편찮으시다 말려 보아도, 그는 거칠 것이 없었다. 그래봐야 아직 그 안에 누워 있는 게 내시 세장일 텐데.

"내 꼭 전하의 상태를 확인해야겠습니다. 걱정이 되어 견딜 수가 없습니다. 전하, 전하!"

결국 침소의 문을 열고 들어오는 도승지 김설록. 그 침금 안에선 한 사내가 등을 돌려 누워 있었다.

"전하, 용안을 보여 주시옵소서. 많이 편찮으시다더니, 지금은 괜찮으시옵니까?"

그 사내가 서서히 고개를 돌렸다. 그 움직임에 원녀의 가슴이 바들바들 떨려 왔다.

"도승지, 걱정이 많으셨소."

이불속에서 나타난 사내는 다름 아닌 왕 이헌이었다. 아휴, 대체 언제 돌아오신 게야. 원녀는 혼자서 스르륵 가슴을 쓸어내렸다.

"전하, 얼마나 걱정을 했는지 아시옵니까. 이제 더 이상 그렇게 혼자 아파하지 마시옵소서."

"그래, 도승지의 마음은 잘 알겠다. 더 이상 걱정은 말거라."

헌은 주변을 휘휘 둘러보더니, 모두 나가 있으라는 손짓을 했다.

"다들 물러가 있거라."

갑자기 무슨 일이시지? 왕 이헌은 병풍 뒤를 툭툭 치며 말했다.

"세장아. 너도 나가 있어야지?"

도승지는 미심쩍게 세장이 나가는 뒷모습을 지켜보았다. 왜지? 왜 상선이 여기 숨어 있었지?

"전하, 갑자기 무슨 일이십니까?"

"내가 말이오. 백성들과 약속을 하나 한 게 있소."

"무엇이옵니까."

헌은 한 박자 쉬고서는 은밀히 말을 전했다.

"음, 내 육 개월 안에 후사를 보기로 하였소."

"네? 간택은 어쩌시고 후사를 먼저!"

"그런 게 있소. 그러니까 이거 어쩌면 좋겠소."

뜬금없는 후사 상담에 도승지 김설록의 고개가 기우뚱 기울어졌다.

"그러니까 후사를 보시려면 말이지요. 일단 깊은 야밤에."

"어허! 내가 그 방법을 몰라서 이러겠소?"

"아니, 일단 좀 마음에 드는 궁녀 혹 없으십니까?"

"마음에 드는 궁녀?"

"나 자신도 모르게 조그맣게 연모의 정을 키워 온 여인네라거나."

"연모의 정? 그게 뭐였더라?"

도승지는 까슬까슬한 수염을 진지하게 문지르며 말했다. 우리 전하, 상태 참 심각하네 그려.

"일단 둘만 있고 싶어지는 것입니다. 그리고 그 여자의 작은 행동에도 이 가슴이 미친 듯이 쿵쾅쿵쾅 뛰는 것이지요."

글쎄…….

"자꾸 설레어 오면서, 자꾸 신경이 쓰이면서, 확 쏠리는 듯한 느낌? 마음속에서 비중이 확, 커지는 듯한 느낌?"

헌은 고개를 갸웃했다.

"그러면서 슬슬 음심이 드는 것이지요. 이 여잘 갖고 싶다, 다른 남자와 있는 게 싫다, 이런 감정이요."

도승지의 눈빛이 점점 더 낭만에 차올랐다.

"그러다가 이 여자가 사라지면, 칵! 죽어 버릴 것 같은 그 느낌?"

그래? 헌은 찬찬히 고개를 끄덕였다. 이 여자가 사라진다라. 저번에 금부를 통해서 소랑이가 납치되었다는 소식을 들었을 땐 분명이 세상이 남김없이 무너지는 기분이었다. 안씨에 이어 소랑이까지그리되어 버린다면, 정말 이 세상 전부를 잃을 것 같아, 그래서 궐밖으로 직접 잠행을 나섰었다.

다른 남자와 있는 게 싫다라. 저번에 신원이 소랑에게 입맞춤을했던 것을 보고 크게 노했던 것도 사실이었다. 그런데 그게 과연 질투의 감정이었을까? 그럼 내가 정말로 소랑이를 연모하고 있는 것인가?

글쎄. 아직 그 정도 감정까지는 아닌 것 같았다. 두근두근, 연모의정이라. 그런 단어가 소랑이에게 어울리기는 할까?

"그런 분이 있다면 그 여자와 후사를 보면 되지 않겠습니까?"

안 돼. 소랑이를 통해 후사라니. 본격적으로 그렇게 생각을 하니까 이거 너무 진지하고 민망했다. 헌은 고개를 절레절레 흔들어 자신의 감정을 외면했다.

"아, 아닌 것 같다. 연모의 감정까지는."

"아직 좀 헷갈리신다?"

그 무엇도 확신할 수가 없었다. 왕 이헌에게 사랑이라는 건 가슴한쪽에 무겁게 매달려 있는 추와 같은 것이었다. 진지하고, 무겁고,가슴 아프고.

그러나 소랑이를 생각하면 그와는 정반대의 기분이 들었다. 언제나 촐싹거리면서 오락가락 온 정신을 사납게 하고, 어디서 또 사고 치진 않을까 온 신경을 다 쓰이게 하는. 이런 게 연모의 감정이라고? 도저히 연결이 되지 않았다.

도승지가 물러간 한참 뒤에도 헌은 계속 복잡한 감정에 빠져 있었다.

"전하, 힘든 잠행을 다녀오셨다고 들은 터라 목간을 준비했나이다."

밖에서 나직한 원녀의 목소리가 들려왔다.

그래, 뜨거운 물로 피로를 풀면 좋겠다는 생각에 헌이 자리에서 일어났다.

어둑어둑 작은 빛이 내려오고 있는 정방淨房.

그곳에는 난초를 삶아 향을 낸 난탕이 준비되어 있었다. 김이 모락모락 하여 뜨끈한 기운이 흐르고 있는 목간통. 얇은 속적삼만 걸친 헌이 뜨끈히 몸을 담갔다.

그러다가 곧 그것마저 거추장스러웠는지, 헌은 곧 웃통을 모두 벗어던져 버렸다. 바로 이때, 소랑이 고개를 숙이고 안으로 들어왔다.

"전하, 옥체를 닦으실 천을 가져왔나이다."

이 말 한마디에 왕 이헌은 깜짝 놀라 몸을 가렸다.

헉! 지금 네가 갑자기 여기 왜!

8

보고
있어
도,
보고
싶냐

"왜 그러십니까?"

이미 정방에는 많은 나인들이 그의 목간을 도와주기 위해 서 있
었다. 소랑이 지밀나인으로서 그의 수발을 들기 위해 들어왔다고
해도 이상할 것은 없었다.

"가, 가서 좀 쉬지 그러느냐. 보쌈당하여 고생한 게 언제라고, 벌
써 이렇게 나와서 일을 하느냐."

"소녀 또한, 전하의 피로가 걱정되어 들어왔나이다. 저도 이 일이

끝나면 들어가서 쉴 것이옵니다."

소랑은 조용히 눈을 깔며 말했다.

"드릴 말씀도 있고 말입니다."

'할 얘기가 있다고?'

헌이 그곳에 있던 모든 나인들을 물리자 어둑한 정방에는 헌과 소랑, 둘만이 남았다.

"고맙다는 말씀을 드리고 싶었습니다. 저를 구하러 사가에 잠행까지 오신 게 아닙니까."

소랑은 고개를 꾸벅 숙이며 감사의 인사를 전했다.

'아, 고맙다는 얘기였구나.'

헌은 뜨끈한 물에 몸을 담그고서 이번 잠행의 소회를 말했다.

"고맙다는 말은 내가 해야 할 것 같구나. 덕분에 금혼령으로 인해 힘들어진 백성들의 고충을 생생히 알 수가 있었다. 보쌈꾼에게 신부를 의뢰했던 자의 심정이며, 보쌈을 당해서라도 혼인하고 싶었던 아가씨들, 그리고 설로인 산적들의 바람까지. 이번이 아니면 언제 그런 것을 느낄 수 있었겠느냐."

진심이었다. 짧았지만 많은 것을 느낀 잠행이었다는 것이. 지금껏 궐 안에서 접했던 것과는 사뭇 다른 생생함이었다.

"다 너의 덕분이다."

헌의 목소리가 촉촉한 정방에 나지막하게 울렸다.

"아, 아닙니다."

손사래를 치며 고개를 젓는 소랑과 헌의 사이에 잠시의 정적이 흘렀다.

"땀을 닦아 드릴까요?"

그 정적이 어색했는지, 닦을 것을 쥔 소랑이 성큼 다가왔다.

"아, 아니다. 가까이 오지 마라."

헌은 급히 손을 내저으며 말했다. 난향이 조용히 퍼져 있는 어둑어둑한 목간실. 둘 사이에 다시 묘한 분위기가 흐르기 시작했다.

"아니면 시중을 들 다른 나인들을 불러올까요?"

"아니다, 되었다."

소랑은 옆에서 작은 대야의 뜨거운 물을 휘휘 저어 살짝 식히고 있었다. 그 모습을 보고 있는 헌의 가슴이 조용히 뛰기 시작했다.

연모의 정이라. 그 말이 소랑이와 어울리기나 할까 싶었는데, 이렇게 둘만 같이 있자 아까 도승지와 나눴던 그 말들이 떠오르기 시작했다.

'그 여자의 작은 행동에도 가슴이 미친 듯이 쿵쾅쿵쾅 뛰는 것이지요.'

감정은 다시금 헷갈려 왔다. 분명 소랑이를 보는 자신의 가슴은 쿵쾅쿵쾅 뛰고 있었다. 그렇다면 그녀를 향한 나의 감정은 무엇일까?

물을 다 식힌 것인지, 소랑은 곧 헌이 있는 목간통 쪽으로 대야를 들고 다가왔다.

"따뜻한 물을 부어드리겠습니다."

"조심하거라."

그러나 그 말이 끝나기가 무섭게 소랑은 물이 흥건하게 고여 있는 바닥에 발을 헛디뎠다.

"으앗!"

그녀는 대야를 놓치는 동시에 물 바닥에 쭉 미끄러지고 말았다. 그러고는 순식간에 헌이 있는 목간통에 풍덩, 빠지고 말았다. 중심을 잃은 그녀를 잡아 주려던 헌도 갑작스러운 물보라에 흠뻑 젖어 버렸다.

'푸핫―'

소랑이 물에서 나왔을 땐 거의 헌의 품에 안겨 있다시피 가까이 붙어 있었다. 두근, 두근, 두근.

소랑과 헌의 가슴이 동시에 뛰기 시작했다. 당장이라도 무슨 일이 벌어질 것 같은 분위기. 어색해진 소랑이 목간통에서 일어나려 했을 때였다.

'훅―'

헌이 그녀의 어깨를 와락 끌어당겼다. 그녀는 순식간에 헌의 무릎 위에 앉은 모양새가 되고 말았다. 어느덧 둘 사이는 위험할 정도로 가까워져 있었다.

"백성들에게 약속한 게 있지 않느냐."

"네?"

"육 개월 안에 후사를 보겠다는, 그 약속 말이다."

후사라면, 혹 여기서? 위험하고 또 위험한 눈빛이었다. 확 무슨 일이라도 쳐 버릴 것 같은 헌의 동공. 그의 고개가 천천히 기울어져, 소랑의 입술 쪽으로 가까워졌다.

103

지금 이 끌림은 그 무엇으로도 막을 수가 없었다. 헌의 머릿속은 단 한 가지 충동으로 가득했다.

그런데 헌의 입술이 소랑에게 닿기 바로 직전, 그녀는 자신의 입술을 손으로 막아 버리고 말았다.

"후사라니요."

그녀의 목소리는 침착했다.

"다른 이들의 성화 때문에 저에게 이러시는 겁니까. 아쉽게도 저는 이 나라의 후대를 이을 만한 재목도, 그리하여 후궁으로 앉아 있을 재목도 아닙니다."

낯설 만큼 단호하고 침착한 소랑의 목소리가 이어졌다.

"진심이 아니면 싫습니다. 이렇게 갑자기 솟아오른 음심으로 저를 가까이하시는 건 더욱더 싫습니다."

"으, 음심이 아니다."

"그럼 무엇입니까."

그런 소랑의 물음에 헌은 단번에 답을 내릴 수가 없었다.

아직 나의 진심이 무언지 모르겠다고. 너를 향한 내 감정이 아직은 헷갈리기만 한다고 말을 할 수가 없었다.

그러한 헌의 침묵에 소랑은 이미 답을 들었다는 듯 더욱 굳건한 표정을 지어 보였다. 그녀는 조용히 목간통에서 몸을 일으켜 그 밖으로 나갔다.

"소랑아."

어두운 표정으로 자신에게서 멀어지는 소랑의 손을, 헌은 잡을 수가 없었다. 그저 석상처럼 목간통 안에 굳어져 있을 뿐이었다.

똑, 똑, 똑.

젖은 소랑에게서 떨어지는 물소리가 하나둘씩 멀어졌다. 그녀가 문을 열고 정방을 나가 버린 것이었다.

똑, 또옥, 또오옥.

헌의 가슴에도 물방울이 하나둘씩 떨어졌다.

분명 방금 전까지 이 목간통에 풍덩 빠져 있던 것은 소랑이었는데, 이제는 헌의 모든 것이 소랑이에게 푸욱 잠겨 버린 것 같았다.

온통 젖어 버린 채로 정방을 나온 소랑의 왼쪽 눈에서 눈물 한 방울이 주르륵 흘렀다. 감정은 온통 복잡하기만 했다.

단 한 번도 이렇게 먼저 왕의 곁에서 먼저 떠난 적이 없었는데. 이 모든 것은 보이지 않는 그물을 찢고 나가는 듯 힘겨운 일이었다.

헌의 곁에 있어서 행복했으나, 그를 걱정시킬 일도 위험에 빠뜨릴 일도 너무나 많았다. 내가 이렇게 그의 곁에 있는 것이 맞는 것인가. 나의 위험으로 인하여 그 역시 위험에 빠져 버리고 마는 것이.

역시 확신이 들지 않았다. 예전에 신원과 약속했던 것도 떠올랐다. 왕에 대한 그 어떤 연심도 갖지 않기로 했던 것. 그래야 한다고 생각했다.

나에겐 비밀이 있으니까. 지금껏 왕 이헌을 속여 왔다는 그 비밀이. 그걸 영원히 숨기고서 염치없이 그의 곁에 있을 수 있을까. 역시나 답은 부정이었다.

그녀의 눈에선 다시 눈물 한줄기가 주르륵 흘렀다. 이렇게 자꾸만 자신의 마음이 깊어지는 게 슬펐다.

'진심이 아니면 싫습니다.'

실은 그녀 역시 직감하고 있었던 것이다. 왕 이헌이 아직 그녀를 헷갈려하고 있다는 것을.

세자빈 안씨를 잊기로 하고 나서, 더 이상 소랑을 안씨로 보지는 않았지만 그렇다고 그 눈빛을 사랑이라 부를 수는 없었다. 그것이 연모의 감정이 아님을 소랑은 알고 있었다.

결국 소랑은 갑작스럽게 자신에게 훅, 다가오는 헌을 밀어낼 수밖에 없었다. 소랑은 절로 차오르는 눈물을 빠르게 닦아 지우고는 윈녀의 방으로 향했다.

젖은 몸에 문득 불어드는 밤바람이 차가웠다.

"이러다 감기 들어."

순간 누군가 그녀의 어깨에 두루마기를 덮어 주었다. 소랑이 고개를 홱— 돌려 그의 얼굴을 보았다.

애달당. 도석은 해영의 안색을 살피며 조심히 안으로 들어섰다. 해영 아씨는 괜찮을까. 그때의 수돼지 변태의 행각으로 몸과 마음에 상처를 입지 않았을까. 다행히도 해영은 여느 때와 다름없이 손님들에게 따뜻한 미소로 차를 내주고 있었다.

"해영 아씨, 이리 주십시오. 제가 하겠습니다."

"아녜요. 다 제가 할 수 있는 건데 괜찮아요."

도석은 괜찮다는 해영을 말려 굳이 대접을 빼앗아 들었다. 그러고는 그녀가 아무 일도 하지 못하게 계산대에 앉히고서 본인이 직접 찻잔을 모두 갖다 주었다.

"아씨, 그때 많이 놀라셨었지요?"

해영은 넋이 빠진 듯 약간 멍하니 허공을 바라보고 있었다.

"네, 뭐, 그렇죠."

그런데 어쩐지 그녀의 대답이 평소와 다르게 굉장히 건조했다. 언제나 친절하고 나긋나긋하던 해영이었는데. 갑자기 왜 이러지? 도석은 약간 철렁한 마음으로 그녀를 바라보았다.

"아, 저번에 부탁하신 패설책입니다. 아씨가 그렇게 기다리던 속편이에요."

해영은 심지어 도석이 무겁게 들고 온 책들에도 관심을 주지 않았다.

"이젠 이렇게까지 무겁게 가져오지 않으셔도 돼요."

다시 한 번 도석의 가슴이 철렁했다. 왜 갑자기 해영의 태도가 변한 것이지? 그의 마음은 불안하기만 한데, 해영은 계속해서 턱을 괴고 멍하니 있을 뿐이었다. 도석은 뒤뜰에 있던 개이 할배에게로 가서 찔러 물었다.

"갑자기 왜 저런다오?"

"음, 사랑에 빠진 게 아닐까?"

"누, 누, 누구랑요?"

"그때 자길 구해 줬던 임금님 같던데?"

정말 그때 사랑에 빠진 것이라고? 그 잠깐의 순간에?

"그래서 패설책들도 다 필요 없다 말하는 것 같아."

철렁 내려앉은 도석의 가슴이 쉬이 돌아오지 않았다. 해영 아씨의 마음에 그새 다른 사람이 들어와 버린 겐가. 이루어질 수도 없는 그 사람에게? 왜 가까이 있는 나의 마음은, 알아주지도 않고!

밤늦은 주막.

도석은 이기지도 못할 술을 벌컥벌컥 들이켜고 있었다.

"해영 아씨에게 사랑하는 사람이 생기고 말았다오."

그 앞에는 덕훈과 왕배가 걱정스러운 눈빛으로 그를 보고 있었다.

"괘, 괜찮으시오? 해영 아씨를 걱정하는 마음은 누구도 정본좌님을 이길 수가 없을 텐데."

"그 마음이 전달이 안 되니까 문제가 아니오!"

덕훈과 왕배가 조용히 속삭였다.

"아니, 해영 아씨랑 잘되면 그 자료들 우리에게 주기로 하셨잖아."

"근데 안 주실 것 같은데? 꼴을 보아 하니까."

그는 심장을 쥐어짜는 듯, 주먹을 꽈아악 쥐어 탁자를 쾅— 쳤다.

"이제 다시 시노자키상에게 돌아가야 할 때인가?"

도석은 품에서 춘화첩을 꺼내 손에 쥐고 부들부들 떨었다.

108

"흐억, 나는 왜로 가겠소! 내 사랑을 찾아!"

"아니, 언제 왜까지 간단 말이오!"

"헤엄쳐서 갈 것이오! 우욱~!"

그는 급기야 주막 평상에 엎드려 수영하듯 버둥거리고 있었다. 왜 이러시오, 덕훈과 왕배가 말려 봐도 소용이 없었다.

"해영 아씨이이! 왜 이렇게 가까이 있는 사랑을 몰라주시는 것이오! 야멸찬 그대여!"

"이러다 감기 들어."

소랑은 화들짝 놀라 뒤를 돌아보았다. 그녀의 어깨에 두루마기를 덮어 준 사람은, 다름 아닌 신원이었다.

"아우, 깜짝이야. 여기서 뭐 하고 있었어?"

"그냥, 기다리고 있었어."

"무엇을?"

"별이 뜨는 것을."

신원은 소랑에게 아무것도 묻지 않았다. 왜 이렇게 흠뻑 젖어서 정방에서 나왔는지, 어딘가로 도망이라도 치듯 황급히 달려가던 연유는 무엇인지.

"고마워. 신원아. 멀리까지 달려와서 나 구해 준 거잖아. 정말로."

"아냐, 진작 그런 일이 일어나지 않게 해야 했는데."

신원은 가만히 소랑의 팔을 끌어당겨 그녀를 안았다. 헛, 살짝 놀란 그녀가 신원을 밀치려 했지만,

"미안해, 정말 많이."

너무나 진심이 담겨 있는 그 목소리를 차마 모두 떨쳐 버릴 수는 없었다.

"아냐, 네 잘못이 아니야. 내 팔자가 사나워서 그래."

소랑은 그의 얼굴을 정면으로 마주 보고서는 조용히 속삭였다.

"미안해하지 마, 응?"

신원은 다시 큰 키를 숙여 그녀의 어깨에 얼굴을 얹고 푸욱, 기대었다.

"이렇게 기대니까 좋다."

"많이 힘들었지? 고생 많았어, 신원아."

"소랑아, 네가 나의…… 정인이었으면 좋겠다."

순간 소랑의 숨이 탁, 멈추었다. 저, 정인이라고?

"왕의 여자가 아니라 내 정인이었으면 좋겠어."

"신원아."

"그래서 너한테 마음껏 기대었으면 좋겠다. 다 솔직해졌으면 좋겠어. 네가 납치되었을 때 내 마음이 찢어지는 거 같았다고. 네가 산적들 앞에 나서서 한 마디 한 마디 할 때마다 어찌 되어 버릴까 봐, 미친 듯이 불안했다고. 네가 정방으로 들어가는 모습을 보면서 어떻게 할 수도 없는 내 자신이 너무 바보 같아서 많이 힘들었다고. 다 말하고 싶어."

지금 이 순간. 신원은 솔직히 말하고 있었다. 아직 스스로의 감정을 모두 확신하지 못하고 있는 왕 이헌과는 달랐다. 저릿저릿한 가슴으로 자신의 진심을 모두 털어놓고 있었다.

"너는 다시 날 밀어내겠지. 동무, 그 이상은 안 될 거 같다고."

신원의 말 한마디 한마디에는 진심에서 우러나오는 아픔이 배어 있었다. 소랑은 아무 말도 뱉어낼 수가 없었다.

"보고 있는데 보고 싶냐."

그 어떤 말로도 소랑의 모든 걸 가질 수는 없었다. 그의 목소리에는 영원히 채워지지 않을 그리움이 담겨 있었다.

"널 잡을 수 있는 그 어떤 끈이라도 있었으면 좋겠다. 동무라는 그 허울 좋은 말 말고."

받아 줄 수 없는 마음, 대답해 줄 수 없는 진심. 그녀의 가슴에도 욱신한 통증이 밀려왔다. 많이 미안하고, 또 미안했다. 그녀는 다시 신원을 마주 보았다. 얼른 말을 돌려야 했다.

"저번에 그 조사는 어떻게 되었어? 귀걸이 조사하려다가 우리 그렇게 된 거잖아."

"응, 금부에서 조사한 끝에 찾아냈어. 귀걸이 사 갔던 사람."

신원은 의외로 순순히 답했다.

"누군데?"

"예현호 대감 댁 정실부인, 서운정."

소랑은 순간 귀를 의심했다. 뭐? 서씨 부인이라고?

"그럼, 차년이라는 여자를 세자빈으로 꾸며서 넣은 게 그 여자야?"

"확실한 건 없지만, 아마 더 조사를 해 봐야 할 거야."

자루 속에서 들었던 희미한 소리가 바로 그녀의 목소리인가? 차기 간택을 조작할 것이라는! 정신이 퍼뜩 들었다. 불길한 예감들이 뒤통수에서 귓등을 타고 넘어왔다.

"아무래도 예현호 대감 댁을 더 조사해 봐야 할 것 같아."

우리 아버지를? 서씨의 악행에 아버지 예현호 대감이 죄를 쓸 수도 있는 것이었다.

"그동안 무슨 일을 꾸몄었는지."

신원의 조사에 결국은 모든 것이 밝혀질지도 모른다. 내가 예현선이라는 것이. 그간 내가 예현선임을 숨기고, 신원의 곁에서 오랫동안 거짓말을 해 왔던 것이. 모든 걸 돌이키기엔 너무 멀리 와 버린 지금이었다. 내가 예현선인 것을 알게 되면 신원은 어떨까.

아마 다시는 나를 놓치려 들지 않을 것이다. 7년 전 끊어졌던 그 연을 다시 이으려 할 것이다. 국법에 어긋나는 행동을 할지도 모른다. 모든 것이 그에게 더 큰 상처가 될 것이다.

그토록 보쌈꾼과 가짜 세자빈의 배후를 밝혀내려 했던 소랑이지만, 더 이상 밝혀져서는 안 되는 진실이 눈앞에 있었다.

"왜 이렇게 놀래."

소랑의 눈빛이 불안함에 격정적으로 흔들리고 있었다.

"아, 아니. 최근에 험한 일이 많았잖아."

"너 걱정하는 거 보니까 마음이 좀 그렇다."

그녀는 다시 바닥을 보며 잔뜩 떨려 오는 이 속내를 감추려 했다.

"잠깐 안아 봐도 되냐?"

답을 들을 새도 없이 신원은 소랑을 쭉 끌어안았다. 젖은 그녀의
몸에 신원 역시 함께 젖어가고 있었다. 그녀가 몸을 빼내려 한 번
비틀자, 신원은 나직이 말했다.

"잠깐만, 이러고 있자. 어차피 네가 나 밀어낼 거 알고 있어. 나도
내 마음 어찌할 수가 없어서 지금껏 숨겨도 보고, 이렇게 털어놔도
보고, 할 수 있는 거 다 하는 거야. 그런데 네가 부담스럽다면 이 마
음, 잘 감추고 있을게. 드러나지 않게 잘 숨기고 있을게."

"어떻게 그래."

"네가 속상한 게 싫으니까."

하나하나 그녀의 마음결을 배려한 섬세한 마음씨. 나보다 먼저
그녀를 생각하는 그 따뜻함. 그게 너무 미안하고 고마워서, 소랑은
그의 품 안에서 다시 울음을 툭 터트릴 뻔했다.

소랑은 그를 마주 보고, 그의 양 볼을 감싸 쥐고서 속에 숨겨 왔
던 이 말을 툭 내뱉고 말았다.

"널 어떡하니, 진짜."

9

혼인하고 싶지,
마음 같아서야

'진심이 아니면, 싫습니다.'

바쁜 일과 중 왕 이헌의 머릿속에 주술처럼 떠도는 말은 바로 이것이었다. 소랑이 목간통에서 자신을 밀쳐 내면서 했던 말.

설마 진짜로 내가 싫다는 건가? 에이, 설마. 그럴 리가 없지. 하루 종일 신경이 쓰이고 또 쓰였다. 그 말 하나에 마음이 이렇게 싱숭생숭해질 줄이야.

그날 저녁, 석수라를 들 시간. 평소와 다름없이 강녕전에 소랑이

들었다. 그런데 그녀의 얼굴이 평소와 비교도 안 될 정도로 무거워 보였다. 왜 이렇게 차가워 보이지? 정말이지 밥이 목에 안 넘어갈 정도로 신경이 쓰였다.

'대체, 왜 저러지?'

침소에 들어야 할 때, 헌은 예전처럼 소랑을 요 앞에 앉아 보라 명했다.

"재미있는 이야기를 시키려 그러십니까? 그런데 오늘은 딱히 생각나는 게 없습니다."

"그래? 그럼 안 해도 되고."

헌과 소랑의 사이에 어색한 침묵이 내려앉았다. 요즘 그녀가 정말 왜 이러는 걸까. 헌은 눈을 감고 억지로 잠을 청하려 했으나, 여전히 잠은 오지 않았다.

참 이상했다. 예전에는 소랑이 있어야 잠에 들 수 있을 것 같더니, 지금은 소랑이 곁에 있어서 잠이 오지 않는 것이었다. 그녀가 옆에 있다는 게 너무 신경이 쓰이고 긴장이 되어서.

"잠이 오지 않으십니까?"

"너는 졸리느냐."

"저도 잠이 오지 않습니다."

"혹시 손을 잡아 줄 수 있겠느냐."

설마 이 청까지 거절하진 않겠지, 싶었는데.

"그럼 더우실 것입니다."

"아, 아니? 안 더운데? 따뜻할 것 같은데."

뭐야? 진짜 내가 싫다는 거야? 그래서 손도 안 잡아 주겠다는 거야?

소랑은 대신 헌의 어깨를 조용히 토닥이기 시작했다. 자장자장, 그녀의 느릿느릿한 손길이 이어졌다. 눈을 감고 있던 헌은 실눈을 살짝 뜨고 가만히 소랑을 보았다. 그녀는 스스로의 느릿느릿한 손길이 지루했는지 혼자서 살짝살짝 졸고 있었다.

어느덧, 힘이 스르륵 빠지는 그녀의 손. 다음 단계는 헌이 더 잘 알고 있었다. 저러다가 혼이 쓰윽— 빠져나간 듯이 스르륵 갈대 단처럼 쓰러질 것이다.

요새 진중한 척 분위기를 잡고 있는 소랑이었지만, 이런 본연의 허당기를 감출 수는 없었다. 하나, 둘, 셋. 헌은 풀썩, 쓰러지는 소랑을 품으로 받아 내었다.

어느새 소랑이 헌의 겨드랑이에 기대 잠들어 있는 모양새가 되고 말았다.

감은 속눈썹이 길었다. 되바라진 듯한 눈매가 순하게 감겨 있었다. 코는 오뚝하니 도도도— 가만히 두드려 보고 싶었다. 오늘따라 특히나 굳게 다물어져 있던 입술은 잠에 들자 그저 보들보들 부드러워 보이기만 했다. 쌔근쌔근. 그녀의 얕은 숨소리에 왕 이헌은 자신의 가슴속 무언가가 변해 가는 걸 느꼈다.

후우, 왜 이렇게 예쁘지? 어떻게 이렇게 예쁘게 잠들 수가 있지? 소랑이가 이렇게 예뻤었나?

내가 싫다던 말은 모두 거짓이라 믿고 싶었다. 이렇게 온순하게 품에 기대어 자고 있는데, 내가 싫기는. 그래, 그럴 리가 없어.

잠깐.

'진심이 아니면 싫다'는 그 말은 이미 소랑이에게는 진심이 있다는 것인가? 그렇다면 혹시 소랑이는 이미 날?

그녀를 재우고 있는 어깨에서부터 묘한 감각이 찾아들기 시작했다. 그 감각은 전신에 퍼져 온몸에 저릿한 긴장을 불러왔다. 그동안 너무나 헷갈려 왔던 감정. 차마 소랑이를 연모한다 말할 수 없던 순간들. 그 시간들의 답이 침착하게 내려지고 있었다.

'자꾸 설레어 오면서, 자꾸 신경이 쓰이면서, 확 쏠리는 듯한 느낌? 마음속에서 비중이 확 커지는 듯한 느낌?'

도승지의 그 말이 다시 생각났다. 둘만 있고 싶고, 지금 이 순간 누구에게도 방해받고 싶지 않고, 이 여자의 작은 행동에도 가슴이 미친 듯이 뛰고, 쌔근거리는 작은 숨결에도 심장이 난동질을 하는 느낌이고. 이 숨결이 영원히 이어질 수 있도록 그저 지켜 주고 싶고, 함께 해 주고 싶고.

그렇다면 확실했다.

'바스락.'

그녀가 작게 뒤척였다. 누군가에 쫓기는 꿈이라도 꾼 것인가. 사냥꾼에게 쫓기는 사슴처럼 파르르한 몸짓이 지나갔다. 헌이 그런 그녀를 팔로 감싸 안자, 그녀가 자연스럽게 그의 겨드랑이로 파고들었다.

두 손을 가슴에 꼭 모으고 다시 쌔근쌔근 잠에 드는 그녀의 예쁜 모습. 정말로 너무 예쁘고 아름다워서 가슴이 터져 버릴 듯했다. 이 순간이 하염없이 지속될 수만 있다면, 이렇게 소랑이가 영원히 내 곁에 있을 수만 있다면…….

세상천지, 이보다 더 벅찬 일은 없을 것만 같았다.

❀

헌이 아침에 눈을 떴을 땐, 그 언제보다도 청명한 아침 햇살이 창 가에 드리워져 있었다. 세상 모든 게 달라져 있는 듯한 기분이었다. 짜릿하도록 행복한 건, 눈을 떴을 때 자신의 품 안에 소랑이 있다는 것이었다.

어느덧 꼭 껴안고 잠들어 버린 둘의 모습은 진짜 사랑을 하는 정 인의 모습이라 해도 다를 바가 없었다. 오래전부터 서로의 품만을 원했던 것처럼.

곧 소랑이가 잠에서 깰 것이다. 헌은 세심한 눈빛으로 그녀를 내 려다보며 고민했다.

자기 품에서 놀라는 소랑이를 보는 게 재미있을지, 그녀가 편안 히 잠에서 깰 수 있게 자리를 비켜 주는 것이 좋을지.

살아온 몇십 년 동안, 자신의 마음이 이렇게 세심해진 적은 없었 다. 한참을 고민하던 헌은, 먼저 밖에 나가 있는 것을 선택했다.

소랑이가 너무 놀라지 않도록. 그리하여 또다시 멀어지지 않도록. 그는 조심스럽게 팔을 빼어 소랑의 머리를 다른 베개에 받쳐 주었다. 마치 갓난아이를 다루듯이.

"전하! 간밤에 무슨 일이 있으셨습니까?"

밖으로 나오니 내시 세장이 따라 들며 물었다.

"왜?"

"너무 달라 보이시는데요. 일단 너무 잘생기셨어요?"

엥?

"언제는 안 잘생겼었느냐."

"그러니까 몇 달 전만 해도 좀."

소랑이 맨 처음에 입궁했을 때만 해도 왕 이헌의 상태는 심각했다. 타고난 잘생김을 가릴 정도도 얼굴에 수심이 가득했던 것이다. 탁한 눈빛, 어둑한 눈 밑 그늘, 여윈 광대, 질척한 분위기.

그런데 지금 왕 이헌은 그야말로 조선 최고의 미남자라 해도 과언이 아닌 듯, 한없는 '잘생김'을 뿜어내고 있었다. 메말랐던 피부는 뽀송해지고, 볼에는 뽀얗게 생기가 피어올랐으며, 적당히 살도 오르고 근육도 붙어 훨씬 더 건강한 모습이었다.

무엇보다도 두 눈에 제대로 된 빛을 찾은 것 같았다. 빛나는 별처럼 총총한 두 눈빛. 이제야 이 나라 군君에 맞는 기개가 피어난 듯했다.

"전하, 심각하게 잘생기셨는데요? 이거 남자가 봐도 반할 정도입니다."

"이거 이거 궐 나인들 가슴 설레서 어떡하나."

농을 던지며 씨익 웃는 헌의 입매와 눈웃음. 그야말로 반하지 않고서는 견딜 수 없는 극강의 매력이 흐르고 있었다.

"그런데 말이야. 딱 한 사람만이 내게 꿈쩍도 하지 않는다."

"누구길래 그러십니까?"

"하아. 일단 도승지를 불러오너라."

"그 꿈쩍도 않는 사람이 혹, 도승지입니까?"

설마, 이놈아.

✿

"부르셨습니까."

향원정의 누각.

도승지가 도착하자 연못을 보고 있던 왕 이헌이 쓰윽 뒤를 돌아
보았다. 휘리리링! 이 배경 음악은 뭐지? 이 광채는 뭐고? 도승지의
눈이 휘둥그레졌다. 누가 봐도 놀랄 만한, 격한 잘생김이 폭발하고
있었다.

"이게 어찌 된 일입니까?"

사람이 이렇게 변할 수도 있는 것인가?

"다들 나한테 한 마디씩 그리 전하니, 이거 참 미치겠네."

"혹, 이게 그것입니까? 이게 바로 사랑의 힘?"

"그런가, 아무래도 그런 듯하오."

"감정이 확실치 않다 하지 않으셨습니까. 헷갈린다 하지 않으셨
습니까."

"내 간밤 내내 고민을 해 봤는데 말이오."

"네?"

헌은 살짝 뜸을 들이더니,

"아무래도 확실한 것 같소."

그는 다시 씨익— 매력 만점 미소를 지었다.

전하, 이러다 제 눈이 멀겠습니드아.

"진짜요? 그럼 이제 이 조선의 금혼령은 끝나는 것입니까? 오오오오! 참으로 대박이옵니다."

"아니, 이제 더더욱 어려운 과제가 남아 있소. 이게 너무 간만에 생긴 진심이다 보니까 말이오."

헌은 어렵게, 어렵게 말을 꺼냈다.

"이 진심을 고백하는 게 너무 어려울 것만 같소. 분명 이렇게 말했다 말이지. '진심이 아니면 싫습니다.' 근데 내가 진심으로 연모한다 말해도 '힝~ 거짓말 말아요.' 이러면 어찌한단 말이오."

극한의 소심함에 가득 빠져 버린 왕 이헌의 모습. 도승지는 그게 왜 고민인지가 더 궁금했다. 지금 이 잘생김으로는 삼천 궁녀가 절로 꼬인다 해도 부족함이 없을 듯한데.

"만약에 또 한 번 더 싫다, 소리를 들으면 이제 정말 제대로 상처받을 것 같소."

이렇게 한 여인네의 마음을 얻기 위해 노심초사하는 모습이,

"참으로 귀엽습니다."

아이코, 속으로만 생각해야 할 게 말로 튀어나와 버렸네.

"아, 아닙니다. 분명 그 여인네도 그리 생각할 것입니다. 전하의 고백인데 그 어떤 여인네가 떨칠 수 있겠습니까."

"그거 그거 보통 여인네가 아니오. 쉽게 생각해서는 안 됩니다. 아무래도 주도면밀한 계획이 있어야 할 듯싶습니다."

계획이라 함은, 왕 이헌의 고백 계획?

'번쩍—'

강녕전에서 홀로 깬 소랑이 고요한 주변을 휘휘 둘러보았다. 먼저 잠에서 깬 헌이 자리를 비워 버렸다. 어제 먼저 잠들었다고 화를 내시느라, 삐쳐서 먼저 나가 버리신 건가? 그녀는 재빨리 일어나 자리를 정리하고 밖으로 나왔다.

처소로 돌아가는 길에도 그녀의 싱숭생숭함은 끝나지 않았다. 우선 가장 많은 부분을 차지하는 건, 그제 밤 신원이 했던 말에 대한 걱정이었다.

'네가 왕의 여자가 아니라 내 정인이었으면 좋겠어.'

그간 동무라는 이름으로 그와의 거리를 유지해 왔었다. 그런데,

'소랑아. 너는 다시 날 밀어내겠지. 동무, 그 이상은 안 될 것 같다고.'

나를 지키라는 명을 받은 그를 밀어낼 수도, 안 볼 수도 없는데. 벌써 몇 번이나 내 목숨을 구하여 준 은인인데.

이제는 동무라는 이름으로 선을 그을 수도, 그렇다고 그의 정인으로 자리할 수도 없었다.

'네가 부담스럽다면 이 마음, 잘 감추고 있을게. 드러나지 않게 잘 숨기고 있을게.'

심지어 자신의 마음을 감추겠다고까지 하니, 신원에 대한 이 미안함과 고마움을 어떻게 할 수가 없었다. 그저 한없이 신경이 쓰였다. 이신원이라는 존재가.

그렇게 그녀가 처소에 앉아서 상념에 빠져 있을 때, 신원이 그녀의 방문을 똑똑 두드렸다.

"깜짝이야. 무관이 되어가지고 이렇게 궁녀의 숙소에 막 와도 돼?"

"널 지키라는 게 왕명인데 어떻게 해, 잘 있나 봐야지."

신원은 불쑥 엿과 한과들이 담겨 있는 주전부리 바구니를 내밀었다.

"원래 별감들의 몫인데 안 먹는다길래 가지고 왔어."

"이렇게 잘 챙겨 주지 않아도 돼."

"궐에 있을 때 맛 좋은 것도 많이 많이 먹어 봐야지."

궐에 있을 때?

"도승지가 출궁녀 명단을 정리하고 있는 모양이야. 입궐한 지 오래된 궁녀들을 내보내는 게 우선이겠지만."

생각지도 않았던 말이었다.

"아마 거기에 너의 이름도 포함이 될 거야."

내가 출궁을 하게 된다고?

"왜 이렇게 놀래?"

"아, 너무 의외여서."

"이름을 넣기 전에 의사를 물어보러 왔어. 정식으로 입궐하면 평생 궐에서 썩어야 해. 짝도 없이, 애도 없이. 너 같은 자유로운 영혼이 그렇게 할 수 있겠어? 이제 평생을?"

소랑은 그저 얼떨떨하게 신원을 바라보았다.

"가자, 밖으로. 이참에."

"아직 밖은 많이 위험하잖아. 몇 번 내 목숨을 노린 사건들도 있었고."

"계속 내가 너의 곁에 있을 거야."

그의 목소리는 담백했다.

"의금부 도사 생활도 오래 했잖아. 네가 안전해질 때까진 그 일 쉬고 있을게. 네가 떠돌기를 바라면 그 곁에도 있어 줄게. 난 뭐, 상관없으니까."

"그 사람 잡아야지. 가짜 세자빈 사건에, 보쌈꾼에."

"개인적으로 조사는 계속할 거야. 네가 위험하지 않게."

가슴이 먹먹해졌다. 이러고 있는 신원의 진심을 알고 있기에, 더더욱 마음이 쓰려 왔다.

"어제 그 말 때문에 그런 거야?"

"어떤 말?"

"왕의 여자가 아니면, 나를 정인으로 삼고 싶다는 그 말."

"마음 같아서야……."

바닥을 한 번 내려다보던 신원은 고개를 들어 솔직담백하게 그녀를 바라보며 말했다.

"혼인하고 싶지."

순간 가슴이 덜컹했다. 혼인이라고?

"지금 이 시대, 그 누군들 혼인하고 싶지 않은 사내가 어디 있겠어. 그런데⋯⋯."

그는 덤덤하게 말을 이어 나갔다.

"시대가 금혼이잖아. 그걸 떠나서 너한테 억지로 나에 대한 마음을 강요할 생각은 없어."

소랑이 어떤 감정이든 항상 곁에 있어 주겠다는 말이었다. 주는 만큼의 사랑을 되돌려 주지 않아도 된다는 것이었다. 그녀를 보는 신원의 눈빛은 따뜻한 다정함이 배어 있었다. 모든 것은 그녀를 배려한 것이었다.

"네 마음은 어때? 계속 궐에 있고 싶어?"

한참 만에 입을 연, 그녀의 대답은 짤막했다.

"아니."

그 말에 오히려 신원의 눈이 둥글게 벌어졌다.

진짜, 출궁을 하겠다는 거야?

"여기, 더 이상 있고 싶지 않아. 명단에 넣어 줘."

궐 생활이 종료되어야 할 이유는 수십 가지였다.

애달당에도 돌아가야 했고, 신원과 이렇게 계속 왕명으로 얽혀 있을 수도 없고, 지금껏 쳐 왔던 사기가 들킬 수도 있고, 또 거짓말을 해야만 하는 상황이 올 수도 있다.

가짜 세자빈 사건과 보쌈꾼 사건이 자신의 의붓어머니인 서씨 부인과 연결이 되어 있다면, 나의 가정사가 밝혀지는 것 역시 금방일 테고, 아비인 예현호 대감이 책임 추궁을 당할 수도 있다.

더한 죄를 쓰기 전에, 더한 죄를 만들기 전에 떠나는 것이 맞았다. 이제는 스스로의 마음도 조금 더 정리하고 싶었다. 내게 가까워져 올수록 헌은 더욱더 위험해지고 있었다. 더 이상 그가 위험해져서는 안 돼.

육 개월 안에 후사를 보기로 백성들과 약조한 왕이 아닌가. 그것 역시 내가 될 수는 없었다. 그렇다고 다른 후궁을 통해 헌이 후사를 본다면 그것조차 보고 있기가 너무 힘들 것 같았다. 간택이 시작되는 것도 마찬가지고. 떠나야 한다. 이성적으로는.

"결정한 거야?"

신원이 걱정스러운 눈빛으로 물었다.

"응. 기회가 된다면 이번에 출궁하려고 해."

10

이렇게 억지로라면,

더더욱 싫습니다

소랑은 차분히 마음의 정리를 하고 있었다. 궐에서의 모든 것들을 떠나보낼 준비를. 역시나 가장 정리되지 않는 건 헌을 향한 마음이었다.

왕의 저녁 산보 시간, 그를 따르는 소랑의 표정은 흑운을 품은 듯 어두웠다. 요새 가슴에 '이별'이라는 단어를 품고 있기에 그러하리라.

"요새 전하께서 많이 멋있어진 것 같지 않느냐?"

원녀가 소랑에게 작게 속삭였다. 요새 궐 나인들은 전하의 미색에 물이 올랐다며, 잘생김의 극상 단계에 오른 것은 아니냐며 입방아를 찧는 데 정신이 없었다.

그런 나인들에게 함부로 입을 놀리지 말라 엄하게 단속을 하던 원녀였지만, 왕 이헌의 용안을 제대로 본 이후에 그녀 역시 고개를 끄덕일 수밖에 없었다.

"이거면 된 것이겠죠?"

소랑은 애틋한 목소리로 원녀의 물음에 답했다.

"뭐?"

그래, 이거면 되었다. 처음 왕 이헌의 모습은 영혼 빠진 목각 인형 같기만 했었는데, 지금 이 얼마나 생기가 도는 건강한 모습인가.

소랑은 이것만으로도 이곳 궐에서 자신의 역할을 충분히 다했다 생각하기로 했다. 궐을 떠나더라도 이렇게 좋아진 모습을 보고 가게 되어 다행이다. 그래, 참으로 다행이야.

"소랑아, 잠깐 이리 오너라."

소랑을 가까이 부른 헌에게서는 의외의 말이 튀어나왔다.

"온양 행궁이요?"

"그간 너에게도 나에게도 피곤한 일이 많지 않았더냐. 그 피로를 뜨끈한 물에 다 씻어 내는 것이지."

"저도 가야 하는 것입니까?"

"그럼, 지밀나인이 따라가지 않으면 나 혼자 이불 펴고 자라는 얘기인 것이냐."

"다른 나인들도 있지 않습니까."

"에헴, 낯선 곳에서는 더더욱 잠을 이루지 못한다."

사실 요새 헌은 다른 의미로 밤잠을 잘 이루지 못하고 있었다.

예전처럼 악몽에 괴로워하며 중간에 깨거나 잠을 설치지는 않았지만, 눈을 감고서도 한참 잠에 들지 못하는 것을 여러 번 본 터였다. 오히려 그가 잠들길 기다리다가 소랑이 먼저 꾸벅꾸벅 조는 날이 훨씬 많을 정도였다.

"어쨌건 피로를 풀기 위해서 가는 것이니 너도 긴장하지 말고 심신을 편안히 하거라."

"네, 알겠습니다."

라고 답하는 소랑의 표정이 어쩐지 달갑지 않아 보였다.

아, 이거 또 신경 쓰이네.

싫은데 억지로 가자고 한 건 아니겠지? 소랑의 작은 말투 하나 표정에도 자꾸 생각이 많아지는 요즘이었다.

'이러다가 진심을 고백하는 일에 실패하면 어떡하지?'

그렇게 혼자서 노심초사하다 보면 어느샌가 입술이 버석버석 말라 오는 것이었다. 헌은 소심한 눈빛으로 남몰래 소랑의 구석구석을 살펴보았다.

"아우, 그때부터 우리 집안과 연을 잘못 맺은 것이지."

어둑한 주막. 병판과 서씨의 접선.

서씨는 주먹을 쥐고 분통을 터트리고 있었다. 최근 서씨를 향한 수사의 망이 잔뜩 좁혀져 오고 있었기 때문이었다.

가짜 세자빈에게서 나온 보석이 서씨가 구매한 것이라는 증거가 서서히 나오고 있었다. 어느 날 갑자기 집안에 도둑이 들어 싹 다 털렸다고 거짓을 말해 보았지만, 한 번 서씨에게 조여든 금부의 의심은 쉽사리 풀리지를 않았다.

결국, 그녀의 화는 이신원에게로 향했다.

"그놈이 그렇게 깐깐하게 수사를 지휘한다지요?"

수사뿐이 아니었다. 그녀가 예현선을 해하려 할 때마다 이신원은 기가 막히게 현선을 구해 냈다. 그가 아니었으면 지금의 현선도 진작 사라졌을 텐데.

"그놈부터 죽여야 합니다. 금부도사를 죽이려면 대체 몇 명이 필요할까요?"

이신원을 죽여 없애는 것에는 병판 역시 동의를 하고 있었다. 보쌈꾼들이 조금도 움직일 수 없게 조사를 진행하고 있는 게 바로 이신원이었다. 주로 궐에 있지만 완벽한 수사 지휘를 통해서, 그 윗대가리를 색출하는데 총력을 기울이고 있다고 했다.

이제는 산적들도 마음이 돌아서 병판의 보쌈꾼 조직을 도와주지 않았다. 그런 병판에게는 신원이 진정 눈엣가시와 같은 존재였다.

"외부 자객을 끌어다 쓰는 것도, 보쌈꾼 조직을 쓰는 것도 모두 실패하고 말았으니, 이를 어쩌면 좋습니까."

초조한 서씨의 물음에 병판은 가능한 침착의 목소리를 다지며 말했다.

"사람을 멀리서 죽이려면 활이 필요하지만, 가까이서는 독침 하나로도 죽일 수 있지요."

"네?"

"이번엔 그가 가장 믿는 자들을 이용하려 합니다. 그래야 좀 경계가 풀리지 않겠습니까."

그렇다면?

"이번에 전하께서 행궁 행차를 한다 하십니다. 그때 이신원 도사역시 궐 밖으로 나오겠지요. 이번엔 금군들을 매수하여 그를 직접처리하고자 합니다."

"가능할까요? 너무 위험해 보이는데."

서씨는 초조하게 손톱을 깨물며 말했다.

"걱정 마시지요. 온양이 이신원의 무덤이 될 것입니다."

편전. 도승지와 함께 정사를 논의한다고 빙자한 자리.

그렇지만 헌과 도승지는 오로지 고백에 대한 논의를 하고 있었다.

"전하, 이 정도는 해 줘야 여자가 좋아하지요."

"꽃과 노래와 시와 편지?"

헌의 얼굴이 새빨개졌다. 이거, 너무 민망한데?

"아니 어제 오늘 매일 보는 여인네인데, 갑자기 꽃을 주면 얼마나 민망하겠소."

"세상에 꽃 싫어하는 여자는 없다니까요."

"그냥, 좋은 말로다가 설득하면 안 되겠소?"

"그걸로 자신 있으세요?"

소랑이랑 말발로 붙는다? 그것 역시 자신이 없는 것이었다.

"에효, 여인네 마음은 그 무엇으로도 측정할 수 없는 것입니다."

"에헴, 그런가."

"그러니 알려 달라니까요. 그 여인네가 누구인지요. 어떤 걸 좋아하는지, 어떤 사람인지 뒷조사라도 해야 성공 확률을 높이지 않겠습니까."

"에이, 이런 것일수록 남의 손에 맡기고 싶지 않소. 저번에 세장이와 원녀도 합궁 비스름한 걸 추진하려다가 오히려 일을 더 망치고 말았소."

헌의 머릿속에 그때의 기억이 다시 떠올랐다. 합궁이라는 얘기가 신원의 귀에까지 들어가 그가 소랑이를 낚아채었던 그때. 이번 일은 철저히 비밀로 할 생각이었다.

"정 그러시다면 어쩔 수가 없지요."

도승지는 한 문서를 헌에게 내밀었다.

"이것은 저번에 작성하라 하셨던 출궁녀의 명단이옵니다."

"그래?"

그 명단을 받아 읽던 왕 이헌은 순간 딱딱하게 굳어지고 말았다.

여기 포함되어 있는 게, 혹시 소랑이의 이름? 그럼, 소랑이가 출궁하게 되는 건가?

"여, 여기에 왜 소랑이가 들어간 것이오. 입궁한 지 얼마나 되었다고."

"정식 궁녀라고 보기엔 이래저래 하자가 있으니 이번 기회에 출궁을 시키고자 하는 것이지요. 일일이 궁녀들에게 그 의사를 물어보기도 하였고요."

"소랑이의 뜻도 물어본 것이오?"

"네, 직접 출궁의 뜻을 밝혔다 들었습니다."

믿을 수가 없었다. 출궁녀의 명단에 타의로 들었다면 걱정할 것이 없었다. 수정을 하면 되는 것이니까. 그런데 자의로 들어갔다면 얘기가 다르다. 내가 이렇게 고백을 하려고 준비하는 동안, 소랑이는 나를 떠나려 준비하고 있었던 것인가.

"일단 출궁녀의 명단은 윤허할 수 없소."

"네?"

"내가 고백을 하고자 하는 여인네가 바로……."

헌이 말을 줄이는 데서 도승지는 이미 답을 알 수 있었다.

"혹시, 소랑이입니까?"

헌은 더 이상 편전에 앉아 있을 수가 없었다. 그가 바람같이 용포를 휘날려 도착한 곳은…… 바로 소랑의 처소였다.

"왜, 또 무슨 일인데?"

벌컥 열리는 문, 신원이 찾아온 줄 알았던 소랑은 그쪽을 보지도 않고 태연히 말했다. 그녀는 지금, 짐을 싸고 있었다.

"지금 무엇을 하고 있느냐."

어? 이 목소리는? 소랑이 고개를 돌리자, 그곳에는 잔뜩 성이 난 듯한 왕 이헌이 서 있었다.

"무엇을 하고 있느냐 묻지 않느냐!"

깊게 분노한 그의 목소리가 좁은 처소에 무겁게 내려앉았다. 소랑은 영문도 모른 채 어깨를 움츠리며 답했다.

"짐을 싸고 있었습니다."

"그러니까 짐을 왜?"

"곧 온양으로의 행차가 있다 하지 않으셨습니까."

상처받은 그녀의 목소리.

"그런데 왜 이렇게 갑자기 화를 내시는 것입니까."

헌이 진심이 아닌 음심으로 자신을 끌어당긴 것은 잘 알고 있었다. 그렇지만 바라고 있었다. 그가 진심으로 나를 사랑해 주기를, 그의 진심을 가질 수 있기를.

그런데 누가 진심인 여자에게 이렇게 버럭버럭 화를 내겠는가. 소랑은 이미 여기에서 헌의 마음이 드러났다 생각했다.

"나를 떠나지 말라 하였을 텐데, 나를 배신하지 말라 하였을 텐데, 갑자기 출궁이 웬 말이더냐?"

그의 분노는 하늘 끝까지 뻗쳐 있었다. 감히, 나를 떠나려 하다니.

"이미 넌 왕의 여자라 말하지 않았더냐."

"제게 억지로 전하의 곁에 있으라 말씀하시는 겁니까?"

거친 왕 이헌의 목소리에 그녀 역시 고분고분한 소리가 나오지 않았다.

"제 마음이 어디에 있든, 육신만 전하의 곁에 있으면 된다는 것입니까? 전하께서 원하는 게 고작 제 몸뚱이에 불과하십니까? 후사를 볼 몸을 원하시는 것입니까?"

"지금껏 억지로 붙어 있던 게 아니지 않느냐."

"지금까지는 아니었습니다. 그런데 이젠 떠나고 싶습니다. 제가 궐에 남아 있을 이유가 없습니다."

"지밀나인의 본분을 잊은 것이냐. 나를 보필하여야 한다는."

"궁녀로서도 한참 자격 미달인 것을 이미 알고 계시지 않습니까."

"하여, 앞으로 나를 보필할 수가 없다?"

그의 목소리가 파르르 떨렸다.

"기어이 출궁을 할 것이냐? 밖은 위험할 것이다. 몇 번이나 죽을 고비를 넘기지 않았느냐."

"궐 안에 있어도 위험한 것은 마찬가지입니다."

"스스로 위험한 곳에 나갈 권리가 너에게는 없다."

헌은 소랑의 손목을 확, 휘어잡으며 말했다.

"너를 놓아주지 않을 거란 얘기다."

그러나 소랑은 잡힌 손목을 빼내려 몸을 비틀었다. 잠시도 닿아 있기 싫다는 듯.

다시 헌의 목소리에 상처가 가득해졌다.

"왜 조금의 시간도 주지 않는 것이냐. 조금 더 나를 기다려 줄 수 있지 않느냐."

"이렇게 억지로라면 더더욱 싫습니다."

잔뜩 팽팽해진 헌과 소랑의 눈빛. 둘 사이 오해의 골은 깊어지고 있었다.

✿

그간 소랑이에게 고백할 생각으로 한참 신나 있었는데 그녀와의 다툼이 있고 나서 온양 행궁으로 가는 헌의 발걸음은 그저 무겁기만 했다.

원래 이러려고 떠나는 것이 아닌데. 시름은 더더욱 깊어졌다. 소랑이가 하는 수 없이 발을 옮기고 따라오는 것만 같아 더더욱 마음이 답답해졌다.

행궁에 도착한 헌은 가장 먼저 '정다원'이라 이름 붙여진 후원으로 들어갔다. 헌의 유년 시절 추억이 가득한 곳이었다.

어렸을 때 어마마마와 이곳을 찾을 때마다 직접 꽃을 심거나 나무를 다듬어 정원을 가꾸고는 했다. 비록 지금은 행궁을 관리하는 자들이 꾸준히 정원을 다듬었다고는 하나, 그때의 모습을 찾기는 힘들었다.

"바로 여기서 고백할 생각이었는데."

헌은 직접 나뭇가지들을 꺾으며 혼자 중얼거렸다. 행복한 추억으로 가득했던 이곳에서 더더욱 아름다운 추억을 하나 만들어 가고 싶었는데, 소랑이는 출궁하겠다는 뜻을 굽히지 않고 있으니 뭣하러 이 먼 곳까지 왔나, 허무함이 먼저 찾아왔다.

헌이 본격적으로 잡초를 뽑기 시작하자 세장이 놀라 이를 말렸다.

"전하, 주십시오. 제가 직접 하겠습니다."

"아니다. 내가 하겠다."

소매를 걷어붙인 헌은 본격적으로 '분노의 잡초 뽑기'에 나섰다. 눈에 보이는 잡초마다 획획― 헌의 손아귀에 잡혀 쑥쑥 뽑혀 나오기 시작했다. 무성했던 정원이 헌의 격한 손길에 다소 원래의 모양새를 갖춰나가기 시작했다.

이때 도승지가 한 아름 꽃을 품어 들고 왔다.

"전하, 이곳에 꽃을 준비해 놓는 것은 어떻습니까. 그러면 막 고백하실 때 분위기가 샤방샤방하여."

허나 헌은 더없이 쓸쓸한 표정으로 답했다.

"다 필요 없소. 아마 이곳에서 고백을 할 일은 없을 것 같소."

"아니, 왜 그러십니까. 출궁녀의 명단은 수정해 두었습니다만."

"그녀가 내 곁을 떠나고 싶어 하는데, 억지로 곁에 두면 무엇하겠소."

"아직 전하의 진심을 몰라서 그렇다니까요. 그걸 고백하기 위해 여기까지 행차하신 게 아닙니까."

소랑이와 한 번 다툼이 있고 나자 모든 것이 부정적으로만 느껴지기 시작했다. 이미 나의 진심은 거절당한 듯했다. 그 칼같이 단호한 태도를 보아하니, 아무리 달콤한 말로 꼬셔도 쉽게 넘어올 것 같지가 않았다.

도승지는 꽃을 내려놓으며 다시 분석적인 목소리로 말했다.

"진짜 출궁을 하려는 이유를, 혹 알고 계십니까?"

"진짜 이유?"

이유라면? 그래. 저번엔 그냥 떠나고만 싶다고 했지, 자세한 이유를 이야기하지 않았다.

그래, 물어봐야겠어. 궐 생활이 힘들었을 수도 있잖아. 궁녀로 살기가. 그래. 궐을 떠나려는 이유가 나 때문은 아닐 거야. 분명 다른 이유가 있을 거야.

헌은 잡초 뽑기를 멈추고 일어나 어디론가 향하기 시작했다.

"전하, 갑자기 어디 가시옵니까?"

"그 이유를 꼭 물어봐야겠소. 출궁의 이유를."

잠깐.

"세장아, 혹시 모르니까 도승지가 가져온 저 꽃들을 모두 심어 놓아라."

"네? 전부요?"

"전부. 이 화원의 분위기를 최대한 아름답게 꾸며 놓아라."

가, 갑자기요?

어리둥절해진 세장이 꽃을 들고 그의 뒷모습을 보고 있을 때 도승지는 이미 묵묵하게 땅을 파고 있었다. 전하의 고백이 꼭 성공하셔야 할 텐데.

"나오니까 좀 답답한 게 나아? 요새 계속 답답하다 그랬었잖아."

야밤, 신원과 소랑은 뿌연 물안개가 피어오르고 있는 온천의 곁에 서 있었다. 그 주위는 산과 물과 나무들이 어우러져, 아리땁고 신비스러운 분위기를 자아내고 있었다.

"응, 훨씬 좋다. 경치도 너무 예쁘네."

"아마 지금쯤 출궁녀의 최종 명단이 확정되었을 거야."

이제 끝이구나. 진정 궐 생활이 끝이겠구나. 가슴이 먹먹해져 왔다. 다시 헌과 떨어질 생각을 하니 또 눈물이 나올 것 같았다.

그간 헌의 곁에 있었던 건 억지로가 아니었는데, 오히려 헌에게 혼자 진심인 나의 마음이 힘들어져 먼저 떠나는 것인데. 하지만 이미 오해는 생겨 버리고 말았다.

"시원섭섭하다잉~"

소랑은 애써 눈물을 삼키려 밝게 미소를 지어 보았다.

"그리고 나도 사직을 했어. 아마 오늘 행차가 마지막 임무가 될 거야."

설마 진짜? 사직까지?

"어차피 너의 곁에 있기로 한 거니까. 우리가 동무이든 무엇이든 간에 상관없어. 이젠 왕명이 아니라, 네 곁에 있고 싶어서 있는 거야."

새삼 신원이 품고 있는 깊은 마음이 그녀에게 실체감 있게 전해졌다. 그야말로 모든 것을 포기한 것이다. 관직도, 집안의 명예도.

심지어 그는 그녀에게 자신이 주었던 사랑을 되돌려 달라, 그것마저 바라지 않았다. 그저 바라는 것은 곁에만 있어 달라는 것. 어찌 이런 사랑이 있을 수 있을까. 이렇게 착하고, 또 예쁜 사람이.

그래, 앞으로의 삶은 신원이와 함께하겠지. 어떤 사이로든 그가 나를 지켜 주면서. 소랑은 신원을 끌어당겨 가볍게 안아 주었다.

"오해하지 마. 미안하고, 또 고마워서 그래."

신원은 조용히 소랑의 어깨 위에 손을 올렸다.

미안하고, 고마운 거구나. 너는.

그의 숨결이 살짝 거칠어져 왔다. 많이, 힘들었다. 이렇게 그녀와의 거리를 유지해야 하는 것이.

소랑의 두 눈에는 다시 물기가 차올라 또르르 흘렀다. 주책없이 흘러나오는 눈물이 멋쩍어 소랑은 오히려 한 번 씨익, 웃어 보였다.

"우리 귈 생활, 진짜 끝이네."

"그러게."

나직한 신원의 목소리. 한없이 곁에 있어 줄 것만 같은 그의 따뜻함. 어찌 보면 단순한 그 한마디에 소랑의 가슴이 후욱, 뜨끈해졌다.

그녀가 가려는 모든 길을 인정해 줄 것 같은 목소리였다. 쉽게 변할 것 같지도, 제 감정에 휘둘려 멋대로 굴 것 같지도 않았다.

소랑은 빤히 신원을 올려다보았다. 너무나 잘생긴 눈썹, 믿음직스러운 콧날, 한없이 따뜻한 분위기, 그녀에 대한 사랑이 가득 담긴, 숨길 수도 없는 그 눈빛.

나, 이신원을 다시 봐야 하나? 정말로 다시? 그녀의 눈빛이 작게 흔들렸다.

바로 이때, 설핏 고개를 돌렸을 때는 저쪽 노송의 옆에 왕 이헌이
서 있었다.

"전하, 언제 예까지……."

잔뜩, 복잡한 얼굴이었다.

11

널 소랑한다.

내게 소랑이라 함은……

야밤, 뿌연 물안개가 피어오르는 온천의 옆에 신원과 소랑이 서 있었다.

헌은 노송의 옆에 서서 함께 있는 그 둘을 바라보았다. 두 사람이 가까이 있는 것이 당연하면서도 보기가 힘들었다.

나는 그녀가 왜 출궁을 하려는지 도무지 알 수가 없는데, 신원만 은 그 이유를 알고 고개를 끄덕이는 것 같았다. 소랑이 자신에게만 그 속내를 보이지 않는 듯하여 약간 심통이 나기도 했다.

"신원아, 잠시 자리를 비켜 주겠느냐."

곧 신원이 고개를 숙이고 자리를 물렸다. 헌은 온천의 바로 옆 정자에 앉아 꾸벅 예를 갖추는 소랑을 바라보았다.

"전하, 제가 저번엔 말이 너무 심했습니다. 전하의 곁에 억지로 남아 있겠다는 뜻은 아니었습니다."

"왜, 울고 있었던 것이냐."

아직도 그녀의 얼굴이 촉촉하게 젖어 있었다. 그녀는 떨어지는 눈물을 주먹으로 닦아 내며 말했다.

"이신원 도사가 사직한다는 말을 전했습니다. 이렇게 궐 생활이 끝나나 해서요."

뭐라? 신원이가 궐을 떠나게 되었다고?

"전하께도 곧 보고가 올라갈 것입니다."

"혹, 출궁을 하려는 이유가 신원이 때문이냐."

소랑이는 사직을 하는 이신원을 따라 민가로 나가려는 것인가. 그녀는 살짝 놀라 고개를 저으며 아니라 답했다.

"아닙니다. 이신원 도사는 오히려 저에게 많이 미안한 존재입니다. 저 때문에 의금부 관직도 그만두고 사직을 하려는 것인걸요. 그야말로 모든 것을 포기하고 있는데, 그런데 저는……."

소랑의 눈가에선 다시 구슬방울이 또옥 또옥 흘러내렸다.

"그에게 마음 한 자락 내주지 못하고 있습니다. 그것이 너무 미안하지요."

"신원이에게는 조금도 마음이 없는 것이냐."

"이신원 도사도 이를 잘 알고 있습니다."

"그렇다면 진정, 출궁을 하려는 이유가 무엇이냐."

"그저, 제게 궐 생활이 잘 맞지 않는다는 생각이 들었사옵니다."

그간 전하께 거짓을 고한 것이 있습니다. 더 이상 거짓을 고할 수 없기에 저는 먼저 떠나려 합니다. 소랑은 이 말을 속으로 감추고는 조용히 고개를 떨구었다.

"왜 너는 한 번도 내게 마음을 놓지 않느냐."

"……네?"

"다른 출궁의 이유가 있다며 나에게 말을 하면 되지 않느냐. 밤을 지새우는 것이 힘들다, 궁녀의 일이 생각보다 고되다, 내게 말을 하면 될 것이 아니냐."

말을 하고 싶었다. 내 주제에, 지금껏 한 나라의 임금을 속여 온 주제에, 감히 작은 마음을 품었었다고. 그리고 이 작은 마음을 정리하기 위해, 그래서 곁을 떠나려 하는 것이라고.

그러나 소랑은 무겁게 입을 떼었다.

"이유는 저번에도 말씀드리지 않았습니까. 진심이 아닌 전하의 곁에 있기가 많이 힘듭니다."

"왜, 왜!"

헌의 목소리가 격하게 떨려 오기 시작했다.

"나의 진심을 알아주지 않는 것이냐."

그간의 답답함이 고스란히 담겨 있는 묵직한 목소리였다.

"너를 사랑한다, 연모한다, 꼭 말로 해야지만 알겠느냐?"

순간, 심장이 덜컹 내려앉았다. 전에 본 적 없던 헌의 진지한 눈빛이었다.

사랑이라니. 믿을 수가 없었다. 그에게 진심이라고는 없는 줄 알았다. 그저 음심으로 자신을 당긴 줄로만, 소유욕으로 붙잡아 놓은 줄로만 알고 있었다.

"애정 비사 전문가라더니 남의 속뜻에만 밝고 자기 일엔 모두 허당이로구나."

헌은 주변 아리따운 경치들을 한 번 가리키며 말했다.

"오늘 내가 이곳까지 너를 데려온 연유는 내 마음을 고백하기 위함이다."

궐 사람들을 이끌고 온양 행궁에 행차를 했던 이유가 나에게 고백을 하기 위해서였다고? 소랑의 숨소리가 가늘게 떨려 왔다. 미처 생각도, 상상하지도 못했던 일이었다.

헌은 그녀와 함께했었던 수많은 날들을 떠올리며 말했다.

"네가 처음 왔던 날부터 나의 모든 것은 달라져 버렸다. 그 전의 내 모습은 형편없는 폭군에 불과했어. 자그마한 울림도 귀기의 소리로 듣고 떨었고, 수라도 잘 들지 못하고 잠도 잘 자지 못해 생기라곤 없었지. 궐이라는 무덤에 갇혀 있는 산 시체의 꼴과 다름이 없었다."

그녀가 '쪼랑 쪼랑' 소리를 내면서 방울처럼 다가왔던 그날의 분위기, 그날의 기억들이 다시 찾아왔다.

"널 만나자마자 바로 입맛이 돌아 수라상을 모두 비웠던 것을 기억하느냐. 목검 수련을 했던 바로 그날 밤부터 꿀 같은 잠에 들었던 것을 기억하느냐."

소랑은 질끈 눈을 감아 버렸다. 모든 것은 사기였다. 어떻게든 그가 괜찮아 보이게 하기 위해, 꼼수를 쓴 것이었다.

"너무 힘든 일이 있었지만, 결국 내게서 빈궁을 잊게 하지 않았느냐. 이 조선 내에서 그 누구도 하지 못한 일이었어."

세자빈이 전하를 살아생전에 사랑하지 않았다는 그 말까지 모두 거짓이었습니다. 그 거짓말을 수습하기 위해 돈을 풀어서 사람을 쓰고 전하께 사기를 쳤습니다.

자신의 그 말 한마디에 왕 이헌이 어찌나 마음고생을 많이 했나.

거짓말을 한 것이 너무 많았다. 돌이켜 보니 왕 이헌에게 못 할 짓을 너무 많이 한 것 같았다. 눈앞에 가득 찬 습기에 모든 것이 뿌옇게 흐려졌다. 미안하고, 또 미안했다.

"네가 고문을 당했을 때, 보쌈을 당했다 하였을 때, 내 가슴이 얼마나 미어졌는지 알고 있느냐? 그때 직접 나서 널 구해 주었던 건 생각지 못하고, 내 행동의 뜻은 알지 못하고, 왜 내게 진심이 없다 말하느냐."

"제가 어찌 알겠습니까. 얼마 전까지도 전하께오서는 많이 헷갈려 하지 않으셨습니까. 저와 세자빈마마를, 혹은 그 진심을!"

그가 많이 망설이고 망설였다는 사실을 이미 알고 있던 소랑이었다.

"이제는 모든 것이 확실해졌다."

급기야 왕 이헌의 눈에서도 옥루가 또옥 떨어져 흘러내렸다.

"널, 소랑한다."

"⋯⋯!"

"내게 소랑이라 함은 사랑의 또 다른 이름이다. 많이 연모하고 있다, 너를."

순간 뜨거운 온천의 김이 소랑을 휘감아 쓸어가는 것 같았다. 끊임없이 또옥 또옥 떨어지던 눈물방울은 아예 둔덕이 무너진 듯이 와르르 쏟아져 흘러내리고 말았다. 가슴에 있는 모든 것이 벅차올라 울음으로 터져 나오는 것만 같았다.

"울지 말거라. 내 소랑아."

헌은 그런 소랑의 어깨를 감싸 안고서 말했다.

"날 떠나지 말거라. 내가 잘못한 게 있으면 모두 고칠 것이다. 그러니 나를 떠나지 말아다오."

그제야 소랑은 왕 이헌이 받은 상처가 보이는 것만 같았다. 내가 이 궐을 떠나겠다고 했을 때, 그가 받은 그 상처를.

"전하께오서 잘못하신 것은 없습니다. 모두 다 제 잘못입니다."

"무엇인지 몰라도 모두 용서할 것이다. 그러니 제발."

소랑은 눈물 젖은 얼굴을 들어 왕 이헌을 올려다보았다.

"진심으로 내 곁에 있어 다오."

다시 한 번 헌의 애절한 목소리가 뜨겁게 울려 퍼졌다. 한 여자에게 내보이는 가슴 깊은 순정. 깊은 곳에서 끓어오르는 뜨거운 진심. 그에게서 터져 나오는 것은 진정한 사랑이었다.

그제야 그녀는 깨달을 수 있었다. 내가 사랑하는 사람이 바로 눈앞에 있는 이 사람이라는 것. 이제는 왕 이헌의 사랑을 온전히 받아들여야만 한다는 것.

찰나의 순간.

소랑은 망설임 없이 헌에게 훅— 다가가 입을 맞추었다. 예상치 못한 움직임에 잠시 움찔하던 헌은, 곧 촉촉한 입술로 그녀를 받아들이기 시작했다.

먼저 다가선 이 입맞춤이 그녀의 대답을 대신하고 있었다. 다 쏟아 내지 못했던 복잡한 말들이, 어지럽게 엉켰던 감정들이 곧 뜨거운 입맞춤에 녹아내리기 시작했다.

이 입맞춤이 지금껏 상처받았던 서로의 가슴에 더없이 따뜻한 위로가 되어 주는 것 같았다. 지금껏 쌓아왔던 작은 생채기들과 죄책감 모두 이 입술 끝에서 치유되는 것만 같았다.

눈물은 쉼 없이 흘러내렸다. 소랑에게는 가슴 뻐근하도록 먹먹한 후회가 밀려왔다. 내가 이런 헌을 두고 어딜 떠나려 했었던가.

이제는 정말 가슴으로 그의 곁에 있고 싶었다. 그녀가 그토록 외면하고 떠나려 했지만, 결국 그녀의 마음이 향하는 곳은 바로 헌의 곁이었다. 다른 것은 모두 나중에 생각하고 싶었다.

소랑은 다시 일어서 그에게 와락 안겼다. 그때 살짝 중심을 잃은 헌과 소랑이 옆에 있는 뜨거운 온천에 풍덩, 빠지고 말았다. 깊어 보아야 허리까지밖에 오지 않는 온천. 순식간에 소랑과 왕 이헌의 몸이 뜨겁게 젖어 버리고 말았다.

갑작스러운 사고에 소랑에게는 예의 개구진 웃음이 살짝 터져 나오고 말았다.

"드디어 눈물을 그쳤구나."

헌은 젖은 소맷부리로 그녀의 얼굴을 닦아 주고는 다시 그녀를 꼬옥, 안아 주었다. 온몸이 모두 젖어 버렸지만 그녀로부터 시작된 기분 좋은 따뜻한 온기가 뜨끈히 퍼지고 있었다.

다시 둘의 촉촉한 눈빛이 서로에게 맞닿았다. 김이 모락모락 오르는 뜨거운 온천, 다시 서로가 엉키어 붙는 입맞춤은 시작되었다. 깊이를 잴 수 없을 정도로 서로를 사랑하고 있음을, 서로를 하나로 묶이게 되었음을 가슴 깊이 느끼게 하는 입맞춤이었다.

"너에게 보여 줄 것이 있다."

젖은 그녀의 몸을 따뜻한 수건으로 덮어 주던 그가 손을 덥석 잡으며 한 말이었다. 이 밤에 어디 가실 데가 있다고. 허나 더 물을 새도 없이 헌이 그녀를 바삐 이끌었다.

헌이 보여 준 곳은 바로 행궁의 후원, 정다원이었다. 벌써 소랑을 데려올 것이라 생각지 못했던 도승지와 세장이 재빨리 뒤로 숨었다. 여기저기 꽃을 심다 만 것이 무언가를 급히 꾸미려 했던 것만 같았다.

"이곳이었다. 너에게 고백을 하려 했던 곳이."

그 말이 사실이었구나. 나에게 오로지 고백을 하기 위해 이곳으로 행차를 했다는 사실이. 힘들게 멈추었던 눈물이 다시 터져 나오려 했다.

"내 유년 시절, 어마마마와 행복했던 추억이 바로 이곳에 담겨 있었어."

이곳에서 다시 한 번 잊지 못할 아름다운 추억을 만들고 싶었다. 바로 여기서 소랑이에게 고백을 하는 것. 헌은 세장과 도승지가 심어 놓았던 꽃을 직접 꺾어 동그랗고 작은 꽃다발을 만들었다. 그러고서는 소랑의 앞에 한쪽 무릎을 꿇고서는 그 꽃을 위로 들었다.

"저, 전하!"

당황한 소랑이 그를 일으켜 세우려 했다. 이 조선의 국왕이 자신의 앞에서 무릎을 꿇다니, 놀라지 않을 수 없는 일이었다. 소랑이 놀라 파드득 주저앉았지만, 오히려 헌은 빙긋 웃어 보이며 그녀를 바로 세웠다.

"네가 할 일은 너무도 쉽다. 이 꽃을 그냥 받아 들면 되는 거야."

헌은 세상 누구보다도 아름다운 목소리로, 이렇게 말했다.

"내 정인이 되어 주겠느냐."

다시 눈물이 앞을 가려, 가슴이 너무 벅차올라 몸이 움직여지지가 않았다.

"나를 이대로 놓아둘 것이냐."

오히려 헌은 싱긋 웃으며 여유롭게 말했다.

"괜찮다. 너의 마음을 얻기 위해서라면 이대로 밤을 새워도 상관이 없다."

그녀는 잔뜩 눈물진 얼굴을 닦아 내며 그가 내민 꽃다발을 내려다보았다.

군이 이렇게 하지 않으셔도 되는데. 안 그래도 이미 나의 마음은 전하의 것인데. 소랑이 꽃을 받아 들자, 헌은 말없이 일어나 그녀를 꼭 안아 주었다. 소랑은 한없이 넓은 그의 품 안에서 격해진 이 마음을 조금은 달래 보려 했다.

"꽃이란 게 이렇게 예쁜지 몰랐습니다."

왕 이헌이 직접 만들어 준 작고 앙증맞은 이 꽃다발. 모든 게 그저 감격스럽고 놀라울 뿐이었다.

"난 네가 이렇게 예쁜 줄 몰랐구나."

"전하."

"이제 너를 정인이라고 불러도 되겠느냐."

헌은 그녀의 얼굴을 다시 똑바로 보며 말했다.

"소랑아, 울지 말고 나를 보아라."

헌의 그 잘생긴 얼굴이 바로 소랑의 앞에 있었다.

"이제는 내 마음을 모두 알 수가 있겠느냐."

그저 눈물이 왈칵 쏟아지는 말이었다. 대답조차 쉽게 나오지 않아 그녀는 울음을 꾹 참으며 고개를 끄덕였다.

"이제 보니, 울보가 따로 없구나. 앞으로 울보라 불러야겠다."

왕 이헌은 그런 소랑을 토닥토닥 감싸 주며 말했다. 그러고는 다시 소리 내어 이 말을 발음해 보았다.

"나의 정인이라. 정인."

내게 안겨 있는 소랑이가, 내 정인이 되었다니. 마치 설탕 과자를 베어 문 것처럼 혀끝이 달달해지는 기분이었다.

"정인……."

소랑 역시 픽, 웃음 지으며 그 말을 따라했다.

서로를 바라보는 왕 이헌과 소랑의 얼굴에 같은 빛의 반짝임이 스쳤다. 그것은 이제 막 사랑을 시작한 연인들이 내뿜는 찬란한 광채와 같은 것이었다.

✿

그 시각, 신원은 행궁 근처에서 한 바퀴 호위를 돌고 있었다. 궐로부터 많이 떨어진 곳에 왔으니, 더더욱 경계의 날을 세워야 했다. 요새는 내금위장의 자리가 공석으로 비어 있으니 알게 모르게 호위 무사들의 기강이 흔들리고 있을지도 몰랐다.

"외부인의 침입을 철저히 차단하거라."

신원은 호위를 재차 확인하고, 다시 길을 나섰다. 뒤로는 오랫동안 그와 함께해 왔던 의금부 졸개, 춘석이가 따라붙었다.

"갑자기 어인 일이냐."

"혼자 가시는 걸음이 혹 다른 일이라도 있을까 봐서요."

그의 말대로 걷고 있는 신원의 머릿속에는 끊임없이 소랑에 대한 생각이 맴돌았다.

소랑이는 전하께 잘 말씀드렸을까. 아마, 출궁을 하겠다는 뜻을 밝혔겠지. 내가 사직을 하게 되었다는 얘기도 들어갔을까. 내일 날이 밝으면 직접 인사를 드려야겠다. 전하의 곁을 떠나려 이런 결정을 내린 것이 아니라고 말씀드려야겠다.

이것저것 복잡한 생각들로 머리가 무거워졌을 때, 뒤에서 춘석이 말을 걸었다.

"사직을 하셨다 들었습니다. 생각이 많아 보이십니다."

"그것이 얼굴에 보이느냐."

"벌써 도사님의 곁에 있었던지가 몇 년인데요."

"요새 너의 표정도 밝지가 않구나."

"그토록 따라다니던 해영 아씨가 보쌈꾼 사건 이후로 저에게 눈 길도 주지 않으니 마음이 무거울 수밖에요."

신원의 입가에는 살짝, 쓴 미소가 번졌다.

"너도 여인 하나 때문에 마음고생하는 것은 나와 다를 바가 없구나."

"그 누구의 곁에 있든 우리 해영 아씨가 무탈하기만을 바랄 뿐 인데."

언제나 까불거리던 춘석의 목소리가 평소보다 한층 더 묵직해 졌다.

"해영 아씨를 보쌈했던 그자들이 다시 한 번 예고를 보내왔습니 다. 또 한 번 보쌈이 있을 거라고."

"뭐라? 그 얘길 왜 지금 하느냐!"

"저는 통사정을 했지요. 절대 그런 일이 있어서는 안 된다. 저번에 도 엄청나게 끔찍한 일을 당할 뻔하지 않았습니까. 그러자 그들이 거래 조건을 하나 내밀었습니다."

춘석의 눈빛은 불안했다. 신원을 보고 있으면서도 한편으로는 다른 누군가를 의식하고 있는 것 같았다. 그와 오랫동안 함께 해 왔지만 단 한 번도 본 적이 없는 눈빛이었다. 흡사, 다른 사람이 곁에 서 있는 것 같기도 했다.

길을 가던 춘석은 우뚝, 자리에 멈추어 서서 똑바로 신원을 바라보았다.

"그들의 거래 조건은 다름 아닌 이신원 도사님이었습니다."

신원의 눈이 대번에 가늘어졌다. 나를 넘기기로 한 것인가? 바로 이 행궁에서?

이때, 휘이이익! 바람을 가르는 날렵한 소리가 들려왔다. 아주 짧은 순간이었지만 신원은 이 소리의 정체가 무엇인지 분명히 알 수 있었다.

그것은 바로……

12

소
랑
이
를……

저
주
시
면
안
되
겠
습
니
까
?

그것은 바로…… 독침이었다.

조금만 찔려도 사람의 숨을 멎게 한다는.

　행궁에 마련된 왕 이헌의 침소에 헌과 소랑이 안으로 들었다. 소
랑의 손에는 수줍도록 작은 꽃다발이 살짝 들려 있었다.

155

"이젠 내가 옷을 갈아입혀 줄 차례구나."

그녀의 눈이 병아리처럼 동그래져 설레설레 고개를 저었다.

아뇨, 그럴 리가요?

"그럼 이렇게 젖은 옷을 입고 시중을 들 것이냐. 그것 또한 불충일 텐데."

한걸음 한걸음 앞으로 내딛는 헌에게 밀려 소랑 역시 한걸음 한걸음 뒷걸음질을 했다. 결국 어디로도 도망갈 수 없는 구석으로 몰리자,

"어맛!"

소랑이 작게 소리를 내지르며 어깨를 움츠렸다.

"장난이다. 옷이 젖었으니 일단 이 옷으로 갈아입거라."

헌은 하얀 두루마기를 치마처럼 감싸 주고는 뒤를 돌았다.

"그리하면 저고리가 없사온데."

"저 이불 속이 너의 저고리가 될 것이다. 돌아보지 않을 테니 어서 옷을 갈아입거라."

정말 여기서 옷을 갈아입어도 될까, 싶어 그녀가 두루마기를 쥔 두 손을 모아 입술 앞에 대고 있을 때.

"네가 빨리 옷을 갈아입어야 나도 이 젖은 옷을 벗을 수 있지 않겠느냐. 이제 나의 시중은 들어주지 않을 것이냐?"

뒤돌아선 헌에게서 재촉하는 목소리가 들려왔다. 그녀는 하는 수 없이 옷을 벗고서 헌의 두루마기를 치마처럼 둘렀다.

"참으로 예쁘구나. 어깨가 모두 드러난 것이."

목덜미의 하이얀 솜털부터 매끄럽게 이어진 하얀 살결의 선이 참으로 부드럽고 아름다웠다. 이 칭찬에 그녀 역시 수줍게 왕 이헌의 옷을 벗길 줄 알았더니,

'턱턱―'

그녀의 손길은 거칠 것이 없었다. 오히려 헌이 앙가슴을 가릴 정도였다.

"갑자기 왜 이러느냐?"

"옷이야 한두 번 갈아입혀 드립니까. 이제 이런 건 눈 감고도 할 수 있지요."

소랑의 입가엔 개구진 미소가 떠올랐다. 그녀를 그녀답게 하는 웃음. 장난스러운 그 얼굴이 못 견디게 귀여웠다. 헌은 그녀가 처음으로 옷을 갈아입혀 주던 순간을 떠올렸다. 그래, 그때도 이 여자는 이렇게 거칠 것이 없었지.

"돌아서 있거라. 옷은 내가 알아서 갈아입겠다."

"아니, 그래도 제가."

"되었대도."

헌은 소랑을 아예 뒤로 돌려놓은 채로 혼자서 옷을 갈아입었다. 다 끝났을 때쯤 그녀가 다시 뒤를 돌자 헌은 아예 이불 안으로 들어가 비스듬히 누워 있었다. 이제 이 안에 들어오기만 하면 된다는 투로.

소랑은 쪼르르 달려가 그의 이불 주변 매무새를 만져 주고는 강녕전에서처럼 원래 있던 그 자리에 털썩 앉았다.

하아. 이 여자, 도무지 긴장이라고는 없구나.

"이 자리가 편하느냐."

"네. 좋지요. 너무나도."

소랑의 얼굴에는 오래간만에 천진난만함이 돌아왔다. 출궁으로 고민하여 어두워졌던 얼굴의 그늘은 이제 더 이상 없었다.

"여기서 이렇게 잠이 드시는 전하를 바라볼 수 있지 않습니까."

"그러다가 매번 먼저 잠들지 않느냐."

"뭘 매번이라 그러십니까. 어쩌다 가아끔 졸릴 때도 있는 것이지요."

다소 장난스러워진 그녀의 말투도, 서로 티격태격하는 듯이 오가는 정감 어린 대화 모두가 헌에게는 못 견디리만치 짜릿한 행복감으로 다가왔다. 그녀의 그 엷은 목소리도, 작은 타박도, 장난도 좋았다. 가슴이 붕 떠오를 만큼 섬세하게 행복해졌다.

이제 그녀가 정말로 내 정인으로 곁에 있게 된 것이 그저 고맙고 사랑스러웠다. 바로 지금 이 순간을 위해, 그간의 힘들었던 모든 일을 겪은 것만 같았다.

"실은 난 좀 미안했는데."

"네?"

"나만 이렇게 편하게 누워서 너를 보고 있지 않느냐. 그렇게 앉아서 꾸벅꾸벅 졸다 보면, 목도 아프고 힘들 텐데."

"하핫, 이제는 괜찮습니다."

"괜찮기는, 눈은 벌겋게 부어가지고."

다시 맑은 미소를 올린 소랑이었지만 오늘 너무 많은 눈물을 쏟은 그녀였다. 내일 아침이면 눈이 개구리처럼 부어 있으리라.

헌은 그녀의 고개를 당겨 손등으로 그 뜨거운 두 눈을 식혀 주었다. 그 손길에 그녀의 심장이 미세하게 떨려 오기 시작했다. 사랑을 시작한 이 남자의 다정한 손짓에, 그 세심한 모습에.

"뭐, 정 피곤하면 내 옆자리를 내주겠다."

헌은 들어오라는 듯, 이불을 위로 들추며 말했다.

"아뇨. 전 이대로 전하를 바라보고 있는 것이 좋습니다."

"물론 보면 볼수록 잘생긴 건 알고 있지만, 그래도 이왕이면 더 가까이 있는 것이 어떠냐."

"지금 이대로도 좋다니까요."

"에헴, 한 나라의 임금을 정인으로 맞은 소회가 어떠냐? 기분 째질 것 같은데."

"째지다니요. 전하께서 쓰시기엔 너무 경박스러운 말이 아닙니까."

"이런 말을 다 누구한테 배웠겠느냐."

헌이 장난스럽게 그녀의 옆구리를 손가락으로 찔렀다. 살짝 몸을 비틀어 소랑이 그 손길을 피하자, 그의 다른 손가락이 그녀의 옆구리를 간지럽혔다. 방그레한 웃음과 함께, 둘 사이에는 간질간질한 분위기가 가득해졌다.

결국 몸을 비틀던 소랑이 풀썩, 헌의 품 안으로 쓰러졌다. 순간 흐르는 정적. 부지불식간에 까슬까슬한 긴장감이 찾아왔다. 약간 어색해진 소랑이 팔에 힘을 주어 일어나려 했지만 헌은 다시 그녀를 품속으로 안았다. 그러자 그녀가 헌의 팔 위에 누워 있는 모양새가 되었다.

"그냥, 이대로 있자."

예전에 목간통에서 그녀를 끌어당기던 그 눈빛은 더 이상 담겨 있지 않았다. 두 눈엔 한없이 따뜻한 진심이 담겨 있었다. 네가 이렇게 있어 주는 게 가장 편하고 행복해, 라는 말이 눈빛으로 전해졌다. 그의 품에 안기게 된 소랑도 살짝 긴장을 풀고 한시름을 놓았다.

"좋다."

그녀가 흐뭇하게 웃으면서 내뱉은 한마디였다.

"너 지금 임금에게 반말을 한 것이냐."

"아, 언제 반말을 했다 그러십니까?"

"방금 '좋다' 이렇게 말하지 않았느냐."

"그냥 혼잣말이지요. 그럼 '싫다' 이럽니까?"

"싫다 할 것까진 없지만……."

"에이, 그만 일어나렵니다. 정인이 되어 가지고는 자그마한 것 같고 타박이나 하고."

소랑이 작게 꿈틀거리자 헌은 다시 넓은 품으로 그녀를 더욱 깊숙하게 끌어안았다.

"아니, 뭐 나도 좋단 뜻이지. 둘만이 있을 땐 뭐 반말을 하는 것도 나쁘지 않을 것 같다."

"야!"

"뭐?"

"이렇게 해도 됩니까?"

"그래도 일국의 왕인데, 야는 좀."

"농담입니다. 아무리 둘이 있다 하여도 신하 된 자로서 어찌 그리 하겠습니까."

다시 서로에게 흐뭇한 웃음빛이 번졌다. 헌은 안은 소랑의 어깨를 아기처럼 토닥이면서 말했다.

"우리 사이가 많이 가까워졌으면 좋겠어. 비밀 같은 거 만들지 말고, 가깝게 서로의 속내를 모두 털어놓는 그런 사이 말이야."

이 말을 들은 소랑은 조금 낯선 눈빛으로 헌을 올려다보았다. 툴툴거리던 예전과 너무 달라서였다. 더 가까워지고 싶다니. 이 말, 너무 귀엽잖아!

이런 소랑의 속내를 아는지 모르는지 헌은 계속해서 따스한 목소리로 말했다.

"소랑. 너에게 언제 반했는지, 알고 있느냐?"

"뭐, 한두 번이겠습니까?"

"어이구? 이게 어디서 나온 자신감이야?"

"일단 제가 빈틈의 매력이 넘쳐나지 않습니까?"

"빈틈 하면 언제? 왕의 멱살을 잡고 연못으로 끌고 들어갈 때? 멧돼지에게 쫓기는데 나무에다가 마빡 박을 때?"

"그때 아니에요?"

"그거는 빈틈 정도가 아니라 아예 하자지, 하자."

"하자 있는 여자를 정인으로 들여서 좋습니까? 뭐, 살짝살짝 졸고 이럴 때 좀 귀엽기도 하고 그러지 않으셨습니까?"

헌의 입가에 피식, 미소가 터졌다. 사랑스러워서 도저히 못 견디겠다는 그 달콤한 웃음이.

"너 잘 때다. 이놈아."

"잘 때요?"

"낮엔 하도 입을 나불거려서 얼굴을 제대로 볼 틈이 있어야지. 밤에야 조금 반할 틈이 생기더구나."

"파하핫. 낮에 나불거릴 땐 소녀가 싫단 말씀이옵니까?"

"그, 그건 아니지만."

"이젠 낮에도 자는 것처럼 입을 꼭 다물고 있어야겠네요."

"그건 아니래도."

해명을 하는 헌의 입술이 살짝 오므려졌다. 아아, 이 모습마저 왜 이렇게 귀여울까.

"참으로 신기하지 말입니다."

"뭐가?"

"저도 전하께오서 잠에 드실 때 반했는데 말이지요."

잠든 그를 바라보고 있어야 하는 그 오랜 밤들이 다시 떠올랐다. 참으로 기나긴, 그 밤들을. 소랑은 그때마다 생각했다.

"세상에 그렇게 잘생긴 남자는 또 없는 것 같았습니다."

소년처럼 감은 눈하며, 오뚝 서 있는 코, 살짝 다문 입술선까지.

"그리도 잘생긴 남자를 안게 된 너의 소감은 어떠하냐?"

"뭐, 쪼끔 좋습니다."

"쪼오끔?"

헌은 다시 와락 힘을 주어 소랑을 끌어안았다. 그녀가 귀엽게 몸짓을 하며 바둥거리는 것까지 너무나 귀엽고 사랑스러웠다.

세상에, 이렇게 행복한 밤이 근 10년간 있었던가. 사랑하는 이와 이렇게 따뜻하게 잠들 수 있는 밤이? 밖에서는 소록소록한 밤새 소리가 났다.

그 깊은 밤, 정답게 품속에서 티격태격하던 둘은 원래 한 쌍이었어야 했던 것처럼, 원래 함께해야 했던 연인들처럼 그렇게 정답게, 그리고 조용히 잠에 들었다.

곧 신원의 눈이 터질 듯이 벌겋게 붉어졌다. 그 독침을 맞은 자가 다름 아닌 춘석이였기 때문이었다.

"춘석아, 춘석아!"

그들이 먼저 포섭하려 했던 사람은, 바로 춘석이었다. 신원이 경계를 풀 수 있는, 그리고 가장 가까이 있을 수 있는 인물.

그러나 해영을 다시 납치하겠다는 그 엄포에도 춘석은 그리할 수 없다며 그들의 제안을 딱 잘라 거절했다.

춘석은 알고 있었던 것이다. 자신이 아니더라도 누군가 온양 행궁에서 또 신원을 노릴 것임을. 그리하여 경계를 세우고 있다가 결정적인 순간 신원을 대신하여 독침을 맞은 것이었다.

"일어나 보거라. 춘석아."

허나 몇 개의 독침이 더 날아와 춘석의 등에 고슴도치처럼 박혔다. 그가 온몸으로 독침을 막는 동안 신원이 할 수 있는 것은 아무것도 없었다.

"으으윽."

다리에 힘이 풀려 쓰러진 춘석의 얼굴이 곧 푸르뎅뎅하게 변해갔다. 이미 수명이 다한 듯했다. 도저히 믿을 수가 없었다. 춘석이, 네가 이렇게 갑자기 급사하게 되다니.

신원이 쓰러지는 춘석을 조심히 내려놓고 있을 때,

'휘이이익—'

날아온 독침 하나가 신원의 어깻죽지를 찔렀다.

일단은 몸을 피하는 수밖에 없었다. 빠르게 나무 뒤에 몸을 숨기고 어깨의 독침을 빼내려 했지만 생각보다 침은 어깨에 깊숙이 박혀 있었다. 어깨가 돌처럼 굳어지는 느낌이었다. 벌써 마비가 시작된 것이다. 춘석이 쓰러지는 걸 보아하니 독이 퍼지는 속도가 생각보다 빠른 듯했다.

신원은 힘을 주어 독침을 빼내고 더욱더 독이 퍼져 나가지 못하도록 옷을 찢어 어깻죽지를 동여맸다. 허나 팔도 다리도 아닌 어깨를 완전히 고정해 놓을 수는 없었다.

그는 남은 힘을 끌어모아 비척비척 어디론가 걸어갔다.

"전하!"

새벽녘, 내시 세장이 황급하게 헌의 잠을 깨웠다. 그의 품에 잠들어 있던 소랑 역시 살짝 눈을 떴다.

"지금 바로 자리를 피하셔야 할 것 같습니다."

"무슨 일이냐."

오래간만에 행복한 잠에 들어 있을 때였다. 그녀를 몸에 품고 있는 이 달콤하고 사랑스러운 기분을 깨고 싶지 않았다.

"의금부 금군 하나가 행궁에서 독침을 맞아 숨을 잃었습니다."

누군가 행궁을 공격하고 있다고? 순간 소랑의 얼굴이 새하얗게 질렸다. 혹, 나를 노리던 자객이 여기까지 찾아온 것은 아니겠지? 잠깐, 의금부 금군이라면.

"신원이는 어디에 갔느냐?"

"그것이……."

"어디에 갔냐고 묻지 않느냐."

"이신원 도사의 행방을 찾을 수가 없습니다."

"뭐라?"

믿을 수 없는 말이었다. 의금부 관원은 죽었고, 신원은 사라졌다고? 지금껏 그가 말도 없이 자취를 감춘 적은 한 번도 없었다.

"이번에 죽은 자가 누구냐?"

"이신원 도사를 곁에서 오랫동안 모셔 왔던 자춘석이라 하는 자입니다."

춘석이라고? 이번엔 소랑이가 돌처럼 딱딱하게 굳어졌다. 해영이 때문에 애달당에 자주 걸음 하던 자가 아닌가. 그가 죽었다니 대체 무슨 연유로? 그리고 이신원 도사가 사라졌다니. 혹, 벌써 떠나 버린 것인가. 사직을 하겠다는 그 마지막 말로?

"전하, 바로 한양으로 갈 채비를 하셔야 할 것 같습니다."

"신원이를 찾아라. 신원이를 놓고 갈 수는 없다."

"그것은 저희가 별도의 인력을 쓰도록 하겠습니다. 부디……"

허나, 그의 말이 끝나기도 전에 헌은 이미 세장을 제치고 밖으로 나가고 있었다. 소랑은 바로 그 뒤를 따르려 하다가 움찔했다. 두루 마기를 치마처럼 둘러 입은 탓에 이런 차림으로 그 뒤를 따랐다간 오히려 왕에게 창피가 될 것 같았다.

세장은 곧 다른 나인에게 마른 옷을 갖다 주라 말하고는 밖으로 나갔다. 옷을 기다리는 소랑은 안에서 발을 동동 구를 수밖에 없었 다. 신원이가, 우리 신원이가 대체 어떻게 되었길래.

행궁의 구조는 이곳에 처음 와 보는 궁인들보다 어린 시절, 이곳 을 마음껏 뛰어놀았던 이헌이 더 잘 알고 있었다. 공격을 받은 신원 이 몸을 숨겨 피할 만한 곳이라면 행궁의 뒤편 담벼락이 아닐까.

그렇게 헌이 북쪽으로 빠르게 내달리고 있을 때,

"으윽!"

구석에서 신음 소리가 들렸다. 예상대로 신원이 북쪽 담벼락의 어둠에 몸을 숨기고 있었다. 한쪽 어깻죽지를 꼭 끌어안은 걸 보니 제대로 부상을 당한 게 틀림없었다.

"신원아, 어찌 된 일이냐."

헌이 그쪽으로 다가서려 하자,

"더 가까이 오지 마십시오."

신원이 힘겹게 손을 들어 이를 말렸다.

"또 어떤 공격이 있을지 모릅니다."

그의 손에는 독침이 쥐어져 있었다. 누군가 독침을 날린 것이구나. 그래서 나보고 이 건물 뒤편에 서 있으라 하는 것이구나.

"조금만 기다려라. 내 사람들을 불러올 테니."

"금군들마저 믿을 수가 없습니다."

"뭐라?"

헌의 얼굴이 차갑게 식어 내렸다. 그럼 금군 내부에 살인자가 있다고?

"전하, 드릴 말씀이 있습니다."

돌아서 궁인들이라도 불러오려 했던 헌이 우뚝 멈춰 섰다. 그의 눈동자가 천천히 신원에게 향했다.

제대로 목소리를 내는 것조차 힘들 정도로 상태가 심각한 신원이었다. 그 통증을 참고서 피를 토하듯, 거친 숨소리 사이로 힘겹게 꺼낸 말은,

"소랑이를 저 주시면 안 되겠습니까?"

이것이었다.

"뭐라?"

신원의 눈빛엔 더없이 간절한 바람이 담겨져 있었다. 치명적인 부상을 당한 지금, 이신원 그가 붙잡고 싶은 유일한 것은 바로 소랑이일 것이다.

"이미 궐의 궁녀이자 왕의 여자다. 네가 함부로 건드릴 수 없는 여인임을 모르느냐."

"곧 출궁을 하게 되면, 그러면……."

"소랑이가 출궁을 하는 일은 없을 것이다."

신원의 동공이 불안하게 떨려 왔다. 명단을 수정하신 게로구나. 소랑이가 이 궐에서 나가는 일은 없겠구나.

"자유로운 영혼을 가진 아이입니다. 이 궐에 궁녀로서 가축처럼 갇혀 살다간 머지않아 그 햇빛 같은 생기를 모두 잃어버리고 말 것입니다."

"그리하지 않게 내가 보듬어 줄 것이다."

그녀가 불행해지지 않게 할 것이다. 더 이상 위험해지지 않게, 힘든 일을 겪지 않게, 그녀를 사랑으로 감쌀 것이다. 그녀의 행복을 이제 내가 책임질 것이다.

"이제 소랑이는 궐의 궁녀이기 이전에 나의 여자다."

신원의 목소리가 격하게 한 뼘쯤 튀어 올랐다.

"이미 전하께서는……!"

13

네가
콩으로 메주를 빚는다 한들,
메주로 식혜를 만든다 한들

"이미 전하께서는…… 모든 걸 가지지 않으셨습니까? 이 나라도,
이 궐도, 백성들도."

"허나 단 한 가지를 가지지 못해, 그 모든 것을 다스리지 못했다.
내가 사랑하는 단 한 사람. 그 하나를 지키지 못해 나는 그 어떤 것
도 갖지 못했다. 그로 인해 내가 얼마나 많이 힘들어했는지 그리고
소랑이가 이런 나를 얼마나 많이 바꾸어 놓았는지 너도 잘 알지 않
느냐."

"죽을지도 모른다고 생각한 순간, 떠오른 건 소랑이밖에 없었습니다."

그 말에 깊은 상처를 입고도 오로지 소랑이만을 생각했을 신원의 모습이 머릿속에 그려졌다.

"그제야 알았습니다. 저의 목숨을 바꾸어도 좋을 사람이 바로 소랑이라는 것을요."

헌의 진심이 소중한 것처럼 신원의 진심 역시 소중할 것이다. 욱신, 명치를 맞은 것처럼 헌의 가슴에 통증이 밀려왔다.

"죽음이 가까워져 오는 와중에도 소랑이 그녀를 위해 살고 싶었습니다."

그 말에는 피가 맺힌 듯한 진심이 담겨 있었다. 그러나 차가워져야 했다. 아무리 신원이 목숨과 바꾸고 싶은 사람이 소랑이라 한들 그녀를 내어 줄 수는 없는 노릇이었다.

"소랑이는 너에게 마음 한 자락 내어 줄 수 없다 말하더구나."

결국 헌이 준 것은 몸의 상처보다 더욱 쓰린, 마음의 상처였다. 신원의 눈에서는 문득 화르르한 불덩이가 번쩍였다.

"사직을 청했다지. 그리 견디기 어렵다면 궐을 떠나도 좋다."

결국, 물러나야만 하는 것인가. 왕 이헌과 소랑이 함께하기로 한 이 궐에서?

"허나, 죽어서는 안 된다. 아무리 네가 왕의 여자를 마음에 품었다 한들, 내게 소랑이를 달라는 무엄한 청을 했다 한들, 그래도 너는 나의 신하고 내게 남은 유일한 동무다."

극한의 통증이 밀려오는 어깨보다도 더욱 견디기 힘든 건 가슴께로 꽂혀 오는 이 아픔이었다.

"신하된 자로서 자기 목숨을 감히 함부로 할 수 없다는 것을 모르느냐. 거기 가만히 있거라. 내가 너를 살려 낼 것이다. 절대 네가 죽어서는 안 된다."

이미 신원의 안색이 파리하게 식어가고 있었다. 그에게 많은 것을 의지했던 소랑이를 위해서라도, 마음 여린 그녀를 위해서라도 이신원이 이 자리에서 숨을 다해서는 안 된다. 그를, 살려야 한다.

이때,

"신원아!"

찢어지는 듯한 목소리가 뒤에서 들려왔다. 마른 옷으로 갈아입고 도착한 소랑이 의식을 잃어가는 신원을 발견한 것이다.

"신원아, 대체 어찌 된 일이야? 어쩌다 이렇게 상처를 입었어?"

그녀는 바로 담장 밑으로 달려갔다.

"소랑아, 거기 멈춰 서라. 아직 그곳은 위험……."

그 발길을 막아서는 헌의 제지에도 그녀는 멈추지 않았다. 쓰러진 신원을 보는 순간부터 아무것도 눈에 보이지가 않은 까닭이었다.

"정신 차려 봐, 신원아. 어?"

그녀가 쓰러진 신원을 품 안에 감싸 안고 몸을 흔들어 보았지만, 그의 눈빛은 점점 더 희미해져 갔다.

내 눈앞에 소랑이가 있구나, 내가 그토록 원하던. 쓰디쓴 미소가 신원의 입매에 조용히 번졌다. 그러나 조금 더 그녀를 보고 싶은 마음과는 달리 눈앞은 점점 더 흐려졌다.

"신원아, 신원아!"

소랑의 애타는 절규에도 불구하고, 신원의 몸에서 스르륵 힘이 빠졌다. 곧 그녀의 가녀린 어깨에 툭, 그의 몸이 쏟아지고 말았다. 머릿속이 백지장처럼 새하얘지는 기분이었다.

신원이가, 우리 신원이가!

❀

아직 날이 채 밝아오지 않은 새벽녘.

궐로 올라가는 가마 안에 왕 이헌이 소랑과 앉아 있었다. 슬픔에 무너진 소랑을 궁녀들과 함께 올라오게 할 수는 없기에, 헌이 가마 안으로 소랑을 들인 것이었다.

뚝, 뚝, 뚝. 눈물은 한없이 그녀의 두 눈에서 차고 넘쳐 흘러내렸다.

"걱정 마라, 신원이는 괜찮을 것이다."

의식을 잃은 신원은 행궁에서 가장 가까운 의원 댁으로 실려 갔다. 맥이 희미해지긴 했으나 숨이 끊어진 것은 아니었다. 빨리 해독제를 쓰면 살아날 수 있을 것이라 했다.

허나 일개 무사보다는 왕의 안위가 먼저였기에, 궁인들은 궐로 올라갈 채비를 서둘렀다. 결국 의식을 잃은 신원을 온양에 두고 올라갈 수밖에 없었다. 이에 소랑이 할 수 있는 것 또한 아무것도 없었다. 그에게 미안하고 또 한없이 미안할 뿐이었다.

"전하께서 궐에 도착하면 제가 온양에 다시 내려오겠습니다. 이 신원 도사가 괜찮은지 봐야겠습니다."

"아니다. 응급처치가 끝나면 내가 사람을 보내 궁중의 어의들에게 진료를 받게 할 것이다. 신원이는 아무 일 없을 테니, 이제 그만 눈물을 멈추거라."

소랑은 문득 눈물을 닦아 내고서 헌을 보았다. 헌의 앞에서 신원으로 인한 눈물을 지나치게 많이 보인 것 같아 새삼 미안한 마음이 들었다.

"죄송합니다, 전하."

그러나 헌은 더더욱 따스하게 그녀를 안아 주면서 등을 토닥였다.

"네가 그리도 걱정을 하는 것도 무리가 아니지. 너를 지켜 주는 무사이기도 했지만, 나에게 오랜 동료가 아니냐. 다만 이제는 믿는다. 너의 사랑이 더 이상 신원이가 아닌 내게 있다는 것을 말이다."

소랑은 새삼, 다시 왕 이헌의 눈을 바라보았다. 그의 눈에선 그 무엇에도 흔들리지 않을 더없이 굳건한 믿음이 어려 있었다.

"나는, 너를 믿는다."

믿음이라니. 소랑은 작게 주먹을 말아 쥐었다. 그 말은 맞았다. 이제는 나의 마음이 흔들림 없이 왕 이헌에게로 향해 있다는 것을. 나의 마음은 오로지 그의 것이 분명했다.

그러나 다시 가슴 한구석 작은 불안이 찾아왔다. 전하께서 이렇게나 나를 믿어 주시는데, 그 믿음을 과연 내가 지켜드릴 수 있을까.

"전하께 믿음이란, 무엇입니까?"

"내가 너에게 거짓을 말하는 일은 조금도 없을 것이다. 널 속일 이유도, 그럴 필요도 없으니까."

헌의 두 눈 가득 진실함이 담겨 있었다. 그리고 순수했다. 정말로 조금도 상처 주고 싶지 않을 만큼, 그 믿음을 조금도 무너뜨리고 싶지 않을 만큼.

"네가 콩으로 메주를 빚는다 한들, 메주로 식혜를 만든다 한들, 내가 너의 말을 믿지 않을 것이 무어냐. 이렇게나 사랑하는 정인인데."

약간은 생소했다. 부족하기만 한 나에게 이렇게까지 분별없이 믿음을 주어서, 조금의 거짓도 없는 사랑을 주어서. 나는 그렇게 할 수 있을까? 그에게 거짓 없는 사랑을 줄 수 있을까?

답은 부정에 가까웠다.

당장 그에게 본명 하나 밝힐 수가 없었다. 그가 주는 마음만큼이나 진실해지고 싶었지만 그럴 수가 없어서 가슴이 아파졌다. 사랑은 믿음이라 생각하는 그에게 그간의 거짓을 밝힐 용기가 나지 않았다.

그것을 알면 그가 내게 머물렀던 그 마음은 떠나가겠지? 사기꾼으로 살아왔던 내 자신의 삶이 못 견디리만큼 싫어졌다. 이제 그의 앞에서 조금의 거짓도 담고 싶지가 않은데, 이미 자신이 해 왔던 모든 것은 죄였다. 경을 칠 만한. 참수를 할 만한.

"이 미천한 소녀가 감히 전하를 가슴에 품었습니다."

그녀는 뜨거운 눈물 한 방울을 또옥, 흘리며 헌을 다시 안았다.

174

다시 토닥토닥 그녀를 달래는 그의 부드러운 손길이 이어졌다.

"그렇게 혼자 품은 연심이 두려워, 전하의 곁을 떠나려, 출궁을 하려 했습니다. 하지만 다짐했지요. 전하의 곁에 있기로, 사랑하는 사람의 곁에 있기로."

더없이 따뜻한 헌의 품에서, 소랑은 다짐했다.

"이제 제가 먼저 떠나지는 않겠습니다. 할 수 있는 한, 전하의 곁에 있겠습니다. 그것이 죄가 되고 분에 넘치는 일이라도 이제 제 마음만을 생각해 쉽사리 도망치지 않겠습니다."

서로 사랑을 하기로 한 지금부터 앞으로의 일이 두려워, 혹은 그의 곁에 있기가 두려워 비겁하게 도망치는 일은 더 이상 없을 것이다. 죄를 갚아야 한다면 달게 받을 것이다. 그렇다고 해서 왕 이헌이 자신에게 보여 준 이 의리를 내가 먼저 꺾고 돌아서는 일은 없을 것이다.

"그렇게까지 말해 주니 내 마음이 한결 가벼워지는구나."

헌의 얼굴에 밝은 미소가 두둥실 떠올랐다. 출궁의 결심까지 했던 그녀가 사실은 불안했다. 다시 훌쩍 궐을 떠나 버릴까 봐. 하지만 더 이상 등을 보이지 않겠다, 돌아서지 않겠다는 다짐을 들으니 말만으로도 마음이 너무나 편안해졌다.

그래, 이제 더더욱 굳건히 그녀를 믿을 것이다. 서로 떠나지 말자. 쉽게 멀어지지 말자. 힘겹게 우리의 사랑을 찾은 이상, 서로를 마주하고 바라보는 이 시간이 영원히 이어질 수 있게 더더욱 노력할 것이다.

'널 소랑한다, 소랑아.'

그녀를 품에 안은 헌이 이 말이 들리지 않게 조용히 입모양으로 속삭였다.

'많이 소랑한다.'

❀

"춘석 오라버니가 돌아가셨다고요?"

하오의 애달당.

해영에게 뜻밖의 비보가 도착했다. 차마 예상도 하지 못했던 소식이었다.

'춘석 오라버니가, 어떻게 그렇게 갑자기?'

믿을 수가 없었다.

"해영 아씨, 괜찮으시오?"

휘청하는 해영을 옆에 있던 도석이 잡아 주었다. 충격에 휩싸인 그녀는 자신의 탁자 서랍에서 조그마한 바구니를 꺼냈다.

언제나 이 오빠만 믿어, 허세를 부려 왔던 춘석이었지만, 그녀가 작고 반짝이는 걸 좋아한다는 걸 알고 근무를 나갈 때마다 반질반질 동글한 돌을 주워다 주곤 했던 그였다. 말도 없이, 생색도 없이 탁자 위에 툭, 주워 온 돌을 두고서 가던 그였다.

그런 춘석을 살아생전 따뜻하게 대해 주었나 싶어 해영의 가슴이 확 졸아들어 왔다. 애달당에 올 때마다 밝게 그를 맞아 주긴 했었지

176

만, 그가 주었던 애정만큼은 되돌려 주지 못했다. 작은 돌을 주워다 주었던 그 따스한 마음에는 물론 미치지를 못했다.

뒤늦게야 그에게 좀 더 잘해 주지 못했다는 후회가 밀려왔다. 눈물이 터질 수밖에 없었다. 아직까지 춘석이가 이 세상에 없는 사람이란 게 믿기지가 않았다. 다시 그 경박스러운 발걸음으로 애달당 문을 밀고 들어올 것 같았다.

그런 해영을 한걸음 뒤에서 보는 도석의 가슴은 더더욱 무거워졌다. 처음엔 패설책에만 얼굴을 묻고 있던 그녀였다. 얼마 전까지는 보쌈꾼 사건 때 자신을 구해 주었던 왕 이헌의 생각만 하던 그녀였다. 그리고 지금은 춘석을 향한 눈물을 흘리고 있었다.

왜 항상 그녀의 시선은 가까이 있는 사랑을 보지 못하고 다른 곳을 향해 있는 것인지, 그리고 그런 그녀에게 왜 나는 자신 있게 다가가질 못하는 건지.

마음이 아려왔다. 도석에게도 춘석을 잃은 건 너무나 가슴 아픈 일이었지만, 더 이상 지체해서는 안 될 것 같았다. 해영을 향해 자신의 마음을 고백하는 일. 그녀의 마음을 자신에게로 붙잡아 놓는 일. 이제 더 늦는다면 후회할 것 같았다.

춘석이 끝끝내 해영에게 고백다운 고백을 하지 못하고 혼자만의 순정을 끝으로 숨을 다해 버리고 말았으니, 도석 역시 더욱더 큰 후회와 미련이 남지 않게 마음의 결심을 내려야 했다.

신원이 온양에서 올라와 어의들에게 진료를 받고 있다는 소식에, 소랑은 단숨에 발걸음을 내의원으로 옮겼다.

"신원아, 괜찮아?"

치료를 위해 마련된 작은 방에는 신원이 혼자 누워 있었다. 쪼랑쪼랑한 소랑의 목소리에 신원의 미간이 대번에 구겨졌다.

"신원아?"

그녀의 안타까운 목소리에도 소랑을 바라보는 그의 목소리는 가시가 돋아난 듯 까칠했다.

"아직도 우리가 동무라고 생각하는 거야?"

덥석 안으로 들어갔던 소랑은 가시에라도 찔린 것처럼 흠칫 놀라 물러났다.

"싫으면 이신원 도사, 이렇게 부를까?"

심상치 않은 분위기를 감지한 소랑이 그의 눈치를 보며 자리에 앉았다.

"이제 도사도 아니야. 사직했거든."

"그럼, 이신원 오라버니?"

"가능하면 남으로 지내자. 서로 이름 부를 것 없이."

이 작은 방 안에 우박이 뚝뚝 떨어질 것처럼 그의 목소리는 차갑게 냉각되어 있었다. 그녀의 모든 말을 따뜻하게 들어 주었던 예전과는 전연 달랐다.

"모, 몸은 괜찮아?"

"아니, 전혀. 죽을 뻔했어. 독침으로."

입술을 깨문 소랑에게서 다시 눈물이 비적비적 새어 나왔다. 죽을 뻔했다니, 대체 누가 이런 짓을……!

"내 앞에서 눈물 보이지 마. 네가 마음이 아프다 한들, 나보다 더 하겠어?"

쓰린 상처가 고인 목소리였다.

"내가 가장 아끼던, 나를 가장 따르던 후배가 죽었어. 나를 지키다가."

소랑의 시선이 둘 데를 잃었다. 그래, 춘석이 죽었다. 온양에서. 그것은 무엇으로도 바꿀 수 없는 진실이었다.

"나는 그놈이 날 대신해 죽을지도 모르고, 멍하니 네 생각만 하면서 걷고 있었어. 그렇게 독침을 맞고서도 온몸이 마비가 되어가면서도 바보같이 네 생각을 했어. 그런 내가 지금 얼마나 병신 같은지 알아?"

"……신원아."

"약속했잖아. 왕에게 더 이상 연심 갖지 않기로. 이미 왕을 좋아하고 있는 거 아니냐는 그 질문에도 아니라 답했잖아."

그래도 가야만 했다.

왕 이헌을 향한 내 마음을 감추고 부정하려 애를 쓴 시간이 지나고, 그에게서 떠나려 출궁을 결심했던 시간도 지나고, 결국 소랑은 왕 이헌의 곁에 섰다. 신원에게 한 모든 약속을 어겼지만, 그래도 헌의 곁에 있어야 했다.

결국, 자신에게 꾸준한 순정을 주었던 신원에게 독침보다도 더 큰 상처를 주고 만 것이다.

"그런데 여기 다시 찾아오는 건 뭔데. 다시 내 마음 받아 줄 것도 아닌데, 왜 이렇게 흔들리게 하는데!"

격해진 신원의 목소리가 가늘게 떨렸다. 급기야 그의 눈가가 조용히 젖어 왔다. 어떻게든 강해지려는 그 강철 같은 표정 뒤로 여린 진심이 눈물에 섞여 흘렀다.

"왜 자꾸, 흔들어 놓냐고. 제대로 정리도 못 하게!"

그의 앞에서 더더욱 단호해져야만 했을까? 자꾸만 여려지는 그 마음 들키지 말고 더욱더 냉정히 돌아서야 했을까?

"동무? 그런 거 못 하겠으니까 제발 꺼져."

지금도, 그에게서 돌아서야만 하는 순간일까? 더 이상 대꾸도 하지 않고?

단호해지고 싶은 마음과는 달리, 여린 눈물이 자꾸만 새어 나왔다. 착한 심성의 그를 이렇게까지 독하게 만든 내 자신이 너무나 싫었다.

"존재만으로도 너무 고마웠어, 소랑아. 네가 내 곁에 있는 것만으로도. 근데……."

그의 목소리에는 헛웃음까지 섞였다.

"이젠 못 하겠다, 나는. 네가 못 하겠으면 내가 사라져 줄게."

사라지겠다고? 뭘까, 그 말뜻은?

"이제 서로 보는 일 없도록 하자."

신원은 작은 방 안에 그녀를 혼자 두고서 동여맨 어깨를 힘겹게 쥐고 밖으로 나갔다.

그런데, 어쩐지 그의 오른팔에 전혀 힘이 담겨 있지 않은 듯했다. 붕대로 목에 팔걸이를 만들어 놓긴 했지만 힘없이 흔들리는 그 모습이 예사롭지가 않았다.

설마, 신원이가?

그녀를 두고 마당으로 나온 신원이 마주한 사람은, 그 앞에서 기다리고 있던 왕 이헌이었다.

"전하."

그런 신원을 보는 헌의 눈매가 단숨에 가늘어졌다. 맥없이 흔들리는 신원의 팔에 시선이 닿은 것이었다.

혀끝에 감겨 오는 부드러운 감촉,

함께 섞이는 촉촉한 숨결

신원은 그런 왕 이헌의 곁을 조용히 스쳐 지나갔다.

"무탈, 하시옵소서."

들릴 듯 말 듯한 작은 목소리였다. 헌은 동그래진 눈으로 신원을 바로 돌아보았지만 그는 조금의 겨를도 주지 않았다.

맥없이 흔들리는 그 팔의 상태가 어떤지, 어떤 마음으로 이 궐을 떠나는 것인지 물어볼 작은 틈도 주지 않은 채, 신원은 빠르게 헌에게서 멀어져 갔다. 직감이 들었다. 방금 이 무탈하라는 그 말이 신원의 마지막 인사일 것만 같았다.

곧 밖으로 나온 소랑과 왕 이헌의 눈이 마주쳤다.

두 사람 모두 짐작하고 있었다. 신원이 이대로 둘의 곁을 떠나리라는 것을. 아마 우리에게로 혹은 이 궐로 쉽사리 돌아오지 않으리라는 것을.

그렇게 신원이 사라진 자리에서는 싸늘한 바람만이 불어왔다. 가슴 한구석이 텅 비어 버린 듯 시리도록 매정한 바람이.

저녁놀이 문을 두드리고 있는 애달당 안.

해영이 여느 때와 다름없이 손님들에게 찻잔을 내주고 있을 때, 삐그덕, 문이 열리고 한 남자가 들어왔다.

"해영 아씨."

도석이었다. 그런데 어쩐지 그의 모습이 평소와는 달랐다. 딱 떨어지게 차려입은 도포 자락, 빳빳하게 다듬은 수염, 오래간만에 목욕재계를 한 것 같은 뽀얀 얼굴. 해영은 살짝 고개를 갸웃거리며 그런 도석을 둘러보았다.

'웬일이시지? 이렇게 단장을 하시고?'

"재미있는 서책을 드리고자 애달당에 들었습니다."

"이제는 패설책을 읽지 않는다 말씀드리지 않았습니까."

"아마, 이것이 제가 드리는 마지막 서책이 될 것입니다. 그래도 받지 않으실 것입니까?"

무슨 일인가 싶어서 해영이 망설이는 새에 도석이 그녀의 손목을 덥석 잡았다. 그는 개이에게 애달당을 부탁한다는 눈짓을 하고서는 그녀를 이끌고 무작정 마을 밖으로 벗어나기 시작했다.

노을이 지고 있는데 이러다가 깜깜한 밤이 오면 어쩌려고 이러시나. 놀란 해영을 데리고 도석이 도착한 곳은 마을이 한눈에 보이는 뒷동산이었다. 타는 듯한 석양이 마을 전체를 붉게 물들이고 있었다.

그 가운데서 도석은 커다란 나무 그늘 아래 앉아 작은 서책을 하나 꺼내 들었다. 대체 무슨 책이길래 이러시지? 도석은 그 서책을 해영에게 직접 읽어 줄 모양이었다.

"세상에, 쓰레기 하나가 살았습니다."

충격적인 첫 시작이었다.

"뭐라고요?"

도석의 나직한 목소리는 계속해서 이어졌다.

"여자의 손이라곤 만져 본 적도, 스친 적도 없지만 호기심만은 충만하던, 흔하디흔한 모태 설로였지요. 금혼령 시대, 그 역시 감히 혼인을 꿈꿀 수 있었겠습니까. 허나 그에게는 좋아하는 여인이 하나 있었지요."

바람결에 해영의 댕기가 나풀나풀 휘날렸다. 그녀는 아직 영문을 알 수 없다는 듯 호기심 얽힌 눈으로 도석을 올려다보고 있었다.

"모태 설로 바보가 그 아씨에게 좋아하면 좋아한다, 어찌 티라도 제대로 낼 수 있었겠습니까. 그녀가 위험에 처하던 날에야 그 바보는 알았지요. 이 여자 없인 살 수가 없다는 것을 말입니다. 하지만 어쩝답니까. 그 여인네는 자신을 구해 준 다른 사람에게 마음을 열고 말았지요. 그걸 알게 된 순간, 어찌나 마음이 무너지던지요. 얼마 전에는 동무 하나가 먼 세상으로 향했습니다. 그 예쁜 아씨를 같이 좋아하던 연적 놈이었는데, 어찌나 하릴없이 세상을 떴는지 아무리 생각해도 어이가 없었지요."

도석이 빈 서책에 자신의 마음을 한 글자 한 글자 눌러 담은 것이었다.

"그제야 바보는 다짐했습니다. 아무리 금혼령이라 하더라도 내 이 마음을 숨겨서는 안 되겠구나. 나라가 시킨 대로 고분고분 감정을 숨기고 있다간, 한 번 살다 가는 내 인생 정말 어찌 될지 모르겠구나. 그래서 바보는 그 아씨에게 자신의 마음을 고백하려 합니다."

해영이야말로 바보가 아닌 이상에야 알 수 있었다. 도석은 지금 해영에게 자신의 진심을 고백하고 있는 중이었다.

"해영 아씨!"

"네?"

"혹시 이 금혼령이 끝나면, 나와 혼인하여 주시겠소?"

해영의 커다란 눈이 천천히 깜빡, 감았다 떠졌다. 도석의 주변은 온통 아름답고 붉게만 물들어 가고 있었다. 분위기는 너무나 낭만적이었고, 힘겹게 뱉어낸 도석의 마음은 그 누구보다도 뜨겁고 절절했다.

그러나 이 말을 듣는 해영의 눈빛은 호수처럼 너무나 깊어, 단번에 그 속내를 알 수가 없었다. 알 듯 말 듯 헷갈리기에 답답한 것이 여인네의 마음이었고, 그리하여 지금껏 전연 답도 짐작을 할 수 없기에 속앓이를 해 왔던 도석이었다.

이제는 해영의 마음을 잡고 싶었다. 이를 위해 대체 얼마나 오랫동안이나 애달당에 발걸음을 했던가. 정말이지 오랫동안 고심에 고심을 거듭해 왔던 도석의 고백이었다.

"아씨."

해영의 눈빛이 파르르 떨려 왔다. 고민하던 그녀는 결심을 한 듯 입을 떼었다.

"도석 오라버니."

✿

같은 시각, 편전에서는 도승지 김설록이 변경된 출궁녀들의 명단을 왕 이헌에게 보고하고 있었다.

"이것이 진정이시오?"

문서를 펼쳐 든 헌이 깜짝 놀란 목소리로 물었다. 소랑의 이름이 빠진 출궁녀의 명단에는 의외의 이름이 들어가 있던 것이었다.

"네, 그렇습니다."

"출궁녀들의 의사를 모두 확인했다 하지 않았소?"

"물론이지요."

잠시 후, 왕 이헌보다 얼굴이 더더욱 새하얘진 사람은 내시 세장이었다.

그날 밤, 소랑은 처소에 누워 조용히 눈을 감고 있었다. 어른어른한 선잠이 어설프게 찾아왔다가 다시 물러가기를 반복했다.

감은 눈 안에서 손에 잡힐 듯 가까이 다가왔다가 형체 없이 사라지기를 반복하는 사람은…… 바로 신원이었다.

신경이 많이 쓰였다. 한쪽 팔을 붕대에 걸고 사라지는 그 뒷모습이. 독침을 맞은 신원은 대체 어떻게 된 것일까.

미안했다. 정말 많이 미안했다. 신원을 사랑할 수 없어도, 결국은 헌을 사랑하기로 했어도, 그녀에게서 신원이 너무나도 소중한 존재였다는 것만은 분명했다.

그가 뜨겁게 고백했던 진심을 받아 줄 수가 없으니, 신원이 그들의 곁에서 떠나는 것은 너무나 당연한 것일지도 몰랐다. 그러나 정말로 신원의 모습을 다시 볼 수 없다 생각하면, 가슴이 꽉 막혀 피가 통하지 않는 것만 같았다.

지금 그는 어디에서 무엇을 하고 있을까. 미치도록 궁금했지만 도무지 답을 알 수 있는 방법이 없었다. 그 답답함에 애써 감은 눈 사이로 눈물이 한 방울 도르르 흘러내렸다.

그때였다. 누군가 소랑의 처소를 찾아와 문을 두드렸다.

이 야밤에 누구지? 혹시, 혹시? 종종 먹을 것을 들고 소랑의 처소로 찾아오던 신원인가? 그녀가 이부자리에서 벌떡 몸을 세워 들어오는 이를 보았다.

문이 열리고 나타나는 이는,

"전하, 어찌 여기까지."

다름 아닌 왕 이헌이었다. 헌은 조용히 원녀와 세장에게 소랑의 처소에서 자리를 물려 달라 명했다.

"오늘 비번이라길래, 너를 보러 왔지."

순간, 묘한 심정이 교차했다. 무너진 기대감과 사랑하는 정인을 보게 된 기쁨이 묘하게 겹쳐졌다. 소랑은 그저 토끼처럼 붉게 물든 두 눈을 깜빡이고 있었다.

"그런데 왜 울고 있었던 것이냐."

"아, 아닙니다."

헌은 소랑의 처소에 들어와 앉았다. 이 작은 방 곳곳에서는 소랑의 체취가 깊게 느껴졌다. 나는 너의 온기를 조금 더 느낄 수 있다는 것만으로도 이렇게나 마음이 편안해지는데,

"아직, 마음이 많이 힘든가 보구나."

그녀는 많이 힘든 듯 보였다.

"네? 아닙니다."

"신원이 때문이 아니냐."

헌은 차분히 그녀를 정면으로 보며 말했다.

"분명 많이 마음이 쓰리겠지. 이 무서운 구중궁궐에서 신원이에

게 가장 의지를 많이 하지 않았느냐."

소랑은 아니라며 고개를 저었지만, 다시 눈물이 툭 터져 나오는 것은 어쩔 수가 없었다.

"나도 어릴 적 동무를 잃은 것 같아 마음이 많이 쓰리구나."

그 역시 마찬가지였다. 온통 까슬해진 이 마음을 달랠 길이 없어 여기까지 찾아온 것이다. 셋이서 함께했던 시간들이 워낙에 길었다. 쉽사리 잊히지 않는, 그리고 잊을 수 없는 시간들이었다.

"너의 마음 다 이해한다."

소랑은 두 볼을 타고 흐르는 눈물을 다시 닦아 냈다. 서로의 정인이 되기로 한 지금, 자꾸 다른 이 때문에 눈물을 보이는 것 같아 너무 미안했다.

"죄송합니다."

"나도 소중한 사람 하나를 잊는데 너무나 오랜 시간을 소요하지 않았더냐. 신원이를 잊지 못하는 너를, 나는 타박할 수가 없구나. 괜찮다, 소랑아. 조금 더 마음을 내려놓거라."

그녀는 떨리는 눈빛으로 왕 이헌을 올려다보았다. 괜찮다라니, 그 말씀이 진정이신가.

"힘든 일이 있으면 혼자 힘들어하지 말고 나에게 기대거라. 그것이 정인의 역할이 아니더냐."

아무리 정인이라 한들, 헌은 조선의 국왕이었다.

지금껏 이 조선에서 헌을 가장 거리감 없이 대한 것이 그녀였지만 그래도 마음에 넘을 수 없는 벽이 생기는 것은 어쩔 수가 없었

189

다. 정말로 내 마음을 모두 털어놓아도 될까? 내 모든 것을 기대도 될까?

"혹 내가 가짜 정인은 아니겠지?"

"설마 그럴 리가 있겠습니까?"

"그럼 나에게 마음을 기대야지, 누구에게 기대려 하는 것이냐."

헌은 신원에 대한 소랑의 그리움마저 사랑으로 감싸는 중이었다. 그런 헌의 앞에서 더 이상 눈물을 보이고 싶지 않아, 소랑은 주먹으로 물기를 빠르게 지웠다.

헌은 자신의 품으로 그녀를 끌어당겼다. 따뜻한 겨울 이불에라도 들어간 듯 푹신하고 따뜻한 품결이었다. 정말 그의 말대로 자신의 마음을 여기에 기대 포근히 쉬어 가고만 싶었다.

"예까지 왜 왔느냐 물었느냐?"

헌은 못 견딜 만치 사랑스럽다는 눈빛으로 소랑을 내려다보았다.

"네가 보고 싶어서 왔지, 그러면 원녀를 보러 여기까지 왔겠느냐."

다시 가슴이 두근거리기 시작했다. 오늘 답답하기만 했던 마음은 헌이 주는 따뜻한 온기로 채워지고 있었다. 까슬까슬했던 감정들이 오로지 헌으로 인해 보들보들하게 변해 가고 있었다. 그가 내보여 주고 있는 넉넉한 사랑으로, 한없이 따뜻한 그 마음으로.

"도대체 날 왜 이렇게 만든 것이야. 어딜 가나 네 생각만 하게 말이야."

결국 헌의 너스레에 소랑은 픽— 웃음을 지을 수밖에 없었다.

"어? 울다 웃으면?"

그녀의 코를 튕기면서 작은 장난까지 치는 헌. 이에 소랑은 더욱 그의 품 안으로 깊숙이 얼굴을 파묻었다.

"그것은 저도 마찬가지입니다. 소녀 역시 어딜 가나 전하의 생각으로."

"마찬가지라니. 너는 지금까지 신원이의 생각을 하고 있지 않았느냐."

"아닙니다. 하루 종일 전하를 얼마나 보고 싶어 했는데요."

"그럼 강녕전에 들면 되지 않느냐."

"비번인데 또 출근하고 싶겠습니까?"

"그럼 나를 만나는 게 일이라는 말이냐."

소랑은 어린 공주처럼 곤룡포에 폭 파묻혀 고개만 빼꼼히 위로 들고 있는 상태였다. 다시 그녀의 얼굴엔 개구진 표정이 살짝 스쳤다.

"일이지요. 궁녀가 품삯을 받고 일을 하지, 무엇을 하겠습니까."

"그럼 나를 재워 주고 보필하는 것도 다 일이다?"

"일이지요. 제가 뭐 그런 걸 공짜로 다 해 드리는 그런 인물은 아니지 않습니까?"

이에 헌은 품 안에 있던 소랑을 확, 이부자리 쪽으로 밀쳤다. 단번에 헌이 소랑이의 위에 포개진 형태가 되었다.

"그럼 나와 함께 있는 모든 시간이, 다 일이다?"

헉, 양손을 붙잡힌 소랑이 헌을 피해 도망갈 수 있는 틈새라고는 없었다.

"다시 한 번 말해 보아라. 나와 함께 있는 시간은, 너에게 어떤 의미인 것이냐?"

가까이 다가온 왕 이헌의 얼굴은 새삼스럽게 감동적이었다. 완벽하게 잘생긴 이목구비, 나를 한없이 원하는 눈빛, 그리고 박력 있는 이 몸짓. 그의 작은 표정 변화에도 아찔할 정도로 가슴이 요동치고 있었다.

"그거야 물론 사랑하는 정인과 함께하는 시간이지요."

그래. 지금 내 앞에 있는 그는 내가 사랑하는 정인이었다. 그는 끝까지 사랑을 확인받고 싶어 하는, 귀여운 내 남자였다.

"정인과 함께하는 시간에 그렇게 울상을 짓고 있으면 안 되지."

그제야 소랑에게서는 진심으로 편안한 웃음이 떠올랐다. 그녀는 빙긋 웃으며 두 손으로 헌의 양 볼을 붙잡고 쪽, 입을 맞추었다. 그녀의 위에 올라타고 있던 헌의 눈이 오히려 동그랗게 커졌다.

"방금 말씀하시지 않으셨습니까. 지금은 사랑하는 정인들이 함께 있는 시간이라고. 그러니 저도 정인과 함께 있을 때 하는 일을……."

허나 소랑은 그다음의 말을 이어갈 수가 없었다. 바로 헌의 입술이 그녀를 막았던 것이다. 온 정신을 잃어버릴 듯한 아찔한 입맞춤이었다.

헌은 뜨겁게 그녀의 볼을 만지다가 목덜미를 쓸어내렸다. 그녀의 얇은 어깨를 화악 끌어당겨 가까이했다가, 다시 격정적으로 그녀의 입새를 파고들었다.

혀끝에 감겨 오는 부드러운 감촉, 함께 섞이는 촉촉한 숨결과 더운 김. 그리고 사이사이 마주치는 격정적인 눈빛과 뜨거운 손길. 온몸의 세포들이 하나하나 일어나 환희의 축제를 벌이는 것만 같았다. 마치 저 먼 곳에서 아득하게 별이 터지고 있는 느낌이었다.

헌은 도저히 참을 수 없다는 듯, 화악 몸을 밀착시키고는 더욱더 격정적인 입맞춤을 퍼부었다.

소랑 역시 아낌없이 헌의 사랑을 받아들였다. 지금 이 순간, 내가 쥐고 있는 헌의 손을 놓치고 싶지 않았다. 그저 아스러지도록 꽉 쥐고만 싶었다. 뜨겁게 휘몰아치는 헌의 입술에서, 깊숙이 숨겨져 있던 불같은 열정이 깨어나기 시작했다.

15

편하디편한
침전을 다 놔두시고
왜 제 방 와서 이러십니까?

  잠시의 시간을 내준 틈을 타 내시 세장은 원녀를 붙잡고 담장 밑으로 이끌었다.

  "이게 어찌 된 일이오? 출궁이라니?"

  소랑이가 빠진 출궁녀의 명단에 들어간 사람은, 바로 제조상궁 원녀였다.

  "그것이 이 궐에서 나가겠다는 의미가 맞소?"

  "이것 좀 놓고 말하시오. 누가 보겠소."

"진정 원 상궁께서 동의를 하신 것이오?"

굳어진 그녀의 표정을 보니 알 것 같았다. 진정 출궁을 하겠다 말한 것이구나.

순간, 세장은 까만 밤하늘이 조각나 와르르 무너지는 것만 같이 느껴졌다. 그녀가 이 궐을 떠날 것이라고, 혹은 자신의 곁에서 멀어질 것이라고는 단 한 번도 상상해 보지 못했던 세장이었다.

"왜 나가려 하시는 것이오? 벌써 궐에서 산 세월이 몇 년인데."

"사가에 두고 온 남편과 아들을 찾으러 갑니다."

숨이 탁, 막혀 왔다. 다른 궁녀들과 달리 원녀는 보모상궁으로 이 궐에 입궁을 하게 되었으니, 남편과 아들이 있었다. 그리워하고 있는 줄은 알고 있었다. 이제는 연락마저 끊기게 된 그들을. 허나 진짜로 궐을 떠날 줄이야.

"그간 차 내관님께 고마운 것이 너무나 많았습니다."

그 말에 울컥, 심술이 났다. 이런 소리는 듣고 싶지 않았다.

"나가시지 않으면 안 되겠소?"

"나가지 않으면요!"

나가지 않으면 달라질 것이 무엇인가. 내시와 궁녀. 이루어져서도 이루어질 수도 없는 사이였다. 그것도 상선과 제조상궁이라면 모든 궁인들의 모범을 보여야 할 터. 작은 추문이라도 새어 나갔다가는 이 궐의 큰 수치가 될 것이다.

"허나, 보내드릴 수가 없습니다."

담장 밑, 세장은 원녀의 손을 절절하게 붙잡았다.

"그냥 궐에서 평생 이렇게 삽시다. 매일 아웅다웅하면서, 전하를 보필하면서, 더 멀어지지도 않고 더 가까워지지도 않게요."

애가 끓는 세장의 목소리에도 원녀의 고개는 가로로 움직였다.

"그리움이 한이 맺혀 돌이 되었습니다. 모든 연을 끊고 궐에 들어왔으나, 남편과 아들을 가슴에서 지운 적은 없습니다."

"허나, 다시 찾을 수 없을지도 모릅니다. 연락이 끊긴 지가 벌써 몇 년입니까."

"그래도 이 가슴속 한을 풀어야지요."

"기어코, 기어코 가야겠습니까?"

내시 세장의 간절한 설득에도 아마 원녀의 결심은 변하지 않을 것이다. 그녀가 이렇게 궐에서 떠난다면, 세장이 그녀를 다시 볼 수 있는 방법이 있을까.

답은 부정에 가까웠다.

"드릴 말씀이 있습니다."

세장은 무언가를 결심한 듯 비장한 목소리로 말했다. 그간 숨겨 두었던, 마음속에 감추어 왔던 그 말을 꺼내야 했다. 이 말로 그녀를 붙잡을 수 있다면야. 마음을 돌릴 수 있다면야.

그러나,

"그 말씀은 듣지 않겠습니다."

원녀는 그런 세장의 말을 막았다. 그게 무엇이든지 간에 분명 궐의 법도를 어기는 말이 될 것 같았다.

"그저 우린 여기까지만, 딱 여기까지만 함께하면 될 것 같습니다."

"내가 내시라서 그런 것이지요?"

그녀는 깜짝 놀라 양손을 저었다.

"아닙니다, 절대 그런 것이."

"제가 정상적인 남자였어도."

세장은 자괴감에 빠진 듯 고개를 푸욱, 숙였다. 원녀가 아니라며 그의 어깨를 흔들어 보았지만, 그의 목소리는 한없이 작아져 버리고 말았다.

"미안합니다. 모든 게 미안합니다. 이 궐에 있을 때 내가 더 챙겨 주지 못해서, 더 잘해 주지 못해서."

"아닙니다. 우린 어차피 함께할 수 없는 사이가 아닙니까."

세장은 원녀의 두 팔을 부여잡고 다짐하듯이 말했다.

"이 금혼령이 끝나면 당신을 찾아가겠습니다. 그때의 내가 궐 안에 있든, 궐 밖에 있든 당신을 찾아가겠습니다."

"그리하더라도 나는 남편과 살고 있을 것입니다."

"그래도 봐야겠습니다. 꼭 한 번, 당신을 보러 가겠소. 이 약조를 잊지 말아 주십시오."

두 사람은 도저히 이루어질 수 없는 사이였다. 그렇기에 원녀는 그 약조를 받아들이겠노라, 함부로 말을 내뱉을 수가 없었다. 결국 그녀는 끝끝내 발걸음을 뒤로 돌리고 말았다.

두려웠다, 모든 것이. 이 궐을 떠나기로 결심을 한 것도, 이렇게 나를 붙잡는 사람에게서 등을 돌리는 것도. 정말로 남편과 아들을 찾으면 새로운 삶을 시작할 수 있을까? 아무것도 예측할 수 없었다.

단 한 치 앞도 볼 수 없을 정도로.

소랑이를 두고 나가는 것도 마음에 걸렸다. 아무리 가르쳐도 부족한 아이였다. 그랬기에 더욱 보살피고 챙겨 왔는데, 이제는 그것마저 해 줄 수가 없다니.

욱신, 명치끝에 통증이 밀려왔다. 그래, 그렇다고 해서 이 궐에 더이상 미련을 두어서는 안 된다. 한 번 궐에 들어온 궁녀에게 '출궁'이라는 것은, 살아생전 다시는 오지 않을 기회였다. 이제 그녀가 할수 있는 건 앞으로 내딛는 발걸음에 힘을 싣는 것뿐이었다.

그 시각, 소랑의 처소에서는 온갖 달콤한 소리들이 흘러나오고 있었다.

"전하, 여기서 이러시면 안 됩니다."

무엇이 안 된다는 것이지?

궁금증을 높이는 교태 섞인 목소리였다.

"안 되긴 뭐가 안 되느냐. 너는 내 여자고 여기는 내 휘하의 궐인데."

"그래도 체통을 지키셔야지요."

"내가 이렇게 한들, 누가 감히 내게 지청구를 놓을 수 있겠느냐."

"그래도 이곳에서는 쪼옴."

왕 이헌과 소랑이 티격태격하고 있는 곳은 바로 소랑의 이부자리였다. 그곳에 자리를 잡은 헌은 여기서 나가지 않겠다며 버티고 있는 중이었다.

"아니, 편하디편한 침전을 다 놔두시고 왜 비좁은 제 거처에 오셔서 이러십니까."

"오늘 거기엔 네가 없지 않느냐."

"아, 쫌. 비번인 날엔 좀 쉬면 안 되겠습니까."

"싫다, 나는 오늘 이곳에서 잠에 들 것이야."

"아오, 진짜."

"내 정인의 체취가 묻어 있는 곳에서 내가 숨 좀 쉬겠다는데, 뭐가 그리 말이 많느냐."

소랑은 어린 사내아이를 단속하는 것처럼 집게손가락을 입 쪽으로 모으면서 말했다.

"그럼, 아무 일도 없을 거라 약조해 주시는 겁니다."

"아무 일은 무슨 일?"

"여긴 원 상궁과 함께 기거하는 방이 아닙니까. 불미스러운 일을 벌일 수는 없지요."

그 말에 헌의 얼굴이 붉은 당근처럼 달아올랐다.

"불미스러운 일은, 무슨. 내가 얼마나 깨끗하고 순수한 사내인지 몰라서 하는 말이냐. 내가 7년 동안이나, 어? 내가 굉장히 금욕적인 사내라고."

"그런데 왜 이렇게 흥분을 하십니까?"

"흐응부우운? 아, 아, 안 했거든, 흥분!"

헌은 흥, 하는 소리를 내더니 그 앞에 앉아 있던 소랑을 풀썩 끌어당겨 안았다.

"그래, 그래. 이렇게 가만히 있어야지."

의기양양하게 소랑을 안은 헌의 표정에서 소랑은 다시 웃음을 터트리고 말았다.

"또 웃어? 왜 자꾸 웃어?"

"좋아서 웃지요."

참으려 해도 자꾸 비적비적 웃음이 새어 나왔다.

"좋습니다. 정말 좋습니다."

"체엣, 결국 자기도 이렇게 좋아할 거면서."

헌은 그녀를 끌어당긴 품에 더욱 힘을 주었다. 그의 품 안에서 소랑은 온몸이 붕— 떠오르는 기분이었다. 가슴에는 참을 수 없이 간질간질한 기분들이 가득 차올랐다. 세상에 온갖 달콤한 것들을 끌어모아 만든 것이 바로 나의 정인, 헌인 것만 같았다.

내쉬는 들숨과 날숨마저 달콤해지는 이 기분에 소랑은 조용히 눈을 감았다. 이 행복이 조금도 새어 나가지 않게 품에 꼭 쥔 채, 잠에 들고 싶었다. 그의 따뜻한 품결에서, 이 행복이 영원히 지속되는 꿈을 꾸면서. 이 사랑스러운 기분에 흠뻑 빠져 있고 싶었다.

잠시 후, 헌은 감고 있던 눈을 살포시 떴다.

어느새 소랑은 쌔액 쌔액 아기 새처럼 작은 숨결을 내쉬며 잠이 들어 있었다.

그녀가 바로 앞에 있지만, 헌은 방금 전 그녀의 입술이 자신에게 닿았던 순간을 다시 떠올렸다. 놀랍도록 부드러웠던 그 입술을. 아찔한 색기로 감겨 오던 그녀를. 그녀가 바로 곁에 있지만 되뇌고, 또 되뇌고 싶었다.

실은 아직까지도 바로 옆에 그녀가 있다는 사실이 믿기지 않았다. 궐을 떠나려고까지 마음을 먹었던 그녀가, 내가 아닌 신원에게 마음이 있는 줄 알았던 그녀가, 결국 나에게 마음을 열어 주고 내 곁에 아무런 방비 없이 쌔근쌔근 잠들어 있다는 게 심지어 신기하게까지 느껴졌다.

예전에 세자빈을 잊지 못해 힘들어하던 그 시간들이 꿈결처럼 멀게 느껴졌다. 이제 그 시간들은 소랑이와 귀엽게 아웅다웅하며 티격태격하는 시간들로 채워지고 있었다.

지금 이 순간조차 현실감이 느껴지지가 않아서, 손가락을 들어 잠들어 있는 소랑의 코를 도도도 건드려 보았다. 손끝에 다가오는 이 감촉은 꿈이 아니었다.

헌은 조금 더 손가락을 내려 그녀의 다문 입술을 살짝살짝 건드려 보았다. 손끝에 닿는 것만으로도 그녀의 입술은 짜릿하고 아찔했다. 그는 아주 조용히 소랑에게로 다가가, 다시 한 번 더 입을 맞추었다.

흐음, 잠에 겨운 소랑이 아기 고양이 같은 소리를 내며 한 번 자리에서 뒤척였다. 입에 무언가가 닿았다고 생각했는지 뻐끔뻐끔하는 것도 참을 수 없이 귀여웠다. 헌은 장난기가 발동해 몇 번 더 그녀에게 입을 맞추었다.

잠결에도 소랑은 헌이 입을 맞추고 있다는 것을 알아챈 것인지, 조금 더 입을 벌려 그에게 더욱 깊게 입맞춤을 했다. 사랑스럽고, 또 사랑스러웠다. 오밀조밀 어쩜 이렇게 작은 얼굴에 눈코입이 다 담겨 있나, 그녀는 가까이서 볼수록 새삼 더 예쁘고 귀여웠다.

이렇게나 사랑이 달콤한 것임을, 그리고 아름다운 것임을 왜 7년이나 모르고 살았을까. 왜 이렇게나 스스로의 마음을 모질게 단속하면서 7년이라는 세월을 살았을까. 이제는 못다 한 7년의 사랑만큼이나 더더욱 그녀를 사랑해 주고 아껴줄 때였다.

바로 그날 밤, 헌은 다짐했다. 자신의 모든 것을 다해서라도 이 한 사람, 소랑이를 사랑해야겠다고.

감은 눈 위를 쨍하게 비추는 햇살에 소랑이 눈을 살짝 떴다. 아침이었다. 청명하게 밝은 아침. 밤새 헌의 품 안에서 안겨 잠들었던 것 같은데, 그 감촉이 아직도 손에 남아 있는 것 같은데, 지금 헌의 자리는 비어 있었다. 소랑은 온기를 두고 사라진 헌의 빈자리를 가만히 더듬었다.

"소랑아."

그런데 바로 뒤에서 그녀를 부르는 소리가 들렸다. 돌아보니 헌이 작은 교자상을 앞에 놓고서 가만히 앉아 있었다. 여기 계셨군요. 나의 정인.

"그런데 이게 무엇입니까?"

아직 새끼 강아지처럼 눈도 다 뜨지 못한 소랑이 상을 가리키며 가늘게 물었다.

"아침 먹어야지."

조식이요? 지금 조식 준비를 해 주신 겁니까? 소랑은 퍼뜩 일어나 자리에 앉았다.

"전하께서 예까지 아침상을 차려 주신 겁니까?"

가만히 그녀를 보고 있는 헌의 입에선 세상 그 누구보다도 매력적인 미소가 걸렸다. 정말로 내 인생을 모두 맡기고 싶을 만큼 믿음직스럽고 듬직한 미소였다.

"이 나라의 왕이 되어서 정인에게 아침상 하나 못 내주겠는가."

"전하."

"에헴. 아직 감동은 이르다. 이건 아침에 간단히 먹기 좋은 타락죽이고."

김이 모락모락 올라오는 하얀 타락죽이 풀빛 도기에 예쁘게 담겨 있었다.

"그리고 이건."

순간 소랑의 입이 떡, 벌어졌다.

"육회다."

육회라고요? 육회라굽쇼? 아침부터 육회? 하아, 이 나라 왕을 정인으로 맞은 게 진정으로 행복해지는 순간이었다.

"아침 육회요? 어찌하여 이런 생각을 다 하셨습니까?"

"뭐, 네가 제일 좋아하는 음식이 아니더냐. 아침부터 먹으면 더욱 기분이 좋겠지."

아, 좋았다. 매우 좋았다. 소랑의 두 눈빛은 먹이를 앞에 놓은 강아지처럼 산들산들 흔들리고 있었다.

"저은하앙―"

소랑은 아침상을 옆에 놓은 헌의 품에 와락― 안겼다.

"사랑합니드앙."

뭐? 사랑이라고? 헌에게서는 바람이 빠진 듯한 웃음이 헛헛하게 흘러나왔다.

"이 소리가 여기서 나올 줄은 몰랐구나."

그녀에게서 처음 듣는 사랑한다는 소리였다. 그게 물론 나를 사랑한다는 건지, 이 육회를 사랑한다는 건지는 알 수 없지만.

"진짜 사랑해요. 꺄웅, 꺄웅!"

소랑은 헌의 볼에다가 자신의 얼굴을 부볐다.

나에게 아침부터 육회를 제공해 주는 정인이라니. 그야말로 취향 저격이 아닌가. 이 남자를 사랑하기를 너무너무 잘한 거 같았다.

"저은하께서는 안 드십니까?"

"나야 뭐 네가 먹는 것만 봐도 배부르지."

"그렇다면 제가 배부르게 먹는 것이 곧 전하를 배부르게 하는 것이군요."

귀엽게 눙치던 소랑은 비장하게 젓가락을 집었다. 그의 젓가락이 가장 먼저 향한 것은 물론 그 육회 쪽이었다.

말랑말랑 아삭한 식감, 입안에서 살아 숨 쉬는 고기의 감촉. 행복이 따로 없구나. 이것이 행복이로구나. 눈까지 감고 육회의 맛을 음미하던 소랑이 '잇힝힝' 알 수 없는 신음 소리를 냈다.

타락죽 한입 먹고 육회 세 젓가락 먹고. 타락죽 한입 먹고 육회 다섯 젓가락 먹고. 참으로 일관되고 편향적인 고기 사랑이었다.

하아, 이게 사람인가, 강아지인가.

헌은 피식 웃으면서 그녀의 머리를 쓰다듬었다. 먹는 것만 봐도 이렇게 귀여우니 정말 나도 미쳤지 싶었다.

한 상을 배불리 해치운 소랑이 다시 꺄으응— 소리를 내지르며 헌에게 달려들었다. 포만감에 가득 찬 미소를 만면에 띠면서.

"저은하, 조참은 꼭 가셔야겠지요?"

이 교태 가득한 목소리는 뭐야. 육회를 먹었을 때 나오는 특별 애교 같은 것인가.

"내 속마음으로 말할 것 같으면……."

헌은 다시 와락 그녀를 끌어안았다. 하루 종일 소랑이를 품 안에 안고서 뒹굴고만 싶었다. 다른 것은 아무것도 하고 싶지 않았다.

"네 곁에만 있고 싶지."

"아니, 제 얘기는."

뭐라 답할 새도 없이 헌의 입맞춤이 이어졌다. 떠나고 싶지 않다. 그녀의 곁에만 있고 싶다.

"제 말뜻은 그러니까 조참에 가셔서 올바른 정사를 펼치고 돌아오시라는 뜻이었습니다."

하지만 이미 발동이 걸려 버린 헌을 멈추게 할 수는 없었다. 헌은 더 귀여워해 주지 않고서는 못 배기겠다는 듯, 소랑을 꽈악 안고서 더욱더 깊은 입맞춤을 이어 나갔다.

"전하, 가셔야지요?"

소랑은 정신 차리라는 듯 헌의 볼을 톡톡 건드리며 말했다.

"백성들의 일에 바른 결정을 내리고 돌아오셔야 합니다. 그것이 군주 된 도리가 아니겠습니까."

소랑은 그 말을 하며 예쁘디예쁜 미소를 걸었다. 네가 그렇게 웃으면 내가 아주 정신이 혼미해지지 않느냐. 뭔가 먼저 도발을 한 뒤, 확 발을 빼어 버리는 것 같아 더욱더 감칠맛이 났다. 지금 품에 안은 소랑을 놓기는 정말로 싫었다.

"가셔야지요, 우쭈쭈. 가서 할 일이 있지 않습니까?"

그녀는 아예 등을 떠미는 격으로 헌을 처소에서 밀어내고 있었다.

"한 번만 더 쪽— 해 주면 안 되겠느냐."

그녀는 마지막이라는 것처럼 헌에게 업히듯 매달려 볼에 입맞춤을 해 주었다.

"언제나 백성들의 마음을 굽어살피셔야 합니다. 입장을 뒤바꾸어 다시 한 번 생각해 보시고, 또 한 번 생각해 보셔야 합니다. 그러면 전하께서 해야 하실 일들이 눈에 보일 것이옵니다."

아, 나의 정인. 말하는 것도 어쩜 이렇게 또박또박하니 예쁠까. 못내 떨어지기가 싫은 발걸음이었다.

"모든 일을 마치고 돌아오시면 제가 또 침전에 있지 않겠습니까.

어서 가시지요."

헌과 소랑의 사이에 있는 공기는 모두 꿀로 변해 버린 것만 같았다. 이 달콤함을 종일 그리면서 오늘 하루를 살아 내어야 할 것 같았다.

그러나 그가 편전에 들었을 때, 모여 있던 대신들의 분위기는 차갑게 냉각되어 있었다. 갑자기 무슨 일들이지? 기분 좋은 나른함에 취해 있던 헌의 미간이 살짝 찌푸려졌다.

"다들 단체로 집안에 우환이라도 생겼소. 모두들 표정이 왜 이러시오."

"전하. 저희가 한 가지 소식을 들었사온데."

"대체 무슨 소식을?"

"전하께오서 다시 여인네를 가까이하신다는 소식 말입니다."

벌써, 소문이 돈 것인가?

"그렇다면 저희도 더 이상 지체를 할 수가 없지요. 지금껏 전하께오서 여인네를 전혀 가까이하실 수 없기에, 간택을 미루어 왔던 것이 아닙니까."

뭐라?

"간택을 진행해야 합니다, 전하."

곧 대신들의 통곡과 같은 외침이 이어졌다.

"백성들이 국모 없이 살아온 세월이 7년입니다."

"비워 두었던 교태전의 자리를 이제는 채워야 합니다."

"어서 비를 간택하셔서, 이 금혼령을 철회해 주시옵소서."

당황이 될 정도로 일관된 목소리였다. 금혼령을 철회하기 위해서
는 소랑이가 아닌 다른 여자가 자신의 비가 되어야 했다. 그렇다면,
그렇다면!

16

이대로 거사를 치르기만 하면 되는 것이야

헌의 가슴속에서 거친 격랑이 일기 시작했다. 그녀와 조금이라도 멀어지는 것은 상상하기조차 싫었다. 그러나 한 대신이 결정적으로 외친 한마디가 헌의 마음을 흔들었다.

"사랑하는 사람이 있어도, 혼인을 할 수 없는 백성들의 심정을 굽어살피시옵소서."

사랑하는 사람을 가까이할 수 없다면, 정인이 있어도 혼인할 수가 없다면, 정말 이 얼마나 괴로운 일이 될 것인가. 소랑이와 조금만 떨어진다 생각해도 억장이 무너질 것만 같은데.

그제야 그간 백성들이 겪었을 아픔이 헌에게 생생히 느껴지기 시작했다. 최근 보게 된 금혼령의 고통스러운 풍경도 다시 떠올랐다.

보쌈을 당해도 좋으니 살림을 차리겠다는 여인네들과, 이 나라 신부들을 모두 빼앗은 것이 임금이라며 소리를 높였던 사내, 그리고 갱생을 위해서라도 혼인하기를 원했던 산적들과 짝사랑하는 이를 위해 목숨 바쳐 칼을 잡았던 그 선비.

그들은 많이 힘들었을 것이다. 바로 이 금혼령으로 인해.

"백성들의 아픔이라."

오늘 편전에 가기 전, 소랑이가 했던 말도 다시 떠올랐다.

'언제나 백성들의 마음을 굽어살피셔야 합니다. 입장을 뒤바꾸어 다시 한 번 생각해 보시고, 또 한 번 생각해 보셔야 합니다.'

간택이었다. 이 금혼령을 끝낼 수 있는 방법은.

분명 언젠간 해야 할 일이었다. 그러나 바로 지금 그 결단을 내리기는 힘들었다. 그렇게 간택을 하여 비를 들이면 힘겹게 이어지게 된 나의 사랑, 소랑이는 대체 어떻게 한단 말인가. 이는 좀 더 생각해 봐야 할 문제였다.

헌은 깊은 한숨을 내쉬고서는 대신들에게 말했다.

"간택은 조금 더 신중히 고민을 해 보고 답을 드리도록 하겠소."

대신들의 뒤에서 말을 아끼고 있던 병판 조성균 대감이 헌의 복잡한 표정에 작은 비소를 지었다. 미리 대신들과 입을 맞추어 놓기를 잘한 것이었다. 이렇게 한목소리로 왕 이헌을 압박하여 간택만

추진하면 된다.

이후의 계획은 모두 다 그의 손바닥 위에 있었다.

"이걸 어쩐단 말이오. 간택이라니요."

근정전 일각, 왕 이헌은 도승지 김설록 앞에서 발을 동동 구르고
있었다.

"언젠간 하셔야 할 것이 아니겠습니까."

"그럼 내 소랑이는 대체 어떻게 한단 말입니까."

나의 모든 것 중에서 가장 우선에 놓고 싶은 것이 바로 소랑이
었다. 그런데 따로 중전을 뽑아야 한다니 도저히 내키지 않는 일이
었다.

"그러면 말입니다, 전하."

함께 고심을 하던 도승지는 묘안이라도 떠오른 듯 헌의 곁으로
가까이 다가와 속삭였다.

"일단 후궁으로 앉혀 두시고 후사를 먼저 보는 것은 어떻겠습니
까?"

"일단 사고부터 치라는 것이오?"

"만약 소랑이가 이 나라 조선 왕조의 대를 이을 원자 아기씨를 생
산해 낸다면, 충분히 여론몰이가 가능하지 않을까요?"

일단 소랑이를 후궁으로 앉힌 후, 그다음에 정비로 올릴 수 있는

211

방법을 찾아보자는 것이었다.

"지난번 사가에 나가서도 백성들에게 반드시 후사 소식을 들려주
겠다고 약속을 하지 않으셨습니까. 원자 아기씨 소식이 들려온다면
금혼령 시대 백성들에게 참으로 단비 같은 일이 될 것입니다."

"허나, 저번에 상선이 어설프게 일을 추진했다가, 모든 것을 그르
친 적이 있었소."

헌은 그때를 생각하며 절레절레 도리질을 했다.

"그때와 상황이 다르지요. 지금은 매일 입맞춤을 하는 사이가 아
닙니까. 바로 '정인' 사이."

"그래도 안 될 것 같소."

"할 수 있습니다, 전하. 일단 후궁이 되려면 소랑이가 승은을 입어
야 하고, 그러려면 일단 야밤에."

"에잇, 도승지. 내가 방법을 몰라서 이러고 있겠소?"

"그러면 무엇이 걱정이란 말이십니까?"

헌은 두 손으로 관자놀이를 한 번 문지르고는 말했다.

"소랑이, 그 아이가 보통 계집이 아닌 것은 잘 알고 있지 않으시
오. 어제도 소랑이의 처소에서 내가 잠이 들었건만, 아—무 일도 없
었소."

"아무 일도요?"

왕 이헌을 보던 도승지의 눈빛이 단번에 변했다. 전하 혹시 내시
들과 같은?

"혹시, 무슨 문제가 있으신 것은 아니겠지요? 그런 일이 있으시면

212

저에게 다 얘기를,"

"문제는 무슨 문제요. 소랑이가 그 방에서 절대로 불미스러운 일이 있어서는 안 된다며 선을 그었습니다."

"휴우, 그런 여인네 말을 곧이곧대로 들으시면 안 되지요."

"아니, 저번에는!"

헌은 점점 높아지는 목소리의 음색을 애써 낮추었다.

"저번에 정방에서 단둘이 있을 때 확— 끌어당겼다가 얼마나 창피를 당했다고요. 이러지 말라면서 어찌나 정색, 정색을 하던지."

"에헤이, 그런 앙탈을 두려워해서야. 확 밀어붙이는 뚝심이 있으셔야지요."

"도승지께서는 다른 묘안이라도 있으시오?"

저번엔 행궁에 가서 소랑이에게 고백을 하라고 제안을 했던 그였다. 도승지는 위아래로 눈을 굴리더니 헌에게 다가와 조용히 속삭였다.

"일단! 물에 배 한 번 띄우시죠."

그날 저녁. 소랑이 근무를 서야 할 시간대에 뜬금없는 전갈이 찾아왔다.

"연못으로 오라고요?"

작은 생각시를 통해 전해 들은 소식은 왕 이헌이 자신을 연못 쪽으로 불렀다는 것이었다. 오늘의 일정이 끝나셨는데도 어찌하여 강녕전으로 걸음 하지 않으시고 연못으로 오라 하실까.

머리끝에 대롱대롱 궁금증을 매달고서 한걸음 한걸음 연못으로 발걸음을 옮길 때였다. 땅을 보면서 종종종 걸음을 이어 가던 그녀가 연못 근처에서 고개를 들었을 때!

이럴 수가! 그녀는 입을 딱 벌리고 말았다.

세상에 이런 광경은 처음이었다. 상상하지도 못했던 풍경이 자신의 눈 앞에 펼쳐져 있었다. 바로 수백 개의 촛불이 그 연못에 동동동 떠 있었던 것이다. 나무에는 얇은 천들과 함께 등불이 매달려 있어 더없이 환상적인 분위기를 자아내고 있었다. 마치 밤하늘의 별을 이 연못 위에 수놓은 것만 같았다.

"너무 예쁘다!"

소랑이는 혼자서 이 말을 뱉을 수밖에 없었다. 허나 가장 아름다운 것은, 그 가운데 우뚝 서 있는 사람이었다. 바로 왕 이헌, 나의 정인, 내가 사랑하는 사람.

소랑이 동그랗게 벌어진 눈으로 그에게 가까이 다가가자, 헌은 따뜻하게 손을 내밀었다.

"연못으로 부른 연유를 물었다 했지."

일렁이는 초의 불빛에 더더욱 조각 같은 미모를 자랑하는 헌이었다.

"너와 뱃놀이를 하고 싶어 불렀다."

뱃놀이요? 소랑은 벌어진 입을 도저히 다물 수가 없었다.

"너무 너무 아름답습니다. 어찌 이런 생각을 다 하셨습니까!"

감히 말로 표현할 수가 없는 광경이었다. 빛으로 넘실대는 연못과 쏟아질 듯 빼곡하게 박혀 있는 밤하늘의 별. 그리고 이 밤의 밀도 높은 공기. 헌은 뱃사공처럼 노를 직접 쥐고서, 소랑에게 작은 조각배를 타라 말했다.

"어찌 전하께서 직접!"

"어서 타거라."

작은 배는 헌과 소랑, 단 두 사람이 타기에 적합했다. 부러 사공도 탈 수 없는 작은 배를 고른 것이다. 헌은 경이롭게 주변을 둘러보는 소랑을 데리고 연못의 한가운데로 조용히 나아갔다.

물빛은 거울처럼 밤하늘의 조각달과 별빛들을 비추어 냈다. 눈을 뜨고 꿈이라도 꾸고 있는 듯 현실감이라고는 없는 서정적인 풍경이었다.

"전하, 너무나 좋습니다."

"그럼 이 밤의 향취를 더해 볼까?"

헌이 뒷자리의 보따리에서 꺼낸 것은 그녀를 위해 덥혀 둔 따뜻한 온주였다. 그는 동그란 잔 두 개를 꺼내어 넘실넘실 술을 따라 주었다.

"이번엔 섞은 술이 아니다."

소랑은 그 말에 피식 웃음을 터트렸다. 그건 또 어찌 다 기억하시고.

"자, 같이 한잔하자꾸나."

술 앞에서는 거절하는 법을 모르던 소랑이었다. 그녀는 꿀꺽 단번에 술을 털어 넘겼다.

"전하께오서도 한잔하시지요."

털털하게 그를 쳐다보는 소랑에게서 싱긋하는 귀여운 미소가 떠올랐다. 술을 권할 때면 그 누구보다도 해맑고 예쁜 미소를 보이는 소랑이가 아니던가.

"전하께서 이렇게 직접 노를 잡으시면 되겠습니까. 주시지요. 소녀가 하겠습니다."

"가냘픈 정인에게 노를 맡기는 사내가 어디 있겠느냐. 내가 하겠다."

"아니에요. 저 주시지요."

한쪽 노를 쥔 두 사람의 귀여운 아웅다웅이 시작되었다.

"괜찮대도."

"에이, 저 달라니까요."

그러나 소랑이 헌을 너무 세게 밀친 까닭일까. 헌이 놓친 노 하나가 풍덩, 연못에 빠지고 말았다.

"이걸 어째!"

멀리서 이를 지켜보고 있던 세장이 화들짝 놀란 얼굴을 했다. 저번처럼 헤엄이라도 쳐서 헌에게 다가올 기세였다. 물에 빠진 노를 보며 헌이 당황하고 있을 때, 소랑에게서는 오히려 익살맞은 미소가 두둥실 떠올랐다.

"엄머나, 이걸 어쩌나."

호들갑스러운 말과는 달리 소랑은 태연하게 남은 노 하나를 물에 빠뜨려 버렸다.

"뭐, 뭐하는 짓이냐?"

그녀는 일부러 노를 던지고도 시종일관 여유로운 미소를 짓고 있었다.

"아니, 노를 빠뜨린 것이 좋은 일이라도 되는 것이냐. 하물며 일부러 나머지 것을 빠뜨릴 것이 무엇이냐."

"저야, 좋은 일이지요. 잠시도 전하의 곁을 떠나고 싶지 않았는데, 좋은 핑계가 생기지 않았습니까?"

그녀는 핑그르 귀여운 미소를 짓고서는 말했다.

"바람이 남동쪽으로 불고 있으니 가만히 있으면 배가 물가에 닿을 것입니다. 그러니 그때까지 천천히 이 뱃놀이를 즐기고 있으면 어떻겠습니까?"

참으로 걱정도 없는 여자였다. 황당해진 헌이 빈 웃음을 헛헛하게 짓고 있을 때, 소랑은 고양이처럼 그의 무릎에 파고들어와 하늘을 보고 누웠다.

"노가 없으니 그 누구도 우리의 시간을 방해할 자가 없지 않겠습니까? 이 시간에 밤하늘도 보고 이 연못의 정취를 느끼면서 지금의 행복을 즐겼으면 합니다."

당돌하긴 했으나 틀린 말이 아니었다. 헌 역시 소랑이와 함께 있을 때라면 그저 시간이 더디게 가기만을 바랐던 터였다. 이렇게 품 안에 안긴 소랑이를 마음껏 귀여워해 줄 수만 있다면야, 노를 빠뜨린 것을 뭣 하러 걱정하겠는가.

"전하, 그런데 저 한 가지 궁금한 것이 있습니다."

헌의 무릎에 누워 있던 소랑이 일순 의아하다는 표정을 지으며 스멀스멀 헌의 겨드랑이 쪽으로 기어 올라왔다.

"그래, 무엇이든 물어보거라."

"아무래도 이거 한두 번 해 본 솜씨가 아닌데요?"

"뭐, 뭐를 말이냐."

"달 밝은 날을 골라서 초를 띄우고 조각배를 띄우고 함께 술을 따랐다는 이야기, 이거 어디서 들어 본 얘기 같습니다."

"나, 나는 처음 듣는데?"

"것도 바로 이 연못에서 벌어졌던 일인 것 같은데."

예리하기가 이를 데가 없는 여자였다. 당황한 헌이 말을 더듬거리며 허둥거리기 시작했다. 만약 아까 노를 놓치지 않았더라면, 지금 놓쳤을 것 같았다.

"예전에 세자빈마마와도 이런 시간을 보냈다는 얘기를 들은 것 같은데요. 제 말이 틀렸습니까?"

틀리지가 않았다. 하아, 귀신 같은 소랑이를 감히 속일 수는 없는 노릇이었다. 헌은 한숨을 푸욱— 내쉬며 말했다. 그의 말투는 호기로웠던 조금 전과는 달리 부쩍 소심해져 있었다.

"그러니까 내가 여자를 많이 만나 본 것도 아니고 여자를 잘 아는 것도 아니다 보니 이미 좀 검증된 걸로다가."

"그래서 다른 여자와 해 본 것을 저에게 그대로 재현 중이시다?"

"그, 그게 말이다……."

당황한 헌의 얼굴이 다시 붉게 달아올랐다. 이걸 어찌 설명해야 하나.

그러나 빠―안히 헌을 올려다보던 소랑에게서는 다시 빵그르르 한 웃음이 터졌다.

"뭐, 괜찮습니다. 전 대인배니까요."

그녀는 오히려 당황하는 헌의 모습을 귀엽게만 보고 있었다.

"전하께서도 제가 이신원 도사에게 마음이 없는 것을 잘 알고 있다 하지 않으셨습니까. 세자빈마마를 모두 잊으신 것은 누구보다도 제가 더 잘 알고 있습니다. 이 모든 것이 저에게 잘해 주시기 위한 진심이 담겨 있음을, 제가 어찌 모르겠습니까!"

은근히 왕 이헌을 들었다 났다 하는 소랑이었다. 아니, 대놓고인가.

"그러니, 이 모든 것에 그저 감사할 뿐이지요. 과분한 전하의 사랑을 받는 것이요."

"똑똑해, 누구 여잔지 몰라도 참으로 똑똑해."

소랑의 또박또박한 목소리에 헌은 그녀의 코를 도도도 건드리며 말했다. 그녀는 다시 헌의 품에 포옥― 안겨 하늘의 별과 달, 물에 떠 있는 초와 연못에 드리운 나무들의 그림자들을 물끄러미 바라보았다. 마치 그림으로 그려 놓은 듯 아름다운 풍경이었다.

"소랑아. 참 좋은 시간이구나."

서로가 곁에 있다는 것, 그 자체가 소중한 순간들이었다. 헌은 소랑과 눈이 마주칠 때마다, 혹은 작은 틈이 날 때마다 그녀의 이마와 볼에 입을 맞추었다.

세상에서 가장 소중한 존재가 자신의 품 안에 들어 있다는 듯이. 조금이라도 더 밀착되지 않으면 견디지 못하겠다는 듯이. 너무나도 달콤한 행복이 둘 사이에 내려앉아 있었다. 그저 이 시간이 영원하기만을 바랄 뿐이었다.

✿

작은 조각배는 천천히, 아주 천천히 물가에 닿았다. 헌은 그녀의 손목을 잡고 조심히 연못가로 내려 주었다. 둘 다 살짝 술이 오른 상태로 오늘의 뱃놀이가 마무리되어 가고 있었다. 그러나 헌의 계획은 여기서 끝이 아니었다.

"에헴, 침전으로 가야……지?"

"당연히 가야지요, 뭘 또 새삼스럽게?"

소랑은 갑자기 어색하게 허둥대는 왕 이헌을 의아하게 올려다보았다.

'그래, 분위기 좋아.'

어떻게든 그녀가 다른 곳으로 도망가지 못하게 그물을 쳐 놓을 생각이었다. 오늘은 오로지 자신의 품 안에 꽈악— 가두어 두고 싶었다. 헌의 속은 벌써부터 음흉한 기운으로 가득 차오르고 있었다.

드디어 도착한 강녕전. 헌은 자신의 옷을 벗기려는 소랑의 앞에 쭈뼛하게 섰다. 언제나 반복되는 일상이지만, 오늘은 왜 이렇게 뻣

뻣해지는 것인지.

"전하. 오늘따라 왜 이렇게 눈빛이 음흉하십니까?"

소랑은 뭔가 달라진 분위기를 눈치채고 한쪽 눈썹을 찡긋하며 그를 올려다보았다.

"내, 내가 뭘, 어쨌다 그러느냐."

어색하게 둘러대었지만 두근거리는 이 가슴을, 긴장되어 오는 이 손끝을 도저히 감출 길이 없었다. 만지면 닳아 버릴까, 너무나 소중하게만 느껴졌던 그녀였다. 혹여나 오늘 일로 그녀의 몸과 마음이 상하는 일이 있어서는 안 되었다.

그러나 오늘따라 소랑의 흰 목선은 어찌나 고와 보이는지, 입술은 왜 또 이렇게 붉게만 보이는지. 조금도 참을 수가 없는 정도였다.

"오늘 눈빛이 아무래도 이상하신데요?"

헌은 옆에 자리 잡은 소랑을 화악— 자신의 품으로 잡아당겨 허리를 휘감았다. 부러질 듯이 가는 손목과 허리가 또렷이 느껴졌다.

그래, 분위기 좋다. 이대로 거사를 치르기만 하면 되는 것이야.

바로 오늘 밤. 오늘 밤……!

너
오늘,
승은을 입어 보자꾸나

헌은 자신의 품 안에 있는 소랑에게 살짝 입맞춤을 건네었다. 이
에 소랑의 눈이 동그랗게 벌어지며 파르르 떨렸다가, 이내 살포시
감겼다. 그녀 역시 살짝 입을 열고서 헌의 입술을 조용히 느꼈다. 그
녀의 투명한 두 볼이 복사꽃이 피어오른 듯 발갛게 달아올랐다.

　그렇게 부드럽게 감겨 오던 헌의 입맞춤은 점점 더 깊은숨과 함
께 농도가 짙어졌다. 생각보다 너무 깊어지는 입맞춤에 그녀는 그
의 입을 손으로 막아 잠시 그를 제지시켰다. 놀란 그녀와 달리, 헌의

눈빛엔 조금의 흔들림도 없었다.

그에게서 느껴지는 것은 어떤 단단한 기운이었다. 그는 이미 결심이 선 듯했다.

"소랑아, 너 오늘 승은을 입어보자꾸나."

방 안에 울려 퍼지는 그의 나직한 목소리. 정신이 혼미해질 정도로 매혹적인 음색이었다.

그런데 잠깐, 스, 승은이라고?

헌의 색기 넘치는 입맞춤에 흐려졌던 정신이 금세 되돌아왔다.

그럼 오늘?

소랑이 그에게 뭐라 말을 건네려 했지만, 이미 발동이 걸려 버린 헌을 멈추게 할 수는 없었다. 헌의 입술이 그녀의 새하얀 목덜미에 닿아 있는 사이, 소랑은 놀라 동그래진 두 눈을 위로 깜빡깜빡 떴다.

잠깐, 승은이라면 그렇다면!

내가 후궁이 되는 것이잖아? 놀란 소랑의 목소리가 한 뼘쯤 튀어 올랐다.

"전하, 이미 작정을 하신 것입니까?"

허나 이미 헌의 손길은 소랑의 저고리 옷고름 위에 놓여 있었다.

그 옷고름이 탁, 풀어지기 바로 직전!

"진정하시옵소서, 전하."

소랑은 황급히 양손으로 헌의 그 손을 붙잡았다.

"진정은 무슨, 지금 내가 진정이 될 상황이겠느냐."

"그래도 다시 생각해 보셔야 합니다."

급기야 소랑은 뒷걸음질을 쳐 그에게서 벗어나 자리에 똑바로 앉았다.

"갑자기 왜 이러는 것이냐?"

헌은 다시 소랑을 끌어당기려 했지만 그녀는 한 손으로 옷고름을 움켜쥐고 다른 손으로는 그가 더 다가오지 못하게 거리를 두었다.

"생각은 무슨 생각을 더 해. 오랜 심사숙고 끝에 내린 결정이다."

"제가 후궁이 되는 것이요? 어찌 그런 중대한 결정을 미리 얘기하셨어야죠."

"이 상황을 어떻게 얘기해. 그럼 미리 예고하고 그러냐?"

"전하! 저는 싫습니다."

시, 싫다고? 얼음 조각보다도 뾰족한 소랑의 그 말이 헌의 가슴에 날카롭게 꽂혔다.

"시, 싫다니. 그럴 리가."

방금 전까지 가쁜 숨을 내쉬던 소랑의 표정은 점점 더 단호하게 굳어지고 있었다.

"말씀드렸잖습니까. 저는 전하의 후궁이 되는 것이 싫습니다."

"그러니까 후궁은 임시 자리야. 나는 어떻게든 네가 정비가 될 방법을 찾아볼 것이고."

후궁이라. 그것에 대해서는 그녀도 생각해 본 적이 있었다. 불가한 가장 큰 이유는 이것이었다.

"후궁이 들어온다 하여, 이 나라의 금혼령이 끝나는 것은 아닙니다."

어차피 이 나라의 중전은 따로 뽑아야 하는 것이었다.

"그러니까 네가 원자를 생산하여, 정비로 오른다면."

"그 또한 제가 아들을 낳기까지 1년이 될지 2년이 될지 장담할 수 없는 것입니다."

"그러니까 우리가 빨리빨리……."

"백성들의 명운을 이러한 경우의 수에 맡길 수는 없습니다."

손에 옷고름을 꽈악 쥔, 소랑의 고개는 한사코 좌우로만 돌아가고 있었다.

"전하, 어떤 여인네가 후궁으로 이 삶을 마감하길 바라겠습니까?"

"후궁이라 생각지 말고, 나의 아내가 된다 생각하여라."

"그래도 이 나라의 중전을 들이셔야 합니다."

"그럼 다른 여자를 들이란 말이냐!"

순간 헌에게서는 울컥, 뜨거운 숨이 올라왔다.

간택을 추진하라, 편전에서 대신들의 통곡과 같은 외침을 듣고도 자신은 오로지 소랑이만을 생각했는데, 이 나라의 중전을 따로 들이라 말한다니. 아무리 생각해도 섭섭한 말이었다.

"내 7년 만에 힘들게 너에게 마음을 열었다. 다른 여인네에게 마음을 주는 것이 가능이나 하겠느냐. 내 여자는 오로지 너 하나뿐이다."

"저는 이 나라 중전이 될 수 없습니다. 그 재목도 아니고요."

이에 다시 헌의 눈이 가늘어졌다.

"뭐라?"

자신이 후궁이 될 수 없다 생각한 이유는 수십 가지였다. 자신의 본명 하나 밝힐 수가 없다. 신분이 확실하지 않다. 이름 없이 정식으로 가례를 올릴 수도 없다. 왕에게 지은 죄가 한둘이 아니다. 죽은 세자빈의 영을 받을 수 있노라 사기를 쳤다. 그중에서 그녀가 헌에게 내세운 이유는 바로 이것이었다.

"신녀는 왕가의 자식을 낳을 수가 없습니다."

선대에 무당이 있다거나, 조금이라도 신기가 있는 자는 비빈이 될 수가 없었다. 신기라는 것은 대물림 될 수 있는 것이기 때문이었다. 소랑은 이것을 이유로 내세우기로 했다.

"아니 됩니다, 전하. 저같이 신기가 있는 자가 이 나라 원자나 옹주를 생산하는 것은 불가한 일입니다."

헌의 목청에서는 안타까운 외침이 터져 나왔다.

"대체 왜! 내 곁에 있을 수 있는 방법은 조금도 생각지 않는 것이냐? 내 정인이라 하지 않았느냐? 내 곁을 떠나지 않겠다 하지 않았느냐?"

그때 출궁을 하려 했던 것 이후로, 더 이상 먼저 비겁하게 헌의 곁을 떠나지 않기로 결심했던 소랑이었다. 그렇지만, 그렇지만!

"후궁이 되는 것은 제 계획에 없던 일이었습니다."

"다시 생각해 보아라. 그게 왜 어째서?"

"전하께서야말로 다시 생각해 주십시오. 소녀의 뜻을, 다시 한 번만!"

급기야 헌은 애끓는 이 울분을 터트릴 수밖에 없었다.

"널 사랑하되, 안을 수도 가질 수도 없다는 뜻이냐. 내 것으로 만들 수가 없다는 것이냐?"

곧 헌의 붉은 눈가가 곧 촉촉이 젖어들었다.

"널 사랑하되, 우리의 미래를 약조할 수가 없다는 말이냐?"

일단 흥분한 그를 진정시키기 위해 소랑은 헌에게로 다가가 그의 손등을 찬찬히 쓰다듬었다.

"전하, 이대로도 저흰 충분하지 않습니까?"

"내 사랑은 네가 생각하는 것보다 훨씬 더 깊은 것이야. 지금 이쯤에서 절제하고 참을 수 있는 것이 아니다."

"저라고 해서 어찌 그 마음이 들지 않겠습니까?"

뭐라? 이에 헌의 동공이 파르르 떨렸다.

"이렇게 전하를 안고 있는데, 바로 제 앞에 계시는데."

소랑은 손을 뻗어 그의 눈썹을 보듬어 만졌다.

"그러니 전하의 사랑만 깊다는 말은 참이 아니옵니다. 제가 비빈이 되는 것은 옳지 않은 일이나, 그렇다고 하여!"

그렇게 헌의 눈썹을 매만지던 소랑은 조용히 그의 이마에 입술을 대었다.

"전하를 사랑하지 않는 것은 아닙니다."

그러고서는 헌의 어깨를 감싸 안았다. 그를 품에 안은 소랑의 고개는 살짝 위를 향하고 있었다.

"전하를 사랑하는 마음은 그 누구에게도 뒤지지 않을 것입니다."

너무나 애달팠다. 왜 그녀를 이렇게 안고 있는데도 가질 수가 없는가. 대체 왜!

"저와 미래를 약조하고 싶다 하셨습니까?"

소랑은 가만히 헌의 입술에 자신의 입술을 포개었다.

"저는 이것으로 되었습니다. 전하께서 주신 이 깊은 사랑이면 저는 충분합니다."

질끈 감은 그녀의 한쪽 눈에서 또르르 눈물 한 방울이 흘러내렸다.

결국 눈물까지 흘리는 소랑을 헌은 더 이상 몰아붙일 수가 없었다. 그녀를 울리고 싶지 않았기에. 그녀의 말에 더없이 상처를 입은 건 헌이었지만, 그녀를 안고 있어도 가슴은 한없이 답답해져 왔지만,

"울지 말거라."

오히려 헌은 소랑을 달랠 수밖에 없었다. 헌은 그녀의 등을 토닥이며 그 울음기가 그치기를 기다렸다.

"죄송합니다, 전하."

소랑의 목소리에는 한없는 미안함이 담겨 있었다. 그 절절한 진심이 전해지기에 더 이상 헌은 왜 안 되는 것이냐 추궁을 할 수도, 떼를 쓸 수도 없었다.

끝없는 먹먹함으로 잠긴 이 밤은 그렇게 저물어 갔다.

이렇게나 먹먹해져 오는 가슴에도 그녀에 대한 사랑은 왜 자꾸만 더 깊어지기만 하는 것인지 참으로 알 수가 없었다.

이튿날,

"이렇게 꼭 가셔야겠습니까?"

마당에는 사복을 입은 오륙십여 명의 궁녀들이 짐을 한가득 안은
채 서 있었다. 출궁을 하는 궁녀들이 궐 사람들에게 마지막 인사를
하는 자리였다.

소랑은 떠나는 원녀의 소맷부리를 애타게 부여잡았다.

"오랫동안 생각하고 결심한 것이다, 소랑아."

"이제 저 혼자서 방을 쓰면 너무나 외로울 것 같습니다."

원 상궁님이 정말 출궁을 하게 되다니. 이미 알고 있던 것이었으
나, 막상 떠날 때가 되자 견딜 수 없이 가슴이 미어져 왔다. 이 출궁
의 자리가 원래 자신의 것이라고 생각하니, 기분은 더없이 싱숭생
숭해졌다.

"이제 궐에서 누구에게 의지를 한단 말입니까. 이신원 도사도 없
고, 원 상궁님도 안 계시면."

소랑이 비적비적 새어 나오는 눈물을 양손으로 훔쳐내자 원녀는
그녀의 손을 뜨끈하게 붙잡았다.

"걱정 말거라. 떠난 사람은 걱정 말고, 너의 삶에 집중해야지. 이
제 너에게는 좋은 일만 생길 것이다."

토끼처럼 붉어진 소랑의 눈에는 금방이라도 쏟아질 듯한 눈물이
그렁그렁 고여 있었다.

"이 나라 임금이 너의 정인이 아니냐. 세상 모든 것을 다 가진 것과 같은 기분일 텐데, 무엇이 걱정이겠느냐."

"이 사랑이 행복하게 끝날 것 같지가 않습니다."

"왜 그런 생각을 해, 소랑아. 네가 아직 사랑이란 놈의 힘이 얼마나 무서운지 모르는구나. 그놈이 얼마나 힘이 센지, 나이 이만큼 들어먹은 나도 내 남편 찾아 정처도 없는 길을 떠나고 있지 않느냐. 오죽하면 수십 년 정이 든 이 궐을 떠날 생각을 다 했겠어?"

소랑의 눈가는 다시 물기로 번지고 있었다.

"사랑이란 게, 그렇게 내 마음이 싸워 이길 수 있는 게 아니야."

원녀의 그 말에 떠오르는 것은 역시나 왕 이헌이었다. 자신의 말에 가득 상처 입었던 어제의 그 모습이, 오히려 그녀의 눈물을 달래던 그 따뜻한 모습이.

"내 마음이 내 마음대로 되지 않는 것을 어찌하겠느냐."

차오른 눈물을 감추려 소랑은 억지로 고개를 끄덕였으나, 자꾸만 슬퍼지는 것은 어쩔 수가 없었다. 그런 소랑이의 너머로 보이는 것은 저 멀리 선 내시 세장이었다.

떠나는 원녀에 대한 서운함을 견디려는 듯, 세장은 세차게 자신의 입술을 깨물고 있었다. 원녀는 그런 세장을 멀리 바라보며 고개 숙인 소랑의 어깨를 토닥토닥 두드렸다.

"사랑이란 게 참 독하고 앙칼진 것이로구나. 내가 사랑을 이길 수가 없는데 그 방향조차 도무지 알기가 힘들어. 가슴이 저려 오는 게 사무친 그리움인지 떠나는 애달픔 때문이지, 그조차 구분하기가 힘들구나."

남겨진 소랑을 향한 말인지 가슴속 넋두리인지 모를 중얼거림이
었다. 채 가까이 오지도 못하고 사람들 뒤에서 넘실대는 세장의 눈
빛이 그녀에게로 힘겹게 와 닿았다.

'이 금혼령이 끝나고 나면 당신을 찾아가겠소.'

그녀가 대답하지 못했던 세장의 약조였다. 허나 잊을 수가 없었
다. 간직하려 하지 않아도 가슴에 깊게 박혀 버린 말이었다.

바로 이때,

"주상전하 납시오."

왕 이헌이 이곳에 들었다는 소리가 전해져 왔다. 떠나기 전의 궁
녀들이 모두 무릎을 꿇어 마지막으로 왕 이헌에게 예를 갖추었다.
그는 인파들의 가운데로 뚜벅뚜벅 걸어와 원녀의 앞에 섰다.

"전하, 여기까진 어인 일이시옵니까?"

"인사를 드리러 왔지요. 그간 너무 감사했습니다. 원 상궁."

헌의 입에서 나온 뜻밖의 경어에 원녀는 숙인 고개를 더더욱 낮
추었다.

"그간의 고마움을 내 말로 다 표현할 수가 없습니다. 내가 할 수
있는 건 잘 가시라는 배웅밖에 없는 것 같아, 미안한 마음이 듭니다."

"아, 아닙니다."

오랜 기간 폭군으로 지냈던 헌이었으나, 보모상궁부터 시작해 자
신을 꾸준히 보필해 왔던 원녀에 대한 애정은 다른 궁인들과는 달
리 각별한 것이었다.

"원 상궁이 사가에 나가서 해 주셔야 할 일이 있습니다. 내 예전에 잠행에 나갔다가 인왕산 산적들과 약조를 한 것이 있소. 궐에서 궁녀들이 출궁하게 되면 단체 소개회를 열어 주겠다고."

"소개회요?"

"내 다시 잠행에 또 나갈 수는 없으니, 원 상궁께 이 주선을 부탁드리려 합니다."

이에 원녀는 고개를 숙여 예를 갖추었다.

"전하의 마지막 명 받잡겠나이다."

"아닙니다. 이것은 마지막 명이 아닙니다. 헤어진 남편을 찾으러 간다 하지 않았소?"

원녀는 조용히 고개를 끄덕였다.

"어딜 가나 행복하셔야 합니다. 이것이 마지막 명입니다."

"네, 전하. 알겠사옵니다."

"허나 잊지 마시오. 그 남편을 찾지 못한다 하더라도 사랑은 언제나 원 상궁의 편에 있을 것이오."

원녀의 눈빛이 가늘게 떨려 왔다. 저 멀리에서는 여전히 자신을 슬프게만 바라보는 세장이 있었다. 헌 역시 알고 있었던 것이다. 원녀와 세장 사이에 있던 그 묘한 감정을.

그러나 이제는 원녀가 정말 밖으로 향해야 할 때였다. 자신이 키웠던 왕 이헌에게서도. 언제나 걱정스러운 사고뭉치였던 소랑에게서도. 마지막까지 자신을 붙잡으려 했던 세장에게서도.

"모두들 안녕히 계십시오."

그렇게 모두에게 큰절을 올린 원녀는 힘든 걸음을 문밖으로 떼어 한걸음 한걸음 궐에서 멀어졌다. 세장은 멀어지는 원녀를 아득한 슬픔의 눈으로 넘실넘실 바라보았다.

이를 지켜보고 있는 소랑의 양 볼에 눈물길이 내어지고 있을 때, 왕 이헌이 소랑의 손목을 덥석 붙잡았다.

"우리, 대화가 좀 필요할 것 같다."

❀

밤 그늘이 지고 있는 후원의 한 정자. 헌은 자신의 무릎 위로 소랑의 손을 끌어와 맞잡았다.

"사실 마음이 너무 많이 아팠다. 너를 가까이하지 못하는 게 나에겐 많이 힘든 일이다."

바로 어젯밤의 일이었지만, 마음이 까슬해서 그런지 오늘 하루가 너무나 길게만 느껴졌던 헌이었다.

이를 보는 소랑의 눈빛은 애틋함으로 일렁거리고 있었다. 많이 미안했다. 본의 아니게 그에게 상처를 준 것 같아서.

헌은 무언가를 결심한 듯 굳건하게 말을 이어 나갔다.

"깊게 생각을 해 봤는데 비빈의 자리가 불편하다면 내가 억지로 이를 강요해서는 안 될 것 같다."

비록 하루였지만 깊은 고민 끝에 내린 결론이었다. 힘들지만, 많이 힘들지만 그녀를 지켜 주기로. 그녀의 뜻을 더 많이 존중하는 쪽으로.

"그러니 앞으로는 내가 너에게 그런 일로 먼저 다가서는 일은 없을 것이다."

그래, 마음으로 사랑하는 거야. 오로지 마음으로만. 그래 내 안의 음심은 모두 다 눌러 담자. 이젠 더 이상 이런 문제를 만들지 않기로 했으니까.

"전하."

소랑을 붙잡은 헌의 손은 부들부들 떨리고 있었다.

후아후아, 할 수 있어. 참고 참는 것. 내 안의 음심을 모오—두 눌러 담는 것.

"침전으로 가자. 우리가 항상 하던 걸 해야지. 너는 자고 있는 날 내려다보고, 나는 가만히 잠에 드는 것 말이다."

예전엔 그것이 인생에서 가장 큰 행복이라 여겼었는데, 인생에 다시없는 고문이 될 것 같았다.

"가자."

18

네
이
년!
감
히
왕
에
게
피
를
흘
리
게
한
죄
를
물
어
……!

 침전에 도착한 왕 이헌과 소랑은 다시 예전처럼 자리했다. 누워 있는 왕 이헌의 옆에 소랑이가 앉아 있는 것.

 헌은 곁에 있는 소랑이를 올려다보며 예전에 신원과 했던 대화를 다시 떠올렸다. 행궁으로 갔을 때, 어깻죽지에 독침을 맞은 신원이 남은 힘을 짜내어서 했던 그 말을.

 '자유로운 영혼을 가진 아이입니다. 이 궐에 궁녀로서 가축처럼 갇혀 살다간, 머지않아 그 햇빛 같은 생기를 모두 잃어버리고 말 것

입니다.'

"그리하지 않게, 내가 보듬어 줄 것이다."

그녀가 불행해지지 않게 할 것이다. 더 이상 위험해지지 않게, 힘든 일을 겪지 않게, 그녀를 사랑으로 감쌀 것이다. 그녀의 행복을 이제 내가 책임질 것이다.

"이제 소랑이는 궐의 궁녀이기 이전에 나의 여자다."

이미 신원에게 그렇게 약속한 바가 있으니, 더 이상 그녀를 울려서는 안 될 일이었다. 헌은 옆에 앉은 소랑에게 나직한 목소리로 말을 건넸다.

"다시는 너와 다투지 않으려 한다. 마음이 너무 아프더구나."

그의 쓰린 목소리에 소랑의 코끝이 다시 찡해져 왔다. 오늘 원녀와의 이별로 한참이나 눈물을 쏟았던 그녀였다.

"중요한 것은 지금 우리가 함께 있다는 것이 아니겠느냐. 그러니 승은에 관한 것은 없던 일로 하자."

소랑은 미안하고 고마웠다. 자신의 뜻에 대해서 이렇게 오랫동안 고민해 주고 결심을 해 준 것이.

"승은을 입어야만 저희가 사랑하는 사이가 되는 것은 아니지 않습니까."

"그렇지, 네 말이 맞다."

이렇게 내뱉는 헌의 목소리에는 깊은 한숨과 체념이 섞여 있었다. 소랑은 그제야 말간 미소를 띠며 다람쥐처럼 쪼르르 그에게 달려들어 포옥— 안겼다.

"너무 고맙습니다."

자신의 뜻을 이렇게까지나 세심하게 고민해 주는 정인이라니. 새삼 헌의 모습이 너무나 사랑스러워 소랑의 가슴이 벅차올랐다.

허나, 고개를 위로 든 헌의 얼굴에서는 만사 다 포기한 듯한 회한이 스치고 있었다.

아니, 내 음심을 꾹꾹 눌러 담으려면 아예 눈빛이 닿지 않든지, 접촉이 없든지 해야 할 텐데, 이렇게 해맑게 달려들어서는 고맙다고 얘기하다니.

한숨이 절로 나오는 상황이었다. 소랑은 그런 헌의 속내도 모르고 쪼랑 쪼랑 말을 이어 나갔다.

"사실 그러고 나서 저도 마음이 너무나 아팠습니다. 그런데 이렇게 먼저 말씀을 해 주시다니요."

그녀는 금세 투명한 미소를 지어 보였다. 세상에 헌보다 더 대단하고 멋진 남자가 없다는 듯이.

헌은 다소 착잡한 표정으로 고개를 끄덕였다. 그래, 몸이 아닌 마음으로만 사랑하는 거야!

"그러니까 오늘도 이러고 자는 것이다."

대신 헌은 이렇게 안겨 있는 자세를 놓아주지 않겠다는 듯 힘을 주었다. 바로 고개를 끄덕이던 소랑에게서는 곧 쌔액쌔액 소리가 났다. 벌써 잠이 든 것이었다.

오늘따라 왜 이렇게 빨리 잠에 드는 것이야? 괜히 또 가슴 설레게 말이야. 가는 숨을 내쉬며 잠이 든 소랑을 보는 왕 이헌의 심경은 복잡했다.

한편으로는 그녀가 내 품에 안겨 있다는 것이 참으로 좋고 행복하기도 하면서도, 다른 한편으론 앞으로 그녀에 대한 음심을 어떻게 눌러 담고 참아야 할지가 막막해졌다.

'하아, 참으로 요망진 것이다.'

그녀는 자신이 이렇게까지 조선 임금의 가슴을 들었다 놓았다 하고 있을 것이라고는 상상도 하지 못한 채, 그저 쌔근쌔근 잠에 들고 있었다.

🌸

언제 호랑이가 뛰쳐나올지 모르는 험한 산세.

환한 낮인데도 앞이 깜깜할 정도로 무성하게 우거진 수풀. 원녀는 보따리 짐을 한 아름 안고서 힘겹게 인왕산을 오르고 있었다. 여인네가 혼자 오르기엔 벅찬 길이었으나, 그녀는 구슬땀 방울까지 흘려가며 산을 오르기를 멈추지 않았다.

해가 기울어지며 순식간에 밤이 찾아왔다. 한 치 앞도 분간할 수 없는 새까만 어둠이 내려앉았을 때, 우락부락 수염이 덥수룩한 자들이 그녀 앞으로 불쑥 나타났다.

"가녀린 여인네가 이 산에는 무슨 일이시오? 호랑이 밥이라도 되길 바라시는 것이오?"

이어진 원녀의 목소리에는 무시하지 못할 강인한 힘이 들어가 있었다.

"주상 전하의 어명을 받고 왔소이다."

모여든 서넛의 산적들이 바로 놀란 눈빛을 교환했다. 그렇다면, 그때의 그 부탁을 이제 들어주시는 것인가?

"저희와 함께 가시지요."

횃불이 이글이글 타오르고 있는 산적들의 본거지.

압도적인 풍채의 남자가 나타났다. 산적다운 호기로움과 우두머리의 조화로움이 공존하는 인상의 그는 이들의 두목, 방만방이었다. 그는 오랫동안 원녀의 방문을 기다리고 있었다는 듯 편안하게 그녀를 맞았다.

"임금님의 어명을 들고 왔다지요."

"이번에 궐에서 오륙십의 궁녀들이 대거 출궁을 하게 되었습니다."

"소식은 이미 들었습니다. 우리 산적들이 그 소식만을 얼마나 오매불망 기다려 왔는지, 아마 가늠하지 못하실 것입니다."

원녀는 마당에 총총 모여 있는 산적들을 휘이 둘러보며 말했다.

"허나 이대로라면 소개회는 불가합니다."

그녀의 칼 같은 목소리에 곳곳에서 산적들이 발끈하여 외치는 목소리가 들려왔다.

"부, 불가하다니요."

"왜요, 우리가 배운 것 없는 무뢰배들이라 그렇소?"

"이래 봬도 호랑이도 때려잡는 강인한 남자들이오."

몇몇들은 소심한 목소리를 냈다.

"아님, 모태 설로들이라서 그렇소?"

"인물이 마음에 안 드시오?"

돌아온 원녀의 목소리는 무를 자르듯 단호했다.

"차림새가 마음에 들지 않습니다."

놀란 산적들이 자신의 옷차림을 둘러보며 수군거렸다. 짐승의 가죽으로 만들어진 너덜너덜한 옷들.

그래, 이러고 소개회에 나가기에는 좀 민망하겠지?

"이렇게 추레한 차림으로는 궐에서 온갖 좋은 것들을 보고 지내온 궁녀들을 마주할 수 없습니다."

"그럼 어찌하면 좋단 말입니까? 우리는 산에서 나고 자란 산적들이라 도무지 멋이라고는 부릴 줄을 모릅니다."

원녀의 그 말에 산적들의 표정은 강아지처럼 애처롭게 바뀌고 있었다. 제발 소개회에 나갈 수 있게만 해 주시오, 손을 모아 빌 기세였다.

"그렇다면!"

원녀는 방만방의 눈을 똑바로 올려다보며 말했다.

"제가 변신을 시켜드릴까요? 명색이 제조상궁이었는데 때 빼고 광내는 것 하나 못할까요?"

"가능하시겠소? 다들 상태가 이런데?"

"그렇게 해 주신다면 저희야 고맙지요."

"제발 부탁드리겠습니다."

다시 산적들의 웅성거리는 목소리가 이어져 왔다.

"허나, 조건이 하나 있소. 사람 하나를 찾으려 하오. 황가 동식이라 하는 자인데."

"사내를 찾아 달라는 것이오?"

"이십 년 전에 헤어진 제 남편 되는 자의 이름입니다."

방만방을 올려다보는 원녀의 눈빛이 의미심장하게 번뜩였다.

온갖 꽃들이 지천으로 피어나는 계절.

궐의 후원에는 더더욱 갖가지 꽃들이 흐드러지게 피어났다. 왕 이헌이 폭군이었던 시절, 저주에 걸린 듯 음침했던 궐의 분위기는 이제 조금도 찾을 수가 없게 되었다. 예년에 비해 더더욱 화사하게 피어난 꽃들이 지금이 사랑을 하기에 더없이 아름다운 때임을 알리고 있었다.

그 꽃밭에 가장 탐스럽게 피어난 꽃은 바로 소랑이었다. 그녀는 그 속에서 푸르른 치마를 휘날리며 어린 망아지처럼 뛰어다니고 있었다. 이 조선의 왕에게 세상 누구에게 비할 것 없는 깊은 사랑을 받고 있는 그녀였다.

왕 이헌의 사랑 때문인 것인지, 혹은 그녀의 가슴속에 자리한 연애 감정 때문인 것인지, 요새 그녀의 미모는 때를 맞이한 꽃처럼 더없이 아리땁게 여물었다.

"전하, 언제 이렇게 꽃이 다 피어났답니까?"

저 멀리에 옥좌를 두고 앉아 있는 헌에게 소랑은 높은 목소리로
외쳤다.

"뭐라고?"

"너무 아름답습니다. 너무 예쁘다고요오!"

그렇게 멀리서 그녀의 나풀거리는 치맛자락을 보고 있던 헌에게
서는 경이로운 미소가 피어났다. 너무나 아름다웠다.

꽃이 아닌 바로 그녀가.

누구보다도 해맑게 꽃밭을 뛰어다니는 나의 정인이.

정말이지 햇빛을 가르고 나온 여신이 아닐지, 꽃에서 잉태된 요
정이 아닐지 의심스러울 정도였다. 그녀는 지금 이 세상 가장 새하
얗고 밝은 빛을 모아 만들어지는 것만 같았다.

"아니, 그래도 귀에 꽂은 꽃은 좀 내리지, 누가 보면 미친 여자인
줄."

옆에 선 내시 세장이 안타까운 목소리로 중얼거렸지만, 그 말이
소랑에게 흠뻑 취해 있는 헌에게 들릴 리가 없었다. 소랑은 들꽃들
을 품에 가득 안고서 뽀르르 헌에게로 다가왔다.

"저은하앙— 조금만 기다리옵소서응."

허나 본연의 허당끼는 감출 수가 없는 법. 날개처럼 치맛자락을
펄럭이며 뛰어오던 그녀는 곧 발이 꼬여 풀썩 넘어지고 말았다.

"아이고, 괜찮은 것이냐? 이러다가 무릎이라도 까지면 어쩌려고
그러느냐?"

허나 소랑은 코를 쿵 들이마시더니 벌떡 일어나 옷의 먼지를 털고

서 다시 헌에게로 다가왔다. 꽃이 망가지지는 않았나, 살피면서.

"저야 뭐 야생에서 자란 몸인걸요. 어머나, 저 꽃은 또 뭐지?"

아주 잠시 헌의 앞에 머물렀던 소랑은 다시 다른 꽃을 찾아 뽀르르 달려나갔다. 또 나무에 마빡으로 돌진하지 않을까. 꽃의 가시에 찔리진 않을까. 걱정스럽게 그녀를 보던 왕 이헌에게 다시 함박웃음이 방그르 떠올랐다. 가슴속에는 참을 수 없는 사랑의 기운이 가득 차오르고 있었다.

온몸이 붕 뜨는 것만 같은 행복한 기운. 그리고 영원히 지속되었으면 하는 낭만. 하얗게 쏟아지는 햇살 속 더없이 여유롭고 아름다운 풍경이었다.

잠시 후, 헌은 그녀가 품었다가 놓고 간 들꽃들을 엮어 화관을 만들기 시작했다. 작고 새하얀 들꽃으로 만들어진 앙증맞은 화관.

이 어여쁜 화관을 소랑에게 씌워 준다면 선녀처럼 등에 날개라도 돋아나 사라지는 것은 아닐까 싶었다.

이때, 도승지 김설록이 왕 이헌을 찾았다.

"전하, 여기 계셨나이까."

"오셨소, 도승지."

"소식을 듣자 하니, 실패하셨다고요."

속삭이듯이 묻는 도승지, 저번에 소랑이에게 승은을 입혀 후궁으로 앉히자 제안했던 그였다.

소랑이가 철석같이 거부를 했다던데! 허나 헌은 검지를 입에 대고 조용히 하라는 손짓을 했다.

"쉬잇— 지금은 꽃의 요정이 뛰어놀 시간이어서요."

뭐, 뭐라굽쇼?

도승지는 순간 자신의 손가락과 발가락 끝이 파르르 말려 올라가는 걸 느꼈다.

뭐야, 세상에 이렇게 오글거리는 말은 일찍이 들어 본 적이 없었다. 허나 눈앞의 왕 이헌은 뭐가 그렇게 좋은지, 시종일관 살인 미소를 입에 걸고 방글방글 소랑이를 바라보고 있었다. 직접 들꽃으로 화관까지 엮어 가면서. 도승지가 기함할 만했다.

"전하, 그럼 이 나라의 금혼령과 간택은 어쩌십니까? 대신들의 목소리는 더더욱 높아질 것입니다. 이 기회로 하여 전하의 정치적 입지를 압박할 수도 있는 것이고요. 아니, 그때는 뭔 일이 있으셨길래 이렇게 아무 일도 없이 눈만 벙글벙글하신 것입니까?"

헌은 조급하게 들떠 있는 그를 조용히 제지시켰다.

"조금만 더 기다려 주세요. 저는 분명히 방법이 있을 것이라 봅니다. 우리 소랑이와 승부를 볼 수 있는 방법이요."

그러니까 그 방책이 대체 무엇인데요! 라고 묻고 싶었지만 다시 소랑을 보며 방긋방긋 헤실헤실 웃는 왕 이헌에게 도승지는 더 이상의 말을 건네지 못했다.

"그러니 그전까지는 도승지께서 대신들을 조금 더 진정시켜 주셔야 할 것 같습니다. 함부로 일을 진행시켰다간 오히려 일을 그르칠수가 있습니다."

도승지는 약간 의심스럽다는 표정을 지었지만, 이내 고개를 숙여 명을 받았다.

"아, 알겠사옵니다. 전하."

이번엔 믿어도 되는 거지? 결과적으로는 소랑이와 지금까지 아무 일도 없으셨다는 거지?

허허허. 순간 행복에 빠져 있던 왕 이헌의 웃음이 조금 다르게 들려오는 것 같기도 했다. 이것은 모든 것을 초탈한 대웅전 주지 스님이나 지을 법한 웃음이 아닌가. 이제 음심이라고는 조금도 들지 않으신 건가.

왕 이헌은 소랑에게서 눈을 떼지 않은 채로 조용히 세장을 불렀다.

"세장아. 저기 장미 화원을 하나 만들면 어떨까?"

"네?"

"온양 행궁의 정다원 같은 곳이 이 궐에도 있었으면 한다. 이왕이면 찬바람이 불 때에도 장미를 볼 수 있게 온실이었으면 좋겠고."

지, 지금 화원을 하나 세우자굽쇼?

세장 역시 도승지와 비슷한 느낌으로 고개를 갸웃했다. 이제 대웅전 주지 스님을 넘어서 지금 약간 호구 같으신데?

그렇게 두 명의 신하들이 평소답지 않은 왕 이헌의 모습에 기웃한 시선을 보내고 있을 때, 저 멀리서 소랑이가 다시 한 아름 꽃을 안고 달려왔다.

"저은하, 오래 기다리셨지요옹?"

헌은 가까이 다가온 소랑에게 들꽃 화관을 씌워 주며 말했다.

"이것 보아라. 내가 만든 화관이다."

"우와, 전하께서 이런 것도 만들 줄 아시옵니까?"

"내가 못하는 것이 어디 있겠느냐?"

앙증맞은 들꽃 화관을 쓴 소랑의 모습은, 그야말로 꽃의 여신이라 칭해도 손색이 없을 정도였다. 화관을 쓴 소랑의 함박웃음이 눈부시게 아름다웠다는 것은, 그 누구도 부정할 수가 없는 것이었다. 요새 진정 미모라는 것이 팡팡 터지고 있는 소랑이었다.

"너무나 소담스럽고 예쁘구나."

헌은 그야말로 완벽하게 소랑에게 반해 버렸다는 듯 멍하게 이 말을 내뱉었다.

"잠깐, 그런데 입에 그게 무엇이냐."

어느덧 소랑의 입술에는 붉디붉은 꽃물이 얼룩져 있었다. 그녀는 민망한 듯 소맷부리로 닦으려 했지만, 헌은 그런 그녀를 제지한 뒤 품에서 작은 손수건을 꺼내어 그 입술을 닦아 주었다.

"너 꽃도 먹고 그러냐?"

"헤헤 이건 먹어도 되는 꽃이지 말입니다."

"에휴 이런 말괄량이가 또 없다니까."

생각보다 입술의 꽃물이 잘 지워지지가 않아 헌은 소랑의 턱을 끌어당겼다. 꽃보다도 붉은 입술, 얼룩덜룩한 꽃물, 은은하게 풍겨오는 꽃향기.

순간 헌은 묘한 충동이 들었다. 바로 지금 입을 맞추고 싶다는 충동. 나의 정인인데, 그전까지는 자주 입을 맞추어 왔는데 아주 잠깐이면 괜찮겠지?

마음 같아서야 삼 일 밤낮을 어디 나오지도 않고, 아주 그냥 예뻐만 해 주고 싶은데 진짜 그럴 수도 없고. 그래, 입맞춤 정도는 괜찮을 것이다. 아주 괜찮지 그럼.

이미 그의 입술이 쭈욱— 마중을 나와 있는 찰나! 소랑은 그 분위기를 와장창 깨고 뒤로 퍼뜩 돌아섰다.

"전하, 이것 좀 보시지요. 모두 제가 모아 온 것들입니다."

소랑이 왕 이헌의 코앞에 내민 것은 너무나 붉디붉은 꽃다발이었다.

갑작스럽게 헌의 눈앞이 붉은색으로 가득 차 버렸다. 순간 머리가 어질할 정도로 아찔한 꽃향기가 훅— 끼쳐 왔다.

하아, 이런 붉은색으로 나를 자극하지 말란 말이야! 내가 지금 얼마나 참고 있다고! 애가 끓고 있는 헌의 속내를 아는지 모르는지 소랑은 그 바알간 꽃묶음을 보며 꽃물 진 입술을 헤에— 벌리고 있는 것이었다. 그렇게 꽃에 신경을 빼앗겨 있던 소랑의 시선이 왕 이헌에게 닿았다.

"저, 전하아! 이게 무엇입니까?"

헌의 얼굴에서는 꽃잎보다도 붉은 무언가가 꽝— 터져 흐르고 있었다.

"코, 코피가 아닙니까!"

"내, 내가 코피를 흘렸다고?"

스으윽. 붉게 젖어 오는 손수건을 보니 코피가 확실했다.

꽃물이 진 입술과 붉디붉은 꽃다발의 공격, 그리고 너무나 아름답기만 한 나의 정인, 소랑이.

　아주 작은 자극만으로도 이 몸의 인내심은 아주 바닥을 드러내고
있었다.

　네 이년! 감히 왕에게 코피를 터트리게 한 죄를 물어 그냥 확!

19

사
랑
보
다

힘
이
센
것
은

그
리
움
이
기
에

네 이년! 감히 왕에게 코피를 터트리게 한 죄를 물어 그냥 확! 입술을 빼앗아 버릴 것이다!

손수건으로 흐르는 코피를 닦아 낸 헌은 소랑의 손에 들린 붉은 꽃다발로 얼굴을 가리고서는 살포시 소랑에게 입을 맞추었다.

아주 찰나의 순간이었지만, 그녀의 입술을 덥석 물어 살짝 혀끝의 감촉까지 느낀 입맞춤이었다. 대체 어떤 꽃을 먹었는지 몰라도 그녀는 입안 가득 달달한 꽃향내를 머금고 있었다.

짧아서 더더욱 아쉬운 입술이었다. 꿀과 같은 달콤함은 소랑과 헌 사이에 여전히 길게 연결되어 있었다.

"이제야 꽃물이 제대로 지워지는구나."

수줍음에 조용히 입술을 깨문 소랑의 모습은 여전히 못 견디리만치 귀여웠다. 이렇게 사랑스러운 나의 정인과 손만 잡고 자기로 결심했다니 가슴을 주먹으로 뻑뻑 치고 싶은 심정이었다.

"전하, 꽃을 말리는 법을 알고 계십니까?"

되돌아온 소랑의 목소리 역시 설탕 과자가 사르르 녹는 듯했다.

❀

그날 저녁. 침전은 오늘 소랑이가 꺾어 온 꽃으로 가득 찼다. 소랑은 벽에 거꾸로 걸어 놓은 꽃들을 바삭해질 때까지 말리면, 오래도록 그 형체를 보고 감상할 수 있다고 했다.

감히 왕의 침전에서 꽃을 말리다니. 다른 이라면 상상도 할 수 없는 일이었겠지만, 소랑이었기에 가능한 일이었다. 덕분에 향긋한 꽃 향내가 침전 가득 차올랐다.

"그런데 뜨거운 물은 왜 준비하라 이른 것이냐?"

헌과 소랑의 앞에는 자그마한 찻상이 놓여 있었다. 아니, 찻잎도 없이 차를 마시려 하는 것인가?

"보시지요. 이렇게 깨끗이 씻은 꽃망울을 찻잔에 담으시면,"

쪼르르 찻상 앞에 앉은 소랑이 웅크려 있는 꽃망울에 뜨거운 물을 부었다. 그러자 잠시 후, 맑은 찻잔 안에서 그 꽃이 화사하게 피어나기 시작했다. 마치 천천히 진행되는 꽃의 개화를 눈앞에서 목격하고 있는 것만 같았다. 그 황홀하도록 아름다운 움직임을 헌은 경이롭게 바라보았다.

"어떠세요, 예쁘지 않습니까?"

"이런 건 또 어떻게 알고 있느냐?"

"제가 또 잡학 다식하지 않습니까? 이것이 바로 꽃차이옵니다."

소랑은 두 개의 찻잔을 헌과 나누고서는 조용히 차향과 그 맛을 음미했다. 뜨거운 기운이 입으로부터 시작해 따뜻하게 퍼지면서 이제는 온몸에 이 꽃향기가 도는 듯한 느낌이 들었다. 그 기운과 함께 헌의 얼굴에도 따뜻한 미소가 번졌다.

"하아, 이렇게 예쁘게 굴면 대체 어쩌자는 것이야."

조용히 잔을 내려놓은 그가 소랑이를 풀썩 끌어당겨 품에 안았다. 너무나 예뻐서 더 이상 견딜 수가 없다는 듯이.

이어진 것은 그녀의 입속 꽃차의 향까지 모두 느끼려는 듯한 섬세한 입맞춤이었다. 헌은 한참 동안이나 그 온기를 느끼고, 또 느꼈다.

"전하, 아시지요? 우리의 약조를?"

헌의 입맞춤이 깊어져 오자, 소랑은 입술을 살짝 떼고 그를 제지시켰다.

"더 이상의 음심은 안 된다던 그 약조요."

"음심이라니. 꽃차가 너무 달고 향내가 가득해 네 입술에 조금 남은 것까지 빼앗으려 한 것이다. 잠깐, 여기 혀끝에 더 묻어 있는 것 같은데?"

그녀를 간질이면서 풀썩 넘어지는 입맞춤은 계속되었다. 키득거리며 뒤로 물러나던 소랑도 곧 조용히 입을 열고 헌의 입술을 받아들였다. 서로의 가슴에서 행복이 몽글몽글 피어나는 듯한 느낌이었다.

입술을 뗀 둘은 한참 동안이나 서로의 두 눈을 응시했다. 지금 내 앞에 나의 정인이 있다는 게 그 자체가 기적이라는 듯이.

"오늘은 날씨가 좋으니 창을 열고 별을 볼까?"

헌이 나직한 목소리로 그녀에게 말했다. 창을 열자 문득 불어오는 바람이 차가워, 헌은 소랑과 함께 그 앞에서 두꺼운 이불을 덮었다. 마치 처음 별을 보러 나온 다정한 오누이 같은 모습이었다.

헌의 품에 두꺼운 이불까지. 그 따뜻한 온기에 소랑은 취할 듯이 나른한 행복을 또다시 느꼈다. 쪽빛으로 물든 밤하늘의 별을 콕콕 찍어 가면서 이런저런 이야기를 수군거리는 것도 너무 알콩달콩 재미있는 일이었다.

그는 문득 생각났다는 듯, 소랑에게 한 가지 질문을 던졌다.

"소랑아, 내가 예전부터 물어보고 싶은 것이 있었는데."

소랑은 사슴 같은 눈을 깜빡이며 그를 올려다보았다.

"혹시, 어렸을 적엔 어떻게 자랐느냐?"

순간 소랑의 속눈썹이 순식간에 파르르 떨려 왔다. 어찌 보면 당연한 질문일지도 몰랐다. 사랑하는 정인의 과거가 궁금하다는 것이.

허나 소랑은 대답할 말을 찾지 못했다. 예전에 신원에겐 자기가 거지 출신이었다고 거짓말을 한 적이 있었다. 지금은 뭐라 말해야 할지 마땅한 답이 떠오르지 않았다. 그녀는 살짝 더듬거리며 그 말에 답했다.

"따뜻한 어머니의 품에서 자랐지요. 어쩌나 현명하신 여인이었는지, 저와는 아주 딴판이었습니다."

소랑은 자신의 돌아가신 어머니 김씨 부인을 떠올렸다. 어머니, 라는 그 말에도 눈물이 핑— 도는 것 같았다. 김씨 부인에게 한없이 예쁨을 받던, 예현선이었던 시절이 오래간만에 다시 떠올랐기 때문이었다. 바늘 여러 개가 심장을 찌르는 듯 가슴께에 따가운 고통이 찾아왔다. 그때 그 시절을 떠올리는 것만으로도.

"아니야, 가끔 너의 총기에 감탄할 때가 있다. 그런 걸 보면 너 역시 어머니를 꼭 빼닮은 것 같구나."

물끄러미 그녀를 바라보는 헌의 눈에는 소랑에 대한 호기심이 가득 담겨 있었다. 내 사랑하는 이는 대체 어떻게 자란 사람일까, 하는 그 궁금증이.

"어렸을 적엔 유복하게 자란 것 같은데, 어쩌다가 떠돌이 궁합쟁이가 되어 버린 것이냐?"

허나 이 질문에 소랑의 말문은 다시 막힐 수밖에 없었다. 친어미가 죽고 가짜 새 어미가 들어와 나를 쫓아내어 죽을 뻔한 것을 개이가 구해 준 것이 인연이 되어 그를 따라 궁합쟁이가 되었다, 이게 올바른 답이었지만 그렇게 말할 수는 없었다. 소랑은 힘없이 이렇게 둘러대었다.

"그냥 어느 날 신기가 오게 되어서요."

그녀가 제일 잘하는 게 뻥과 사기라 하더라도, 예전엔 입만 열면 아무렇지도 않게 거짓을 내뱉었더라도 이제는 더 이상 헌에게 거짓말을 하고 싶지 않았다.

"그래? 신기가 온다는 게 어떤 기분이냐?"

헌의 질문은 끊이지도 않았다. 결국 소랑은 입을 닫고 말았다. 예전에는 아는 것 모르는 것 다 동원해서라도 술술 대답을 했을 그녀였지만, 지금은 이리저리 말을 돌리는 수밖에 방법이 없었다.

"신기 얘기는 하지 않았으면 좋겠습니다. 제가 왕가의 자식을 낳을 수 없는 이유도 그 때문이 아닙니까."

그 말에 헌의 낯빛이 어두워졌다. 어떤 얘기든 참새같이 재잘재잘 재미있게 이야기를 늘어놓던 소랑이었는데, 이렇게나 자신의 이야기를 아끼는 것이 어쩐지 서운하게 느껴졌기 때문이었다.

"전하의 유년 시절은 어떠하셨습니까?"

그 기색을 눈치챈 소랑은 얼른 말을 돌렸다.

"끔찍했지."

한 번 더 헌의 표정이 차갑게 굳어졌다. 그에게 역시 떠올리기 싫은 유년 시절이 있는 듯했다.

"나의 과거는 오로지 배신으로 얼룩져 있었다. 가까운 이의 배신 때문에 칼을 든 적도 있었는걸."

칼까지 드셨다고? 소랑의 입술이 파르르 떨려 왔다. 나에게 한 말이 아님에도 불구하고 등골이 바짝 서늘해지는 기분이었다.

"내가 사람과 사람 사이 '신뢰'를 가장 중요시하는 것도 이 때문이야. 배신이라면 아주 넌더리가 날 정도이니까. 그 얘기 들려줄까?"

이튿날 새벽.

왕 이헌은 일찍이 오전 일정이 있어 편전으로 먼저 나서게 되었다. 먼저 헌을 보낸 소랑은 침전에서의 일을 마친 뒤 쓸쓸하게 처소로 돌아갔다.

휘이잉— 아직 새벽달도 가시지 않은 터라 밤공기는 온몸에 소름이 돋을 만큼 차가웠다. 처소로 돌아와 싸늘한 방에 몸을 눕히자 가슴속에 텅 비어 버린 듯한 헛헛함이 찾아왔다.

'가까운 이의 배신 때문에 칼을 든 적도 있었는걸.'

어젯밤 그가 했던 말이 떠올랐다.

유년 시절. 원래 세자로 책봉되었던 자신의 형 이석이 앓기 시작하면서, 여럿 대신이 자신을 새로운 세자로 추종하려 했었다. 어떻게든 자신에게 잘 보이려던 대신들이 형 이석의 병세가 호전되었다는 소식만 들으면 철새처럼 입장을 돌려 말을 바꿨기에, 그러한 배신들에 아주 넌덜머리가 났다던 헌이었다.

그래서 궐 내부의 타인의 말은 거의 믿지 않았고, 유일하게 의지한 것이 세자빈 안씨였다고. 허나 세자빈까지 그렇게 숨을 거두고 나서 긴 시간 누구도 믿지 못하고 힘들어했다던 그였다.

그가 가장 싫어하는 게 배신이라니. 그제야 소랑은 자신이 출궁한다는 소식을 들었을 때 왕 이헌이 그토록 버럭 화를 내었던 연유를 알 수 있을 것 같았다.

그런데 그런 그에게 거짓을 고한 것이 너무 많았다. 이것이 밝혀지게 되면 대체 얼마나 역정을 내실까. 생각만 해도 손발이 차게 식고 가슴이 옥죄였다.

무거운 죄책감에 눌려서인지 아무리 이리저리 뒤척여 보아도 잠이 오지가 않았다. 그렇게 어두운 방 안에서 홀로 좌불안석하다 새하얗게 날이 밝아왔을 때쯤, 소랑은 설핏 잠에 들었다.

어른어른한 꿈에 나타난 것은 그녀 안에 자리한 또 다른 죄책감, 바로 이신원이었다.

꿈속에 그녀가 다시 서 있었던 곳은 바로 신원이 자신에게 마지막으로 뒤를 보였던 바로 그 자리였다. 그를 조금 더 빨리 따라갔더라면 그의 오른팔이 어찌 되었는지 확인할 수 있었을 텐데. 아직도 그녀의 가슴속에는 딱딱한 돌과 같은 미련이 굳건히 자리하고 있던 것이다.

꿈에서의 신원은 여전히 그녀에게서 등을 돌리고 있었다. 소랑은 애타게 신원의 이름을 불렀지만 어찌 된 일인지 목에서는 소리가 나오지 않았다. 차마 발걸음이 떨어지지 않아 그에게 가까이 다가갈 수조차 없었다. 그녀가 목 놓아 부르려 했던 그 말은 대체 그 팔은 어찌 된 것이냐는 물음이었다.

이때, 문득 신원이 그녀를 향해 뒤를 돌아보았다. 보고 싶고 또 보고 싶던 그 얼굴이었다. 그런데 그 팔에 형체가 없었다. 빈 옷은 흰 깃발만큼이나 정처 없이 펄럭이고 있었다. 안에는 아무것도 없었다.

칼을 잡는 무사인데, 그 오른팔로 칼을 잡아야 할 텐데. 안타까움으로 인한 가슴의 통증은 꿈에서도 생생히 전해졌다. 이 마음이 모두 산산이 조각나 와르르 무너지는 것만 같았다.

번쩍 눈을 떴을 땐, 어느덧 정오의 햇살이 그녀의 방에 조용히 드리워져 있었다. 많이 눈물을 흘렸던 것인지 볼과 옷섶은 온통 촉촉이 젖어 있었다. 아직도 그치지 않는 울음을 애써 누르고서 소랑은 방에 놓인 햇살 한 조각을 망연자실 바라보았다.

신원이가, 너무나 보고 싶었다. 정말 많이 그리웠다. 아마 사랑이라는 감정과는 조금 다르리라.

지금 왕 이헌에게 느끼는 감정과는 다르지만 분명 그리움이 깊어지는 것만은 어쩔 수가 없었다. 그가 나로 인해서 아프지 않기를 상처받지 않기를. 그녀는 간절히 바라고 있었다.

빈방에 싸늘한 바람이 불자 소랑은 마저 남은 눈물을 닦았다. 원녀와 함께 기거하던 이 방은 갑자기 너무나 넓고 허전하게만 느껴졌다.

같은 시간, 사라진 이를 그리워하는 사람은 또 있었다.

바로 내시 세장. 그 역시 장방에 앉아서 망연자실 원녀만을 생각하고 있었다.

곁에 있을 때는 나에게 이만큼이나 소중한 사람인지 알지 못했다. 그런데 그녀가 떠나고 나서야 그 빈자리가 크게만 느껴지는 것이었다. 떠난 그녀에 대한 마음은 더더욱 깊어지기만 했다.

허나 세장이 아무리 원녀를 그리워한다고 해도, 원녀가 먼저 연통을 넣지 않는 이상 그가 먼저 연락을 할 수 있는 방법이라고는 없었다. 그녀는 아마 산이며 들이며 남편을 찾아 정처 없이 떠돌고 있을 것이다. 사람을 보내 연락을 취하는 것도 쉽지 않으리라.

바로 그때 내시 세장에게 한 장의 서신이 전해졌다.

'혹시 이 서신은?'

그렇게 기다리던 원녀에게서 온 안부인가?

황급히 종이를 펼쳐 든 세장의 얼굴이 또 다른 형태의 놀라움으로 가득 차올랐다.

이는 이신원에게서 온 것이었다.

"신원이가 서신을 보내왔다고?"

뜻밖의 보고에 왕 이헌의 눈이 번쩍 빛났다. 소랑이가 번에 서지 않는 날. 헌은 서재에서 늦은 시간까지 서책을 보고 있었다.

"그래, 뭐라 하더냐?"

"잘 지내고 있다고 했습니다. 사가에서도 보쌈꾼과 가짜 세자빈 사건의 배후를 캐내는 중이라 했습니다."

"그래? 진전이 있으면 좋을 터인데. 그 몸은 괜찮다 하더냐?"

그 역시 오랫동안 신원의 마지막 모습을 가슴에 담아왔었다. 한쪽 팔이 힘없이 움직이던, 그 가슴 아픈 모습을.

"이에 대한 언급은 없습니다."

'아예 말이 없다라.'

정말 이놈, 어디가 어떻게 된 것은 아닐지. 걱정이 밀려와 한쪽 가슴이 애타게 쓰려 왔다.

"이놈 팔은 괜찮으려나. 네가 서신을 받은 쪽으로 다시 연통을 넣을 수 있다면 꼭 물어보거라. 독침을 맞은 그 어깻죽지와 팔은 어찌 되었는지."

"네, 알겠습니다."

보고를 마치고 나가려던 세장이 문득 왕 이헌에게 물었다.

"이 소식을 소랑이에게도 전할까요? 이신원에게서 서신이 왔었다는……."

소랑이에게 이 소식을 전한다고? 신원이 무사히 잘 있다는 그 소식을? 잠시 고민을 하던 헌의 고개는 다시 좌우로 돌아갔다.

"아니다. 아마 너는 잘 모르겠지만, 나는 아직 신원이가 두렵다."

두렵다니 의외의 말이었다.

"그가 이렇게 궐에서 떠났음에도 불구하고 지울 수 없는 존재감이 두려워. 이는 내가 아닌 소랑이에게도 마찬가지일 것이다."

그리 말하는 헌의 눈빛에는 묘한 불안감이 담겨 있었다.

"나 역시 한 사람을 먼저 떠나보내고 오랫동안 그이를 마음에 담지 않았었느냐. 그 사람이 그렇게 된 것이 내 탓인 것만 같아서. 이루어진 사랑보다 두려운 건 이루어지지 않은 사랑이다. 아직 이루어질 가능성이 있으니 말이다."

"그렇지요."

"사랑보다 두려운 것은, 사랑보다 힘이 센 것은 바로 그리움이다. 그 힘이 얼마나 센지, 원녀가 출궁을 한 이유를 보면 알 수 있지 않느냐."

이번엔 세장의 고개가 무겁게 내려앉았다.

"아마 소랑이라 하여 다르지 않을 것이다. 나는 신원이에 대한 소식을 전하는 것이 두렵구나."

"허나 이미 소랑이를 정인으로 두고 있지 않으십니까?"

"그래도 이 못난 연적감은 어쩔 수가 없구나. 신원이의 소식은 전해 주지 말거라."

언제인지 몰라도 다시 신원이와 소랑이가 재회하게 된다면, 그리 된다면, 그땐 정말 신원이 소랑을 놓아줄 것 같지 않았다. 어쩐지 그런 묘한 불안함이 쉬이 사라지지 않는 밤이었다.

그리고 왕 이헌의 그러한 불안한 예감은, 결국 사실이 되고야 말았다.

20

전하께서는 긴장을 하셔야 할 것입니다

밤이 새까맣게 내려앉은 야산.

얇은 손톱 달 하나가 너른 절벽 바위 위를 아스라이 비추고 있을 때, 달빛 아래 한 남자가 칼춤을 추듯 아름답게 무예 수련을 하고 있었다. 한눈에 보기에도 날렵한 그림자. 그는 바로 이신원이었다.

그 잘생긴 외모는 변함없이 여전했다. 부드러운 눈매와 그 눈빛에 담겨진 총기. 그리고 날카로운 콧대와 턱선까지도.

그러나 달라진 것은 그가 왼팔로 칼자루를 쥐고 있다는 것이었다.

채애앵— 아직 왼편으로 칼을 잡는 것은 서툰 듯, 몇 번이고 칼이 휘익— 헛나가 바닥에 떨어지기를 반복했다.

실제 진검을 쥐고 있는 터라 몇 번이고 위험천만한 순간은 반복되었다. 허나 그는 검을 잡고 또다시 잡았다. 스스로 굳게 결심한 듯했다. 이 칼에 익숙해지는 방법을 어떻게든 터득하기로. 아무리 고통스럽다 하더라도.

바로 이때, 뒤에서 인기척이 들려왔다. 비록 왼손잡이 외팔이 무사라 한들 단도를 정확하게 원하는 방향으로 던질 수는 있었다. 신원이 바로 단도를 뽑을 준비를 하며 뒤로 홱 돌아섰을 때에는 의외의 인물이 서 있었다.

"여기까진 어인 일이십니까?"

놀란 신원은 둥그런 눈으로 그를 바라보았다. 꽤 오랜만에 다시 만나는 인물, 그는 정도석이었다.

"여기 계시다는 이야긴 들었습니다. 막걸리 한잔하시지요."

잠시 후, 너른 암석 위.

도석과 신원은 나란히 막걸리와 한과들을 놓고 술을 마시고 있었다. 오늘 달은 참으로 얇아, 가장자리만 남은 듯했다. 가운데가 텅 빈 달은 헛헛하게 비어 버린 두 사내들의 마음을 뜻하는 것 같기도 했다.

"여기는 어떻게 알고 오셨습니까?"

신원의 질문에 도석이 답했다.

"개이 할배가 치매에 걸려 곧 벽에 똥칠을 할지 모르나 이신원 도사가 어디에 있는지 정도는 맞출 수 있지요."

"이제는 이신원 도사라 부를 필요가 없습니다. 의금부는 그만두 었으니까요."

"형."

잠깐, 내가 도석의 형이었던가? 이분은 이미 서른 줄을 넘겼다고 들었는데.

"나이로 따지면 오히려 제가 형이라고 불러야지요."

"세상만사 그 어떤 사내도 저보단 처지가 나을 것입니다."

도석은 비통한 표정으로 잔에 담겨 있는 막걸리를 들이켰다. 그 러고 보니 신원도 그 소식을 들은 것 같았다. 도석이 해영에게 고백 을 하려 했다는 이야기를.

"저번에 해영 아씨에게 제대로 고백을 한다 하지 않으셨소."

"하아……."

도석은 폐가 뿜어져 나올 듯이 깊은 한숨을 쉬었다. 그 한숨의 무 게만 들어도 결과를 짐작할 수가 있었다. 아아, 거절을 당했구나.

"대체 어찌 되신 일입니까?"

다시 잔을 채워 막걸리를 삼키며, 도석은 해영에게 고백했던 그 날을 다시 회상했다.

때는 달포 전.

도석이 해영의 손목을 잡아 데리고 온 마을 뒷동산, 타는 듯한 석 양이 마을 전체를 붉게 물들이고 있을 때였다.

"해영 아씨!"

"네?"

"혹시 이 금혼령이 끝나면, 나와 혼인하여 주시겠소?"

도석이 참으로 오랫동안 숨겨 온 말이었다. 품고 또 품어 왔던 이 마음. 어렵게 용기를 내어 그녀에게 힘들게 말했건만, 해영의 답은 고개를 젓는 것이었다.

죄송하지만 힘들 것 같다는 뜻이었다. 순간 도석에게는 그토록 붉었던 하늘이 노래지는 것만 같았다.

"저는 아직 사랑이 뭔지 모르는걸요."

갑작스러운 도석의 고백이 아직 그녀에게는 이른 듯했다.

"그런 쪽으로는 생각해 본 적도 없어서요. 갑자기 이러시는 게 너무 낯설고 어색해요."

패설책에 나오는 사랑 이야기에 익숙해진 그녀였다. 실제적으로 다가오는 이런 고백이 부담스러울 만도 했다.

해영은 해가 지기 전에 돌아가야 할 것 같다면서 나풀나풀 뒤로 돌아서 뛰어갔다. 그녀의 흩날리는 치맛자락이 모든 것이 끝났다고 알리는 깃발인 듯했다.

"해영 아씨."

도석의 가슴이 온통 갈기갈기 찢어지는 것만 같았다. 말로 설명할 수조차 없는 통증이 찾아왔다. 가슴에서 피를 철철 흘리는 심정으로 도석은 오랫동안 해영이 떠나는 뒷모습을 바라보았다.

세상천지 이렇게 좌절스러웠던 적은 없는 것만 같았다.

그 이후에 계속 술만 마신 듯, 도석의 얼굴에는 지울 수 없는 검은 그늘이 자리하고 있었다. 달포 새에 폭삭 늙어 버린 것 같기도 했다.

"그런데 잊는다고 지워지지가 않더이다."

벌써 시일이 꽤나 지난 일이었으나, 괴로움은 쉽사리 사라지지 않고 있었다. 신원은 그런 도석의 어두운 그늘에서 자신의 모습을 보았다. 실은 누구보다도 도석의 마음을 잘 알고 있는 신원이었다. 그 역시 마찬가지였기에.

춘석이를 잃었다. 자신이 가장 아끼던 벗과 같은 부하를. 그것이 소랑의 탓은 아니지만, 그 이후로 더 이상의 헛된 사랑을 쏟아붓지 않기로 결심했던 신원이었다.

그렇지만 그렇게 그녀를 등지기로 하고, 다시는 그녀를 보지 않기로 해 놓고도 아직까지 꿈마다 선명하게 남는 것은 소랑이와 함께 지냈던 순간들이었다.

그렇게 그녀에 대한 기억이 습격처럼 찾아올 때마다, 신원은 왼손으로 칼을 잡았다. 모든 것을 새로 시작하는 심경으로.

쓸 수 없는 오른손에 대한 원망은 깊어졌지만, 왼손은 생각보다 쉽사리 길들여지지 않았다. 내 몸이 내 뜻대로 되지 않는 것처럼, 소랑이를 가슴속에서 지워지는 일 또한 쉽지가 않아 더더욱 몸과 마음이 아팠다.

말없이 잔을 부딪치는 도석과 신원, 두 남자 사이에서 같은 음의 한숨이 다시 터져 나왔다. 입에 흘러내린 막걸리를 한 손으로 쓰윽— 훔쳐낸 도석은 조심스럽게 신원에게 질문을 던졌다.

"그런데 그 팔은 대체 어찌 된 것입니까?"

도석의 시선은 신원의 팔을 향해 있었다.

"저는 그날 일에 대해서 잘 알지 못합니다. 춘석이가 그리되고
서……."

별다른 설명 없이 사라진 그를 애달당 사람들이 많이 걱정했으리
라. 그 질문에 신원의 머릿속이 다시 한 번 새까매져 왔다.

"아무래도 앞으론 이렇게 팔 병신으로 살아야 할 것 같습니다."

"아니 어쩌다가."

"독침을 맞았습니다. 의원 말이 독침으로 인해 어깨의 근육이 마
비되어 팔을 쓸 수 없는 것이라 하더이다."

"그럼 이제 다시 팔을 쓸 수는 없는 것입니까?"

신원은 잠시 고민했다. 아주아주 희박한 가능성이지만, 큰 충격을
받으면 신경이 다시 되살아날 수도 있다는 의원의 이야기를 들은
바 있었다.

허나, 차라리 그런 희망이라면 없는 게 나았다. 쓸데없는 희망에
기대어 남은 인생을 살아가고 싶지는 않았다. 주변인들에게도 그
런 희망을 주고 싶지 않았기에 신원은 도석에게 그 얘기를 하지 않
았다.

"슬프지 않습니까? 칼을 잡던 무사인데."

신원은 다시 한 번 힘을 잃은 자신의 오른팔을 내려다보았다.

"팔을 잃은 슬픔보다도 가슴의 슬픔을 이기기가 많이 힘들었습니
다. 그 어떤 아픔인들 이 가슴의 아픔을 이길 수가 있겠습니까?"

도석은 다시 한 가지 더 질문을 던졌다.

"그럼 이제 소랑 아씨를 포기한 것이오?"

함께 서 있을 때 그 누구보다도 잘 어울렸던 둘이었다. 도석 역시 신원이 소랑을 세상 그 무엇보다도 아꼈다는 것을 잘 알고 있었다.

"잊으려 노력했었지요. 그러나 단 한 번도 잊은 적이 없습니다."

"이미 소랑이는 궐의 궁녀가 아닙니까. 그 말인즉슨 전하의 여자 란 뜻이고……."

이에 일순 신원의 목소리가 무거워졌다.

"허나 전하께서는 긴장을 하셔야 할 것입니다."

도석은 믿을 수 없다는 듯 신원을 바라보았다. 신원의 두 눈빛에 서 언뜻 뜨거운 불덩어리가 스치는 것만 같았기 때문이었다.

신원은 궐이 있는 방향을 향해 고개를 들었다.

"오랜 시간을 기다려온 만큼 포기는 없을 것입니다."

이제 그의 칼자루는 왼손에 쥐어져 있었다.

번쩍―!

마치 그런 신원의 독한 다짐이 정말로 귀에 전해지기라도 한 듯, 침전에서 잠들어 있던 헌은 화들짝 눈을 떴다.

요새 들어 불안감의 무게는 점점 더 더해져 가고 있었다. 그 역시 사라진 신원의 자리를 계속 염두에 두고 있기 때문이리라.

그런데 왜일까. 오늘따라 유달리 소랑이가 없는 빈자리가 더욱 크게만 느껴졌다. 저번 자신의 어린 시절 이야기를 속 시원히 털어놓지 못했던 소랑이 때문일까. 그때 그녀의 표정이 헌에게 불안함으로 남은 것일까?

도승지에게는 소랑이와 승부를 볼 것이라면서 우선 간택에 대한 여론을 잠재워 달라고 부탁했었지만, 그 또한 얼마나 시간을 끌 수 있을지 모를 일이었다. 정말로 소랑이의 마음이 돌아서지 않는다면, 헌은 결국 간택을 감행해야만 할 것이었다.

창밖을 보니 얇은 손톱 달에 반투명한 구름이 스치고 있었다. 헌은 이대로는 잠이 오지 않겠다 싶어 벌떡 자리에서 일어났다.

그의 시선이 향한 곳은 소랑이가 침전에 걸어 놓은 꽃들이었다. 어느새 바짝 마른 꽃들을 손수 모아 그는 다발을 만들기 시작했다. 예전에 소랑이에게 처음 고백할 때에는 생화를 대충 꺾어다가 주었었는데, 지금 이렇게 말린 꽃다발이라면 꽃을 버리지 않고도 오래도록 간직할 수 있을 것 같았다.

"잠시 산보를 할 것이다. 채비를 하거라."

그 꽃을 받고 좋아할 소랑이의 얼굴을 떠올리자 그간의 불안한 잡념들도 일순 사라지는 듯한 기분이었다.

이튿날 아침.

소랑은 평소와 별다를 것 없이 자신의 처소에서 일어났다. 유난히 창틈으로 밝게 비추어 들어오는 햇빛 조각들이 너무나 예뻐 뒤숭숭했던 어젯밤과는 전혀 다른 오늘이 시작된 것만 같았다. 그렇게 소랑이가 문을 열고 툇마루로 걸어 나왔을 때, 툭— 발에 채이는 것이 있었다.

어, 뭐지? 꽃다발이잖아? 그것도 말린 꽃다발?

꽃들을 보니 저번에 후원에서 따와 침전에서 말렸던 꽃들이었다. 고개를 들어 보니, 바로 앞마당 모래에는 오래도록 서성인 것만 같은 여러 개의 발자국이 겹쳐 찍혀 있었다.

헌이 여기에 왔다 갔구나. 여기에 꽃다발을 놓고 갔구나. 가슴이 벅차오르는 아침이었다. 그녀가 불안함에 뒤척였던 지난밤에도, 헌의 사랑은 변하지 않는 햇살처럼 자신을 감싸고 있는 것이었다.

소랑은 그간 쌓아 두었던 죄책감과 불안감은 잠시 넣어 놓기로 했다. 답도 없는 불안을 계속 가슴에 안고 초조해할 수는 없는 노릇이었다.

말린 꽃은 너무나도 예뻤다. 이대로 영원히 간직하고 싶은 만큼. 그 꽃을 처소에 예쁘게 걸어 놓고도, 소랑은 한참 동안이나 두근대는 가슴을 감출 수가 없었다.

어느덧 헌이 수라를 들 시간이었다. 그녀는 대충 단장을 하고서 빠르게 침전을 향해 달려가기 시작했다. 지금 번인지 아닌지는 중요하지 않았다. 바로 지금 당장 그가 보고 싶었다.

그가 강녕전에 도착했을 땐 아직 수라를 들이기 전, 세숫물을 받을 시간이었다. 소랑은 마치 원래 세숫물을 들어야 할 나인처럼 대야를 들고 자연스럽게 침전에 들었다.

벌써 그녀가 깨어 있을 거라고 생각지 못했던 헌은 약간 졸린 눈으로 오늘 하루를 준비하려는 듯했다.

"전하."

응? 어디선가 들려오는 소랑의 목소리에 다소 몽롱하게 앉아 있던 헌이 정신을 차렸다. 이게 어디서 들리는 것이지? 고개를 둘러보니 세숫물을 들고 있는 나인이 바로 소랑이었다.

"아니, 언제 들어와 있었던 것이냐?"

얼떨떨한 헌의 얼굴은 뜻밖의 선물을 받은 듯 살짝 밝아졌다.

"모두 자리를 물리거라."

헌이 들어온 나인들을 모두 물려 둘만 남자, 소랑은 말도 없이 그에게 훅— 달려들어 안겼다.

"갑자기 어인 일이냐?"

"소녀, 정인이 너무나 보고 싶어 한달음에 달려왔지요."

"혹시 그 꽃을 본 것이냐."

꽃다발을 들고 처소에 가서도, 그녀가 잠에서 깰까 봐 문을 열지도 못하고, 그 앞에서 서성이다가 돌아온 헌이었다.

"그러니까 그건 네가 깰까 봐,"

헌의 그 말이 끝나기도 전에 소랑의 입술이 그의 입술을 막았다. 그녀에게는 햇빛과 같은 맑은 미소가 연신 떠나지 않고 있었다. 다람쥐처럼 헌의 품에 안긴 소랑은 연거푸 그에게 입을 맞추고 또 맞추었다.

간밤, 그가 나를 생각했던 그 시간이 너무나 예뻐서. 이렇게 가까이서 나의 정인을 볼 수 있다는 것이 너무 좋아서.

"참, 이러지 말래도. 항상 선을 넘지 않게 경계를 하라던 건 네가 아니었느냐."

헌은 연신 달려드는 그녀의 얼굴을 두 손으로 잡아 제지하고서는 말했다.

"그래도 참 좋습니다. 정말 좋습니다."

오히려 그 선에 제한을 두지 않는 것은 소랑이었다. 그녀는 한 줌이라도 더 헌을 끌어안고 싶다는 듯 그에게 딱 달라붙어 있었다.

"사랑하옵니다, 전하."

저번에 아침에 육회를 대접해 줄 때 이후 처음으로 들은 이 말이었다. 마치 귀에다 꿀을 바른 듯 달콤한 말이었다. 지금 헌의 눈에 비친 소랑의 모습은 세상 모든 빛을 끌어다 만든 기적의 여신과 같았다.

"이리 오너라."

헌은 다시 소랑을 품에 끌어당겨 깊은 입맞춤을 나누었다. 그러나 그 느낌은 조금 전의 것과는 전혀 달랐다. 온몸의 감각이 모두 깨어나는 듯한 농밀한 입맞춤. 헌의 입술은 거칠 것 없이 그녀를 휘감기 시작했다.

헌은 자연스럽게 소랑을 자리에 눕혔다. 그의 입술은 정신을 제대로 차릴 수 없을 만큼 아찔했다. 생각지도 못했던 감각을 하나하나 일깨우고 있었다. 후궁이 될 수 없다고 도리질을 했던 그녀였지만, 이렇게 온몸에 뿜어져 나오는 헌의 색기에서는 어찌 피할 수 있

271

는 방도가 없었다.

그 색기는 소랑의 모든 정신을 쥐고 뒤흔드는 듯했다. 머리가 핑글핑글 돌아가는 듯, 아찔한 감각이었지만. 일순, 그렇게 그녀를 쥐락펴락 장악했던 헌의 입맞춤이 툭— 멈추었다.

"이따 저녁에 보자."

"네?"

전하, 갑자기 여기서 이렇게 끊으시면 어찌하십니까? 소랑은 약간 황당해져 살짝 뒤로 물러나 자리에서 일어났다.

"후원에서 보면 좋겠구나."

헌은 더 이상 이럴 시간이 없다는 듯, 바삐 편전으로 나갈 준비를 했다. 정말 밖으로 나가시는 겐가? 이러다 마시고? 대체 영문을 알 수 없는 행동이었다.

"저, 전하."

지금 전하께서 날 조련하시는 건가? 아니, 이미 뜨뜻해진 나의 입술은 어찌하시고 이렇게 단칼에? 순식간에 갑을 관계가 뒤바뀌는 기분이었다. 전하께서 이렇게 자제심이 강하신 사내였어? 조금 전까지 온몸을 달아오르게 했던 그가 왜 갑자기 자리를 떠나는 것인지 소랑은 연유를 알 수가 없었다. 아니, 대체 왜?

그런 소랑을 떼어 두고 왕 이헌이 급히 향한 곳은 바로 후원이었다.

"오늘 안에, 바로 오늘 안에 완성해야 할 것이다."

후원 한 곳에서는 장미 화원이 세워지고 있었다. 이 공사 상황을 확인하기 위해 헌이 그렇게 바삐 침전을 나섰던 것이었다.

"아니, 어떻게 오늘 안에 이걸 다 완성한단 말입니까?"

궐내 이미 피어 있는 장미들을 따뜻한 온실로 옮기는 것이기에 그리 큰 공사는 아니었지만, 그렇다고 오늘 안에 끝날 수 있을 정도는 아니었다.

헌은 장미 화원의 앞을 초조하게 서성이며 그 안팎을 살폈다.

"꽃들이 활짝 피어난 것이 너무나 예쁘구나. 이 꽃들이 갑자기 오늘 밤에 다 져 버리지는 않겠지? 그래, 오늘이 좋겠어."

"전하, 갑자기 무슨 일이시옵니까?"

발을 동동 구르며 가만히 서 있지를 못하고 있는 헌에게 내시 세장이 물었다.

"내 오늘 이 장미 화원에서 술 한잔하련다."

아, 술이 고프셨구나. 밤에 술상을 이쪽으로 내어 오는 일은 어렵지 않은 일이었다. 세장은 고개를 꾸벅 숙여 명을 받았다.

"하나 더 준비할 것이 있다."

"네, 무엇이옵니까?"

헌은 민망한 듯이 주변의 눈치를 한 번 살피고는 세장에게 따라오라 손짓을 했다.

온실 안, 화훼꾼들이 부지런히 꽃을 정리하고 있는 가운데, 헌이 도착한 곳은 구석에 위치한 나무로 된 비밀의 방이었다.

꽃향기가 은은히 퍼지는 아늑한 오두막과 같은 공간. 창문 너머로 후원의 연못이 소담스럽게 보이는 곳이었다. 아니, 언제 이렇게 비밀의 방을 설계하신 것이야?

세장이 살짝 놀란 눈으로 왕 이헌을 돌아보자, 헌은 짐짓 민망한 듯 목소리를 낮추었다.

"여기 있는 이들 모두 한 가지 비밀을 지켜 줄 수 있겠느냐?"

21

그렇다면

이 입맞춤의 의미는……?

침전에서의 바쁜 업무가 끝난 뒤 소랑이 처소로 돌아왔을 때였다.

원녀가 있을 땐 한 치의 각도 흐트러짐이 없이 정리되어 있던 곳이었는데, 그녀가 혼자 쓰게 되고 난 이후로부터 어쩐지 정리가 잘되지 않은 듯했다.

'그래, 이래서는 안 될 것이지.'

소랑은 다시 소매를 걷어붙이고 하나하나 방을 정리하기 시작했다. 조금의 먼지도 남아 있지 않게 정리해야지.

그런데 정리를 시작하자 바닥에 서책들이 우두두 떨어졌다.

"어? 이게 무엇이지?"

소랑은 깜짝 놀라 그 물건들을 바라보았다. 그것은 바로 춘화첩이었다. 예전에 그녀가 왕 이헌에게 갖다 주었던. 도석에게 받았던 여러 권의 춘화첩이 아직도 그녀의 처소에 남아 있었던 것이다. 소랑은 이게 무슨 책이었지, 싶어 얼떨결에 책을 펼쳐 보았다. 허억! 그녀는 다시 한 번 자신의 입을 막을 수밖에 없었다.

불경스럽도다. 불경스러워.

내가 예전에 이걸 왕 이헌에게 갖다 주었다고? 내가 그때 뭘 몰라서 그런 것이지. 그때의 나 자신이 화끈거릴 정도로 부끄러운 서책이었다.

"하아, 내가 진정 철이 없었구나."

잠깐 왕 이헌은 이 책을 보고서도 그 음심을 모두 눌러 담았단 말이야? 따지고 보면 그가 소랑을 덮칠 만한 기회는 여러 번이었다. 허나 그때마다 결국 인내하고 또 인내했던 왕 이헌이었다.

이거 진짜 보살이 따로 없으신데?

더 이상은 부끄러움 때문에라도 이 책을 넘길 수가 없었다.

그녀는 휘휘 부채를 저어 자신의 얼굴에 오른 열을 식혔다.

아니, 오늘따라 왜 이렇게 몸이 후끈 달아오르는 것이야.

신원이 본가로 돌아왔다. 오른팔을 쓰지 못하게 된 이후 처음으로.

"신원아, 네가 진정 신원이가 맞느냐? 어딜 갔다 이제 왔느냐?"

장남이 돌아왔다는 소식에 아버지 이정학 대감과 어머니 송씨 부인이 버선 바람으로 달려 나왔다.

"잘 지냈느냐, 대체 어찌 지냈느냐?"

뜬금없이 의금부를 사직하고 궐에서 나오게 되었다는 소식은 들었다. 그러면 다시 본가로 돌아오겠지 싶었는데, 신원은 다시 무예 수련을 하겠다며 산에 들어가 버렸다.

소문에 듣자 하니, 오른팔을 잘 쓸 수가 없다던데. 그게 대체 어떻게 된 것일까. 이정학 대감과 송씨 부인이 바짝 애를 태우며 걱정한 것은 물론이었다.

"너 그 팔은 괜찮은 것이냐?"

추욱 늘어져 힘이 없는 신원의 오른팔을 보자, 송씨 부인은 울음보가 터져 버리기 직전이었다.

"흐흑, 대체 어찌 된 것이냐."

"어머니, 다 괜찮습니다. 걱정 마십시오. 치료는 다 끝냈습니다."

"흐흐흑 어찌하다가 어찌하다가……."

송씨 부인은 결국 눈물을 흘리며 답답한 자신의 가슴을 탕탕 쳤다.

"아니다. 네가 이렇게 무사히 돌아온 것만으로도 기쁘구나."

뒤에 서 있던 이정학 대감 역시 젖은 눈가를 감추며, 애써 곧은 목소리로 말했다.

예전에도 금혼령으로 인해 신부를 잃고 나서, 이 산 저 산으로 무예 수련을 다녔던 신원이었다. 그때도 그가 결국은 건강하게 돌아왔었기에, 이정학 대감은 이번 무예 수련 역시 그렇게 끝날 것이라 믿어 왔다. 다행히 힘을 잃은 오른팔을 제외하면 더 강골이 되어 돌아온 듯했다.

'오른팔을 쓸 수 없다라. 그럼 더욱더 독기가 올라 칼을 잡았겠지.'

그 세월들을 충분히 짐작할 수가 있기에, 이정학 대감은 별다른 말을 더 하지 않은 채 그저 굳건한 눈빛을 보냈다.

"먼 길 왔을 텐데 우선 푹 쉬거라."

"저녁엔 오리를 잡을 테니 식사에 빠지지 말고 참석해야 한다. 우리 아들."

"네, 알겠습니다."

그렇게 집안사람들과 한바탕 눈물겨운 인사를 마치고서, 신원은 자신의 방 안으로 들어갔다. 아스라하게 흩뿌려진 햇살과 뽀얗게 올라오는 먼지. 자신의 방은 변함없이 예전 그대로였다. 예전에 그가 왕궁에서 쓰던 짐 또한 한쪽에 고이 정리되어 있었다.

신원은 추억을 하나하나 더듬는 심정으로 그간의 짐들을 정리하기 시작했다. 왼손으로 서책들을 하나하나 쌓아 올리던 신원의 손길이 순간 멈칫했다.

'어, 이건?'

이것은 소랑이 주었던 춘화첩이었다. 순간 그녀가 이 서책을 주었던 때의 기억이 주렁주렁 딸려 나왔다.

'어우, 난 됐어. 이런 취향 아니거든?'

'넣어 둬, 넣어 둬. 보고 싶어도 없는 사람이 바로 옆에 있는데, 있는 너라도 잘 쟁여 둬야 하지 않겠어?'

'필요 없다니까.'

'차 내관님. 얘 거 떼 가세요. 필요 없답니다.'

예전에 세장과 함께 있을 때의 대화였다. 그녀가 이 궐에 춘화첩을 몰래 들여왔을 때.

춘화첩 한 권으로도 그녀에 대한 기억이 이렇게나 생생하게 다시 돌아오는 것이 황당하고 어이가 없어, 신원은 작은 한숨을 툭— 뱉었다. 참으로 당돌하고 되바라졌던 꼬마 아가씨였다.

'넣어 둬, 넣어 둬.'

이런 책을 자신에게 능글맞게 건네던 그녀의 모습이 참으로 귀엽다고 생각했었는데. 이젠 벌써 그녀의 얼굴조차, 목소리조차 들은 지가 오래였다.

'보고 싶다.'

신원은 단 하나의 끈이 있었으면 좋겠다고 생각했다. 그녀가 내 품으로 돌아와야 할 이유가, 명분이, 단 하나의 끈이 있었으면 좋겠다고.

지금은 왕의 여자가 되어 버린 그녀를 다시 찾을 수 있는 방법은 사실상 전혀 없었다. 궐에서 나와 버린 지금 상황에서는 더더욱.

그렇게 씁쓸한 마음으로 남은 서책을 정리하던 신원은 예전에 보지 못했던 하나의 궤짝을 발견했다.

'어? 이것은 무엇이지?'

상자를 열어 보니 그 안에는 7년 전, 신원의 혼례를 위해서 집안에서 준비했던 물품들이 그 안에 가득 담겨 있었다. 그 집에서 보내온 비단이며, 생년월일을 적어 놓은 사주단자들. 그리고 매파에게 보냈던 서신들까지. 그때의 물건 하나하나를 만져 보니 당시의 기억들이 하나하나 돌아오기 시작했다.

그래, 내가 혼인을 할 뻔했었지? 이 금혼령이 내려지기 전에 말이야.

그런데 그 궤짝 한구석에는 신원이 상상하지도 못했던 의외의 물건이 담겨 있었다.

어? 이것은 대체 무엇이란 말인가? 그는 큰 충격을 받은 얼굴로 믿을 수 없다는 듯 그 물건을 바라보았다.

✿

"오늘 후원으로 오라 하셨지."

오늘따라 헌을 보러 가는 소랑의 가슴이 유난히 두근두근 떨려왔다.

아침, 그녀가 불쑥 침전으로 찾아갔을 때, 뜨거운 입맞춤을 하다가 무슨 이유에서인지 중단해 버렸던 헌이었다. 대체 왜 그러셨을까 싶어 적잖이 신경이 쓰였는데, 게다가 뜬금없이 춘화첩까지 펼치게 되다니.

그녀는 왠지 모를 붉은 기운에 휩싸여 있는 듯한 기분이 들었다. 몸 안에서 자꾸 열이 올라오는 것 같기도 하고.

"아유, 괜한 생각을 하고 그래."

그녀는 혼자서 고개를 도리도리 돌리며 볼에 피어오른 홍조를 도도도 두드렸다. 그렇게 후원으로 향하는 발걸음을 종종종 옮기고 있을 때였다.

그런데 저건 무엇이지? 후원에는 그간 그녀가 보지 못했던 하나의 가건물이 완성되어 있었다.

"저건 온실 아니야?"

신기루도 아니고, 어떻게 갑자기 이렇게 건물이 올라올 수가 있지?

그녀는 눈을 가늘게 뜨고 그쪽을 자세히 바라보았다. 그 온실 앞에서는 왕 이헌이 소랑이 오기를 기다렸다는 듯, 찬찬히 손을 흔들고 있었다.

"전하!"

그 자체가 하나의 그림과 같은 모습이었다. 왕이라는 그 직위를 떼더라도, 너무나 아름다운 미청년이 아닌가?

완벽하게 조화로운 이목구비와 서글서글한 웃음, 훌쩍한 키와 넓은 어깨. 그리고 오로지 그녀를 바라보고 있는 저 눈빛.

저절로 감탄이 쏟아져 나올 정도였다. 어쩐지 오늘 다시 한 번 헌에게 반하는 듯한 그녀였다. 소랑은 이런 자신의 속내를 살짝 숨기고서, 한걸음 한걸음 헌에게로 다가갔다.

"전하, 이것은 다 무엇입니까?"

"오늘 이곳에서 너와 술을 마시려 한다."

"네에? 술 때문에 장미 화원을 지으셨다고요?"

"뭐, 내가 술을 좀 좋아하지 않느냐."

에헴, 에헴. 헌은 민망하다는 듯 기침을 하며 먼저 온실 안으로 들어갔다.

"뭐하느냐, 어서 따라오지 않고."

그런데 이럴 수가. 헌의 뒤를 종종 따라 들어간 장미 화원은 정말이지 눈이 부시도록 아름다웠다. 흐드러지게 만개한 꽃들과 곳곳에 은은하게 분위기를 내고 있는 등불.

그리고 꽃나무 가지에 하늘하늘하게 매달려 있는 얇은 천. 아늑한 온기와 부들부들한 공기. 구름에 쌓인 듯, 안개가 깔린 듯 환상적인 분위기.

마치 이 궐 안에서 마법이 벌어진 것만 같았다. 저번 연못에 촛불을 띄워 놓았을 때와는 또 다른 환상적인 분위기였다.

"아, 너도 꽃을 좋아하니 이곳이 꽤나 마음에 들겠구나."

말투는 무심했지만, 헌의 눈빛은 세심하게 그녀의 반응을 살피고 있었다.

"너무나 아름답습니다."

소랑은 마치 신세계라도 들어온 듯 경이로운 눈빛을 하고 있었다. 그런 소랑을 보자 헌은 내심 쾌재를 불렀다.

후훗, 이 정도면 제대로 감동 먹을 만하지. 뿌듯하고 으쓱해진 마음에, 헌은 더더욱 온실을 둘러보는 발걸음을 찬찬히 늦추었다.

"온양 행궁의 정다원을 그리면서 만든 것이다. 이곳에 어떤 이름을 붙이면 좋겠느냐."

"이렇게 꽃이 한 아름 가득 피어났으니 아름다원이 어떻겠습니까?"

"아름다원? 너무 이름이 장난 같지 않느냐?"

"소녀에게 가장 먼저 생각나는 이름이 그것이었습니다. 너무 유치하다 싶으시면 다른 것으로 하셔도 됩니다."

"아니, 여러 번 발음을 해 보니 좋은 것 같구나. 아름다원, 아름다원."

헌의 얼굴에 조용한 미소가 번졌다. 아주 작은 것이라 해도 소랑의 뜻에 따르는 것이 좋았다. 그녀를 웃게 하는 모든 것은 다 해 주고 싶은 심정이었다.

"그래, 이제 이곳을 '아름다원'이라 이름 짓겠다."

온실은 약간 미로처럼 되어 있었다. 굽이굽이 모퉁이를 돌고 돌아 안쪽으로 들어가 보니, 그곳에는 왕 이헌과 소랑 둘이서 술을 마실 만한 자리가 마련되어 있었다.

붉은 열매가 열린 나무의 밑, 평상 위에 폭신폭신 하얀 천이 깔려 있었고 그 탁자 위에는 꽃송이가 그려진 술잔들이 예쁘게 놓여 있었다.

소랑의 얼굴엔 곧 새하얀 미소가 가득 떠올랐다.

"네가 여기서 제일 좋아할 줄 알았다."

헌은 모든 것을 짐작했다는 듯 피식 웃음을 터트렸다.

"전하, 너무 좋습니다. 어찌 이런 생각을 다."

이곳에서 둘이 술을 마실 것이란 말이지? 이렇게 아리따운 분위기라면 아무리 술을 들이켜도 도무지 취하지 않을 것 같았다.

"앉거라. 네가 저번에 꽃차를 따라 주었던 것처럼 내가 이번엔 꽃술을 따라 주겠다."

헌은 방긋, 만면에 웃음을 띠며 자리에 앉은 소랑에게 돌돌돌 술 한잔을 따라 주었다.

"자, 한잔 들이켜라. 술맛이 어떠하느냐?"

소랑은 평소답지 않게 조신하게 헌이 따라준 술잔을 꿀꺽 삼켰다. 꽃잎을 갈아 넣은 듯 붉은빛이 도는 술이었는데, 꽤 술의 도수가 높은 것 같았다.

"캬오, 이건 좀 독한데요?"

"너의 별칭이 궁극의 말술녀라 하지 않았느냐. 그래서 이번엔 도수가 좀 있는 독주를 준비했다. 그만큼 깨끗하고 맑은 술이니 내일의 숙취는 좀 덜할 것이다."

"아, 그렇군요. 전하께오서도 한잔하시지요."

그렇게 둘 사이에 한잔 한잔 정다운 술이 오갔다. 그 앞에 놓인 한과 등의 주전부리도 너무나 달고 맛있어, 소랑은 몇 잔의 술을 더 쭉쭉 들이켰다.

가능하다면 이 공간과 이 분위기와 이 감정을 그림으로 남겨 간직하고 싶었다. 내 앞에 있는 왕 이헌의 조각 같은 모습과 살짝 들 뜬 듯 떨려 오는 이 긴장감까지 담고 싶었다. 그만큼이나 너무나 소중하고 행복한 순간이었다.

소랑은 문득 오늘 자신의 방에서 춘화첩을 꺼냈던 것을 다시 떠올리고서 피식 웃음을 지었다.

"그런데 전하, 그때 당황하지 않으셨습니까? 제가 춘화첩 디밀었을 때요."

아니, 갑자기 그 얘기는 왜?

"아니, 방 정리를 하다가 그때 드렸던 춘화첩이 다시 나와서요. 상당히 고수위의 책이던데."

"놀랐지. 나도 그런 책은 태어나서 처음 본 것이었으니까."

"참, 저도 철이 없었지요. 감히 전하께 그런 책을 먼저 들이밀다니요."

"그래서 지금은 철이 좀 들었느냐? 내가 보기엔 변함없이 똑같은데. 하아."

"지금은 그래도 좀 앞뒤 가릴 줄은 알지요. 분위기 파악도 좀 하고."

아직 그러기엔 멀었다고 생각한 헌이었지만, 그는 그냥 고개를 끄덕여 주기로 했다.

"아니, 제가 그렇게 불쑥불쑥 그런 책을 디밀었는데, 전하께오서는 그 충동을 어찌 다 참으셨습니까?"

"휴우, 완벽하게 참고 있다고 하는 말은 실은 거짓이다. 그저 너와

의 관계를 더 소중하게 생각하고 있을 뿐이다. 너의 뜻을 존중하고
있는 것이고."

아, 쑥스러운 듯 말꼬리를 감추는 헌의 모습이 소랑에게는 새삼
스럽게 감동적으로 느껴졌다. 나의 뜻을 더 존중해 주고 있다는 그
말이.

"그리고 실은 춘화첩을 주었을 때보다 그때가 더 힘들었어."

"언제요?"

"네가 붉은 치마를 입고 왔을 때."

붉은 치마? 아, 저번에 원녀가 주었던 붉은 치마를 입고 침전에
갔던 적이 있었지?

"아니, 그때 왜요? 아, 전하께선 붉은색을 좋아하시나 봅니다."

"그냥 나에겐 그 모습이 너무 예뻐서."

순간 소랑은 다음 이을 말을 마땅히 찾지 못했다. 약간 어색해진
분위기에 헌과 소랑은 다시 꽃술을 꿀꺽 삼켰다.

확실히 독주의 힘은 강력했다. 넉 잔에도 이렇게 온몸이 후끈거
리는 것을 보아하니. 술을 마신 헌과 소랑의 눈이 다시 짠하게 마주
쳤다.

"아니, 뭐 이런 푸른 치마는 별로이신가요?"

"그렇다고 별로일 것까지야."

소랑은 어색해진 분위기를 타개해 보려는 듯 자리에서 벌떡 일어
나 빙그르르 한 바퀴 돌아보았다.

"이것도 예쁜데 말이지요."

빙글 도는 그녀의 움직임에 따라 그 푸른 치마가 동그랗게 부풀어 올랐다.

"물론 그 모습도 예쁘다니까."

허나, 역시나 허당끼는 감출 수가 없는 법. 빙글 돌던 그녀는 순간의 취기가 올라 삐끗 중심을 잃어버리고 말았다.

"에헤이, 조심해야지."

허나 헌 역시 한두 번 소랑에게 당하는 것이 아니지 않는가. 어느덧 헌의 반사 신경도 부쩍 날렵해져 있었다. 그는 재빨리 몸을 날려 풀썩 넘어지는 소랑을 받아 내었다.

"자, 보아라. 이제 나도 고수가 아니냐."

넘어지는 소랑을 완벽하게 받아 낸 헌이 뿌듯함에 씨익 미소를 지었다. 그러나 너무 가까워진 게 문제였다. 어느새 헌의 품 안에 소랑이 풀썩 안겨 있는 상태가 되었다. 바로 입술을 가까이하면 닿을 수 있을 정도로.

안 그래도 어색해져 있던 둘 사이에 다시 묘한 긴장감이 흘렀다. 민망해진 헌이 소랑을 제대로 앉히려고 하자 소랑은 그런 그의 두 손을 잡아 제지시키며 조용히 입을 열었다.

"전하, 참으로 감사합니다."

"갑자기 무엇이 말이냐?"

"이 장미 화원, 저 때문에 지은 것이 아닙니까."

살짝 술이 오른 소랑의 얼굴엔 꽃술만큼이나 붉은 홍조가 돌고 있었다.

"알고 있었느냐?"

"알고 있었지요. 이제 분위기 파악은 좀 한다 말씀드리지 않았습니까."

분위기 파악을 한다라, 과연 소랑이가? 헌은 그녀에게 나직한 목소리로 물었다.

"그렇다면 오늘 이 자리가 무엇을 위한 것인지도 눈치챘겠구나."

그런 헌의 말이 끝나기도 전.

소랑은 그에게로 다가가 깊게 입을 맞추었다. 훌쩍 선을 넘어 가까이 다가오는 그녀에게 오히려 헌의 동공이 번쩍 커졌다.

잠깐, 그렇다면 이 입맞춤의 의미는?

22

사냥감을 앞에 둔 짐승처럼,

거침없이 폭주하는

전쟁 무기처럼

오늘 아침.

헌이 소랑에게 깊은 입맞춤을 하다가 끊고 어디론가 가 버렸을 때, 그녀는 그때부터 자신의 몸이 하나의 붉은 등이 되는 것을 느꼈다.

헌에게 한없이 가까워지고 싶은 끌림이 강하게 들었고, 그 끌림은 시간이 갈수록 진해졌다. 이렇게 자꾸 뜨거워지는 나 자신을 이해할 수 없을 만큼.

그러다가 낮에 우연히 춘화첩을 펼쳐 들었을 때, 그녀는 자신의 안에 있던 그 붉은 등이 폭주해 버리는 것을 느꼈다. 소랑의 몸은 분명한 것을 말하고 있었다.

헌과 함께 있고 싶다는 것.

그렇지만 어떻게든 숨기고 싶었다. 헌에게는 음심을 넣어 두라면서 매일 자제심을 운운하던 소랑이 아닌가. 그런데 왜 자신의 말과 몸이 다른 것인지 싶어, 그녀는 혼자서 볼을 도도도 두드리며 자신의 마음을 진정시키려 했다.

"이 장미 화원, 저 때문에 지은 것이 아닙니까."

그러나 장미 화원부터 시작해 예쁜 술상까지. 그녀와 가까워지기 위해 하나하나 모든 것을 준비한 왕 이헌에게 소랑은 결국 무너지고 말았다.

후궁이 되기 싫다는 것도, 이 궐에 묶여 있기 싫다는 것도 결국 나중 문제가 되고 말았다.

중요한 건 바로 지금, 둘이 함께 있고 싶다는 것이었으니까.

"그렇다면 오늘 이 자리가 무엇을 위한 것인지도 눈치챘겠구나."

눈치채지 않을 수가 없었다. 왕 이헌의 마음이 지금 소랑이의 마음과 같을 테니까. 결국 그녀는 그런 헌의 말이 끝나기도 전에 그에게로 다가가 깊게 입을 맞추었다.

훌쩍 선을 넘어 가까이 다가온 그녀 때문에 헌의 동공이 번쩍 커졌다. 이는 승낙의 뜻을 내비친 것인가? 분명 오늘 밤을 함께 해 줄 것인가? 아직 그녀의 뜻이 믿기지 않아, 헌은 입술을 떼고 소랑의 눈을 지그시 바라보았다.

"소랑아."

그런 그녀의 눈에 가득 담겨 있는 것은 다름 아닌 헌을 향한 뜨거운 진심이었다. 정말로 헌과 함께하고 싶다는 그 진심이 눈빛에서 마음으로, 마음에서 몸으로 전해지고 있었다.

그런 깊은 눈빛을 지니고 있는 그녀가 너무 아름다워 헌은 다시 그녀에게 입을 맞추었다. 다시 마주한 헌의 입술은 그야말로 한없이 부드러웠다. 온몸이 녹아날 정도의 아찔한 감촉에 머리가 어질해졌다. 몸 곳곳에서 형형색색의 불꽃이 팡팡 터지는 것 같기도 했다.

마치 그녀의 안에서 쾌감의 축제가 벌어진 듯 모든 감각이 예민하게 탄성을 질렀다. 그 불꽃은 곧 뜨거운 기운이 되어 자신의 전신을 훑고 지나갔다. 마치 감전이라도 된 듯 등골이 짜릿해지는 기분이었다.

입에서는 더없이 뜨거운 숨결이 흘러나왔다. 서로에게서 흐르는 그 뜨거운 온기를 둘은 나누고 또 나누었다. 곧 둘의 입맞춤은 점점 더 농밀하고 깊어졌다. 이제 머릿속에서는 이성이란 것이 다 사라져 버리는 듯했다.

몸에서 시작된 본능이 둘을 세차게 휘감아 의지라는 것을 무력하게 만들어 버렸다. 모든 것은 물이 흐르듯 자연스러웠다. 결국은 사랑을 하는 남녀가 함께 가야 할 길이었던 것이다.

헌은 살짝 입술을 떼고서 그녀에게 말했다.

"내가 준비한 것이 있다."

"장미 화원 말고 또요?"

"여기가 끝이 아니다. 나를 따라오너라."

그는 조심스럽게 소랑을 일으켜 세워 손을 잡고 어딘가로 이끌었다. 그의 안내를 따라 화원의 구석진 곳으로 굽이굽이 들어가자 목재로 만들어진 비밀의 문이 나왔다.

그 입구를 장미 나무들이 감싸고 있어, 언뜻 보면 지나칠 정도로 잘 보이지 않는 자그마한 문이었다. 소랑은 두 눈에 호기심을 잔뜩 품은 채 왕 이헌이 그 문을 열기를 기다렸다. 또 무엇을 준비하신 것일까.

화아아아—

문을 열자 순간 천상의 음악 소리가 함께 들리는 듯했다.

"너무 아름답습니다."

이곳은 그가 준비한 또 다른 침전이었다.

더없이 향기로운 꽃내음, 하늘하늘한 천이 늘어져 있는 천장, 곳곳을 은은하게 밝히고 있는 등불, 그리고 새하얀 침금. 분위기는 더없이 아늑하면서도 비밀스러웠다.

소랑은 이에 다시 한 번 탄성을 지를 수밖에 없었다.

"아니, 화원에 또 다른 별실을 만드신 것입니까?"

"이런 것은 미리미리 준비를 해 두는 게 사내의 자세가 아니겠느냐."

소랑은 한걸음 한걸음 앞으로 내디디며 신기하게 내부를 둘러보았다.

"네가 걱정하는 일은 미리 다 조치를 해 두었다. 네가 승은을 입는다고 해서 후궁이 되는 일은 없을 것이다. 그 비밀을 지켜 달라 모두에게 약속을 했어. 모든 것은 이 비밀의 방에서 이루어지는 일이니까."

소랑은 다시 한 번 생경하게 이 방을 둘러보았다.

"그러니 오늘 하루는 그 어떤 부담감도 가지지 않아도 된다. 그냥 편하게 나와 있자꾸나."

그 말에 소랑의 가슴은 새삼스럽게 쿵쾅거리기 시작했다.

'이제 곧 무언가가 시작된다는 것이지?'

아까는 자연스러운 입맞춤에 그녀 역시 자연스럽게 자신을 내맡겼지만, 앞으로 무슨 일이 벌어질 것이라 생각하니 오히려 지금 가슴이 콩닥콩닥 뛰어왔다.

"너무 떨립니다."

"긴장할 것 없다."

헌은 살짝 긴장에 굳어 있는 소랑을 새하얀 침금 위로 이끌었다.

"머리를 내려 줄 테니 뒤로 돌아앉아 보거라."

비록 정식으로 가례를 올리거나 가체를 쓴 것은 아니었지만, 이런 것은 꼭 해 주고 싶었다. 정식으로 혼례의 절차를 밟을 수는 없어도, 결국 그날이 오지 않는다 하더라도, 지금 이 순간만은 정성을 다해 머리를 내려 주고 싶었다.

소랑은 첫날밤을 맞이하게 된 어린 신부처럼 그의 앞에 가만히 앉아 있었다. 헌이 그녀의 머리에서 개구리 첩지를 내리고 댕기를 풀자 소랑의 긴 머리가 자연스럽게 어깨 위로 내려앉았다.

"너무 예쁘구나."

그렇게 머리를 내린 소랑을 보자, 헌은 다시 심장이 내려앉을 것만 같은 기분이었다.

자연스럽게 흩어지는 머릿결, 은은히 풍겨 오는 복숭아향.

"완전히 분위기가 달라지는구나."

그의 앞엔 미모에 제대로 물이 오른 한 성숙한 여인네가 앉아 있었다. 머리를 내리는 것만으로도 평소의 장난기 가득한 모습이 모두 사라져 버린 것이다. 처음 보는 그녀의 우아한 매력에 헌은 감탄을 내뱉을 수밖에 없었다.

나의 정인이, 나의 여인이 이렇게나 아름다운 여자였다니. 그야말로 하늘에서 내려온 선녀가 다시없는 듯했다.

벅차오르는 가슴을 가까스로 진정시킨 헌이 그녀에게 나직이 말했다.

"기다리기를 너무 잘했구나. 나는 언제나 준비가 되어 있으니, 네가 준비가 되길 기다렸다. 그때는 그것이 너무 힘들었는데, 지금은 그러기를 너무 잘했다는 생각이 드는구나."

헌은 소랑의 머리를 하염없이 쓰다듬으며 말했다.

"절대로 안 된다고, 싫다고 말했던 너였지만 실은 언젠가는 우리가 이렇게 함께할 것이라고 믿고 있었다. 네가 기다린 것 이상으로, 나는 이 시간을 오랫동안 기다려 왔다."

그렇기에 더더욱 소중한 지금 이 순간이었다. 헌에게는 이 비밀 침전이 더없이 찬란하고 영롱한 빛으로 가득 차 있는 것 같았다. 바로 지금 이 순간이, 내 삶에서 가장 중요한 순간이기에.

"실은 저도 마찬가지이옵니다."

너도 이 순간을 기다려 왔다고?

"저라고 어찌 그런 마음이 들지 않았겠습니까. 전하를 사랑하는 마음이 나날이 커져 가는데 저도 더욱더 전하를 가까이 할 수 있기를 바라 왔지요."

그랬구나, 너 역시 나와 같은 마음이었구나.

자그맣게 움직이는 소랑의 입술이 너무 예뻐, 헌은 다시 그 입술을 훔쳐낼 수밖에 없었다.

살며시 포개지며 잔잔하게 시작되었던 입맞춤의 파동은 점점 더 커지기 시작했다. 마치 바람에 펄럭이는 붉은 천과 푸른 천이 동시에 휘감긴 듯했다. 펄럭이는 두 천이 이 침금 위에서 아찔하게 엉키었다.

그리고 불이 붙었다. 꺼지지 않는 불이, 걷잡을 수 없도록 뜨겁게.

"전하!"

헌의 입술이 소랑의 귓가에 닿았다. 소랑의 몸은 다디단 설탕 과자 같기도 했다. 물고 있으면 살살 녹아나는 것 같기도 하고, 건드리면 툭 깨져 버릴 것 같기도 했다.

헌의 입술이 소랑에게 닿을 때마다 그녀의 입새에서는 가쁜 숨이 터져 나왔다. 기분이 너무나도 묘했다. 그의 손길이 닿는 곳 하나하나 무언가가 응어리졌다가 흩어지는 기분이었다. 예전엔 단 한 번도 느껴 본 적 없는 감각이었다.

소랑은 지금 더더욱 그를 원했다. 그가 입맞춤을 해 주고 있음에
도 불구하고 더더욱 그를 가지고 싶었다.

"너무 부끄럽습니다."

자꾸 몸 곳곳을 두드리는 낯선 감각 때문에 몸이 절로 움츠러들
었다. 소랑이 볼에 발그레한 홍조를 띠며 고개를 돌리자, 헌은 그 모
습이 너무나 사랑스럽다는 듯 살짝 미소를 지었다. 너무 귀여웠다.
너무 귀여웠기에 그냥 놓아둘 수가 없었다.

헌의 눈빛은 야수와 같이 매서워지기 시작했다. 사냥감을 앞에
둔 짐승처럼, 거침없이 폭주하는 전쟁 무기처럼 그는 점점 더 사나
워졌다.

"진정하시옵소서, 전하."

말은 그렇게 했지만, 실은 그 모습조차 미칠 것 같이 매력적이었
다.

"아무 말도 하지 말거라."

헌의 입맞춤에 따라 그녀의 몸이 점점 더 뜨겁게 달아올랐다. 소
랑은 수줍음과 부끄러움에 자꾸 감기는 눈을 힘겹게 뜨고서 눈앞에
있는 헌을 똑바로 바라보았다.

"그래, 그대로 있어 다오."

지금 품 안의 소랑이는 너무나 매혹적이기에, 헌은 예민해질 대
로 예민해진 이 감각을 어서 소랑이와 공유하고 싶었다. 부드럽게
흘렀다가 강하게 몰아치는 음악을 함께 연주하고 싶었다.

"나만 믿고 따르거라, 소랑아."

소랑은 모든 걸 받아들일 준비가 되었다는 듯 고개를 끄덕였다.

그 밤. 같은 음색으로 높아지는 둘의 소리가 비밀의 침전을 울렸다.

신원이 본가로 돌아온 지 며칠째. 그는 방 안에서 황망한 마음을 감추지 못하고 있었다.

이정학 대감 댁에서 혼인을 준비할 때의 갖가지 물품이 담겨져 있는 궤짝에서 신원은 하나의 그림을 발견했다.

"이, 이것은!"

그 그림에는 놀랍게도 소랑의 어린 시절 모습이 담겨져 있었다. 지금으로부터 약 7년 전으로 예상되는 그림이. 밑에는 이름도 쓰여 있었다. 예현호 대감 댁 첫째 여식, 예현선이라고.

예, 현, 선.

도저히 믿어지지 않는 사실에, 신원은 입을 딱 벌리고 말았다. 뚫어지게 그림을 보자, 예전의 기억들이 다시 살아나는 것 같았다. 예전에 자신의 신붓감을 보기 위해 둥그런 달빛 아래, 예현호 대감 댁에 찾아갔던 그 날이.

그래, 이 얼굴이 맞다. 나의 신부가 될 뻔했던, 예현선이라는 여자. 그녀는 분명 어린 소랑이었다!

결국 신원이 7년 동안 그리워했던 사람도, 그리고 그 이후 애가 타도록 사랑했던 사람도 모두 한 사람이었다.

바로 예현선이자 소랑이라는 한 사람.

신원은 마치 숨 쉬는 법을 잊은 사람처럼 불규칙적으로 거친 숨을 몰아쉬었다.

운명은 참으로 얄궂기도 했다. 그토록 오래도록 나의 신부와 이어지길 바랐는데, 결국 그는 눈앞에 다시 나타난 나의 신부를 알아보지 못한 것이었다.

자신의 오랜 사랑이었던 그녀는 이제 자신이 어쩌지도 못할, 왕의 여자가 되어 있었다. 도무지 영문을 알 수가 없었다. 대체 복사꽃 여신이었던 예현선에게 어떤 일이 있었길래, 그녀가 떠돌이 궁합쟁이로 살게 된 것인지.

그녀는 지금껏 내가 그날의 혼인 상대임을 몰랐던 것인가? 분명 사주단자를 교환하면서 이정학 대감 댁 첫째 아들 이신원의 이름을 알고 있었을 텐데? 기억이라도 잃은 것인가, 아니면 일부러 모른 척한 것인가?

가슴속에서는 역한 궁금증이 끊임없이 피어올랐다. 그리고 이는 곧 통증이 되었다.

그는 며칠간 아무 일도 할 수가 없었다. 이 힘든 마음이 지나가기를, 격해진 자신의 마음이 진정되기를 기다렸지만, 그러나 그 고통은 잦아들기는커녕 조금의 숨도 쉴 수 없을 만큼 그를 거세게 옥죄어 오고 있었다.

도저히 이대로는 안 될 것 같아 신원은 자리에서 벌떡 일어나 밖으로 향했다. 그가 걸음을 향한 곳은 바로 애달당이었다.

개이는 알고 있을 것 같았다. 이 모든 게 대체 어떻게 된 일인지. 예전에 소랑이의 비밀을 알게 되면 무조건 감추어 두라고 말하던 적이 있었다.

다그닥다그닥― 그렇게 신원이 말을 타고 바삐 애달당으로 향했을 때.

그 안에서는 뜻하지 않은 일이 벌어져 있었다.

"이신원 도사님? 저, 저희 좀 도와주세요."

얼굴이 하얗게 질려 있던 해영이 신원을 보자마자 다급한 소리를 냈다. 너무나 오래간만에 만난 그를 반가워할 새도 없이, 해영은 바닥에 쓰러진 이를 안고서 잔뜩 사색이 되어 있었다.

"대체 무슨 일이오?"

애달당 안, 바닥엔 개이가 힘을 잃고서 쓰러져 있었다. 아직 숨은 붙어 있으나, 사지 분간을 하지 못하고 있는 듯 허공을 보는 눈빛이 멍했다.

"며칠 전부터 이렇게 이유도 없이 크게 앓으십니다."

이마를 만져 보니 열이 심하게 오르고 있었다. 이 정도 고열이면 정신이 오락가락 혼미해질 만도 했다.

"개이 할배, 내 얘기 들리시오? 듣고 있소?"

신원은 세차게 개이의 몸을 흔들어 보았지만, 그는 알 수 없는 헛소리를 중얼거릴 뿐이었다.

"중전마마, 저를 잊으셔도 괜찮으니 백성을 생각하는 조선을 만들어 주시옵소서. 제가 죽더라도, 콜록콜록."

"개이 할배, 지금 이 나라엔 중전이 없소. 정신 차리시오."

"어떡하죠? 상태가 많이 심각한 것 같은데."

해영은 이러지도 저러지도 못한 채 발을 동동 굴렀다.

"궐에 있는 소랑 언니를 부를 수도 없고."

지난번 보쌈꾼 사건 이후로 소랑이가 민가에 나오는 일은 없었다. 아마 더 이상 위험한 곳에 가지 말라, 임금께서 명을 내렸을 것이다.

"일단 어서 의원에게 데려가야 할 것 같습니다."

신원은 개이 할배를 급히 둘러업었다. 한시가 급한데 오른팔을 제대로 쓸 수가 없으니 답답했다. 해영은 개이 할배가 등에서 떨어질까, 천으로 포대기를 만들어 신원의 등에 단단히 묶어 주었다.

이 급박한 상황에 아까의 궁금증은 잠시 넣어 둘 수밖에 없었다. 우선 정신을 차려야, 뭐든 말해 줄 수 있을 테니까.

"개이 할배, 개이 할배."

그러나 그의 등에 업힌 개이는 남은 정신마저 잃은 채 축 늘어지고 말았다. 너무 심한 고열에 땀을 비 오듯 흘리다가 그만 실신을 한 듯했다.

"이러다 어찌 되시는 건 아니겠죠? 할배, 할배!"

하얗게 질린 해영이 발을 동동 구르며 신원을 재촉했다. 노인의 내일은 그 누구도 알 수가 없기에 불안한 예감이 자꾸만 꾸역꾸역

밀려왔다.

"아무래도 소랑 언니를 불러야 할 거 같아요."

개이가 쓰러졌다면 궐에 있는 그녀를 불러야 했다. 언제 어떻게 되실지 모르는 것이니까. 해영의 그 말에 신원의 심장이 순간 쿵 내려앉았다.

소랑이가 나온다고? 다시 이 민가로?

23

아,
신원이가
원래 나의 신랑이
되어야 했었지……!

그날 밤, 소랑은 헌의 곁에 누워 깜빡깜빡 잠을 청했다. 그러려고
하지 않아도, 자꾸 입가에 배시시 미소가 걸렸다.

오늘 밤, 그로 인해 진정 여자가 된 것이었다. 사랑의 정점을 찍
게 된 지금 이 순간이 너무나 행복해, 그녀는 비적비적 새어 나오는
웃음을 감추느라 한참 애를 썼다.

"피곤할 텐데, 어서 눈 감거라."

"전하께서 먼저 감으시지요."

그 옆의 헌은 소랑을 계속 물끄러미 바라보고 있었다. 한없는 애정이 담뿍 담겨 있는 눈으로, 더없이 따뜻한 품으로 그녀를 감싸 주면서.

"너 잠드는 것 보고 잠들 것이다. 그러니 어서 눈을 감거라."

헌은 아예 소랑이의 두 눈을 직접 감겨, 그녀의 어깨를 토닥토닥 두드려 주었다. 마치 어린 강아지를 재우듯 부드러운 손길이었다. 생각보다 피로했던 것인지, 눈을 감은 소랑은 곧 깊은 잠에 빠졌다.

그런데 뜻하지 않은 꿈이 찾아왔다. 지금의 나는 너무나 행복하게도 헌의 곁에 있는데, 꿈은 잔인하게도 7년 전의 기억을 다시 불러오고 있었다. 그것도 그녀가 가장 괴로웠던, 죽을 뻔했던 그때의 기억을.

때는 7년 전이었다. 의붓어미인 서씨 부인이 자신의 딸 현희를 혼인시키기 위하여 자객을 보내 자신을 죽이려 했을 그때가.

물에 빠져 죽을 뻔했다가 살아나 뒷산자락에서 보았던 집의 풍경이 재생되었다. 바쁘게 혼사를 준비하고 있는 그 풍경이.

여기까지는 꿈에서 펼쳐진 장면과 그녀의 기억이 동일했지만 이후 보여진 장면은 그때의 기억과 달랐다.

마당에 의붓어미인 서씨 부인이 아닌 죽은 친어미인 김씨 부인이 자리하고 있었던 것이다. 생전 온화한 모습 그대로의 김씨 부인은 초조히 마당을 서성이며 첫째 딸 현선을 기다리고 있었다.

그곳엔 서씨 부인도 현희도 없었다. 그저 자신을 기쁘게 맞아 줄 김씨 부인과 아버지 이정학 대감이 정답게 서 있었다.

"어머니!"

소랑은 기쁘게 마당으로 내려가 어머니 김씨 부인에게 포옥— 안겼다. 오래도록 보고 싶었다고. 꿈에라도 이렇게 만나게 되어 너무 반갑다고.

"대체 어디 갔다 왔느냐. 빨리 이리 오지 않고."

김씨 부인은 망가진 그녀의 모습을 살짝 타박하며 바삐 하인들을 불러 그녀를 단장하라 일렀다.

오늘 신부가 되어야 하니까. 이정학 대감 댁 장남 이신원에게 시집을 가야 하니까. 그렇게 꿈에서 그녀는 연지 곤지를 찍은 신부가 되었다. 그 누구보다도 아름다운 모습으로, 그녀는 다소곳이 신랑을 기다리며 앉아 있었다.

잠시 후, 말을 탄 신랑이 그녀의 집 마당으로 들어왔다. 모두들 너무나 잘생긴 쾌남이라며, 입이 마르도록 칭찬을 했다. 곧 얼굴 가리개가 내려지면서 그 신랑의 얼굴이 드러났다. 그는 바로 너무나도 보고 싶었던 그 얼굴, 이신원이었다.

아, 신원이가 원래 나의 신랑이 되어야 했었지. 맞아, 그랬었지.

이것이 원래 정해진 길이었다. 갑자기 내려진 '금혼령'이라는 놈이 그들의 운명을 뒤흔들지만 않았어도, 신원과 소랑은 원래 이어졌어야 하는 운명이었다.

꿈속에서 둘은 무사히 혼례를 치르고서 정다운 신랑 각시가 되었다. 그리고 그 이후로도 오래오래 행복하게 살았다. 그래, 별일이 없었으면 둘은 그렇게 살았을 것이다.

그리고 어느 순간 소랑은 번쩍, 꿈에서 깨었다.

"허어어억!"

화들짝 잠에서 깨어 보니, 이곳은 낯선 곳이었다.

여기가 어디였지? 찬찬히 정신을 차려 보자 바로 자신의 옆에 왕이헌이 누워 있었다. 아, 이곳은 장미 화원이었다. 헌이 나를 위해서 준비했었던 우리의 비밀 침전.

"왜 그러는 것이냐?"

소랑의 외마디 비명 소리에 잠에서 깬 헌이 살짝 놀란 목소리로 물었다.

"무슨 안 좋은 꿈이라도 꾼 것이냐?"

그녀는 대답하지 못한 채 자리에 앉아 거친 숨을 이었다. 꿈이라기엔 섬뜩하도록 생생한 풍경이었다.

"왜 무슨 꿈을 꾸었길래?"

걱정스레 묻는 그에게 소랑은 답을 할 수가 없었다.

"악몽으로 많이 놀랐느냐? 걱정 마라, 바로 옆에 내가 있지 않느냐."

헌은 어린 딸을 달래는 것처럼 그녀의 얼굴을 세심하게 쓰다듬으며 찬찬히 보살펴 주었다. 소랑은 그의 찬찬한 손길에 차차 제정신을 찾기 시작했다.

"아닙니다. 괜찮습니다."

소랑은 가까스로 가쁜 숨을 고르면서 말했다.

"허나, 조금 잠에서 깨어 있어야 할 것 같습니다. 다시 잠에 들면 나쁜 꿈이 이어지게 될까 두려워서요."

그래, 그녀에겐 나쁜 꿈이었다. 그 누구보다도 사랑하는, 세상 무엇보다도 멋진 나의 남자 왕 이헌이 바로 앞에 있는데, 신원과 평생 함께 사는 꿈을 꾸었다니. 꿈이라 해도 대역죄를 지은 듯한 기분이었다.

"그래, 나가서 화원을 좀 걸을까?"

헌은 따스하게 그녀의 등에 곤룡포를 덮어 주며 말했다.

"잠깐 요 앞을 걷자꾸나."

화원을 걸으면서도 소랑은 생각했다. 왜 이런 꿈을 꾼 것인가. 인생에서 가장 행복한 지금 왜 인생 최악의 기억을 떠올리게 된 것인가. 지금 이 행복이 깨질까, 불안한 마음에서겠지? 그래서 그녀의 무의식이 그때의 기억을 되돌린 것이겠지?

소랑의 얼굴에서 어두운 그늘이 쉬이 가시지 않자, 헌은 다시 걱정스럽게 그녀에게 물었다.

"왜 내가 죽는 꿈이라도 꾸었느냐?"

"아닙니다. 전하와 저는 천년만년 행복해야지요. 천부당만부당한 말씀이십니다."

그래, 나는 어젯밤 승은을 입었다. 세상에서 다시 느껴 보지 못한 아찔한 시간을 보냈다. 이제 정말로 왕의 여자이니, 꿈에서라도 더 이상 그를 배신하는 일은 없어야 했다.

"네 얼굴빛이 어두우니 내 마음이 많이 무거워지는구나."

자신에 대한 걱정으로 가득 찬 헌의 얼굴을 보니, 그녀의 마음이 너무나 미안해졌다. 그래, 나는 앞으로 헌의 곁에서 평생 사랑을 받으며 살 것이다. 다시는 지워지지 않을 징표를 몸 안에 새겼으니, 이제는 영원히 그와 함께할 것이다.

그녀는 안심하라는 듯 헌에게 다가가 살짝 입을 맞추었다.

"이제 괜찮습니다. 소녀의 걱정은 마시옵소서."

그러고선 괜찮다 괜찮다 스스로를 다시 한 번 다독였다.

"아니, 이런다고 공부가 되실 것 같소?"

예전 도석이 기거하던 산속의 오두막.

그곳엔 수염이 덥수룩하게 자란 도석이 망부석처럼 들어앉아 책을 펴 놓고 있었다.

"지금 읽고 있는 책이 무엇인지나 아시오?"

그 앞에서 도석을 답답하게 채근하고 있는 사람은 바로 덕훈이었다. 해영에게 차이고 나서 반 폐인이 되어 달포 가량을 보내더니, 이제는 다시 고시 공부를 하겠다며 산으로 들어온 것이었다.

허나 어딘가 넋이 나가 있는 눈빛을 보아하니 분명 정상은 아니었다. 공부를 하는 건지, 멍을 때리는 건지 알 수가 없는 눈빛. 덕훈은 도석의 어깨를 털래털래 흔들며 말했다.

"그러지 말고 우리와 뜻을 같이 하자니까요. 금혼령 시대에 이 나라 관리가 되어서 무엇에 쓰겠소. 결국은 이 금혼령이 언제 끝날지 모르는데."

요새 덕훈은 하루가 다르게 도석을 찾아가서 그를 설득하고 있었다. 벌써 모설단을 조직한 지가 꽤 되었으나, 회원이 많이 모이지가 않고 있었다. 금혼령에 고통받는 민심을 대표하는 단체가 되자 다짐했건만, 그런 이들을 규합하는 것이 생각보다 쉽지가 않았다.

도석이 갖고 있는 그 양서들만 있다면, 그것을 배포할 수가 있다면, 우리 모설단의 부흥은 어렵지 않은 것인데.

그러나 도석은 가타부타 말도 없이 그냥 폐인이 되어 버려 있었다. 그것도 아주 상 폐인이.

"이럴 거면 해영 아씨에게 고백이나 한 번 더 해 보시든가요. 여기서 이렇게 끙끙 앓고 계시면 대체 어쩐다 말이오?"

아무리 덕훈이 그를 재촉해 보아도 그는 묵묵부답이었다.

"내 부모님께 너무 큰 죄를 지었소."

도석의 뜬금없는 소리에 덕훈의 눈이 동그래졌다.

갑자기 부모님 얘기는 왜?

"내 나이 스물넷에 금혼령이 내려져 서른하나가 되도록 장가를 가지 못해 이 조선의 광부曠夫(조선의 노총각)가 되었소."

"뭐, 이 시대에 너도나도 광부와 원녀가 아니겠소."

"평생을 바쳐도 좋을 사랑하는 여인을 만났지만, 그 여인은 야멸차게 거절을 했소. 내 서른이 넘도록 변변한 직업도, 사랑하는 이도 없고 부모님께 제대로 된 효도도 하지 못했소."

"그러니까 이 나라를 모두 뒤집어엎자니까요?"

덕훈의 목소리는 점점 더 격해졌다.

"나라가 이 모양 이 꼴이니, 우리가 혼인도, 제대로 된 직업도 가질 수 없는 것이 아니오. 이 나이 될 때까지 부모님께 손이나 벌리게 되고. 과연 이 조선이 혼인할 수 없는 백성들 생각이나 하더이까? 그러면 이 간택령부터 어찌하셨어야지요. 우리 젊은이들도 참으로 바보 같습니다. 이렇게 된 사회가 잘못인데, 모두들 개개인으로 잘못을 돌리고 있으니 말이오. 아프니까 젊은이다? 다 집어치우라 합시다. 지금은 개개인의 안위를 추구할 때가 아니라, 힘을 합쳐이 나라에 젊은이들의 뜻을 전달해야 할 때입니다. 그렇게 쭈구리로 산에 박혀 있다가는 아무것도 이루어 내지 못할 것입니다."

틀린 말이 없었다. 구구절절 옳은 덕훈의 말에 도석은 잠시 벙 찐채 그를 바라보았다.

"그러니까."

"들어오십시오. 모설단에서 우리 뜻을 같이하십시다."

덕훈의 얼굴은 뜨거운 결의에 차 있었다. 도석이 함께 해 준다면, 이 모설단에 천군만마를 얻은 듯할 것이다.

그런데 바로 이때 그 산속으로 왕배가 말을 타고 들어왔다. 그것도 아주 다급하게.

"정본좌님. 아니, 선비님!"

"아니, 왕배. 왜 이렇게 갑자기 허겁지겁 뛰어오는 것인가?"

"너무 뜻밖의 소식이겠지만."

말에서 내린 왕배는 말 못할 소식을 들고 왔다는 듯 참담한 목소리로 말했다.

"선비님의 어머님이 돌아가셨습니다."

도석의 얼굴은 그대로 새하얗게 질리고 말았다. 이게 웬 청천벽력 같은 소리인가.

뭐라 더 물어볼 새가 없었다.

도석은 왕배가 타고 온 말을 달려, 산을 내려가 자신의 본가로 향하기 시작했다. 분명 거짓일 거야, 거짓말일 거야. 그 말을 속으로 수없이 되뇌면서.

❀

이튿날 아침, 소랑이가 아직 잠들어 있을 시간. 왕 이헌은 조심스럽게 장미 화원 앞으로 나가 주변을 서성였다.

"전하, 부르셨나이까."

그 앞에서 기다리고 있는 사람은 바로 도승지였다. 그는 갑자기 후원으로 오라는 명을 받고 왜 여기까지 부른 것인지 궁금증을 품고 있는 상태였다.

"간택에 대한 여론을 잠재우라던 것은 어찌 되었소?"

"물론 조금만 더 기다려 달라고는 하였으나 기실, 더 뒤로 미룰 수는 없을 것입니다."

헌 역시 간택에 대한 백성들의 열망을 모르는 바는 아니었다. 결국 언젠가는 간택을 해야 할 것이다. 그러나 사랑하는 소랑이를 두고 다른 여자를 중전으로 들일 수는 없는 노릇이었다. 간밤 헌의 시름은 더더욱 깊어진 듯했다.

"후사를 보아야겠소."

"네?"

"이 나라의 원자를 생산하고 나면, 그때는 분명 방법이 있겠지. 그때는 바로 정비의 자리에 앉힐 수 있지 않겠소?"

헌은 초조하게 손톱을 깨물어 말했다.

"반드시 소랑이의 몸을 빌어 후사를 볼 것이오. 다른 여자를 안는 것은 상상도 할 수가 없으니."

"그러나 금혼령은 한시가 급한 일입니다. 궐에 아들 소식을 들려주기까지는, 못해도 1년의 시간이 더 걸리지 않겠습니까?"

"그러니 더 바삐 노력을 해 봐야지."

힘들게 힘들게 소랑이와 가까워지게 된 헌이었다. 이미 문을 연 만큼, 이제는 조금의 쉴 틈도 주지 않을 생각이었다.

"허나 그 1년 새에 이 민심이 어찌 변할지 모르는 일입니다. 간택을 기다리는 백성들의 열망이 언제 곧 폭동이 될지 모릅니다."

도승지의 말도 틀린 것이 없었다. 모두가 한시가 급한 일일 텐데. 이 일을 어찌 해결하면 좋을까. 무슨 뾰족한 수가 없을까. 헌은 텁텁한 한숨을 다시 깊게 내쉬었다.

헌이 비밀의 침전에 돌아왔을 때는 소랑이 잠에서 깨어 깨끗하게 뒷정리를 해 놓은 상태였다.

그가 급히 수정전에서 논의해야 할 일이 있다기에, 소랑은 달콤한 입맞춤으로 그를 보내고 나서 마저 침전의 정리 업무를 했다.

이왕 하는 것 장미 화원의 뒷정리까지 마치고서, 소랑은 후원으로 나가 가쁜 숨을 내쉬었다.

문득 간밤에 꾸었던 생생한 꿈이 다시 떠올랐다. 신원과 신랑 각시가 되어 살고 있었던 그 꿈이.

아, 대체 이 꿈이 왜 자꾸 떠오르는 것인가.

소랑은 세차게 고개를 저어 그 생각을 떨쳐 냈다. 지금 자신이 바라보아야 할 사람은 바로 왕 이헌이었다. 자꾸 사라진 신원을 생각해서는 안 될 노릇이었다.

바로 이때, 작은 생각시 하나가 후원으로 그녀를 찾아왔다.

"전해드릴 것이 있어 한참을 찾았습니다. 휴우, 혹시나 해서 후원에 와 봤더니 진짜로 여기 계실 줄이야."

"아니, 여기까진 갑자기 왜?"

"궐 밖에서 서신이 하나 왔습니다. 꼭 전해 달라기에."

서신이라고? 대체 누가 보낸 것이지?

소랑은 떨리는 마음으로 서신을 펼쳐 보았다.

24

저
애달당에
가야 할 것 같습니다

말을 타고 달리면서도 도석은 그 소식을 도저히 믿을 수가 없었
다. 그렇게 정정하시던 어머니께서 갑자기 왜!

그는 자꾸만 아득해져 오는 정신을 부여잡고 달리고 또 달렸다.

"아버지, 이게 대체 무슨 일입니까?"

마당에 들어서자 도석의 아버지는 거의 각혈을 할 것처럼 쓰러져
괴로워하고 있었다.

"이게 모두 보쌈꾼들의 짓이다!"

313

보쌈꾼이라고? 도석은 자신의 귀를 의심했다. 소랑과 해영의 사건 이후로 한동안 조용하던 그들이었다. 금부에서의 수사망이 좁혀지고 난 뒤 더 이상 어디 마을에서 어느 처자가 보쌈을 당했다더라 하는 소식은 들리지 않았었는데 그런데 왜?

혼인 적령기의 규수들을 훔쳐 가던 그들이 갑자기 왜 우리 어머니를 해코지했단 말인가?

"여종 설설이 때문이 아니겠느냐."

설설이라 하면 도석의 집 가노 중에서도 꽤나 예쁘장한 얼굴로 동네에 소문이 돌았던 처자였다. 요새같이 흉흉한 시대에 오히려 얼굴 좀 반반하다는 그런 소문은 독이 되어 돌아오기 마련이었다. 보쌈꾼들이 설설이를 납치하려다가 마당에 서 있던 도석의 어머니와 마주쳤고, 그 행각이 발각된 놈들이 그만 어머니에게 칼을 휘둘렀던 것이다.

"아니, 이게 말이나 되는 일입니까?"

그야말로 무뢰배들의 손에 비명횡사하신 것과 다름이 없었다. 도저히 믿어지지 않는 얘기에 도석은 한참 동안이나 자리에 주저앉아 거친 숨을 내뱉었다.

저번에 해영을 납치해갔을 때에도 내 이 보쌈꾼들을 가만두지 않겠다 다짐했지만, 기실 백면서생이었던 그가 이들을 처단할 수 있는 힘이라고는 없었다. 그런데 멀쩡한 나의 어머니까지 해하다니 하늘의 벼락이라도 맞아야 할 놈들이 아닌가!

어머니의 관이 있는 곳으로 가 보자, 거짓말 같았던 이야기가 서서히 현실로 다가오기 시작했다. 정말 나의 어머니가 어찌하여! 철철 피눈물을 흘리는 기분이었다. 어머니, 나의 어머니!

"너무나 죄송합니다. 제가 그간 효도 한 번 해 드리지 못하고."

간장이 녹아내릴 것만 같은 쓰린 후회가 찾아왔다.

"제대로 된 아들의 모습이라고는 한 번도 보여드린 적이 없는 것 같습니다."

이 금혼령의 시대, 고시 준비를 하는 시늉만 하다가 아직 변변한 자리를 가진 것도 아니오, 그렇다고 참한 신붓감을 데려와서 어머니를 기쁘게 해 드린 적도 없고, 손주도 보여드리질 못했다.

서른 줄이 넘도록, 어머니께 해 드린 게 너무나도 없는 것 같아 도석은 자신의 가슴을 탕탕 쳤다.

"죄송합니다, 죄송합니다. 그렇게 제가 장가가길 바라셨는데."

뒤늦게 따라 들어온 덕훈과 왕배는 그저 아무 말 없이 침통하게 그의 뒤를 지켰다.

"도석아, 이러고 있을 시간이 없다."

아직 어머니에 대한 충격이 진정되기도 전, 장남인 그는 바삐 장례 준비를 해야 했다.

도석은 절차에 따라 거친 삼베옷을 입었다. 마음은 너무나 괴로웠다. 어머니에게 한 번도 제대로 된 아들이었던 적이 없는 것 같아서 장례를 준비하는 내내 툭툭 울음이 터져 나왔다.

그 시각, 덕훈과 왕배는 주변인들에게 연락을 돌리는 일을 도와주고 있었다. 그런데 덕훈이 그의 눈치를 보다가 어렵게 말을 꺼냈다.

"혹, 해영 아씨에게도 소식을 전할까요?"

가까운 이들에게 응당 알려야 하지만 지금 이 시기에 해영을 만나면 안 그래도 괴로운 도석의 마음이 걷잡을 수 없이 무너질까 걱정이 되었다.

잠시 고민을 하던 도석은 처참한 표정으로 고개를 저었다.

"보기, 싫습니다."

만나기 싫다고? 해영 아씨를?

덕훈과 왕배는 살짝 놀란 눈으로 도석을 보았다.

"이제야 깨끗하게 포기가 될 것 같습니다. 이렇게까지 되고 나니."

결국 도석이 해영을 잊기로 결심한 것인가?

"그간 해영 아씨에게 목매고 있던 내가 너무 한심스럽습니다. 내 그 모습을 다시 대면하고 싶지 않습니다."

도석은 이제야 완전히 이별할 수 있을 것 같았다. 내게 마음이 없기에 그 존재만으로 상처를 주는 그녀에게서 이제야 떠날 수 있을 것 같았다. 자신의 마음을 받아 주지 않는 해영이 무언가를 잘못한 것은 아니었지만, 어머니가 이렇게 된 지금, 도석은 다시 해영에게 희망을 걸고 싶지 않았다.

"이 상이 끝나면 모설단에 가입하겠습니다."

도석이 뱉은 의외의 말에 덕훈과 왕배의 눈이 휘둥그레졌다.

"저, 정말요?"

"제가 가진 자료도 모두 기부하겠습니다. 한 권도 빠짐없이 가져가시오."

그, 그리하다면!

"오가※의 말이 실은 틀린 게 없지 않소. 금혼령으로 인해 나라가 이 꼴이 되었다고! 결국 날뛰는 보쌈꾼 때문에 우리 어머니도 이렇게 흉사를 당한 것이 아니오. 금혼령이 끝나야 보쌈꾼의 만행이 더 발생하지 않을 터. 나 하나라도 그 뜻에 동참하겠소."

이렇게 금혼령으로 인해 씻지 못할 불효를 저지르게 된 이상, 그도 이제 가만히 있을 수만은 없었다. 삼베옷을 입은 도석에게서는 굳은 의지가 번쩍였다. 그래, 하루빨리 금혼령이 끝나야 한다. 우리 민초들이라도 제 목소리를 제대로 내야 했다.

그 말인즉슨, 임금은 반드시 간택을 재개하여 이 나라의 중전을 간해야 한다는 것이었다.

❀

헌이 수정전에서 도승지와 함께 고민하고 또 고민한 것은, 우선 소랑이에게서 후사를 보고 그 회임 소식을 백성들에게 전하는 것이었다. 그렇다면 소랑이를 정비로 올리자는 여론이 형성될 수 있을 것 같았다.

선대에서도 무수리가 원자를 생산하고 후사를 이었던 적이 있었으니까. 그것으로 금혼령을 끝내고 백성들의 안정을 도모하는 것이었다.

그래, 그렇게 금혼령을 끝내야 해. 그리하다면 한시라도 빨리 일

317

을 진행해야 했다. 도승지의 말대로 백성들이 언제까지 기다려 줄지 모르는 일이기에.

헌이 후사를 위해 앞으로 더더욱 열심히 노력하기로 마음을 먹었을 때, 하나의 소식이 전해져 왔다.

"오늘 밤, 소랑이가 아름다원에서 기다리고 있을 것이라고?"

내시 세장이 전해 온 소식이었다.

"그래? 그렇다면, 그곳으로 가야지."

소식을 듣는 헌의 얼굴에서 밝은 미소가 떠올랐다. 간밤에 나쁜 꿈을 꾸었는지 계속해서 어두운 그늘을 품고 있던 소랑이었는데, 이렇게 적극적으로 나서 준다면야 너무 환영할 일이었다.

그날 저녁. 헌은 편전에서의 바쁜 업무를 빠르게 마치고서 바로 아름다원으로 향했다. 어느덧 해가 뉘엿뉘엿 지고 있을 때였다.

이곳에서 그녀가 기다릴 것이란 말이지?

생각만으로도 가슴이 너무 벅차올랐다.

장미 화원에 들어서자, 환상적으로 만개한 장미꽃들이 그를 맞이했다. 탐스럽게 얼굴을 들어 올린 형형색색의 장미들이 나의 향기를 맡아 달라, 아찔하게 유혹하는 듯했다. 헌은 이 중에서도 가장 아름다운 꽃을 찾았다.

"소랑아, 어디에 있는 것이냐?"

장미 화원을 여기저기 돌았음에도 불구하고, 그녀의 모습은 보이지 않았다.

설마 벌써 이 안에 있는 것인가? 비밀의 침전 안에?

헌은 떨리는 마음으로 목재로 만들어진 작은 문을 달칵 열었다.

순간 '화아아아ㅡ' 하는 천상의 음악 소리가 들리는 듯했다. 잠시 밝은 빛에 눈이 부셔 눈을 찡그렸지만, 바로 그의 앞에는 소랑이가 서 있었다. 새하얀 속옷 차림으로, 머리를 한쪽으로 길게 늘어뜨리고서.

정말 너무나 아름다웠기에, 하늘에서 선녀가 내려온 것은 아닐까 하는 의심이 들었다.

머리를 내린 소랑의 청초한 모습은 정말 다시 보아도 심장이 쿵 내려앉는 것 같았다. 주변을 돌아보니 둘이 어젯밤을 함께했던 침금에는 아찔할 정도의 붉은 장미 꽃잎들이 흩뿌려져 있었다.

"소랑아, 언제 이런 것을 다."

헌이 이 공간을 세심하게 꾸민 만큼, 소랑이 역시 세심하게 이것저것을 준비했으리라. 흩뿌려진 장미 꽃잎들은 이 공간에 붉은빛을 더하고 있었다. 그는 가쁜 숨을 몰아쉬며 그녀에게로 다가섰다.

"많이 기다렸느냐, 소랑아."

아직 석수라도 들지 않은 이른 시간이었지만, 지금은 그것이 문제가 아니었다. 지금부터 새벽녘까지 이곳에서 소랑이와 함께 시간을 보낼 것이다. 둘이서 나누는 별빛 같은 이야기로 이 밤을 채울 것이다. 그 누구도 우리를 방해할 수 없도록 할 것이다.

"보고 싶었습니다, 전하."

"그래, 나도 많이 보고 싶었다."

겨우 한나절 정도를 떨어져 있던 것이었지만, 헌은 그녀의 품이 그리웠다. 그녀와 가까워지자 어제 그를 뜨겁게 달구었던 그 감각이 생생하게 다시 되살아나는 것 같았다. 다시 한 번 그의 몸 안에서는 화르르한 불기둥이 일어났다.

그래, 소랑이의 몸을 통해 이 나라의 후대를 이을 것이다. 그의 결심이 다시 한 번 단단하게 서는 순간이었다.

"전하, 물수건으로 몸을 닦아 드리겠습니다."

헌의 야심은 뜨거웠으나, 소랑이의 얼굴은 생각보다 침착했다. 아직 어제의 그 어두운 그늘이 가시지 않은 것 같았다.

"어제 나쁜 꿈을 꾸었다더니, 괜찮으냐?"

"네, 이젠 괜찮지요."

"대체 무슨 꿈을 꾸었길래 그러느냐?"

이에 그녀의 입술이 말없이 살짝 달싹였다. 어제 새벽의 채근에도 쉽사리 답을 하지 않던 소랑이었다.

"전하와 멀어지는 꿈이 제게는 그 무엇보다 두려운 것이 아니겠습니까."

어쩐지 그녀의 목소리는 그제보다도 더 성숙해진 것 같았다. 천방지축 장난을 치던 소녀의 모습을 이제 더 이상 찾아볼 수 없을 만큼.

"걱정하지 말거라. 이제 우리가 다시 떨어지는 일은 없을 테니."

헌은 소랑을 뜨겁게 끌어안으며 말했다. 이제는 서로를 몸 안에 뜨겁게 새겼으니 그녀와 떨어지는 일은 없을 것이다, 다짐을 한 터였다.

'떨어질 일이라.'

헌의 그 말에도 소랑의 표정은 복잡 미묘했다. 도무지 속내를 알 수 없는 묘한 표정. 평소답지 않은 그녀의 반응에 헌은 그 눈빛을 가만히 들여다보았다.

실은 소랑의 머릿속은 온통 복잡한 생각으로 가득 차 있었다. 바로 오늘 그녀에게로 전해진 서신 때문이었다. 이는 해영이에게서 온 짧은 전갈이었다.

개이가 많이 아파, 박 의원 댁에 있다는 이야기. 짧았기에 더더욱 자세한 사연을 알 수 없는 이야기였다. 분명 이런저런 병환으로 고생할 나이가 되었다만, 쓰러지기까지 했다니. 어떻게 된 일인지 도무지 영문을 알 수가 없어 소랑은 더더욱 괴로워졌다. 오늘 밤은 헌을 모시기로 결심했지만 그렇게 바삐 헌을 맞을 준비를 하다가도 문득문득 그 서신이 생각나 머릿속이 복잡해지는 것이었다. 대체 얼마나 아프기에, 어떻게 쓰러진 것인가.

허나, 그런 소랑의 속내를 헌이 알기는 힘들었다. 그녀는 어떻게든 흔들리는 티를 내지 않으려 그 표정을 감추고 또 감췄다.

"소랑아, 이리 오너라."

헌은 어제와 다를 것 없는 기분으로 그녀의 볼을 양손으로 붙잡고 깊게 입맞춤을 하기 시작했다. 언제나 그렇듯이 너무나 색스러운 입맞춤이었다.

소랑은 다시금 몸 안의 감각들이 톡톡 터져 깨어나는 것을 느꼈다. 아차 하는 순간에 헌이 내뿜는 색기에 휘감겨 정신을 놓을 것 같았다.

지금 헌의 몸은 뜨거웠다. 이제는 목표한 바가 있으니 더 이상 망설이지 않을 것이다. 헌은 거친 기세로 소랑을 침금 위로 화아악― 이끌었다. 순간 새하얀 침금 위에 흩뿌려져 있는 붉은 꽃잎들이 경련이라도 하듯 들썩였다.

"혹, 아이를 좋아하느냐?"

뜬금없는 그의 질문에 소랑은 고개를 살짝 갸웃했다.

"좋아하지요."

귀여운 것이면 모두 다 좋아하는 터라 아이와 강아지가 보이면 예뻐해 주지 않고는 지나가지 못하는 소랑이었다. 그런데 뜬금없이 아이를 좋아하냐는 헌의 이 말뜻은 무엇일까?

"내 오늘 도승지와 함께 많은 것을 고민했다. 신녀는 왕가의 자식을 낳을 수 없다 했느냐. 필요하다면 씻김굿을 할 것이다."

씻김굿까지? 예상치 못한 단어에 소랑의 두 눈이 동그랗게 벌어졌다.

"외부에서 용한 이를 불러다, 더 이상 너의 신기가 튀어나오지 않게 할 것이다. 그 신기가 대물림되는 일은 없게 할 것이다. 그러니 걱정하지 말고 나를 따르거라."

순간, 소랑은 할 말을 잊었다.

실은 그 말 자체가 거짓이었다. 신기가 있다는 그 말. 그동안 신기가 있는 척, 죽은 세자빈의 넋을 받을 수 있다고 했던 것, 이 모든 것이 거짓이었으니까.

신녀는 왕가의 자식을 낳을 수 없다는 말 역시 거짓이었다. 그런데 왕 이헌이 여기까지 생각해 주다니. 뒤늦게야 사무친 죄책감이 밀려왔다. 그녀의 그 말 한마디 때문에 헌은 얼마나 오랜 고민을 했을 것인가.

"그리하여 내 너의 몸을 빌어 후사를 볼 것이다. 너도 아이를 좋아한다 하니, 다행이로구나."

그러나 이는 아이를 좋아하고 말고의 문제와 차원이 다른 것이었다. 이 나라의 세자를 생산하게 된다는 것이었다. 중전과 대를 이을 세재가 없는 상황에서 아들을 낳는다면, 정말로 그녀의 삶이 송두리째 바뀌게 되는 것이었다.

"괜찮겠느냐, 소랑아."

망설일 수밖에 없었다. 가능한 일일까? 과연?

"그때까지 나는 계속해서 노력할 것이다."

그녀가 회임을 할 때까지, 헌은 멈추지 않겠다는 얘기였다. 순간 그녀의 어깨에 무거운 부담이 느껴지기 시작했다.

"답을 해 보거라."

헌은 대답이 없는 그녀에게 더욱더 깊게 입을 맞추었다. 분명 아직은 고민이 될 만한 상황이었다. 그러나 헌은 이 입맞춤으로 그녀의 남은 고민마저 남김없이 사라지게 하고 싶었다. 이제는 그녀가 오로지 나만 따를 수 있게. 더 이상 다른 생각은 하지 않게.

그의 입맞춤은 더더욱 깊어졌다. 아예 소랑이 다른 말을 덧붙일 수 없는 정도였다. 그의 의지는 확실했다. 소랑이와 함께하고 싶은

이 마음은 변하지 않을 것이다.

"전하."

소랑은 다시금 짙어지는 그의 입맞춤을 잠시 제지한 뒤, 오늘 내내 준비해 왔던 그 말을 꺼내려했다.

"저……."

그런데 쉽사리 말은 나오지 않고 눈물부터 툭, 터져 흘렀다.

"저 사가로 나가 봐야 할 것 같습니다."

"뭐?"

"애달당에 가야겠습니다."

사가로 나가겠다니, 회임을 할 때까지 놓아주지 않을 생각이었는데 이게 웬 청천벽력 같은 얘기인가?

굳어진 헌의 표정에 소랑은 거의 울음을 터트리기 직전이었다. 너무 어려운 말이었지만, 꼭 허락을 받아야 하는 말이었다.

"이 중요한 때에 밖에 나가겠다니, 갑자기 왜?"

"친할아비처럼 지내던 개이가 쓰러졌다고 합니다. 낮에 그 서신을 받았습니다."

소랑은 더 이상 말을 잇지 못했다. 이미 낮 동안 한참의 눈물을 흘린 듯했다. 오늘 그녀의 얼굴에서 언뜻언뜻 어두운 빛이 스쳤던 것이 바로 이 때문이었다.

왜 진작 눈치채지 못했던 것인가, 싶어 헌의 가슴이 서늘해져 왔다. 계속해서 이 말을 가슴에 품고 있었던 것인가!

"아니, 어디가 아프길래. 어떻게 쓰러진 것이냐?"

"서신에서는 원인 모를 병으로 의원 댁에 실려 가고 있다는 말만 적혀 있어서 그 앞뒤를 짐작하기 힘듭니다. 그래서 더욱 걱정스럽습니다."

"사람을 보내어 더욱더 자세한 정황을 알아보면 될 일이 아니지 않느냐. 당장 네가 나가야 할 필요는 없다."

"그러다 혹시 정말 잘못되기라도 하면 어쩐답니까?"

그가 쓰러졌다는 얘기에 당장에 출궁하고 싶은 것을 참았던 소랑이었다. 그녀가 망설이고 있는 사이 그 병세가 어떻게 악화될지 모를 일이었다.

점점 조급해져 오는 소랑의 마음과는 다르게, 갑작스러운 그녀의 말이 헌에게는 커다란 혼란을 불러일으킨 듯했다.

"아니, 그렇다고 이렇게 갑자기."

너와 함께할 앞으로의 계획을 한나절 내내 고민하고 또 고민했는데, 궐 밖에 나간다니. 속이 타들어 가는 것만 같았다. 당장 누구를 호위로 붙여야 할지부터가 걱정이었다. 예전에는 신원이라는 존재가 있었지만, 지금은 누구에게 그녀를 믿고 맡겨야 한단 말인가.

"저번에 보쌈을 당해 큰 화를 입을 뻔하지 않았느냐."

소랑이가 그간 민가에 나가지 못한 이유도 그 때문이었다. 그때 보쌈 사건으로도 헌의 가슴이 와르르 무너지는 것만 같았는데, 다시 그녀에게 그런 일이 또 반복되면 너무나 끔찍했다. 정말 조금도 상상하기가 싫었다.

"그래도 꼭 가야겠느냐?"

소랑은 애절하게 헌을 올려다보며 천천히 고개를 끄덕였다. 결국
은 그녀를 보내주어야 하는 것이었다.

❀

소랑이 궐에서 나가기 직전, 그녀는 사가에 갈 채비를 모두 마친
채 품 안의 짐을 꼬옥 안고 있었다.

헌은 그런 소랑을 무겁게 보며 말했다.

"언제 돌아오겠다, 약조할 수 있겠느냐?"

"일단 상황을 보고 서신을 전해드리겠습니다."

"그래, 그리하여라."

잠시의 떨어짐이었으나, 헌에게는 이별과 별다를 바가 없는 아픔
이었다.

"많이 보고 싶으면 어쩌지?"

계속 강한 척, 괜찮은 척을 하던 헌이 조심스레 물었다. 그 모습
이 어린 사내아이같이 귀여워 소랑의 입가엔 살짝 미소가 번졌다.

"조금만, 기다려 주시옵소서. 제가 멀리 간다 생각하지 마시고요."

입가는 웃고 있지만, 소랑의 눈가는 어느새 붉어지고 있었다.

"사가에서도 언제나 전하를 잊지 않고 있겠습니다."

순간 목구멍이 울컥 막혔다가, 겨우 숨통을 찾았다. 그녀 역시 헌
과 떨어지고 싶지 않았던 것이다.

"잠시 밖에 있다 해서 마음까지 멀어지는 일은 없을 것입니다. 이

미 서로를 몸에 새기지 않았습니까. 그것만으로도 우리는 이미 떨어질 수 없는 사이입니다."

"그래, 그렇지."

"저는 모든 일을 잘 정리하고 돌아오겠습니다."

혹시, 정말로 개이가 잘못되기라도 하면 애달당을 정리하고 돌아올 생각도 있었다. 사실 애달당에 자주 걸음하기도 힘들었고, 개이 없이 이를 운영하는 것은 불가능하기에.

"무사히 돌아오겠노라고 약조 드리겠나이다. 그러니 걱정 마시옵소서."

"잊어서는 안 된다. 네가 생각하는 것보다 내가 더 너를 많이 믿고 있다는 것."

헌에게서는 사랑과 믿음이 별개의 것이 아니었다. 사랑하기에 믿는 것이었고, 믿기에 사랑하는 것이었다. 헌은 그녀의 턱을 들어 올려 살짝 입을 맞추었다. 헌의 가슴은 온통 애틋함으로 차올랐다.

소랑은 그의 어깨에 고개를 힘없이 기대며 생각했다. 모든 게 정리되고 나면, 그리되면 언젠가 헌에게 진실을 밝힐 수 있는 날도 오겠지?

"이들이 너의 호위를 맡아 줄 것이다."

소랑의 시선이 뒤편에 닿자, 헌은 뒤에 서 있던 두 명의 무사들을 가리키며 말했다.

"아직 어리긴 하나, 누구보다도 몸이 잽싸고 날랜 이들이다. 단단히 교육을 시켰으니, 너의 몸이 상하는 일은 없을 것이다."

아직 어린 티를 벗지 못한 두 소년들이지만,

"안녕하십니까, 소인 최선혁과 지활이라고 합니다."

목소리만은 패기와 박력이 넘쳤다. 씩씩한 무사들의 등장에 소랑
은 살짝 놀란 듯했다.

"이렇게까지 하지 않으셔도 되는데."

"이래야 내 마음이 놓일 것 같아서 그리한 것이다. 무슨 일이 있
더라도 이들에게서 멀리 떨어져 있지 말거라."

"알겠사옵니다."

이제는 정말 궐 밖으로 나가야 할 차례였다. 소랑은 왕 이헌에게
예를 갖춰 인사를 드리고서는 발걸음을 돌렸다. 이것이 헌과의 끝
이 아닌데도 왜 이렇게 마음이 무너져 내리는지 알 수 없었다.

그런 소랑이 사라질 때까지, 헌은 문을 닫지 말라 명한 채 오래오
래 그녀의 뒷모습을 바라보았다. 그녀는 두 호위 무사 중 선혁의 말
에 올라타고서, 개이가 누워 있다는 박 의원 댁으로 향했다.

25

소
랑
이
에
게

신
기
가

없
다
고
?

며칠 전, 개이가 쓰러졌을 때. 해영이 소랑이를 불러야겠다고 말한 그 순간부터 신원의 심장은 쿵 내려앉아 버리고 말았다.

'그녀가 다시 사가에 나올 수도 있다고?'

머릿속이 어지럽게 흔들렸지만, 우선은 쓰러진 개이를 의원 댁에 옮기는 게 먼저였다.

한바탕의 소동이 끝나고 나자, 다시금 그녀에 대한 생각이 밀려들었다. 개이가 안정을 찾으면 물어보려 했다. 소랑이가 예현선이 맞는지를. 소랑이가 정말로 내 배필이 되었어야 하는 여자인지를. 그래서 나에게 그녀의 과거를 캐지 말라 말했던 것인지를.

그러나 개이는 며칠 동안 오래도록 정신을 차리지 못했다. 그가 묻는 말에도 전혀 답을 하지 못할 만큼.

이제 신원이 스스로 그 답을 찾아야 할 때였다.

예전 세자빈의 대역을 했던 차년이라는 여자에게서 귀걸이가 발견되었다. 이 귀걸이를 댓젓골 보석상에서 산 사람은 다름 아닌 예현호 대감 댁 정실부인 서씨였다.

그녀를 찾아가야 했다. 그때 그 혼인이 무산되지 않았더라면, 나의 장모님이 될 뻔했던 그 여자를.

*

"뭐, 이신원 도사가 찾아왔다고?"

소식을 들은 서씨 부인의 눈이 대번에 가늘어졌다.

그가 금부도사였던 시절, 자꾸 자신들의 입지를 압박해 오기에 그를 없애기 위해 온양 행궁의 관원들까지 매수해 독침을 쏘았다.

그러나 침을 맞은 것은 그의 수하였다. 결국 그는 끝끝내 살아났다고 했다. 그 이후 금부도사를 사직하고 궐에서 떠났다는 소식은 들었다. 오른손잡이 무사이지만, 그 오른팔을 쓰지 못하게 되었다는 소식도 들었다.

그를 없애는 데에는 실패하였으나, 금부를 사직해 그가 더 이상

공식적인 조사를 할 수 없음은 다행이었다. 궐에서 나온 뒤 그의 자취는 찾기 힘들다 했다.

그래, 차라리 이대로 사라져 주면 좋으련만.

그런데 그가 여기까지 찾아오다니. 왜 다시 나타나서! 이제는 금부도사도, 뭐도 아닌 그저 외팔이 무사에 불과한데.

서씨는 여차하면 무력을 사용할 준비까지 해 놓고서 그를 맞았다.

"안녕하십니까. 오랜만입니다."

서씨가 오래간만에 제대로 마주한 신원의 모습은 7년 전과 별다름이 없었다.

그는 여전히 훤칠하고 이목구비가 시원시원한 미남이었다. 부드러운 눈매 속에 가려진 날카로움도 그대로였다. 팔을 쓰지 못하게 된 그였지만, 그 당당함에는 변함이 없었다.

"오랜만이시겠지요. 자그마치 7년 만이 아닙니까."

"그렇습니다. 그때 그 일이 없었더라면 이 집에 사위로 왔겠지요."

사위라. 서씨는 피식 웃음을 지었다.

그래, 한때는 너무나 사위 삼고 싶었던 자였다. 지금은 물론 죽이지 못해 안달이지만.

"잊으신 건 아니겠지요? 이 집의 첫째 따님, 예현선의 신랑이 될 뻔했는데."

"그럼요. 우리 현선이는 아직도 잘 지내고 있습니다."

이에 신원은 너털웃음을 터트렸다.

"하하, 둘째 따님 예현희를 아직도 현선이라 부르십니까?"

날이 바짝 서 있는 신원의 말투에 서씨의 눈썹이 꿈틀했다.

"왜 그런 표정을 지으시지요? 벌써 예현희가 가짜 현선으로 살아온 지 7년이 아닙니까?"

뭐, 가짜 현선? 순간 서씨는 치맛자락을 꽉 움켜쥐었다.

"무슨 말씀을 하시는 건지 모르겠습니다. 현선이가 날 때부터 현선이지, 바뀌다니요."

"궐내, 궁녀 중 소랑이라는 자가 있습니다."

그러나 신원의 표정엔 전혀 흔들림이 없었다.

"저는 그자가 부인께서 내쫓은 예현선이 아닌가, 생각하고 있습니다."

"말이 되시는 소리를 하십시오!"

앙칼지게 튀어나온 목소리와는 달리 서씨의 손끝은 바들바들 떨렸다.

"소랑이가 원래 내 신부가 되어야 할 예현선이 아닙니까!"

"차아, 어디서 근거도 없이 그런 미친 소릴 하시는 겝니까?"

증거를 가져와라?

서씨의 그 말에 신원의 두 눈에선 번쩍 불길이 솟았다. 점점 더 확신이 들고 있었다. 이렇게 뻔뻔한 그녀라면, 분명 정실부인의 첫째 딸을 집에서 몰아내고도 눈 하나 깜짝하지 않을 사람이었다.

"명색이 금부도사인데, 증거도 없이 이러고 있겠습니까?"

신원은 품 안에서 천천히 종이를 꺼냈다.

양가에서 혼담이 오갔을 때의 그 그림을. 그림엔 똑똑히 소랑의 얼굴이 그려져 있었다. 밑에는 예, 현, 선. 이름마저 선명하게 쓰여 있다.

"이, 이건?"

서씨의 얼굴이 새파랗게 질렸다. 이런 증거가 남아 있을 것이라고는 생각조차 해본 적이 없었다. 그 시절엔 서로의 얼굴도 모른 채 혼인이 이루어지는 건 예삿일이었기에 신원 역시 신부의 얼굴을 모르고 있는 줄로만 알았다.

아마 아버지들의 요청 하에 이 그림이 오갔을 것이다. 혹은 매파가 은밀히 이 그림을 전달했거나.

"이제 모든 것을 되돌릴 차례입니다."

방금 전까지 나직한 목소리로 할 말을 하던 신원은 더 이상 없었다. 이제 서씨의 눈앞엔 호랑이보다 더 무서운 의금부 도사, 아니 지옥의 사천왕이 서 있는 것 같았다.

"당신 서씨는 자신의 친자를 시집보내기 위해 예현선을 쫓아내고 둘째를 첫째라 속였습니다. 게다가 당신네 일당은 보쌈꾼들과 결탁해 세자빈과 닮은 여자를 고의로 궐 안에 들여보냈습니다. 임금과 이 나라를 뒤흔들어 놓을 목적으로요. 진정 역적 죄인이 따로 없지 않습니까?"

서릿발 같은 신원의 호통에도 불구하고, 추궁을 받는 서씨에게선 기괴한 웃음이 떠올랐다.

"하아, 고작 그것으로 나를 겁박하시겠다? 이것 알고 계십니까? 이 나라의 역적은 따로 있습니다."

목소리는 잔뜩 떨렸지만, 그녀 역시 잔뜩 독기를 품고 있었다.

"역적은 바로 그년, 소랑입니다. 내 말 한마디면, 그년이 역적의 죄를 쓸 수 있다는 것을 왜 모르십니까?"

뭐? 이에 신원의 눈가가 굳어졌다. 이 여자가, 무엇이 어째?

"그년이야말로 이 나라의 가장 큰 죄인이지요!"

"그 입 닥치지 못하시오!"

"그년은 이 나라 임금에게 사기를 쳤습니다."

뭐…… 사기?

"그년이 사기꾼인 것은 진작 알고 계시지 않았습니까!"

서씨는 맨 처음 신원이 소랑이를 잡아들였던 그때를 얘기하는 것이다.

"그년에겐 전혀 신기가 없습니다."

신원의 두 눈이 크게 벌어졌다.

"지금껏 모두 그년의 말에 깜빡 속으셨습니다."

믿을 수가 없었다. 분명 서씨 부인이 헛소리를 하는 것일 테다. 허나 그녀의 입은 멈추지 않고 큰소리를 뱉어냈다.

"신기가 있어 죽은 폐빈의 넋을 받을 수 있다고 했다지요. 하핫, 신기 없는 자가 어찌 넋을 받습니까? 처음부터 끝까지 모든 것이 사기였습니다."

말도 안 되는 소리였다. 그가 직접 빙의를 하는 것도 보았는데, 그렇다 하기엔 세자빈의 많은 것을 정확하게 보여 주었는데.

아, 예전에 그때 약간 의심을 하긴 했었다. 세자빈 안씨의 주변인들을 왕 이헌에게 대면시켰을 때. 그때 이들을 돈으로 매수한 것을 알고 소랑이에게 왜 그런 것이냐 물은 적이 있지만 어떻게든 세자빈을 잊게 하려 그 일을 꾸몄다는 말에, 결국 고개를 끄덕인 적이 있었다.

그렇지만 정말 이 모든 것이 거짓이었다고? 대체 어디서부터 어디까지가 거짓인 것인가?

"우리 가문에선 신기 있는 자가 나올 수가 없소. 선대에 무당이라고는 씨도 없는데. 어느 날 갑자기 신내림을 받았다고요? 물어보십시오. 대체 언제 신기가 들어왔는지."

여전히 너무나 믿기지가 않는 말이었다. 가만히 있어도 턱이 덜덜 떨려 오는 것만 같았다.

"거, 거짓말 마시오."

"기회가 되시면 직접 한 번 물어보시오. 그 표정이 어찌 변하나!"

소랑이가 내 배필, 현선이라는 것을 알아내기 위해 서씨와 대면했지만, 감당도 하지 못할 너무 큰 진실을 마주하고 말았다.

"그년이 죽기를 바라면 한 번 떠들어 보시오. 소랑이가 예현선이라고."

이에 신원의 얼굴에는 핏기마저 모두 사라지고 말았다. 서씨의 그 말을 모두 믿을 수는 없기에 조금 더 알아봐야 할 것 같았다.

신원은 결국 비척비척 서씨의 방을 나와 버리고 말았다. 어디까지 믿고 어디까지 믿지 말아야 할지 가늠할 수 없기에, 머릿속은 더더욱 혼란스러웠다.

서씨는 그렇게 신원이 혼란 속에 사라지는 모습을 보며 뒤에서 다가온 현희의 어깨를 끌어안았다.

"너는 반드시 정실부인의 딸, 예현선이어야 한다."

"어머니!"

"우리가 7년간 준비해 온 것이 바로 간택이 아니냐? 이 일을 수포로 가게 둘 수는 없어."

소랑이가 신기 없이 사기를 치고 있다는 것을 알고 있음에도 불구하고, 서씨가 고발을 하지 않은 이유가 바로 그 때문이었다. 소랑이를 조사하다 보면 다시 그녀가 예현선이라는 것이 밝혀질까 봐. 그럼 지금 예현선으로 살고 있는 현희가 잘못될까 싶어서.

"그래, 이것으로도 저놈을 겁박할 것은 충분하다."

작은 밀고 하나만으로도 소랑을 밑바닥까지 추락시킬 수 있으니, 신원은 더 이상 아무 일도 벌이지 못할 것이다. 이것으로 그를 충분히 협박할 수가 있었다.

"우리는 우리의 날을 준비하자꾸나."

서씨는 다시 한 번 검은 야심을 번뜩였다. 나는 반드시 이 나라 국모의 어미가 될 것이니, 아무리 나를 이기려 해 보아도 소용없을 것이다.

너무나 충격적인 소식에 신원의 가슴은 터져 버릴 것만 같았다.

주체할 수 없이 뛰어오는 가슴을 안고서 그는 세차게 말을 달려 박 의원 댁으로 향했다.

정성을 들여 개이를 간호하던 해영이 신원이 도착한 것을 알고서 는 가쁜 숨을 내쉬며 달려 나왔다.

"언니에게 전갈을 보냈어요. 만약 전하의 허락을 받을 수 있다면, 언니가 사가로 나올 수 있을 것이어요."

그녀는 뒤뜰 쪽을 가리키며 말했다.

"너무 감사드려요. 이렇게 구하기 힘든 약재까지 다 구해 주시고."

저번에 의원이 개이에게 필요하다고 했던 약을 신원이 모두 구해 온 것이었다. 허나, 지금 신원은 이것저것 다른 것을 물을 새가 없 었다.

"소랑이에게 신기가 없다는 얘길 들었다."

그는 해영에게 바로 돌직구를 던졌다. 잠시 당황으로 번진 그녀 의 얼굴이 곧 벌겋게 달아올랐다. 잠시라도 입에 거짓말을 담지 못 하는 해영이었다. 그녀는 답할 말을 전혀 찾지 못한 채 그저 말을 더듬거렸다.

"그러니까 그것이……."

해영의 당황한 표정이 질문에 대한 답이었다. 서씨의 말은— 놀랍 게도 사실이었다. 또 한 번 그의 가슴에 혼란의 태풍이 불어닥쳤다.

"그럼 대체 어디서부터 어디까지가 거짓이란 말이냐?"

차마 짐작을 할 수가 없었다.

궐에 입궁해서 신기가 있는 척했던 모든 것이 거짓이었다고? 대체 왜? 왜 그랬어야 했는지 너무나 묻고 싶었다.

"소랑이가 여기로 온다고 했지? 직접, 물어봐야겠어."

그의 나지막한 목소리에 하얗게 질려 버린 해영이가 신원의 앞을 막았다.

"그러지 마시어요. 언니를 좋아하신다면서요."

그녀의 표정은 절박했다. 어떻게든 신원을 말리고 싶어 하는 것 같았다.

"그간 언니가 얼마나 큰 죄책감에 시달리고 있었는지 아셔요? 정말로 밤마다 괴로워했어요. 어쩌다 그 말 한마디가 그렇게 큰 파장을 일으키게 되어……."

아마 옥사에서 소랑이가 했던 그 말일 것이다. 죽은 폐빈의 넋을 씻어 내야 이 나라 금혼령이 끝날 것이라고.

실은 그것을 왕에게 보고해 일을 크게 만든 것이 바로 나였다. 만약 그것을 전하지 않았더라면 아니 그녀를 잡아들이지 않았더라면 정말로 이 모든 일이 벌어지지 않을 것이었다.

"언니도 얼마나 많이 힘들어했다고요. 하지만 알잖아요. 이 금혼령 시대의 민심이 어떠한지, 얼마나 다들 이 금혼령이 끝나기를 바라는지. 왕이 아직도 죽은 폐빈만 찾고 있었다면, 이 나라는 정말 끝장이었겠죠. 언니는 그래서 그만둘 수 없었던 거예요. 도사님마저 언니를 추궁하지는 마세요. 제발, 제발."

신원을 붙잡는 해영에게서는 눈물이 뚝뚝 떨어졌다. 소랑이의 죄가 얼마나 큰 것인지는 해영 또한 알고 있었다. 그 일이 커지고 커져, 결국 여기까지 오고 만 것이었다.

해영이라도 신원을 막아야 했다. 더 이상 말이 나오지 않게, 조금이라도 이 사실이 퍼지지 않게. 신원은 자리에 털썩 주저앉으며 뜨거운 숨을 내쉬었다. 그의 혼란은 여기서 끝이 아니었다.

"혹시 이것도 알고 있었느냐? 소랑이가 원래 나의 신부가 되어야 한다는 것을."

해영은 도저히 이해할 수 없다는 표정이었다.

"무슨 소리이신지."

"말 그대로다. 소랑이는 원래 예현호 대감 댁 첫째 딸 예현선이었어. 나와 혼인을 할 여자. 그 집에서 쫓아내지 않았으면, 금혼령이 내려지지 않았으면, 소랑인 내 신부가 되었을 거야."

그 사정까지 해영이 알 수는 없었다. 개이를 제외하면 소랑의 원래 이름을 알고 있는 자는 없었기에.

"그래, 네 말대로 그 일은 덮어 두자. 나도 소랑이를 죄인으로 만들 생각은 없으니까. 그리하여도 나는 원래 내 운명을 찾아야겠어. 소랑이와 함께 했어야 할, 그 운명 말이야."

신원의 눈빛에는 강한 결의가 차올랐다. 더 이상 소랑을 놓치지 않겠다는 결의였다.

"그렇지만 언니는 이미 전하의 여자고 궐에 소속된 궁녀라."

"그것도 내가 엮어 놓은 것이니 내가 풀어내야지."

결자해지.

신원은 모든 것을 바로 할 준비를 하고 있었다. 해영은 그런 신원을 불안하게 보았다.

앞으로의 일은 그녀 또한 예상하기가 힘들었다. 대체 소랑이가
사가에 나오게 되면 신원은 그녀를 어찌할 것인가?

26

사
막
에
떨
어
져
도
다
시
만
나
야
할
사
람

"언니, 예까지는 못 올 줄 알았는데 어찌 오셨어요?"

소랑이 의원 댁에 도착하자 해영이 버선발로 달려 나왔다. 해영
의 얼굴은 며칠간 잠을 자지 못했던 듯 잔뜩 수척해져 있었다.

"이게 얼마 만이에요."

"해영아, 그간 고생 많았지."

이렇게까지 밤잠까지 설쳐가면서 고생을 하다니. 소랑은 해영에
게 정말 미안하고 고마웠다. 부쩍 마른 듯한 그녀의 모습이 안타까

워, 소랑은 해영의 손을 꼭 쥐었다.

"그래, 개이 할배 상태는 어떻고?"

"들어가 보셔요. 벌써 며칠째 사경을 헤맸어요."

의원 댁의 한쪽 방문을 열자, 그 안에서는 개이 할배가 머리에 젖은 수건을 올리고서 끙끙 앓고 있었다. 못 본 새 개이 할배는 더욱 쪼그라들고 말라 버린 것 같아 너무나 가슴이 아팠다.

"괜찮으세요?"

거동도 할 수 없을 듯이 앓고 있던 개이는, 소랑의 목소리를 듣자 깜짝 놀라며 몸을 일으켜 세우려 했다.

"중전마마!"

"네?"

"어찌 이런 누추한 곳까지 걸음 해 주셨나이까, 저는 괜찮으니 어서 궐로 돌아가시옵소서."

"갑자기 왜 이러시는 거야?"

"며칠째 헛소리가 심하셨어요. 저번엔 저보고 정가 댁 부인이라 하더니먼."

휴우, 상태가 많이 심각하구나. 이걸 어쩐다.

소랑은 더욱더 걱정스러운 눈빛으로 개이의 손등을 쓰다듬었다.

"개이 할배, 나요, 소랑이. 먹성 좋고 까불거리기 좋아하는 소랑이를 벌써 잊으셨소? 날 좀 제대로 보시오."

"중전마마, 지금은 사가에 나오실 때가 아닙니다. 궐로 돌아가시옵소서."

개이의 얼굴에 핏기라고는 없었으나 목소리만은 형형했다. 마침 박 의원이 안으로 들어와 개이의 상태를 설명해 주었다.

"치매가 더욱 심해졌습니다. 높은 고열로 인해 이리 헛소리를 하시는 게요."

눈앞에 헛것이 보이는 듯 허공에다가 헛손질을 하는 일도 다반사라 했다. 소랑의 한숨은 더더욱 깊어졌다.

"일주일 새에 몇 번의 고비가 더 올 것이니, 그때를 잘 넘겨야 합니다."

"약재가 부족하지는 않습니까. 듣자 하니, 열을 진정시키는 약재 값이 상당하다던데."

"이는 걱정 마십시오, 뒤뜰에 산처럼 쌓아 놓았으니까요."

약재에는 꽤 큰돈이 들 터인데, 산처럼 쌓아 놓았다고?

"아니, 해영아. 약재값은 다 어떻게 하고?"

소랑은 살짝 놀란 얼굴로 해영을 바라보았다. 해영이 그렇게 한 꺼번에 약재를 구해 들여놓았을 리는 없고.

"그, 그러니까."

이에 해영은 당황한 얼굴로 그녀의 눈치를 살폈다. 뭔가 말해서는 안 될 비밀이라도 있는 듯했다.

소랑은 안 되겠지 싶어, 아예 뒤뜰로 나가 쌓여 있는 약재들을 바라보았다. 누군가 방금 전까지 그 약재를 달이고 있었던 듯 주전자에서는 모락모락 김이 오르고 있었다.

어쩐지 가지런히 약재들이 정리가 되어 있는 그 모습에, 소랑의 직감이 꽂혔다. 답은 하나였다. 이것은 신원이 정리한 것이다.

"여기 신원이가 있었구나."

소랑은 뒤따라 나온 해영을 돌아보며 말했다. 대답하지 못하는 해영의 표정을 보니, 이는 확실했다. 신원이가 아픈 개이를 보살피고 있었던 것이었다. 그녀가 도착한 방금 전까지도, 여기서 약을 달이면서.

순간 늑골에 금이 가는 것만 같은 통증이 밀려왔다. 너무나도 안부가 궁금하던 그였기에, 정말로 보고 싶던 그였기에.

"신원이, 몸은 괜찮니?"

대체 그 팔이 어찌 되었는지 너무 걱정이 되어 꿈에까지 그 장면을 보던 그녀였다.

해영은 아무 답도 하지 못했다. 미리 아무 말도 하지 말라, 신원이 주의를 준 것이 분명했다.

그래, 다시 보지 말자, 그렇게 독하게 말하고 돌아섰던 그였는데 이렇게 쉽게 내 앞에 다시 나타날 리 없었다. 그렇게 신원의 마음이 불편하다 하면, 소랑 역시 굳이 그를 찾아가지 않을 것이다. 신원을 보고자 하는 것도 그녀 혼자만의 욕심일지 모르기에.

다만, 그 팔만은 어찌 되었는지 꼭 알고 싶었다.

"신원이 몸이 어떤지만 얘길 좀 해 줘. 많이 안 좋니?"

그러나 해영은 답할 수 없다는 듯 끝끝내 고개를 가로저었다. 그 답 자체가 이미 괜찮지 않음을 내포하고 있는 듯하여 소랑은 고개를 푹 숙이고 말았다.

"그래, 불편하면 말하지 않아도 돼."

소랑은 그 뒤뜰, 약을 달이는 주전자 앞에 앉았다. 신원이 달이던 그 약재나 마저 달여야 할 것 같았다. 일단은 개이의 건강이 회복되는 것이 우선이니까.

"해영아, 이건 내가 마저 할 테니 너는 집에 좀 다녀와. 몸도 씻고 옷도 갈아입고. 좀 더 쉬다 와도 괜찮아."

"아니에요. 괜찮아요, 언니."

"이거 들고나가서 식사라도 좀 하고. 이러다가 네가 쓰러지겠어."

소랑은 그녀에게 엽전을 쥐여 주며 말했다. 해영은 한사코 거절했지만, 결국은 그녀의 성화에 집으로 향할 수밖에 없었다.

그날 밤, 소랑은 아예 개이의 옆자리에 요를 펴 놓고 그를 본격적으로 간호하기 시작했다. 약을 달여 먹이고, 땀을 닦아 주고, 머리에 찬 수건이 식으면 다시 수건을 바꾸어 오고.

허나 개이의 열은 내려갈 줄을 몰랐다. 어떻게든 이 열을 낮추어야 할 텐데, 그래야 지금 이 고비를 넘길 텐데.

소랑은 따뜻한 물이라도 가져와 먹여야겠다고 생각해 다시 뒤뜰로 향했다.

까만 밤하늘에는 휘영청한 보름달이 높게 떠 있었다.

미어지는 내 마음도 모르고 저 달은 혼자서 밝기만 하구나. 답답한 마음에 한숨을 후욱— 뱉었을 때 돌아서던 소랑은 문득 어두운 그림자를 발견했다. 달빛이 조금만 어두웠어도 발견하지 못했을 그림자였다.

그는 그토록 보고 싶던 인물. 그녀가 꿈에서까지 죄책감을 느꼈던 그 사람. 역하도록 마음을 아프게 했던 그이.

바로, 신원이었다.

잠깐의 순간에도 어쩜 이렇게 눈물이 왈칵 쏟아지고 마는 건지, 소랑은 흐려지는 눈을 깜빡여 제 앞에 선 그림자를 빤히 응시했다.

그래, 신원이 맞았다.

소랑의 심장은 쿵 내려앉고 말았다. 다시 그를 보는 것만으로도.

"신원아."

결국 둘은 다시 만나게 되었다. 길고 긴 시간을 돌아서, 사막에 떨어져도 다시 만나야 할 사람처럼.

❀

그녀와 마주치는 순간, 신원의 숨 역시 멈췄다.

숨이 막히도록 그리웠던 그녀였다. 귓전을 울리는 간만의 그 목소리도 어제 들었던 것처럼 너무 익숙해서 그리고 정겨워서, 울컥 눈물이 쏟아져 나올 것 같았다.

못 본 새에 그녀는 훌쩍 성숙해져 있었다. 장난기 가득한 앳된 모습은 사라지고, 정말로 우아한 여인네가 걸어오는 듯했다.

그래, 그녀가 내가 오래도록 기다려 왔던 그 복사꽃 여신이었다.

나의 배필이 되기를 그토록 오래도록 바라 왔던 그녀가 바로 예현선, 지금의 소랑이었다. 말로 표현하지 못할 그리움과 애정이 가슴에서 뒤섞였다. 어느새 신원의 눈가는 붉은 파도로 일렁이고 있었다.

"팔이 왜 그래?"

다시 한 번 그녀의 목소리가 귓전을 울렸다. 신원을 보자마자 소랑의 시선은 정확하게 그의 오른팔에 꽂혀 있었다. 힘이 없는 그 팔뚝을 보자, 그녀는 울음을 터트리기 직전이었다.

"그렇게 됐어."

신원은 아무렇지 않다는 듯 나직하게 얘기했다. 이렇게까지 가슴에 격랑이 일고 있는데, 자신의 목소리는 낯설 만큼 조용하기만 했다.

"얘길 해 주지, 왜 얘길 안 했어!"

곧 그녀의 눈가 역시 붉은 파도로 넘실거리기 시작했다. 그 눈에 가득 고인 것은 다름 아닌 죄책감이었다.

"너 때문이 아니야, 소랑아."

"아냐, 나 때문이야. 너한테 그렇게 많은 약속을 했는데 다 져 버렸어. 다 나 때문이야."

"아니야."

신원은 그녀의 눈을 지그시 바라보았다. 그녀가 나를 그리워했을까? 설마 나만큼이나 그리워했을까? 나는 정말로 오랫동안 그녀를 기다려 왔는데, 정말 애절하게 그녀만을 생각해 왔는데 과연 그녀도 나를?

"보고 싶었어, 소랑아."

신원의 그 말에 소랑은 고개를 주억주억 끄덕였다.

"그래, 그래."

소랑은 소리 내어 보고 싶었다는 말을 차마 할 수가 없었다. 너의 존재가 많이 그리웠다고, 그 빈자리가 많이 허전했다고. 궐에 있는 내내 습격처럼 너의 생각이 많이 떠올랐다고. 허나 그렇게 말할 수가 없었다.

"어떻게 지냈어?"

신원이 떨리는 목소리로 묻자 소랑은 입술을 깨물고 말았다. 대답을 하려니 정말 너무나 잔인해서. 너무 오래간만에 너를 다시 만났는데, 내가 할 수 있는 말은……

"나, 전하의 여자가 되었어."

또다시 상처를 주는 것뿐이었다. 그 말을 꺼내는 순간 소랑은 다시 한 번 깨달았다.

아, 나는 신원을 아프게 할 수밖에 없는 존재였지. 그래서 우리가 그때 멀어진 것이었지. 이 마음이 헌에게 있는 이상, 우리는 아무리 서로를 보고 싶어 한들 가까워질 수가 없다.

"혹시."

"응, 승은을 입었어."

신원의 가슴속에서는 바윗돌이 쿵쿵 굴러 떨어지는 소리가 났다. 무거운 바윗돌이 절벽에서 떨어지며 그의 가슴에 아픈 생채기를 내고 있었다.

그가 궐에서 퇴장한 이후로 헌과 소랑이 더더욱 잘될 것이라고는 예상했었다. 역한 밤, 그간의 날카로운 상상들이 그를 할퀴고 괴롭혔었다.

그런데 막상 그 얘기를 실제로 들으니 이것은 예상했던 아픔과 전혀 다른 것이었다. 정말, 훨씬 더 아팠으니까. 측정할 수 없을 만큼 깊은 곳까지 가슴을 칼로 쑤시는 것 같았으니까.

"그랬구나."

아무렇지 않은 듯 답했지만, 속은 썩어 문드러지고 있었다. 정말로 헌의 여자가 되었다는 그 말에.

"승은을 입으면 후궁이 되어야 할 텐데, 어째 그 소식은 들리지가 않네."

"모든 것은 비밀로 하기로 했어."

"뭐?"

"그냥, 알잖아. 내가 비빈이 될 재목이 아닌 거."

그 말도 신원에게는 통증으로 다가왔다.

빈이 되어 지위가 높아지고 품계를 받는다면 정말로 궐의 여자라 할 수 있을 텐데. 이제는 그녀가 다시 볼 수 없을 만큼 멀리 갔다고 생각할 텐데. 그러나 여전히 소랑은 손 뻗으면 닿을 만큼 가까이 있는 것 같았다.

지금도 이렇게 내 앞에 서 있지 않는가? 그녀를 보면 다시 솟아오르는 희망이 슬펐다. 버릴래야 버릴 수 없는 이 욕심도 너무나 괴로웠다.

이제는 그녀에게 물어보아야 했다. 그토록 너무나도 묻고 싶었던 그 진실에 대해서.

"왜 그동안 모른 척했어?"

"뭐를?"

"나에 대한 거, 그리고 너에 대한 거. 우리에 대한 거 말이야."

신원의 눈빛은 애절하고 애틋했다. 우리에 대한 거라니, 대체 그는 무엇을 말하려 하는 것일까.

"네가 예현선이라는 사실 말이야."

신원의 입에서 그 소리가 나오는 순간, 소랑의 귓전에서는 와장창 유리가 깨지는 소리가 나는 것 같았다.

결국, 알아 버렸구나. 그녀가 그토록 숨기려 했던 자신의 정체. 그가 드디어 그것을 알아 버린 것이었다.

"왜 얘기하지 않았어. 내가 너의 신랑이 될 뻔했다는 거 말이야."

"일부러 숨기려 한 게 아니야. 그럴 수밖에 없었던 상황이었던 거야."

내가 어떻게 다시 만난 너를 내 신랑감이 될 뻔한 자라 말할 수 있었겠어. 이미 그런 사기를 쳐 버리고 난 뒤였는데. 정체를 숨긴 채 궐에 들어가 매일매일 거짓을 고해야만 하는 상황이 되어 버렸는데.

"나는 7년 동안 너를 찾아다녔어."

"나는 7년 동안 너를 포기했어."

신원이 힘주어 한 말에 소랑은 힘을 주어 답했다.

우리가 걸어온 금혼령, 7년의 시간은 너무나 다른 시간이었기에, 차마 비교할 수 없는 날들이었기에.

"7년 동안 나를 찾았다 했었지. 나는 그 7년 동안 예전의 내 모습을 잊기 위해 부단히 노력했어. 밤이면 주먹으로 입을 막고 울었어. 내가 예현선이란 게 잊히지가 않아서. 내가 어쩌다 집에서 쫓겨나서 이렇게 전국 팔도를 도는 팔자가 되었나, 억울하고 슬퍼서."

"……!"

"넌 신부를 잃었는지 몰라도 난 전부를 잃었어. 내 이름, 가족, 모든 기억, 정체성. 이미 내가 예현선이 아니니까 아는 척할 수 없었던 거야. 이미 죽어 버린 나를 너로 인해서 다시 되살릴 수가 없으니까."

7년 전, 계곡물에 빠지면서 예현선은 죽은 것이라 생각했다. 먼발치에서 보았던 신랑에 대한 기억도 그 물에 함께 묻었다. 그리고 내 모든 것을 함께.

신원은 여전히 미어질 듯한 눈으로 그녀를 바라보았다.

"알고는 있었지, 내가 7년 전 혼인 상대였다는 거?"

이름을 듣자마자 알았었다.

"이정학 대감 댁 장남 이신원, 버드나무 집 잘생긴 도령."

아무리 얼굴을 보지 못한 신랑이라 하더라도 이름마저 모르는 것은 아니었으니까.

"너에게 여러 번 얘기했었잖아. 사라진 신부에 대한 그 이야기. 그때마다 미안하지 않았어? 어떻게 가만히 듣고만 있을 수 있어?"

"신원아, 우린 그때 실패한 연이야. 다시 얘길 꺼내 봤자 무슨 소용이 있겠어."

"아니, 우린 그냥 어긋난 거야. 그런 일이 아니었다면 아직까지 신랑 각시로 잘살고 있었을 거라고."

소랑은 입을 다물었다. 그것에 대해서 생각해 보지 않던 소랑도, 최근에 꿈을 꾼 적이 있었다. 신원을 남편으로 맞아, 너무나도 잘살고 있는 그 꿈을. 허나 그것은 꿈에 불과했다. 그녀는 고개를 세차게 내저었다.

"금혼령이 내려지지 않았더라면 더 끔찍했겠지. 그때 혼인이 무산되지 않았더라면 넌 내 이복동생과 혼인했을 거야. 그리고 우리가 결국은 다시 만나게 되는 이런 운명에 있더라도, 절대 다시 이어지지 못했을 거야."

독하게 말해야 할 것 같았다.

네가 그 사실을 알았다고 해서, 앞으로 우리 관계가 달라지는 것은 없을 것이라고.

"우린 이어질 수가 없어. 신원아."

신원은 무엇인가로 세차게 얻어맞은 표정이었다. 다시 한 번 신원에게 너무나 큰 상처를 준 것 같아 끝끝내 이 가슴이 잘게 부서져 가루가 되어 버린 것 같았다.

너무나 그리웠던 그였다. 나의 목숨을 여러 번 구했던 그였다. 내가 없는 동안 극진히 개이를 보살폈던 그에게, 결국 오른팔까지 잃은 불쌍한 그에게 나는 이렇게밖에 말할 수가 없었다. 이런 나 자신이 너무나 싫어 자리에 주저앉아 그저 엉엉 울고만 싶었다. 온몸의 신경 하나하나까지 저리도록 아팠다.

소랑은 자신이 신원에게 느끼는 감정이 사랑이 아니라 생각했다.

그녀의 진정한 사랑은 헌에게 있다고 생각했다. 그런데 상처받는 그의 모습을 보니 대체 왜 이렇게 아픈 건지. 모든 게 갈가리 찢어지는 것만 같은 건지.

네가 아프면 왜 나도 이렇게 아픈 걸까? 너에 대한 내 감정은 뭘까? 정말 미안함일까? 우리가 끝날 수 있을까? 이 관계가 끊어질 수 있을까?

결국 복잡한 생각이 터져 버린 소랑은 그대로 무너져 울고 말았다. 내 마음 어쩔 수가 없어서. 이 마음이 뭔지 도저히 알 수가 없어서, 너무 혼란스러워서. 아예 자리에 주저앉아 엉엉 자신을 놓아 버리고 말았다.

신원은 그런 소랑의 앞에 쭈그려 앉아서 말했다. 쉽사리 손조차 대지 못한 채였다.

"울지 마."

그래, 지금 더더욱 울고 싶은 건 나니까 울지 마. 네가 울면 나는 어떻겠니. 그는 속으로만 애타게 말했다.

"왜 팔은 그렇게 되어 가지고, 엉엉."

소랑의 눈에 자꾸만 걸리는 건 힘이 없는 그의 팔뚝이었다. 한 번 터져 버린 울음은 멈추지도 않았다.

"정말 속상하게……."

신원은 그녀의 손도 잡지 못한 채 안타까운 거리에 있었다. 해영의 말대로 그녀를 더 추궁할 수는 없었다.

신기가 없다는 말이 정말 사실인 건지, 대체 어디서부터 어디까

353

지가 거짓인 건지.

허나 그걸 묻는다 해도 답은 없었다. 그 거짓이 밝혀졌다간 오히려 소랑이 큰 죄를 쓰게 될 것이니까, 어떻게 건드려야 할지 신원도 알지 못했다. 다만, 언젠간 되돌려 놓아야 할 일이었다.

서씨가 진실을 알고 있고, 소랑이 언제 죄를 뒤집어쓸지 모르는 이상 분명 이대로 놓아둘 수는 없는 노릇이었다.

"울지 마, 소랑아."

신원은 결국 울고 있는 소랑을 끌어안았다. 지금 그녀가 누구 여자인지는 중요하지 않았기에.

세상 누구보다도 사랑하는 그녀가, 나 때문에 울고 있다는 것이 중요했다. 그는 하염없이 그녀의 등을 토닥였다.

신원이 그렇게 왼쪽 손으로만 자신을 두드리는 게 너무 슬프고 서러워, 소랑은 울음을 그칠 수가 없었다.

그리고 그 모습을 소랑의 두 새로운 호위 무사, 선혁과 활이 멀리서 보고 있었다.

'이걸 어찌하지' 라는 표정의 둘이었다.

27

비밀이 밝혀지는 것은, 단 한순간이었다

이튿날 아침, 소랑은 마당을 쓸고 있던 박 의원의 곁으로 다가갔다.

"신원이의 팔도 박 의원님께서 치료해 주셨다고 하셨지요."

그는 고개를 끄덕였다. 신원이 어깻죽지에 독침을 맞았을 때 가장 먼저 응급처치를 해 준 사람이 바로 그였다.

"신원이가 다시 팔을 쓸 수 있는 방법은 없습니까?"

지난 새벽녘, 소랑은 보았다.

355

신원이 뒤뜰에서 왼손으로 칼을 잡고 휘두르다가 떨어뜨리고 다시 주워서 휘두르는 그 모습을.

그는 어떻게든 왼손으로 칼을 잡기 위해 노력하고, 또 노력했다. 신원이 자신을 향해 칼을 휘두른 것도 아닐진대, 왜 이렇게 가슴에 까슬한 생채기가 생기는지 알 수가 없었다. 예전에 날렵하게 검을 휘두르던 그의 모습이 못 견디게 그리워졌다.

다시 그 예전으로 돌아갈 수는 없을까. 의원을 보는 소랑의 눈빛은 간절했다.

"일시적으로 큰 충격을 받으면, 마비된 신경이 되살아날 수는 있겠으나 그럴 가능성은 희박합니다."

대신 그는 팔의 신경이 완전히 죽어 버리지 않게 틈나는 대로 잘 주물러 주는 게 중요하다고 말했다.

'그렇구나.'

고개를 끄덕이던 소랑이 바로 뒤뜰에서 개이의 약을 달이고 있던 신원에게로 향했다. 그러고는 다짜고짜 신원의 오른팔 소매를 걷어 올렸다.

"뭐, 뭐 하는 거야?"

추욱— 힘이 없는 그의 팔을 보자 다시 한 번 욱신, 가슴이 조여 드는 것 같았지만 애써 그녀는 열심히 손끝에서부터 팔을 주물렀다.

"이게 팔 회복에 좋다길래."

"이런다고 안 돌아와."

그 역시 쓰디쓴 이 사실을 받아들이기까지 참 오래 걸렸다.

"그래도, 해 볼 수 있는 데까진 해 봐야지."

그런 그녀의 눈에 가득 고여 있는 건, 바로 죄책감이었다. 그녀는 희망을 손에 만지고 싶은 듯했다. 신원이 다시 오른팔로 칼을 잡게 될 수 있을 거라는, 그 희망을.

"너로 인해서 그리된 게 아니라니까."

신원은 그녀를 다독이면서 말했다.

"그래도 미안해."

"여기엔 언제까지 있을 거야?"

소랑의 극진한 간호에 개이는 몇 차례의 고비를 순조롭게 넘겼다. 이제 몸의 열만 좀 떨어지면 크게 걱정할 것은 없을 것이라 했다.

"애달당으로 돌아가실 때까지는 곁에 있어야지."

신원의 눈빛이 잠시 바람결의 갈대처럼 흔들렸다.

"있잖아."

그는 중대한 무언가를 물어보려는 듯, 잠시 입술을 깨물었다.

"네가 신기가 있잖아, 그럼 보이지 않아? 개이가 언제 죽을지, 내 팔이 어떻게 될지, 혹은 네 운명이 어떻게 될 건지."

소랑은 가느다란 눈으로 그를 보았다. 왜 갑자기 신기 얘기지?

"내 운명이라니?"

"신기가 있으면, 미래도 볼 수 있잖아."

신원은 그를 떠보려는 것이었다. 소랑이에게 신기가 전혀 없다는 서씨의 그 말이 참인지 확인을 해야 했다.

"아니, 아무것도 안 보여."

돌아온 것은 살짝 예민한 듯한 소랑의 목소리였다. 그녀의 눈에 미세한 경계심이 들어섰다. 뜬금없는 질문엔 다 이유가 있는 법이다.

"그래? 예전엔 빙의도 되고, 날씨도 다 알아맞히고 그랬었잖아."

"신력이 떨어졌어. 궐에만 있었잖아."

그리 말하면서도 소랑은 신원의 동공을 깊게 들여다보고 있었다. 신기란 건 처음부터 없었다. 그냥 눈치가 빨랐고, 말발이 좋았을 뿐.

실은 지금 이 순간도, 말로 설명하긴 어려운 촉이 그녀를 톡톡 건드리고 있었다. 신원은 무언가를 숨기고 있었다. 결국은 내 본명을 알아냈던 그였다. 그가 알아낸 건 어디까지였을까?

"나도 궁금한 게 있는데."

"뭔데?"

"궐 밖으로 나와서 보쌈꾼의 배후와 가짜 세자빈 사건에 대해 조사한다고 했잖아. 아직 그이들을 고발하지 않은 이유가 뭐야?"

신원은 움찔했다. 정곡을 찌르는 질문이었다.

"아무리 금부도사를 관뒀다 한들 네가 아직 그것도 알아내지 못했을까, 싶어서."

그녀는 침착하게 신원의 표정 변화를 바라보았다. 그 입가의 미세한 떨림에서 알 수가 있었다.

"약점을 잡혔구나. 알아서는 안 될 걸 알았구나. 그래서 그들을 쉽사리 잡아들일 수 없는 것이구나."

신원은 애써 감정을 누르며 고개를 저었지만, 소랑은 그 몸짓이 거짓임을 알고 있었다.

"말해 봐, 너의 약점이 뭔데?"

그러나 소랑이 예상하지 못하고 있는 게 한 가지 있었다. 신원의 모든 약점은, 바로 자기 자신이라는 것이었다. 신원이 옴짝달싹하지 못하게 된 것도 바로 그녀 때문이었다. 소랑이 움찔하는 그를 빤히 들여다보고 있을 때,

"언니, 언니!"

해영이 그녀를 급히 부르며 의원 댁으로 달려들어 왔다. 갑작스럽게 수선을 떠는 그녀의 모습이 예사롭지 않았다.

개이가 다시 한 번 고비를 맞은 것도 아닌데, 왜 이렇게 호들갑일까?

"도석 오라버니 어머님께서…… 돌아가셨대요."

말문보다 눈물이 먼저 터져 버린 해영이었다.

"제가 개이 할배를 돌보고 있는 새, 장례까지 다 치렀대요. 그간 다른 소식을 들을 겨를도 없었으니."

다시 의원 댁으로 돌아오기 전, 애달당에 들렀다가 그 앞에서 서성이던 한 손님에게 들은 것이었다. 그의 어머니가 돌아가셨다는, 그 청천벽력 같은 소식을.

"진작 가 봤어야 하는데 이걸 어떻게 해요?"

너무 늦어 버린 건 아닌가 싶어 해영의 가슴이 확 좁아들었다. 그래도 이 소식은 미리 전해 주셨어야지. 나는 개이 할배 병간으로 자리를 비웠던 것뿐인데, 그래도, 그래도.

"아냐, 어쩔 수 없잖아. 개이 할배 약 먹이고 신원이랑 같이 그 댁

으로 가 보자."

해영의 눈에서 후두둑 눈물이 떨어져 내렸다.

안 그래도 일전의 거절 이후로 도석을 볼 수가 없어 마음이 불편하던 차였다. 내가 그에게 너무 상처 준 것은 아니겠지, 스스로의 감정을 알지 못해 너무 서툴게 굴어 버린 것은 아니겠지, 마음이 잔뜩 헝클어져 있는 찰나였는데, 이럴 수가. 너무나 마음이 무거웠다. 도석 오라버니는 정말 괜찮을까?

"당장 개이 할배가 죽게 될지도 몰랐잖아. 너무 울지 말고 우선 채비하고 있어."

그 소식에 신원 역시 쓰린 마음을 감출 길이 없었다. 저번에 도석과 함께 막걸리를 마셨을 때, 부모님에게 너무 불효를 했다면서 죄스러워하던 그였는데, 갑자기 어머니의 장례라니.

개이에게 탕약을 먹인 소랑이 밖으로 나와 보니 해영은 이미 도석의 집으로 출발한 상태였다. 그녀의 옆에 선 신원 역시 채비를 서둘렀다.

"우리도 어서 출발하자."

신원은 서두르는 소랑의 옷매무새를 다듬어 주고서는 말에 태웠다. 이렇게 그녀를 챙기고 함께하는 것은 이미 오래된 습관이었다. 긴 시간 떨어져 있었다고 해서 변하는 것이 아니었다.

신원의 말 뒤에 탄 소랑은 다소 찡하게 그의 넓은 어깨를 바라보았다. 여전히 따뜻하고, 여전히 섬세한 그의 뒷모습을.

"도석 도련님은 집에 안 계셔요."

도석의 집 앞에 도착한 해영과 소랑, 그리고 신원이 들은 얘기였다. 문간에는 그의 숙모뻘쯤 되는 친척이 나와 있었다.

"상복을 입은 채 그대로 사라졌어요."

이 말에 해영의 얼굴이 새하얀 백지장이 되어 버리고 말았다.

"사, 사라졌다고요?"

"거의 하관을 하자마자였죠? 안 그래도 이 집 장남이 없어져서 집 안이 또 한 번 난리입니다."

해영은 망연자실, 그 자리에 주저앉아 버리기 직전이었다. 갑자기 도석이 어디에 갔단 말인가. 미안하다는 말 한마디 제대로 건네지 못했는데 사라지다니 대체 어디로?

"여기서 이러지 말고 식사라도 하고 가세요."

장례 소식을 뒤늦게 알고 찾아온 손님들 때문에, 아직도 한구석에서는 조문객을 맞이하고 있었다.

도석의 숙모는 사양하는 그들을 끝끝내 앉히고서 식사를 내주었다. 풀썩 자리에 주저앉은 해영은 숟가락을 한 입도 넘기지 못한 채 그저 고개를 푹— 숙이고 있을 뿐이었다.

소랑의 앞에 앉은 신원 역시 너무나 표정이 무거워 보였다.

"신원아."

그가 왼손으로 수저를 들고 있는 것만 보아도 억장이 무너질 것만 같은 소랑이었다.

"넌 왜 이렇게 얼굴이 안 좋아."

"장례식 오니까 죽은 춘석이가 생각이 나서."

그와 가장 가깝게 지내던 부하이자 그를 대신해서 죽은 이였다. 때 없이 나온 춘석의 얘기에 분위기가 잠시 어두워졌다.

허나, 소랑은 신원을 향한 목소리에 바짝 날을 세웠다.

"춘석의 배후, 누구인지 알고 있지?"

조금 전에 미처 하지 못한 얘기였다. 그가 그 배후 세력에게 어떤 약점을 잡힌 건 아닐까 하는 의심은 여전히 걷히지 않고 있었다.

"대체 뭔데? 왜 다 알고도 잡아들이질 못하는 건데? 너 나한테 뭐 숨기는 거 있지?"

이에 신원은 조용히 침을 꿀꺽 삼켰다.

"네가 나한테 숨기는 게 있겠지."

"뭐?"

"다 너 생각해서 그러는 거니까 괜히 헤집지 말고 있어."

"아니, 춘석이 죽음까지 걸린 일이잖아. 이렇게 입도 꿈쩍 않는 이유가 뭐야?"

"목소리 낮추지 못해?"

어디서 누군가 이 얘기를 미심쩍게 듣는다면 상황이 더욱 곤란해질 것이다.

"더 이상 묻지 마."

신원은 차가운 눈을 하고서는 먼저 자리에서 일어났다. 여기서 말을 끊어야 했다. 더 이상 말이 새어 나가서는 안 되었다. 영문을 알 수 없던 소랑은 그가 돌아서는 모습을 그저 원망스럽게 바라보았다.

"왜 저러는 거지?"

소랑은 입술을 자근히 깨물었다. 그의 약점이 대체 뭐길래. 고개를 돌리자 옆에서는 해영이 눈가에 물기를 잔뜩 머금고 있었다.

"넌 알고 있구나."

다시 묘한 촉이 찾아왔다. 아무 말 없는 해영의 태도에서 소랑은 알 수가 있었다. 그녀의 말에 해영은 고개를 돌리며 콜록콜록 마른 기침을 했다.

"너 거짓말 못하는 거 알고 있거든?"

"도사님께 약점이 뭐가 있겠어요. 언니 하나죠."

신원의 약점이 나였다고?

"그러니 더 묻지 말아요. 물어선 안 되어요."

가슴이 덜컥 내려앉았다. 도대체 일이 어찌 돌아가고 있는 것인가?

나의 본명과 정체를 알게 된 신원은 지금 나에 대해 어디까지 알고 있는 걸까? 소랑은 더더욱 목소리를 낮추어 그녀에게 물었다.

"뭐야, 내가 사기 쳤던 것 중 하나야?"

"더 이상 말을 꺼내면 안 되어요."

해영의 눈빛은 간절해졌다. 어쩌면 우리 모두가 위험에 빠질지도 모른다는 눈빛이었다.

춘석의 죽음까지 덮어 가며 신원이 숨기려는 약점은 무엇일까? 나와 관련된 것이라고?

이때, 소랑의 머리에 번쩍 무언가가 스치고 지나갔다. 신원이가 오전에 자신에게 신기에 대해서 물어본 적이 있었다.

"내가 신기가 없다는 것을 신원이 알아챈 것이구나."

놀란 해영의 동공은 둘 곳 없이 파르르 떨리고 있었다.

하아, 그것이구나. 그거라면 이해가 가.

신원이 결국 모든 것을 알아 버린 것이었다. 궐에서 했던 나의 모든 거짓말을.

내가 임금에게 세자빈의 넋을 받을 수 있다, 사기 쳤던 그 모든 것을. 분명 그쪽에서 나의 정체를 알고서 나를 빌미로 사건을 덮으라 협박을 한 것일 게다.

가슴에 쌓아 놓은 수많은 벽돌이 와르르 무너져 내리찧는 기분이었다.

정말 나 때문에 후배의 죽음까지 덮기로 했다고?

손이 바들바들 떨려 왔다. 눈을 감았는데도 온 세상이 새하얘졌다. 쓰디쓴 죄책감이 해일처럼 밀려왔다.

신원이에게 이야기를 해야 했다. 해명이든 변명이든, 지금 이 상황에서는 그 어떤 말도 쓸모가 없겠지만 그래도 무슨 말이든 해야만 했다. 그리고 해결책을 찾아야 했다. 어떤 일이든 나로 인해서 약점을 잡혀 수사를 중단해서는 안 된다고. 지금은 나의 안위 하나를 생각할 때가 아니니까.

소랑은 비척비척 자리에서 일어나, 신원이 사라졌을 만한 곳으로 향했다.

※

입맛이 없다, 잠이 오지 않는다, 밤이 길다, 매사에 힘이 없다.

소랑이 궐에서 나가고 나서 헌에게 생긴 변화였다. 예전에도 소 랑은 오 일에 한 번 사가에 나가고는 했었다. 그때는 그녀와 떨어져 있어도 이렇게 하늘이 무너지는 느낌은 아니었는데, 지금은 모든 게 바뀌었다.

그날 비밀의 침전에서의 기억은 때때로 헌을 덮쳐 왔다. 평소와 는 달리 너무나 관능적인 그녀가, 더 없는 매혹으로 자신을 사로잡 았던 그녀가.

딱 하룻밤. 그 하룻밤이 잊히지가 않았다.

7년 만이었으니까. 다시 누군가를 이렇게 분별없이 사랑하게 된 것이.

헌은 밤새 잠들지 못하고 소랑의 생각을 하다가, 새벽녘쯤에야 힘겹게 잠에 들었다. 그런데 이번엔 예전의 그 악몽이 다시 찾아오 기 시작했다. 예전 세자빈 안씨가 죽었을 때의 그 악몽이.

이번엔 그 주인공이 모두 소랑으로 바뀌어 있었다. 우리가 연못 에서 함께 배를 띄우며 정다운 시간을 보냈던 그때를 떠올렸더니, 그 배가 가라앉았다. 소랑이는 유리에 갇힌 것처럼 물 아래에서 수

365

면을 쾅쾅 두드려 댔고, 헌은 그런 그녀를 구할 수 없어서 소리 없는 비명을 지르며 울었다.

함께 장미 화원에 있었던 기억도 꿈에 나타났다. 붉디붉은 장미를 보며 너무나 예쁘다고 함께 화원을 거닐었는데, 그 장미들이 화염으로 변하기 시작해 활활 타오르는 불똥이 그녀를 덮쳐 왔다. 내 손을 잡고 있던 소랑은 눈 깜짝할 새에 그 화염에 휩싸여 버리고 말았다. 그렇게 넘실대는 불길 안에서 왕 이헌은 소랑을 구해 낼 수가 없었다.

이번엔 장소가 바뀌어 후원의 꽃밭을 걷고 있을 때였다. 절대로 이 손을 놓지 말아야지, 손에 힘을 주어 보았지만, 눈을 떴다가 감은 사이에도 그녀는 사라져 버렸다.

결국, 꽃밭은 망망대해같이 넓게만 느껴졌다. 그리고 잠시 후, 그 꽃밭은 모두 시들어 갈색으로 변해 버리고 말았다.

꿈마다 수십 번씩 수백 번씩 그녀를 잃었다. 미칠 노릇이었다. 그렇게 꿈에 갇혀 어쩌지도 못하는 사지를 꿈틀거리다가 온몸이 땀에 흠뻑 젖은 채로 잠에서 깨었다. 이제는 현실의 나 자신도 미칠 것 같았다. 그는 격한 목소리로 세장을 불렀다.

"세장아, 어디에 있느냐, 세장아!"

이에 곧 문간을 지키고 있던 세장이 안으로 들어왔다.

"내 더 이상 혼자서는 궐에 있기가 힘들구나."

"또 악몽을 꾸셨습니까."

세장은 걱정스럽게 헌을 바라보았다. 예전에 세자빈 안씨가 죽고

366

나서도 이런 증세를 보인 적이 있었다. 그녀의 죽음으로 잃었던 상처가, 실은 아직도 치유되지 않았던 것이다.

"진정하시옵소서. 따뜻한 차 한잔을 올리겠나이다. 여봐라, 전하의 속곳을 새것으로 갈아입혀 드리거라."

"아니다, 차는 필요 없다. 나는 잠행에 나갈 것이다."

자, 잠행이라니? 뜻밖의 명에 세장이 놀란 눈을 떴다.

"내 직접 사가로 나갈 것이다."

그녀를 봐야지만, 이 괴로움과 고통이 사라질 것만 같았다. 헌은 힘겹게 몸을 일으키며 말했다.

"전하, 그것은 안 될 일입니다. 저번에도 자리를 비우셨다가……."

"딱 소랑이의 얼굴만 보고 돌아올 것이다. 그래야 내 마음이 편할 성싶다. 이렇게 잠도 이루지 못한 채 계속해서 악몽의 밤을 보낼 수야 없지 않겠느냐."

세장이 보기에도 며칠 새 헌의 상태는 말이 아니었다. 그 마음을 헤아리지 못하는 것은 아니었지만, 그렇다고 잠행에 나가는 것은 또 다른 문제였다. 이를 어쩌하면 좋단 말인가.

28

전하께서

이 자리에 있었다고?

대체 언제부터?

소랑은 신원이 사라진 방향을 향해 무작정 달리기 시작했다. 해영이 그런 그녀의 뒤를 따라왔지만, 소랑은 곧 해영을 멈춰 세웠다.

"너는 개이 할배에게로 먼저 가 있어."

"언니."

"우리 얘기가 어떻게 끝날지 모르겠어. 시간이 걸릴 수도 있어. 그 간에 있었던 일을 신원이에게 설명해야 해. 그러니 너는 먼저 할배 에게로 가 있어."

가슴이 격한 흥분으로 가득 차올랐다. 이 앞뒤를 어찌 설명해야 할지, 알 수 없었지만 그래도 진정하고서는 생각해 봐야 했다.

어느새 신원은 훌쩍 담벼락을 넘어 애달당의 뒤뜰로 향하고 있었다. 그렇게 그의 도포 자락이 휘날리는 모습에서 소랑은 맨 처음 신원을 만났을 때를 떠올렸다.

어쩌면, 그게 첫 시작이었을지 모른다.

이 모든 것의 시작.

금군들의 포위를 피해 애달당의 뒤뜰로 도망을 가고, 그러다가 의금부 도사인 신원에게 안겼던 바로 그때. 그 기억이 다시 되살아나면서 소랑은 한 번 몸을 떨었다.

지금 다시 생각해 보면 아름답기도 하고, 우습기도 하고, 어떻게 보면 참 운명적이기도 한 만남이었다. 그때만 하더라도 신원과의 연이 이렇게 될 줄은 정말로 상상도 하지 못했었다.

소랑은 근처의 자루를 끌어다가 밟고서 그 담벼락을 넘었다. 신원은 바로 그 앞 평상에 앉아 있었다. 작은 뒤뜰, 그리고 작은 평상.

그녀는 여기서 신원이 자신에게 예전 현선의 이야기를 하며 이마를 갖다 대었던 것도 기억해 냈다. 그때의 일은 새삼스레 다시 미안해졌다. 내가 너의 신부, 현선이라고 도저히 말할 수가 없었던 그때가.

고요하고 적막한 달빛 아래, 신원의 목소리가 낮게 울려 퍼졌다.

"사랑한단 이유로……."

그는 소랑을 향해 돌아보지도 않은 채로 그리 말했다.

"내가 널 어디까지 이해해야 하니?"

알알이 통증이 배어 있는 말이었다.

소랑은 차라리 눈을 감아 버렸다. 이미 모든 걸 알아 버린 그였다. 이제는 이해해 달라는 말조차 구차했다.

"때리고 욕해도 좋아. 세상에 뭐 이런 년이 다 있냐고 나에게 비난하고 침 뱉어도 좋아."

"그렇게라도 왕의 곁에 있고 싶었어?"

신원의 말에는 날카로운 칼이 돋아 있었다.

"세자빈의 넋을 받을 수 있다고 그렇게 거짓말을 해서라도 왕 옆에 있고 싶었냐고! 그 정도로 사랑했어? 온갖 거짓말을 다 갖다 붙여야 했을 만큼?"

지금 신원에게 화가 나는 건, 소랑이 거짓말을 했다는 것이 아니었다. 소랑이 그렇게까지 왕을 사랑했던 것인가, 거기에서 더 큰 분노가 차오르고 있었다.

"너에게 했던 거짓말이 시작이었어. 그때 옥중에서 했던 그 말이 커지고 커졌고, 나는 궐에 들어가게 되었고, 툭하면 목을 베어 버린다는 말에 나는 정신을 차릴 수 없었어."

"그만둘 기회는 여러 번 있었어. 내가 출궁녀로 널 데리고 나오려 했을 때만 해도 넌 그만둘 수 있었어."

신원은 온양 행궁에서의 일이 다시 떠올라 눈을 질끈 감아 버렸다.

거기서, 왕 이헌이 소랑이가 출궁하지 못하도록 고백을 해 버렸던 것이다. 자신은 그곳에서 독침을 맞았고, 다시 떠올려도 신원에게는 너무나 끔찍했던 기억이었다.

"중간에 나한테라도 얘기할 수 있었잖아. 우리가 동무라며. 네가 나에게까지 진실하지 못한 이유가 뭐야? 내게 말하면 내가 널 밀고라도 할 줄 알았어? 네가 죄를 쓰도록 둘 줄 알았어?"

"아니, 네가 날 사랑했다는 그 자체 때문이야."

"뭐?"

"그럼 날 정말로 궐에서 끌어내려했겠지. 나는 예현선이니까. 너의 신부니까. 너는 죄를 쓰는 일이라도 기꺼이 했을 거야. 나는 그때의 네가 너무나 위험해 보였어."

신원은 이해할 수 없다는 표정으로 고개를 가로저었다. 소랑은 한풀 꺾어진 애절한 목소리로 말했다.

"네 말 중 일부는 맞아. 그렇게까지 해서 전하의 곁에 있고 싶었던 건 아니야. 그런데 결국 전하를 사랑하게 되어서, 그만둘 수가 없었어. 궐에서 나올 수가 없었어."

비겁했지만 사실이었다. 어디서 그만두어야 할지 몰랐다. 이 때문에 그녀는 오랜 시간 죄책감에 시달려야만 했다. 그 비밀 때문에 후궁이든 정비가 되는 길이든 한사코 정착하는 것을 사양했지만, 결국 거짓은 거짓이었다. 자신의 거짓을 스스로 밝히지 못했다.

"하아, 사랑이라."

왕을 사랑하게 되었다는 그 말이 신원의 심장을 녹아내리게 했다.

"나는, 나는 어떡하니?"

"신원아, 네가 떠나고 나서 한 번도 편하게 잠든 적이 없었어."

"동정심을 말할 거라면, 말하지 마!"

그의 목소리엔 피맺힌 듯한 절규가 섞여 있었다. 차라리 그녀를 미워하면 마음이 편할 것 같았다. 그러면 나쁜 년이라고 뺨을 한 대 후려치고서 모든 걸 끝낼 수 있을 것 같았다.

그러나 아직도 신원은 그녀의 솜털 끝에도 손을 댈 수가 없었다. 이 모든 것에도 불구하고 아직까지 그녀를 미치도록 사랑하고 있는 나 자신이 오히려 사무치게 원망스러운 순간이었다.

"예현선이라고 내게 말하지 못했던 것도 그렇다고 쳐. 내게 그런 끈을 주고 싶지 않았을 테니까. 널 붙잡을 만한 어떤 이유도 주고 싶지 않았을 테니까."

격앙된 신원의 목소리는 진정될 줄을 몰랐다.

"그 예현선이라는 여자 때문에 내가 얼마나 괴로워했을지에 대해서 넌 안중에도 없었을 테니까. 그래, 너한테서 난 그런 존재니까. 왕에게 그런 거짓말을 한 것도 그렇다 쳐. 내게 거짓말을 했던 게 눈덩이처럼 불어나 멈출 수가 없었으니까. 도망가 버릴 수도 없었으니까."

어느덧 그의 눈가에는 물기가 가득 고여 있었다.

"그렇게 된 김에, 왕의 옆에 눌러앉게 된 것도 너에게 좋은 일이겠지. 다시 잡을 수 없는 신분 상승의 기회 아니야?"

소랑은 입술을 꾹 깨물었다. 신분 상승이라니, 절대 그런 게 아니라고 말하고 싶었지만, 신원의 뺨을 후려칠 자격이 나에게는 없었다.

"내게 가장 괴로운 말은 그거야. 날 보내고 네가 편하게 자지 못했다는 그 말. 왜 내가 퇴장했는데도, 왜 날 남김없이 잊지 못했어?"

"미안했으니까."

"알량한 죄책감이 남은 거라고? 너는 네 감정, 아직도 스스로 몰라?"

내 감정이라. 그녀가 스스로도 여러 번 되물었던 질문이었다.

"너 나한테 아직도, 여전히, 끊임없이 흔들리고 있다는 거 몰라? 말은 왕의 여자가 되었다고 하면서, 아직도 내 마음 다 찢어 놓는 거 모르냐고!"

"너에게 드는 죄책감도, 미안함도 다 너에게 흔들리는 거다?"

"단 한 번이라도 나에게 솔직해질 수 없어? 그렇게 날 밀어내면서 흔들리는 모습은 대체 왜 보여 주는 건데? 그게 날 얼마나 숨 막히게 하는지 알아? 도대체 너의 사랑은 어디에 있니?"

소랑은 거친 숨을 한 번에 몰아 뱉었다.

나는 왕의 여자다, 이미 서로를 몸 깊숙한 곳에 아로새겼다, 너의 곁에 가는 것은 불가능하다, 이것이 답이었다. 이것이 그녀가 하고 싶은 말이었다.

"못난 건 너의 미련이야. 너의 미련이 내가 흔들리고 있다고 착각하는 거야."

신원에게 드는 죄책감을 사랑이라 착각할 수는 없었다.

"날, 사랑해 줘서 고마워. 네 말대로라면 나도 널 사랑했나 봐. 팔은 참 안 된 일이야. 그렇지만……"

결국은 우리가 이어질 수 없다, 그 말을 꺼내려던 참이었다. 그녀는 숨을 고르고서 고개를 들었다.

그런데 이때, 너무나 익숙한 목소리가 너무도 낯선 분위기에서 들려왔다.

"그래, 네 팔은 정말 안 된 일이구나."

이 목소리는 놀랍게도 왕 이헌의 목소리였다.

세상 태어나서 이렇게 소스라치게 놀란 적은 없었다. 그가 이 자리에 있었다고? 대, 대체 언제부터? 그야말로 온몸이 마비되는 것 같았다.

까닭도 할 수 없이 놀란 그녀의 앞에 왕 이헌이 친절히 등장했다. 갓을 쓴 선비의 차림. 그가 잠행을 온 것이었다. 그녀를 보러 이곳, 애달당까지.

"저, 전하!"

입 안의 혀조차 마음대로 움직여지지 않았다. 대체 왕 이헌은 어디서부터 이 얘기를 들었던 것인가?

헌의 시선은 가장 먼저 신원에게로 향했다. 격한 아련함과 죽일 듯한 미움이 불안하게 뒤섞인 눈빛이었다.

"나는 네 걱정을 매우 많이 했다. 너도 그랬는지는 모르겠구나."

헌이 끊임없이 신원을 경계한 것도, 그리하여 호위 무사까지 붙인 것 역시 사실이었으나 그 역시 단 한순간도 신원을 걱정하지 않은 적은 없었다. 대체 그 팔은 어찌 되었는지, 헌 역시 미치도록 궁금했었다.

"마비라니, 차라리 다행이다. 더한 통증이 느껴지지 않을 테니."

왕 이헌이 신원에 대한 격한 죄책감을 느낄 동안, 그는 오로지 헌에게서 소랑을 빼앗을 생각을 했는지 모른다.

"더 이상 동무라고 말하는 것도 우습구나."

내게 남은 유일한 어릴 적 동료이지만, 이제는 더 이상 그를 동료로 생각할 수는 없었다. 두 번의 배신이었다. 헌의 얼굴은 이대로 와르르 무너질 것만 같이 위태롭게만 보였다.

"전하, 제가 다 말씀드리겠습니다."

소랑은 안타까운 눈빛으로 그에게 다가갔지만, 돌아온 대답은 차가웠다.

"말해 보아라. 너에게 신기가 전혀 없다는 그 말은 오해이더냐?"

아, 헌은 처음부터 그 대화를 들은 것이었다. 빠져나갈 구멍이라고는 없었다. 하늘이 무너지는 듯한 기분이었다. 결국, 이렇게 되어 버리고 말았다. 모든 비밀이 밝혀져 버리고 만 것이다.

"그럼, 끊임없이 신원이에게 흔들렸던 네 마음이 오해더냐?"

"사실이 아니옵니다, 전하."

너무나 억울했다. 억울해, 목이 터질 것만 같았다. 죄책감과 사랑은 구분되어야 할 것이었다.

"오해이시옵니다. 전하."

"너와 떨어져 있는 동안 그간 내 상태가 어땠는지 아느냐?"

역정 섞인 목소리 저편에는 사막과 같은 황폐함이 불어 닥치고 있었다. 소랑이 궐에서 나간 이후로 단 한숨도 잠을 제대로 자지 못했던 그였다. 그야말로 그녀를 그리워하며 온갖 악몽에 시달렸었다.

"입만 열면 거짓을 고했던 너였다. 그런 너를 내가 어찌 용서할 수 있겠느냐."

"전하께 고한 그 거짓. 그 죗값을 달게 받을 준비는 되어 있습니다."

이것은 소랑 역시 오랫동안 생각해 왔던 것이었다.

"제가 먼저 그 죄가 무서워 도망치는 일은 없을 것이라, 다짐했었습니다."

다만 피하지 않기로 다짐했었다. 자신에 대한 헌의 사랑이 면죄부가 될 것이라 생각한 적 없었다. 이제 그녀는 모든 죗값을 치를 것이었다.

"명하시면 자결이라도 하겠습니다. 이젠 제게 아무것도 두려울 것이 없습니다."

그러나 문득 자신의 곁에 다가온 헌의 표정은 날카로웠다.

"자결이라니, 그 자체가 나에 대한 또 다른 모욕임을 모르느냐?"

죽은 세자빈의 얘기였다. 소랑은 벌어진 자신의 입을 소리 없이 막았다. 그의 앞에선 자결이라는 말조차 불경했다.

"네가 금혼령 7년의 세월을 더 연장하려는 셈이냐?"

헌은 부글부글 끓어오르는 열에 몸 안의 모든 숨을 자근자근 씹어 뱉었다. 그러고 나서 자신의 입에서 나온 것이라고는 믿을 수 없는 말을 꺼냈다.

"다시는 궐로 돌아오지 말거라."

이것이 지금 그가 할 수 있는 가장 자애로운 말이었다.

더 이상 죄를 묻지 않겠다는 것이었다. 그녀를 보기 위해서 이렇게 미친 듯이 달려 나왔는데, 그런 그녀를 끊어 내려한다는 것이 아직도 믿어지지 않지만, 그렇게 수많은 죄를 저지른 그녀를 다시 궐로 불러들일 수는 없는 노릇이었다.

"이것이면 벌이 될 것이다."

실은 그녀에게보다 자신에게 더 큰 벌이었다.

"신원과 어찌 살든, 이제 나는 상관하지 않을 것이다."

그녀가 진정으로 신원에게 흔들렸다면, 그런 그녀를 잡을 생각은 없었다.

소랑이와 함께하며 세웠던 모든 계획은 수포로 돌아갔다. 힘들게 그녀를 사랑하게 되었으나, 이는 더 큰 파멸을 가져오고 말았다. 마디마디 단장이 모두 끊어지는 듯했다. 영원히 다시 재기할 수 없을 것만 같은 기분이었다. 철갑처럼 무거워진 몸을 이끌고, 헌은 다시 한 번 애달당 뒤뜰의 담을 넘었다.

이것이 마지막이었다. 지금까지 끊임없이 나를 속였던 그녀를 완벽하게 잊어 낼 것이었다.

소랑은 그 자리에서 황망히 주저앉아 일어날 줄을 몰랐다. 그를 잡아야 하는데, 마지막 말이라도 건네야 할 텐데 어찌 된 일인지 가위에 눌린 듯 몸이 움직여지지가 않았다.

"전하, 전하!"

넋 나간 사람처럼 그이를 목 놓아 부르짖어 보아도 아무런 소용이 없었다. 속이 갈가리 찢어져 뿌옇게 흩어졌다. 도저히 진정할 수가 없었다. 그토록 사랑했던 자신과 헌과의 관계는 이제 다시 돌이킬 수가 없게 된 것이다.

헌이 담을 넘자 참담한 표정의 선혁과 활이 서 있었다.

"이제 너희들이 나에게 보고할 것은 없다. 아니, 오히려 저들의 소식이 들리지 않게 하거라. 다만……."

왕 이헌은 선혁과 활을 못내 안타깝게 보며 말했다.

"너희 둘은 평생 소랑이를 지켜 주어야 할 것이다. 그녀가 몸이 상하는 일이 없도록. 할 수 있겠느냐?"

"네, 전하."

이것이 왕 이헌이 사가에서 했던 마지막 말이었다.

"그래, 그거면 되었다."

헌이 탄 말소리가 아득하게 멀어져 갔다. 이 도성에선 묵직한 종소리만이 참담하게 울려 퍼지고 있었다.

29

내 생을
쥐고 흔드는 사람이,
바로 그였다

'스르륵—'

왕 이헌은 침전의 문을 열고서 쓰윽— 쓰러졌다. 마치 산천초목
을 뛰어다니다가 화살을 맞고 쓰러진 짐승의 마지막 걸음 같았다.
그는 피 흘리는 야수처럼 쿵 바닥에 머리를 찧었다.

자기가 여기까지 어떻게 달려왔는지 전혀 기억할 수가 없었다.
선혁과 활에게 소랑에 대한 안위를 당부하고 나서 그 뒤의 기억은
전혀 나지 않았다.

아직까지 잠행의 차림이었다. 몸을 돌려 천장을 보니 서까래가 바람개비처럼 빙빙 돌았다. 머리에는 쪼개져 버릴 것 같은 고통이 찾아오고 있었다. 그는 갈라진 목소리를 힘겹게 꺼내어 소리쳤다.

"게 있느냐, 술을 가져오너라."

세장이 어서 안으로 달려와 헌을 침상에 비스듬히 기대 눕혔다.

"전하, 괜찮으시옵니까?"

소랑을 봐야겠다며 굳이 굳이 반대하던 잠행에 나섰던 그였다. 그런데 몇 시진 만에 산송장 꼴로 돌아온 것이었다. 사람이 짧은 시간에 이렇게 달라질 수도 있는 것인가. 보고도 믿어지지가 않는 모습이었다.

"술, 술을 가져오라 하지 않았느냐."

그는 조용히 위협을 주는 늑대처럼 낮은 목소리로 으르렁댔다.

순간, 세장은 예전의 그 모습을 다시 보았다.

7년 전 세자빈 안씨를 잃고 나서 미친 듯이 방황하던 헌의 모습이 다시 겹쳐지는 것이었다. 이럴 때의 헌은 그 누구도 말릴 수가 없었다. 거역하면 언제나 단도라도 던질 기세였던 것이다.

"아니, 대체 어찌 되신 일입니까?"

헌은 대답하지 않았다. 그는 울컥울컥 터져 나오는 울음을 필사적으로 누르고 있었다. 화살을 맞은 야수처럼 괴로워하는 그의 표정 사이사이로 어린 소년의 앳된 얼굴이 잠시 스쳤다.

"전하, 옷이라도 갈아입으시지요."

아직 잠행의 차림도 환복하기 전이었지만 왕 이헌은 갈증이 오른

일꾼처럼 술을 벌컥벌컥 들이켰다. 입술에서 흘러나온 술이 목덜미를 타고 흘러 가슴팍을 사정없이 적셨다. 빈속에 들이부은 독주의 기운은 화기처럼 치밀어 올라 온몸으로 퍼져 나갔다.

그제야 제멋대로 날뛰던 심장이 간신히 제자리를 찾는 것 같았다. 헌은 가만히 눈을 감고서 고였던 눈물을 두 뺨 뒤로 흘려보냈다.

"모든 것이 거짓이었다."

"네?"

"소랑이의 모든 게 거짓말이었다고."

그녀와 내가 함께했던 모든 순간들이 거짓이었다.

죽은 세자빈의 넋을 받을 수 있다 했던 그녀였는데, 그렇다면 그 빙의는 모두 연기였단 말인가? 죽은 세자빈이 건네는 말이라 했던 모든 게 참이 아니었단 말인가?

소름이 끼쳤다. 감히 왕을 이렇게 감쪽같이 속이다니. 세상 모든 것이 깔깔대며 자신을 조롱하는 거 같았다. 이렇게 바보같이 속았던 나 자신에게 멍청하다 비난을 퍼붓는 것 같았다.

'콸콸콸—'

헌이 다시 한 번 술을 들이켠 뒤 병을 내려놓았을 때는 뼈아픈 질문이 그의 가슴속을 가득 채우고 있었다.

그녀가 정말 날 사랑했을까? 내게 매 순간 거짓말을 하면서도 날 사랑했을까? 쪼개지는 두통과 함께 자신을 사무치게 뒤흔드는 질문이었다. 헌에게 사랑과 믿음은 별개의 것이 아니었다.

거짓과 배신은 용납할 수 없는 것이었다. 사랑으로 감쌀 수도 없었다. 아니, 실은 나 스스로도 그녀를 의심하고 있었는지도 몰랐다. 그가 끊임없이 신원의 존재를 두려워한 것이 그 때문이 아니었을까. 결국 소랑이를 지켜 준다 말하며 무사들을 붙였던 이유도 그 때문이 아니었던가.

그 모든 걸 눈으로 직접 확인해버렸다. 소랑이와 함께 있는 신원을. 신원이가 살아 있는 한, 소랑과 자신의 사랑이 완전해지지 않을 것 같다는 불안감이 그 자리에서 폭발해버리고 만 것이다.

"술을 더 가져오너라."

"전하, 이렇게 폭음을 하시면 안 되옵니다."

문을 열고 들어온 세장이 바짝 엎드려 아뢰었다. 더 이상 그가 망가지는 것을 볼 수 없었다. 허나,

"어명이다."

지옥의 사천왕인들 지금의 헌보다 무서울까. 도저히 거부할 수가 없는 명이었다. 나인들이 가져온 술 서너 병을 들이붓던 헌은 문득 세장을 보며 독한 목소리로 말했다.

"소랑이를 다시는 입궁시키지 말거라. 그 아이를 다시 입궁시키는 자에게는 큰 벌을 내릴 것이다. 다시는 소랑이를 궐에 들이지 않을 것이다."

대체 이 사태를 어이할꼬.

문득 세장은 사가에 나가 연락을 할 수 없는 원녀를 떠올렸다. 이럴 때 그녀가 있다면 이 사태를 어쩌면 좋을지 함께 의논할 수 있을 텐데.

궐에 아주아주 검은 구름이 몰어닥치는 것 같았다. 헌으로부터 시작된 검은 기운이 이 궐을 검게 물들이는 듯했다. 잠시나마 꽃이 피었던 이 궐은 저주에 휩싸인 것처럼 침침하게 변해 갈 것이다.

또다시 암흑의 시대가 시작될 것이다.

소랑이 눈을 떴을 땐, 눈부신 하오의 햇볕이 마당을 하얗게 태우고 있었다. 이곳은 박 의원 댁이었다.

내가 왜 여기에 있지? 눈도 제대로 뜨지 못한 채 주변을 둘러보고 있을 때 먼저 찾아온 것은 가슴의 격통이었다. 으윽, 저절로 신음이 새어 나올 정도의 통증이었다. 그 통증에서 소랑은 어제의 일들을 다시 하나하나 떠올리기 시작했다.

신원을 찾으러 애달당에 갔다가, 그와의 대화를 잠행 나왔던 왕이헌이 듣게 되었고, 그가 자신을 떠나 버렸던 기억을.

"콜록, 콜록."

잠에서 깬 그녀의 기척을 들었는지 누군가가 문을 열고 들어왔다. 한참 수척해진 신원이었다. 아마 어젯밤, 그가 정신이 없는 자신을 박 의원 댁으로 옮겨 놓았을 것이다.

"일어났어?"

그는 다디단 엿과 꿀차를 대접에 받쳐서 가지고 왔다. 혀에 단 것들로 격한 그녀의 감정을 조금이나마 안정시키려는 듯했다.

허나 소랑은 거기에 눈길도 주지 않은 채, 어제의 기억에 몸을 떨었다. 왕 이헌이 자신에게서 떠났다는 사실. 다시는 궐로 돌아오지 말라 했던 그 말이 머리에서 둥둥 울렸다. 그와 헤어지게 된 것이다.

갑작스러운 이별. 아직도 믿어지지 않는 이 놀라운 사실이 차가운 쇠스랑처럼 그녀를 감쌌다. 도끼에 여러 번 찍힌 것처럼 가슴의 격통은 끊이지도 않았다. 도저히 마음을 진정시킬 수가 없었다.

"몸 괜찮아?"

신원의 그 말에 소랑의 두 눈에서는 번쩍 불길이 일었다.

"아니, 괜찮을 것 같아?"

생각보다 너무 까칠하게 튀어나오는 목소리에 그녀는 스스로도 깜짝 놀랐다. 지금 신원에 대한 자신의 감정은 원망이었다. 이유를 알 수 없는 원망이 가득 차 지금 신원을 보기가 너무 역했다. 왜 이렇게 그가 미울까. 그 역시 내게 상처를 받은 사람인데.

"방에서 나가 줄래?"

소스라치게 차가운 그녀의 말에 신원은 순간 얼음이 되어 버리고 말았다. 평소와 다른 그녀의 말투가 비수처럼 가슴에 꽂혔다.

"그래."

신원은 철렁 내려앉은 가슴을 감추고서 순순히 대접을 내려놓고 방문을 열었다.

"이제 네 뜻대로 되어서 좋니?"

돌아선 신원의 등에 그녀가 날카롭게 쏘아붙인 말이었다. 그에게 이렇게까지 차갑게 말해 본 건 처음이었다.

하지만 돌이켜 보니, 지금 신원보다 미운 것은 바로 나 자신이었다. 나 자신에 대한 원망과 미움이 격해져, 세상 모든 것을 거부하고 싶은 기분이었다.

"소랑아."

신원은 안타까운 표정으로 그녀를 돌아보았다.

"내 이름, 부르지 마."

소랑은 입술을 꾹 깨문 채 그를 올려다보았다. 독한 입매와 달리 눈은 금방이라도 울음을 터트릴 것 같았다.

"나는 할 만큼 했어."

정말이지 여러 번 신원을 밀어냈었다. 우리가 혼인을 할 뻔했던 예전의 그 연도 이제는 전혀 소용이 없다고 여러 번 말했었다. 그런데, 결국은 신원으로 인해 왕 이헌의 오해를 사고 말았다. 헌의 마음이 자신에게서 떠나 버리고 말았다.

그러나 자신을 보는 신원의 눈빛은 여전히 애틋했다. 그 눈빛마저 보기가 싫어, 소랑은 세차게 고개를 돌려 버렸다. 지금은 무엇보다도 사랑하는 이를 잃어버린 자신의 마음이 더 컸다. 원망해야 할 것은 신원이 아니라 나 자신이었지만, 지금 이 순간만큼은 그의 이런 눈빛을 받아 줄 수가 없었다.

"네 말대로 우린 다시 만나지 말았어야 했나 봐."

소랑은 신원이 한쪽 팔을 움켜쥐고 떠나던 그때를 떠올리며 말했다.

'우리 다시 보지 말자.'

그 차가운 말을 마지막으로 그가 돌아섰을 때.

그의 말대로 했어야 하는 걸까. 다시 만나지 말아야 했을까.

신원이 그 정도로 다치지 않았더라면, 소랑은 정말로 그에게서 돌아설 수 있을지도 몰랐다.

어차피 신원과 소랑, 그리고 헌. 이 셋은 도저히 함께할 수가 없었다. 그녀의 선택은 언제나 헌이었다. 그랬기에 신원과의 연은 이어갈 수 없는 것이 맞았다.

헌을 생각하면, 내 마음속 깊게 자리한 헌을 생각하면, 이 감정은 정말이지 말로 표현할 수가 없었다. 그는 소랑에게 한이 없는 지향이었다. 진짜 사랑이었다. 이 생을 쥐고 흔든 사람이, 바로 그였다.

아직도 자신이 없으면 쉬이 잠들지 못하던 그의 모습이 선연히 떠올랐다. 한참을 어르고 달랜 끝에 쌔근쌔근 잠들어 있던 그 이목구비마저 선명했다. 그런 그를 잃었다니, 진정 억장이 무너질 것만 같았다. 세상이 모조리 끝난 기분이었다.

소랑은 결국 신원을 내보내고, 차갑게 문을 닫아버렸다.

30

어떡하냐,
널 떠날 수가 없는데
⋮

저녁놀이 내려앉고 있는 동네 주막.

"하아, 나는 언제쯤 여인네 손목 한 번 잡아 볼 수 있으려나."

"이번 생은 숫총각으로 끝날 것 같소."

"달려 있으나 무얼 하나, 쓸 수가 없는 것을, 미안하돠!"

여기에는 이 동네 설로 사내들이 모여 팍팍한 금혼령 시대의 현실을 개탄하며 술잔을 기울이고 있었다.

이렇게 사내들끼리 노닥거려 봤자 달라지는 것은 없을 텐데, 그래도 이 답답한 가슴을 어쩌겠는가. 술이라도 마셔야지.

그렇게 한숨을 푹푹— 내쉬고 있는 그들의 옆자리에 두 보부상이 앉았다.

"그렇게 밤낮 불평만 해대면 무슨 소용인가. 딱히 해결책도 없는 것을."

보부상은 도도하게 막걸리를 들이켜고서는 사내들에게 한 소리 던졌다.

"뭐가 어쩌고 어째?"

"아무리 그래 봐야 여인네 버선 끝이라도 볼 일이 있겠는가?"

"안 그래도 복장 터지는데, 여기에 기름이라도 부으시는 것이오?"

"내가 복장 말고 다른 곳에 기름을 부어 줄 수는 있는데."

뭐라? 그제야 보부상으로 인해 분한 이들이 고개를 쓰윽 들었다.

그들은 바로 왕배와 덕훈이었다.

"이걸 보시고도 답답하단 말이 나올까?"

왕배와 덕훈이 그 사내들에게 스윽— 내민 것은.

"아니, 이게 대체 무엇인데 그러시오? 어엇, 어어어어엇!"

다름 아닌 도석의 춘화첩이었다.

모여든 설로 사내들의 눈이 단숨에 휘둥그레졌다.

허억, 이것은! 그들이 일찍이 한 번도 보지 못했던 신박한 세계였다.

세상에 이게 무슨 조화인가!

"아, 아니! 이런 것은 대체 어디서 났소?"

사내들은 앞다투어 책장을 넘기며 물었다.

"그건 그냥 드리는 것이니, 가지시지요."

"그냥 가지라고요? 이런 귀한 책을 그냥 주신단 말이오?"

"하하, 이보다 더한 자료도 있는데 뭘 그리 놀라시나. 이건 시작에 불과하지요."

덕훈의 말에 사내들의 입이 쩌억— 벌어졌다.

더한 자료가 있다고? 어찌 이보다 더? 그럼 대체 그 수위는 어떠하단 말인가? 막걸리를 쭈욱— 들이킨 덕훈과 왕배가 짐을 들쳐 메며 말했다.

"더 높은 수위의 자료를 원하시오? 그러면 이달 보름, 설로암으로 오시오."

"설로암이면, 북한산에 있는 그 바위 말씀하시는 것이오?"

"왜요, 거기까진 힘드시겠소?"

"아뇨, 성님. 저희가 암벽등반인들 못하겠습니까?"

"하핫. 그럼 즐감하시오. 즐겁게 감상하란 뜻이오."

오오, 오오오오! 책장을 넘기는 사내들이 두 눈에서 번쩍번쩍 광채를 내고 있는 가운데, 덕훈과 왕배는 성공이라는 듯 눈짓을 하며 호기롭게 사라졌다.

요새 덕훈과 왕배는 더더욱 춘화첩의 유통 경로를 넓히고 있었다.

세 책방이든, 투전판이든, 주막이든, 설로인 사내들이 모여든 곳이라면 스르륵— 나타나 은근슬쩍 도석의 춘화첩을 전파하고 가는 것이었다.

그렇게 유통된 춘화첩의 말미에는 이런 글귀가 쓰여 있었다. 더한 자료를 원하면 이달 보름이 뜰 때 설로암으로 오라고.

발 없는 소문은 삽시간에 장안에 쫙— 퍼졌다.

'보름이 뜨면 설로암에 가라.'

춘화첩을 받아 든 이도, 구하지 못한 이들도 모두 그날만을 기다리고 있었다. 대체 어떠한 자료를 배포한다는 것이길래. 침체되었던 설로 사내들에게 간만에 활기가 돌았다.

🌸

소랑은 며칠째 여전히 박 의원 댁이었다. 아직도 몸이 좋지 않아, 자리에서 쉽게 일어날 수가 없었다. 개이의 병간도 바쁜데 몸은 천근만근 무겁기만 했다.

그런 개이와 소랑의 병간을 완벽하게 해내고 있는 사람은, 다름 아닌 신원이었다.

"저리 가. 개이 병간은 내가 알아서 할게."

소랑이 개이의 방으로 힘겹게 몸을 이끌면서 한 말이었다.

"네 몸도 멀쩡치가 않은데, 무슨."

"내가 너를 고생시킬 이유가 없잖아."

그녀의 차가운 말에도 신원은 끄떡하지 않고 오히려 그녀의 이마에 가볍게 딱밤을 날렸다.

"너야말로 죽이나 제대로 먹고 말해."

밤마다 터지는 눈물에 목이 부어 아직 죽도 제대로 넘기지 못하고 있는 그녀였다. 신원은 어디 가지도 않고 그런 그녀를 살뜰하게 돌보았다. 오히려 예전보다 더한 존재감으로 자리를 굳혀 가고 있었다.

"왜 날 원망하지 않아?"

의원 댁 복도.

소랑은 그녀를 대신해 개이의 방에 들어가려는 신원을 향해 이 말을 던졌다.

"뭐?"

"내가 전하만 속인 게 아니잖아. 너도 속였잖아. 그것도 아주 오랫동안. 근데 왜 나한테 쓴 말 하지 않냐고! 널 배신한 것도 나고, 네 마음 다 부러뜨린 것도 나야. 네가 진작 잡아넣었어야 할 뻔뻔한 사기꾼, 그게 나라고. 나조차도 내가 너무 싫은데 대체 나한테 왜 이러는 거야."

독하게 시작했지만 끝은 울먹임으로 뒤섞여버린 말이었다.

"나라고, 네가 밉지 않겠어? 아마 세상에서 내가 젤 미워하는 사람이 너일 거다. 그런데 어떡하냐, 널 떠날 수가 없는데."

"신원아."

"너도 할 만큼 했다 그랬지? 나도 할 만큼 다 해 봤거든? 널 동무로도 두려 해 봤고, 가지려고도 해 봤고, 멀어져도 봤어. 근데 나도 이제 모르겠다. 전하를 그리워해도 좋고, 평생 마음에 품고 살아도 상관없어. 너는 그냥 너대로 있어라."

신원은 슬픔이 그득히 고인 눈으로 아프게 아프게 말했다.

"그러니까 너도 나보고 이래라저래라 하지 마. 널 미워하는 것도, 너 원망하는 것도 내 자유 아냐?"

"날 원망하라고! 차라리 그래야 속이 편하겠다고!"

소랑이 씹어뱉듯이 던진 말이었다.

"나 아니어도 네 속 뒤집어지는 거 알아. 근데 나까지 뒤집어야겠냐."

오히려 신원의 말투는 담담한 듯 부드러웠다.

"진짜, 왜 이렇게 날 못된 애를 만들어!"

결국은 그런 신원의 앞에서 다시 울음을 터트릴 수밖에 없는 소랑이었다. 요새 매일 눈물을 달고 사는 소랑이었지만, 이번 눈물은 달랐다. 미안함과 미움이 뒤섞인 눈물이었다. 이렇게 헌과 틀어진 게 모두 신원의 존재 때문인 것 같아 너무 미웠다가도, 그랬다가도 그를 정말로 미워할 수가 없는 것이었다.

오래간만에 신원의 얼굴 구석구석을 보니 마음이 더욱 아팠다. 개이와 소랑이 둘을 간병하느라 얼굴이 더더욱 많이 상해 있었다.

눈 밑에는 부쩍 어두운 구석이 가득했고, 턱에는 수염이 까칠하게 자라 있었다. 피부는 푸석했고 쓰지 못하는 오른팔은 점점 더 파리하게 마르고 있었다.

그저 형형한 것은 소랑을 향한 그 눈빛뿐이었다. 가슴이 뭉클해지는 눈빛이었다. 거기에 담긴 그 애절함과 애달픔은 도저히 외면할 수 있는 게 아니었다.

피할 수 없이 분명한 그 눈빛에, 소랑은 결국 그에게서 돌아서 방으로 들어갔다. 잘한 것이 하나도 없는데, 그에게 이렇게 구는 내 자신이 너무나 싫었다.

❀

요새 해영은 도석의 행방을 수소문하고 있었다. 상중에 갑자기 사라지다니, 아무리 생각해 봐도 있을 수 없는 일이었다.

도석에게 마음의 빚이 있었다. 서툴게 거절을 말한 뒤, 애달당에서 완전히 자취를 감추어 버린 그에게.

자꾸만 초조해졌다. 춘석이 그녀의 곁에서 황망하게 떠나고 나서, 도석 역시 그럴 것만 같아서였다. 그 역시 잘못되는 것은 아니겠지? 걱정이 끊이지가 않았다.

그렇게 그녀가 저잣거리에서 서성이고 있을 때, 몇몇 사내들이 바쁘게 걸음을 옮기면서 그녀의 어깨를 툭툭 치고 지나갔다.

이제 초저녁이 되려 하는데, 다들 집에 가지 않고 어디로 들 향하고 있는 것일까? 그들의 얼굴은 심지어 가벼운 흥분에 들떠 있었다.

다들 좋은 일이라도 있는 것인가?

해영은 영문을 알지 못한 채 사내들이 우르르 움직이는 것을 의아하게 바라보았다.

하늘에는 보름달이 그 말간 얼굴을 드러내고 있었다.

보름달이 설로암을 훤히 밝히고 있는 밤.

그 밑에는 벌써 꽤 많은 수의 사내들이 웅성웅성 모여 있었다.

도포를 입은 선비부터 성균관 유생, 상인, 대장장이, 스님……

직업과 신분의 귀천도 없이 다양하게 모인 이들은 모두 금혼령 시대의 모태 설로들이었다. 춘화첩을 위해 여기까지 온 게 민망한 듯 헛기침을 하는 이들도 있었지만, 대부분은 살짝 기대에 들뜬 얼굴이었다.

대체 그 수위가 어떠하길래! 어마어마하다고는 들었는데!

그들이 바위 밑에서 초조하게 그 자료의 공개를 기다리고 있는 가운데 설로암 위, 달빛의 후광을 가르며 한 남자가 나타났다.

오오, 일순 모두의 시선이 그에게로 쏠렸다.

어? 그런데 저 남자, 상복을 입고 있었다. 웬 상복이지?

그렇게 바위 위에 선 이는 바로 그간 자취를 감추었던 정도석이었다.

"엇? 저분은?"

몇몇 그를 알아본 자들이 술렁이기 시작했다.

"저, 정본좌님 아닌가?"

"그럼 이 책들의 공급책?"

그렇게 모여든 이들이 수군거리는 소리가 높아지고 있을 때, 바위 위에 서 있던 도석이 비장하게 입을 떼었다.

"안녕하시오. 나는 정가 도석이라 하오. 내가 바로 정본좌, 조선 최고의 춘화첩 공급책이오. 여러분들이 갖고 있는 그 춘화첩들도 모두 나의 손을 거친 것이지요. 오늘은 약속한 대로 여러분께 엄청난 양서를 뿌리려 하오."

도석의 말이 끝나자, 뒤에 선 왕배와 덕훈이 무언가를 덮고 있던 검은 천을 훅— 거두었다.

화아악, 천 뒤에 있는 것들이 드러나자 거기엔 그야말로 엄청난 수의 나무 상자가 쌓여 있었다. 그리고 그 나무 상자 안엔 어마어마한 숫자의 춘화첩들이 빽빽하게 꽂혀 있었다.

이것이로구나, 드디어!

"자, 여기 양껏 있으니 마음껏들 가져가시오. 오늘만큼은 체면 신경 쓰지 마시고 이 책들을 마음껏 즐겨 보시구려."

와아아— 춘화첩을 무료 배포한다는 말이 진짜 사실이었다. 설로 사내들에게서 기쁨의 함성이 터져 나왔다. 정본좌, 정본좌. 그의 별호를 연호하는 이들도 있었다.

"그러나 가져가기 전에 내 한 가지 질문이 있소. 대체 이것들이 왜 필요하오?"

도석의 갑작스러운 질문에 몇몇 설로 사내들이 쭈뼛쭈뼛 이에 대답했다.

"그거야 성님께서 더 잘 알고 계시지 않소?"

"그야말로 본능이 아니겠소?"

"아니, 그럼 성님은 이 자료를 왜 이렇게 모으셨소?"

"내가 이렇게 자료를 많이 모은 이유는 모두 이 나라의 금혼령 때문이오."

무거운 단어가 툭, 튀어나와 버리고 말았다.

금혼령, 이 단어 하나에 장내의 분위기는 착— 가라앉았다.

"만약 내가 정상적인 나이에 장가를 갔다면 이렇게 책들을 빡빡 긁어모았을 성싶소? 우리가 이렇게 염치 불고하고 춘화첩을 얻으려 예까지 온 이유가 다 무엇이겠소? 모두 내 짝이 없기에 이 금혼령 시대의 설로이기에 그런 것이 아니오?"

이에 모여든 사내들이 웅성거리기 시작했다.

"만약 이 나라가 정상적으로 혼인을 허가했다면, 우리가 이러고 다녔겠냐 말이오. 이 춘화첩을 열망하는 것은 백번 이해할 수 있으나, 이것이 근본적인 해결책이 될 수는 없소. 사람이라면 색시를 맞아 혼인하고 살림 차리는 것이 본능에 가까울진대, 이것을 나라에서 금지하다니 세상에 이런 미친 짓이 또 어디 있겠소!"

"옳소, 옳소!"

곧 열화와 같은 지지가 터져 나왔다.

"이제는 이 나라에 우리의 목소리를 제대로 전달할 때가 되었습니다. 만약 이번에도 제대로 간택이 되지 않고 금혼령이 철회되지 않으면 이 나라 조정은 단단히 각오를 해야 할 것입니다."

기실 틀린 말이 없었다.

그래, 이렇게는 못 살겠다! 언제까지 설로로 살 것이냐! 곳곳에서 우렁찬 소리들이 울려 퍼졌다. 일차적으로는 춘화첩을 얻기 위해 모인 이들이었으나, 실은 모두 다 금혼령 시대에 깊은 울분을 간직한 설로들이었던 것이다.

"이제 우리 모설단이라는 이름으로 하나 되어, 이 뜻을 궐에 전합시다!"

더 이상 이렇게 살 수는 없어. 어떻게든 금혼령이 끝나야만 해. 우오오오— 벌 떼같이 일어선 사내들의 함성이 이 산을 뒤흔들었다.

도석이 연설을 마치고 돌아서 설로암에서 내려오자, 덕훈이 그의 팔을 덥석 붙잡았다.

"잘하셨소, 정말 잘하셨소."

허나, 도석은 그 팔을 빼고서 흐르는 눈물을 닦아 내며 혼잣말을 중얼거렸다.

"어머니, 죄송합니다. 이 불효자를 용서하시옵소서."

도석이 어떤 생각으로 이 연설을 했는지 덕훈은 잘 알고 있었다. 이 금혼령이 끝나야 보쌈꾼도 사라지고, 금혼령으로 인한 더한 피해가 사라질 것이라 생각한 것이다. 덕훈, 왕배와 함께 모설단이라는 이름으로 설로 사내들의 뜻을 모으기로 했다지만, 아직까지는 상중에 있는 그 마음이 많이 사나울 것이다.

"어머니, 어머니!"

감정이 격해진 도석을 덕훈은 한참 동안 어깨를 두드려 달래 주었다.

그날 이후, 모설단에 가입한 사람들의 숫자는 눈덩이처럼 불어났다. 그들은 어떻게든 간택이 제대로 진행될 수 있도록 갖가지 방법으로 조정에 압박을 넣었다.

벽에는 '금혼령을 철회하라' 라는 벽서와 낙서들이 붙었고, 아이들은 이 금혼령 시대를 풍자하는 돌림노래를 불렀다. 유생들 역시 왕에게 보내는 상소를 멈추지 않았다. 궐 앞에서 일인으로 시위를 하는 이들도 여럿이었다.

금혼령 시대, 설로들은 점점 더 거칠어지고 있었다. 곳곳에서 이를 진압하는 금군들과의 마찰이 일어나기도 했다.

그들이 바라는 것은 단 하나였다. 속히 국모의 간택을 진행하여, 이 나라의 금혼령을 끝내는 것.

어느덧 편전에는 수백 수천 장의 상소문이 그득그득 쌓였다. 제발 금혼령을 철회해달라는 유생들의 통곡이 편전까지 노랫소리처럼 들리던 날이었다.

도승지는 그 앞에서 발을 동동 구르며 왕 이헌을 기다리고 있었다. 이 여론에 대한 대책을 빨리 마련해야 했기에 왕을 뵙기를 급히 청한 것이었다.

"전하!"

그런데 곧 나타난 왕 이헌의 모습은 너무나도 충격적이었다. 얼마 전 꽃이 가득 핀 후원에서 그를 보았을 때와는 너무나 달랐다. 푹 파인 눈과 눈 밑의 검은 그늘, 마른 광대와 쏙 들어간 볼. 그리고 온몸에서 뿜어져 나오는 어둠의 기운. 다시 예전의 모습으로 돌아간 것이었다. 소랑이가 궐에 나타나기 전 모습으로.

"괜찮으시옵니까?"

도승지 역시 세장에게 자초지종을 들어 대략의 이야기를 알고 있었다. 소랑이가 결국 이 궐에서 나가게 되었다는 소식을.

"나의 상태가 매우 좋지 못하니, 도승지는 용건만 전하거라."

날카로워진 이목구비와 함께 그의 말씨 역시 뾰족했다. 말을 한 마디라도 잘못했다간 큰 역정을 낼 것만 같았다.

그, 그래도 할 말은 해야지. 도승지는 몸을 바들바들 떨며, 조심스레 이 말을 뱉었다.

"전하, 아무래도 간택을 속히 진행하셔야 할 것 같습니다."

헌이라고 해서 저 유생들의 통곡 소리가 들리지 않는 것은 아니었다. 지금까지는 사랑하는 소랑이와 함께하기 위해 이를 어떻게든 미루고 미뤄 왔지만, 이제는 그럴 명분이 없었다.

간택이라, 그는 허어— 폐에서부터 뿜어져 나오는 깊은 한숨을 쉬었다.

"모설단이란 자들의 움직임이 심상치가 않습니다. 벌써 그 행동이 거칠어져 언제 무슨 일을 벌일지 모릅니다. 여론 역시 그들을 지지하고 있고요."

"문득 소랑이의 그 말이 떠오르는구나. 올해 안에 금혼령이 철회되지 않으면 대규모 민란이 일어날 것이라는 그 말."

"기억하고 있습니다."

"하아, 그런데 그 말이 모두 거짓이었다는 걸 알고 있느냐?"

도승지는 입술을 잘근 씹었다.

"그때 제가 소랑이를 궐에 데리고 오지만 않았더라도, 이렇게 궐의 기강을 어지럽히는 일은 없었을 것입니다. 전하, 죄는 저에게 있사옵니다. 어떤 벌을 내려 주시든 달게 받겠습니다."

"아니, 내가 왜 도승지에게 벌을 주겠느냐? 벌을 받을 자는 따로 있는데. 벌을 받을 자는, 이 나라 금혼령의 원흉! 바로 나 왕 이헌이다."

헌은 한쪽에 쌓인 상소문들을 가리키며 말했다.

"저것들이 의미하는 것이 모두 하나가 아니더냐. 내 더 이상 고집을 부릴 명분이 없다."

한껏 독해졌던 헌의 눈에서 일순 빛이 탁— 꺼진 듯했다. 그 역시 미치도록 고민하고 또 고민했을 것이다. 이 나라의 간택에 대하여.

"전하, 어찌하시겠나이까?"

"간택을 진행할 것이다."

오히려 너무나 아무렇지도 않게 뱉은 그 말이었다.

백성들이 바라고 또 바라던 그 말! 간택을 진행하라는 것.

도승지는 믿어지지 않는다는 듯 눈을 휘둥그레 떴다.

"당장 내명부에 준비를 하라 명하겠습니다. 전하, 잘 생각하셨습니다."

허나, 헌에게는 영혼이 텅 비어 버린 듯 그 어떤 표정도 남아 있지 않았다.

❀

"뭐라, 그게 무슨 얘기야?"

"제 말이 참이라니까요."

박 의원 댁으로 한달음에 달려온 해영이 저잣거리의 소식을 전했다.

"이 나라에 간택이 진행될 것이래요."

결국, 결국은! 소랑은 입술을 깨물었다. 그래, 언젠가는 그리될 일이지. 그것이 당연하지.

이 금혼령을 끝내려면, 격해진 이 민심을 다스리려면 오로지 간택만이 답이었다. 똑똑한 집안, 곱게 자란 여식을 궐로 들여 이 나라의 국모로 택하는 것.

그런데 내 마음은 왜 이렇게 무너지는 것만 같은 걸까?

그간 사무치도록 그의 소식을 기다려 왔던 그녀였다. 그가 괜찮을지, 너무나 궁금했기에. 우리가 정말 이별한 것인지, 너무 실감이 나지 않았기에.

그런데 궐에서 들려온 유일한 소식은 간택을 진행한다는 것뿐이었다. 마음이 찢어질 듯이 아팠다. 눈에서는 다시 주체할 수 없는 눈물이 흘러나왔다.

그가 앞에 있다면, 정말 진실로 묻고 싶었다.

전하, 우리 이젠 완전히 헤어진 것입니까. 완전히 서로를 잊어야만 하는 것입니까.

31

누군가 다시
사랑의 목숨을 노리고

"간택이라니요, 내 이날만을 얼마나 기다려 왔습니까."

얇은 초 한 자루가 여원회의 협실을 어둑어둑하게 밝히고 있었다.

어른어른하는 불빛에 따라 서씨의 얼굴엔 일렁일렁한 그림자가 흐르고 있었다. 기쁨을 감추지 못하고 있는 서씨의 모습은 어딘가 괴기스러우면서도 섬뜩했다.

"전하께서 갑자기 이런 결정을 하게 된 연유가 무엇이랍니까? 그토록 간택의 압박이 거세져도 요지부동이었는데."

서씨의 앞에는 병판 조성균 대감이 근엄하게 수염을 쓰다듬고 있었다. 그의 말투는 냉소적이었다.

"첫째는 소랑이가 궐에서 나간 것."

"뭐라고요?"

대번에 서씨 부인의 미간이 구겨졌다. 그년의 영향력이 이렇게 클 줄은 상상하지 못했던 것이다. 결국 그년이 왕의 마음을 사로잡아 이 나라 간택을 미루게 했던 것인가.

"둘째는 모설단의 압박 때문이지요."

모설단이라.

서씨는 그 단어를 조용히 입안에서 씹어 보았다.

"안 그래도 그들 때문에 이 나라 분위기가 더욱 흉흉해지고 있지 않습니까?"

서 씨는 걱정스럽게 얘기했으나 병판의 표정은 여유로웠다.

"하하, 무슨 걱정을 그리하십니까? 오히려 모설단이 활개를 치고 이 나라를 뒤엎겠다 들썩들썩할수록 우리에겐 더 잘된 일이지요. 이 나라에 혼란이 오면 올수록 우리에게 유리한 것을 잊었습니까?"

"그럼 제일 큰 문제는 그년 명줄이 아니겠습니까?"

기실 서씨에게 가장 두려운 것은 소랑이의 존재였다. 여러 번 그녀의 목숨을 앗으려 했지만 모두 실패로 돌아갔었다.

심지어 이신원을 제거하려는 계획을 세웠지만, 이마저도 팔을 다치게 하는 데 그치지 않았는가.

"그년이 다시 왕을 뒤흔들기라도 하면 어쩐답니까? 이신원 도사가 외팔이가 된 김에, 이 기회에 처치해 버릴까요?"

"이제 그 여자 뒤엔 날랜 무사 둘이 더 붙어 있습니다."

"어떻게 처리는 힘들겠습니까?"

"무사 둘을 처리하는 것은 어렵지 않으나, 이신원 도사가 우리의 존재를 알고 있는 이상 의심을 피해가기 어려울 성싶습니다."

이때 문이 열리더니 현희가 들어왔다. 의외의 등장에 병판은 의문스럽게 그녀를 바라보았다.

"예전보다 더 예뻐졌구나."

그야말로 공을 들여 가꾸고 가꾸어 만들어 낸 미색이었다. 예쁘지 않다 말할 수는 없지만, 자연스럽고 수수한 아름다움이 아닌 인공적이고 어색한 미모였다. 몸 곳곳에는 그녀의 얼굴보다도 휘황찬란한 비싼 장신구들이 번쩍번쩍 빛을 내고 있었다.

"7년 만의 간택령에 이 나라 처녀들의 민심이 들썩이고 있습니다. 너도나도 여원회에 들어오겠다고 성화이지요."

"그래?"

"모두들 엄청난 신분 상승의 기회라고 생각하는 것이지요. 주제도 모르고 덤비는 그 꼴이 참으로 우습지 않습니까?"

"하하핫."

병판은 너털웃음을 지으며 현희를 바라보았다.

"그래서 너의 생각은 무엇이냐?"

"이렇게 제 주제도 알지 못하고 날뛰는 여인네들까지 한 번에 처리하시지요."

아하, 이것 역시 서씨가 예전부터 구상하던 것이었다.

"연쇄적으로 여인네들을 처리해 버리는 것입니다. 수사가 한쪽으로 쏠리지 않게요."

미리 간택에 오를 만한 싹을 제거하는 것, 말이다.

"소랑아, 나를 두고 도망가거라."

소랑이 박 의원 댁 개이 할배의 방에 들어섰을 때, 웬일인지 개이가 그를 똑바로 보며 온전한 정신인 듯 말을 하고 있었다.

"할배?"

아직 정신이 돌아온 것은 아닌가? 너무나 뜬금없는 말에 소랑은 눈을 깜빡였다.

"내가 할배를 두고 가긴 어딜 가겠소."

"신원이가 돌아올 때까지만 자리를 피하거라, 어서 빨리."

그는 잠시 본가에 갈 일이 있어, 박 의원 댁을 비운 상태였다. 하필 그녀의 곁을 지켜 주던 선혁과 활도 금부에 보고할 것이 있어 다녀오겠다 소식을 전했을 때였다.

"지금, 무슨 소리를 하는 거요?"

"중전마마, 산으로 몰면 물로 가시옵소서. 물이 마마를 지켜 줄 것이옵니다."

갑자기 중전마마라니. 소랑은 개이가 당최 무슨 소리를 하는지 알 수가 없었다. 그러나 그녀를 재촉하는 개이의 얼굴은 까닭 없이 간절했다.

"얼마나 땀을 흘렸는지 속옷이 다 젖었소이다. 기다리시오. 내가 마른 속옷을 좀 가져올 테니."

"이럴 때가 아니다, 으윽."

갑자기 전쟁이 난 것도 아닌데, 뭐가 그리 급하다고 이러실까.

알 수 없는 불길한 예감에 소랑이 주변을 둘러보았을 때,

휘이익—!

그녀의 옆으로 화살이 획— 날아와 얼굴 바로 옆에 꽂혔다. 누군가 마루에 있던 그녀에게 활을 쏜 것이었다.

누군가 날 죽이려 드는 것인가!

소랑이 혼비백산 몸을 숨길 곳을 찾고 있을 때, 피할 수도 없는 화살 하나가 정확히 그녀의 가슴팍으로 날아들었다.

허나 재빨리 몸을 아래로 굴린 덕에 화살은 그녀의 바로 등 위에 꽂혔다.

화살은 쏟아붓듯이 연속적으로 박 의원 댁 마루에 꽂혔다. 이렇게 화살이 쏟아진다면, 목숨을 잃는 것은 그야말로 순식간의 일일 것이다. 갑작스러운 공격에 놀란 박 의원이 방문을 열고 그녀에게 물었다.

"흐이이익! 이게 대체 무슨 일이오?"

"방에서 나오지 마세요. 저를 쫓는 이들이니 저만 떠나면 이곳은 안전할 겝니다."

그 말을 하는 소랑의 바로 옆에 화살이 빠르게 후두둑 꽂혔다.

"어서 화살이 닿지 않는 곳으로 몸을 숨기세요."

그 말에 박 의원은 재빠르게 복도를 지나쳐 개이의 방으로 들어갔다. 우선 환자부터 챙기려는 의원의 본능적인 움직임이었다.

그래, 일단 이들의 목숨을 구하려면 나부터 이곳을 떠나야 했다.

그녀는 정신없이 뒤뜰의 담을 넘어 뒷골목으로 나아갔다. 그러나 그녀가 가는 곳마다 수상한 자들이 자꾸 눈에 띄었다. 이 골목으로 들어가면 저쪽에 서 있던 검은 옷을 입은 사내와 눈이 마주치고, 이에 화들짝 놀라 다른 골목으로 들어가면 긴 칼을 찬 이와 눈이 마주치는 것이다.

그녀가 뒤로 돌아서자마자 그들이 그 뒤를 쫓기 시작했다. 벌써 대여섯의 사내가 그녀를 쫓고 있었다. 이제는 온 힘을 달려 도망을 놓는 수밖에 없었다. 허나, 자객들의 발걸음은 곧 뒷덜미라도 낚아챌 듯 재빨랐다.

이걸 어찌하지?

그녀는 아까 개이가 자신에게 했던 말을 떠올렸다.

'산으로 몰면 물로 도망쳐라.'

드문드문 인가가 서 있는 동네라, 딱히 몸을 숨기거나 도망갈 곳도 마땅치가 않았다. 그 사내들이 그녀를 압박해 올 때 퇴로는 오로지 뒷산밖에 없었다. 달음질치던 소랑은 뒷산을 올려다보았다.

어느덧 해질녘이 되었으니, 이 산에 금방 밤 그늘이 내려올 것이다. 무성한 수풀이 시야를 가려 어두운 그림자로 나를 덮치는 것도 금방일 것이다.

허나, 선택의 길은 없었다. 퇴로는 단 하나였다. 소랑이 머뭇거리는 것을 눈치챈 몇몇의 자객들이 그녀를 향해 활을 겨누기 시작했다.

결국 그녀는 빽빽하게 서 있는 나무들을 방패 삼아, 숲속으로 숨을 수밖에 없었다.

그녀는 정신없이 미로와 같은 숲속을 헤매면서 뛰고 또 뛰었다. 저 건장한 사내들이 나를 잡아채지 않게, 일부러 더 복잡하고 장애물이 많은 길로 뛰어갔다.

숨은 턱 끝까지 차올랐고, 심장은 금방이라도 터져 버릴 것만 같았다. 그렇게 사력을 다해 도망가다 보니 예전의 기억이 다시 되살아났다. 서씨 부인이 나를 집에서 쫓아내려 자객을 불렀을 때, 그녀가 동네 뒷산으로 올라가 도망을 쳤던 것.

아, 이 산이 그 산이로구나.

다른 길로 올라왔지만 같은 산이었다. 컴컴한 어둠이 그녀의 눈앞을 막았지만, 두 눈이 그 어둠에 익숙해지자 다소 낯익은 산세들이 나타났다.

소랑은 자신이 알고 있던 길로 달려나갔다. 한 번 크게 앓은 뒤로 아직 몸이 다 회복된 것은 아니었지만 저놈들 손에 비명횡사할 수는 없었다. 그녀가 할 수 있는 것은 사력을 다해 뛰고 또 뛰는 것이었다.

그러나 하늘도 무심하시지.

그녀가 마주친 것은 다름 아닌 늑대 떼들이었다. 시뻘건 두 눈이 번뜩번뜩 빛을 쏘며 그녀에게로 한걸음 한걸음 다가왔다. 날카로운 이빨 사이로 침을 뚝뚝 흘리는 걸 보니, 소랑을 오늘 저녁거리로 보고 있는 게 틀림없었다.

저 송곳니가 언제 내 뱃가죽에 박힐지 모른다고 생각하니, 엄청난 공포가 찾아왔다.

그녀를 죽일세라 뒤를 따르던 자객들은 오히려 호기로운 표정이었다. 앞으로 전진해 봐야 늑대들밖에 없으니, 차라리 우리 손에 붙잡히라는 손짓이었다.

늑대와 자객들 사이에서 그녀가 진퇴양난에 빠졌을 때, 그녀는 옆을 보았다. 바로 옆은 아주 너른 절벽이 있었다. 그리고 그 밑에는 맹렬한 수마가 거칠게 흘러가고 있었다.

이곳이었다.

7년의 세월을 돌고 돌아, 그녀는 다시 이곳에 당도하게 된 것이었다. 예현선이 죽었던 이곳에. 다시 한 번 죽을 위기에서.

그때는 기적처럼 목숨을 구할 수가 있었는데, 이번에도 이 수마가 나를 살려 줄 것인가.

절벽 아래 세차게 흐르는 물을 보아하니, 차라리 지옥의 불구덩이에 뛰어드는 것이 나을 것 같았다. 저 물에 휩쓸리자마자 바로 즉사할 것 같았다. 죽음의 위압감이 그녀를 덮쳐 왔다. 어떻게 해도 죽을 길밖에 없단 말인가.

허나 이판사판. 한쪽에서는 늑대들이 그녀를 향해 어두운 불빛을 밝히고 있었고, 저쪽에서는 자객들이 한걸음 두걸음 그녀를 향해 다가오고 있었다.

으르르르— 그녀를 향해 이빨을 보이던 늑대들이 왕— 하고 그녀에게 달려들었다. 목덜미를 물려는 듯 몸을 날렸다가 절벽 아래로 굴러떨어진 놈도 있었다. 한 놈은 그녀의 치맛자락을 물고 질질 끌고 있었다.

"이거 놔!"

놈들의 날카로운 이빨을 보아하니, 자칫 중심을 잃었다간 저 늑대 떼 사이에서 산 채로 걸레처럼 갈기갈기 찢어질 것 같았다.

이젠 정말로 방법이 없었다. 또 다른 늑대가 그녀의 목덜미로 돌진하려 할 때 그녀는 쓰러지듯, 그 절벽에서 몸을 던졌다.

"아아아악!"

낙하의 공포는 어마어마했다. 지반이 쪼개지는 듯한 엄청난 굉음에 도저히 정신을 차릴 수가 없었다.

'풍덩—'

곧 그녀가 수마에 휩쓸렸다. 그때와 달리 수마는 한층 더 맹렬하고 난폭했다. 도저히 사람이 목숨을 챙겨서 나갈 수 없는 곳이었다. 아무리 사지를 버둥거려도, 코와 입에는 쉴 새 없이 물이 들어왔다. 어푸어푸, 이렇게 숨을 쉬지 못하다가 폐에까지 물이 찬다면 익사는 그야말로 시간문제였다.

이때, 다시 어디선가 '풍덩—' 하는 소리가 들렸다.

혹 나를 향해 달려든 늑대가 이 악마의 계곡에 빠진 것인가. 혹 그 늑대가 여기까지 헤엄쳐 다가와 이 몸에 끝끝내 송곳니를 박아 넣는 것은 아니겠지!

그녀가 두려움에 질려 떨고 있을 때, 풍덩 소리를 냈던 검은 덩어리가 그녀에게로 다가왔다. 그리고 그것이 자신에게 다가와 몸을 휘감자마자 그녀는 극심한 공포에 정신을 후욱— 잃어버리고 말았다.

소랑이로 살았던 내 삶이 여기서 끝나는 것인가. 마치 모든 것의 종말이 내려지듯 아득한 혼절이었다.

"이게 어찌 된 일입니까?"

출타했던 신원이 집에 돌아왔을 때, 박 의원 댁엔 수많은 화살이 꽂혀 있었다. 신원의 목소리에 방에 숨어 있던 박 의원이 조심스럽게 문을 열고 나왔다.

"오셨소, 왜 이제야 오셨소. 보시다시피 저희는 무사합니다. 그런데……."

"소랑이는 어디에 있습니까?"

"누군가 소랑 아씨에게 활을 쏘며 위협을 가했습니다. 이걸 어쩌면 좋습니까?"

이에 신원의 눈이 단숨에 둥그렇게 벌어졌다. 황급히 뒤뜰로 가보니 거기에는 그녀의 것으로 보이는 발자국들이 여러 개 찍혀 있었다. 곧 해가 져 사위가 어둠에 젖을 텐데, 그녀는 대체 어디로 간 것일까.

신원이 소랑의 그 발자국을 쫓으려 할 때, 어느새 개이가 뒤뜰에 따라 나와 있었다.

"산으로 몰면 물로 숨으십시오!"

"네?"

그간의 아픈 기색은 사라지고 장군처럼 쩌렁쩌렁한 목소리였다. 허나 그 뜻을 알기는 힘들었다.

산이라 함은, 저 산을 말하는 것인가? 신원은 고개를 돌려 뒷산을 바라보았다. 저 산 끄트머리에 있는 절벽, 그 밑으로 세찬 계곡물이 흐르고 있다는 것을 알고 있었다.

혹, 저곳인가? 소랑이가 쫓긴 곳이?

밤이면 늑대 떼들이 나타나기로 유명한 곳이었다.

혹시 소랑이가 이미 늑대 밥이 될 위기에 있는 것은 아니겠지?

신원은 개이에게 고개를 끄덕이고는 말을 타고 그쪽으로 향했다. 그렇게 말을 탄 신원이 깊은 산의 이곳저곳을 뒤지고 있을 때, 순간 어디선가 비명 소리가 들렸다.

'꺄악!'

바로 소랑이의 목소리였다. 그 소리를 따라 절벽에 다다랐을 때, 저쪽 먼 바위에 그녀가 서 있었다. 이 바위를 내려갔다가 다시 돌아 가려면, 상당한 시간이 걸릴 텐데!

방법이 없을까 신원이 초조해하고 있는 사이, 소랑은 절벽에서 몸을 던지고 말았다.

"아아아악!"

아득한 그녀의 비명 소리가 절벽 여기저기에 부딪혀 돌림노래처
럼 들려왔다. 신원은 온몸의 솜털이 바짝 곤두서는 느낌이었다. 예
전 연못 물에 빠졌을 때에도 전혀 수영을 하지 못했던 그녀였는데.

지금 당장 저쪽 절벽으로 갈 수는 없지만, 여기서 뛰어내려 그녀
가 빠진 곳으로 헤엄쳐 간다면 그녀에게 닿을 수도 있을 것 같았다.

신원은 망설이지 않고 바로 절벽에서 몸을 날렸다. 순식간에 주
인을 잃은 말이 허공에 달음질을 했다.

천지가 뒤흔들리는 굉음 속.

풍덩―!

신원이 계곡물에 빠져 빠른 물살에 휩쓸려 갔다. 가장 먼저 그를
덮친 건 살갗이 떨어져만 나갈 것 같은 한기와 추위였다.

이건 아무래도 상관없었다. 가장 큰 문제는 그가 예전처럼 수영
을 할 수 없다는 사실이었다. 한쪽 팔을 쓸 수가 없기에, 몸이 도저
히 마음대로 움직여지지가 않았다.

"제발, 제발!"

그는 필사적으로 오른팔에 힘을 주어 보았다. 예전엔 이렇게 죽
기 살기로 움직여 본 적이 없었다.

제발, 내 뜻대로 움직여다오. 한 번만, 단 한 번만!

계속해서 수마에 휩쓸려 가며 물을 먹던 신원은 사력을 다해 두
팔을 내저으려 했다.

예전에 했던 의원의 말이 떠올랐다. 큰 충격을 받으면 독으로 인해 마비되었던 신경이 되살아날 수도 있다고.

가능하다면, 그것이 가능하다면 바로 지금 이 순간이어야 했다. 아직까지 내 어깻죽지를 물고 있는 이 독침의 이빨을 이제는 빼내어야 한다.

수마에 휩싸인 소랑과는 점점 더 멀어지고 있었다. 저렇게 물을 먹다간, 까닥 정신을 잃을지도 몰랐다. 그러면 정말 끝장이었다.

제발, 제발!

"소랑아!"

그가 사력의 힘을 다해 그녀 쪽으로 헤엄쳐 간 끝에 신원은 소랑의 몸을 낚아챌 수가 있었다. 헉헉 자신도 모르게 오른팔이 움직여 준 것이었다.

아직 그 움직임이 어색했지만, 어깨에서 깨져 버릴 것 같은 통증이 밀려왔지만 그래도 오른팔이 헤엄을 치고 있었다. 독침에 마비되었던 나의 팔이, 드디어!

그러나 여기에 기뻐할 시간은 없었다. 그의 팔에 감겨 있는 소랑은 추욱— 늘어져 의식을 잃고 있었다. 일단 그녀부터 물가로 데리고 가야 하는데, 손에 잡히는 것이 아무것도 없었다.

생사의 갈림길에서 오히려 신원의 두 눈은 번뜩였다. 그녀의 숨을 구하기 위해, 죽어 있던 팔까지 살아났다. 나는 그녀를 구해 낼 것이다. 그는 생존에 대한 모진 갈망으로 거센 물결을 헤쳐 나갔다.

몸을 치는 거센 손길이 등에서부터 시작해 목으로 이어졌다. 턱 턱턱, 머나먼 심연에서부터 아득한 통증이 밀려오는 느낌이었다. 다 행히도 그 통증이 잃었던 정신을 찾게 해 주고 있었다.

소랑은 콜록콜록 목에 걸려 있던 물을 뱉어 냈다. 이제 등을 치는 통증은 사라지고 입술 끝에 더없이 향기로운 바람이 불어왔다. 그 바 람이 막혀 있던 자신의 숨을 트이게 하고 있었다. 답답하게 정신을 잃어가고 있던 그녀에게 누군가 생의 숨을 불어넣어 주고 있었다.

아직 정신이 모두 돌아오지 않은 세계에서, 그녀의 입술에 머문 것은 너무나 부드럽고 향기로운 것이었다. 언뜻 신을 생각했다. 죽 어 가는 내 목숨을 살려 준, 신과의 입맞춤.

먼 곳에서는 아스라이 새벽녘이 밝아져 오고 있었다. 자신의 입 술 위에 포개어진 건, 다름 아닌 신원의 입술이었다. 간밤, 신원은 죽음과 힘겨운 싸움을 한 것처럼 한 마리의 젖은 짐승이 되어 있었 다. 그의 등줄기로 밝아오는 새벽빛이 더없이 경이적이었다.

여긴 저승이 아니었다. 죽을 뻔했던 그녀가 목숨을 부지하고 숨 을 되찾아 낸 이승의 세계였다.

"크흑!"

소랑이 기침을 하면서 눈을 뜨고 몸을 일으키자 신원은 마치 기 적을 눈앞에서 본 듯한 얼굴이었다. 세상천지 이보다 더 감격스러 운 것은 없을 것만 같다는 표정으로 신원은 소랑을 꽈악— 끌어안왔다.

"살았구나!"

콜록콜록. 소랑은 목에 걸렸던 남은 물을 왈칵 더 토해 내고 나서 그에게 물었다.

"어떻게 된 거야?"

그가 어떻게 내 앞에 있는 거지? 신원이 자리를 비운 사이 내가 자객에게 쫓겨 산까지 가게 되었는데, 그가 어찌 여기에?

"어쩌긴, 내가 널 살렸지."

감격에 젖은 신원의 눈가가 물기로 일렁였다. 그녀가 살아난 게, 그렇게도 좋고 기뻤나 보다. 그는 복숭아같이 보들보들한 그녀의 얼굴을 손끝으로 하나하나 매만졌다.

"근데 그거 알아? 나 살린 거, 너다."

신원은 젖은 눈으로 서서히 오른팔을 들어 보였다. 소랑은 그것이 처음엔 무슨 뜻인지 몰랐다. 너무나 아무렇지도 않게 움직여서. 그러나 그의 팔이 올라가면 올라갈수록, 그녀의 입이 서서히 함께 벌어졌다.

"이게, 이게 어떻게 된 거야?"

도저히 믿을 수가 없었다.

"팔을 쓸 수 있게 된 거야?"

예전에 그 말이 사실이 된 것인가? 큰 충격을 받으면 마비된 신경이 되살아날 수 있다는?

신원은 신기한 듯 오른손의 주먹을 쥐었다가 펴 보았다. 아직까지 손끝이 움직인다는 걸 본인 역시 믿을 수 없는 듯했다.

"신원아!"

소랑의 눈에서는 감격의 눈물이 툭— 터져 나왔다. 내가 살아나게 된 기쁨보다도, 신원의 팔이 움직일 수 있게 된 것이 더더욱 기뻤다.

"살았어, 그래 살았어."

이대로 울고 싶었다. 감격에 젖어 나를 놓아 버리고 싶었다. 그 죽을 위기에서, 나를 찢어 버릴 듯한 수마에서, 신원의 덕으로 살아났다. 아직 어찌 된 것인지는 모르겠지만 그는 내 앞에 있고, 드디어 다시 팔을 쓸 수 있게 되었다.

뜨거운 눈물이 차가운 볼을 데웠다. 발갛게 올라온 울음기는 어찌 감출 수도 없었다.

그렇게 울먹이는 소랑을 신원은 화악— 부둥켜안았다. 마치 불길처럼 뜨거운 포옹이었다.

소랑은 그에게 안긴 채 하염없이 등을 두드렸다.

그래, 살았어. 우리가 살았어. 그 말을 하염없이 중얼거리면서. 살아난 것이 그야말로 기적이었다.

32

나
이
제 너
한
잘 테
하
면 살
서 게

어느덧 강가에 완연한 아침이 밝았다. 붉은 아침 햇빛이 찬란하게 그들의 위로 내려앉았다.

잠시 후, 신원은 소랑이 몸을 녹일 수 있게 모닥불을 피워 주었고, 요기를 할 수 있도록 강에서 물고기를 잡아 구워 주었다.

죽을 뻔한 뒤로, 삶에 대한 의지가 더욱 강해진 것일까. 소랑은 신원이 잡아 온 물고기를 게 눈 감추듯 먹어치웠다.

살아야 했기에, 이대로 죽을 수 없기에.

오래간만에 이렇게 밖에서 음식을 먹으니, 떠돌이로 살아왔던 그 세월들이 다시 떠올라 울컥 설움이 복받쳐 올랐다. 그러나 신원의 앞에서 눈물을 보이고 싶지 않아 그녀는 울음을 참고서 다시 물고기를 먹었다.

"누가 날 이렇게 죽이려고 하는 걸까?"

신원은 바위에 걸터앉아 쏟아지는 쨍한 햇살을 손으로 가렸다.

"네가 사라지길 바라는 사람."

답은 하나였다. 서씨 부인.

하늘 아래 예현선이라는 사람이 둘일 수가 없기에, 그녀는 반드시 죽어 없어져야만 하는 존재이기에.

사연을 듣고 보니 서씨는 소랑이가 임금에게 사기를 친 것으로 신원을 겁박했다고 한다. 이 진실을 밝힐 경우 고발을 할 것이라고.

아마 그리되면 지금껏 이를 감춰 주었던 신원마저 벌을 피할 수가 없을 것이었다.

"그럼 우리 계속 이렇게 쫓기면서 살아야 하는 거야? 언제 죽을지도 모르고?"

이러다 신원이까지 함께 비명횡사할 수도 있지 않은가.

"그래서 말인데."

신원은 그녀의 눈치를 보며 조심스럽게 말을 꺼냈다.

"우리 집에 가 있는 건 어떨까?"

"너희 본가?"

예상치 못한 말이었다.

419

"거기라고 위험하지 않을 리는 없잖아."

"그들이 아무리 기세등등하다고 해도 우리 아버지까지 건드리긴 힘들어."

"그래도."

걱정스러웠다. 자칫 신원의 집에까지 화가 미치게 될까 봐. 허나 신원은 걱정 말라는 투로 편안하게 얘기했다.

"그렇다고 다시 박 의원 댁이나 애달당에 돌아갈 수도 없잖아. 그럼 네가 돌아온 걸 알게 될 거야. 우리 집에서 최대한 숨어 지내자, 소랑아."

석연치 않은 소랑의 표정을 보자 신원은 몇 마디를 더 붙였다.

"개이의 병간은 내가 알아서 할게. 해영이와 함께 박 의원 댁에 들르면서 문제 생기지 않게 할게. 그리고 이 금혼령이 끝나면 우리 어디로든 사라지자. 아무도 우릴 쫓지 않는 곳으로. 청나라에 가든, 아님 산골에 묻혀 살든 위험이 없는 곳으로."

깊은 속에서부터 쓴 물이 올라와 소랑은 입술을 꾹 깨물었다. 너무나 씁쓸했다. 이 세상에서 완벽히 사라져야지만, 목숨을 부지할 수 있다니. 이렇게 살아야 한다는 게. 그리고 신원에게 다시 빚을 진다는 게.

"그래야겠지?"

당장이라도 흩어질 것 같은 소랑의 표정에 신원은 그녀를 물끄러미 바라보았다. 그녀가 거절해도 어쩔 수 없다고 생각했다. 언제나 자신을 밀어내기 바빴던 그녀니까.

"그래, 너희 집으로 들어가자."

잠시 후, 그녀는 고민을 마친 듯 고개를 끄덕였다. 오히려 이런 대답이 신원에게는 조금 의외였다.

"정말, 그래도 괜찮겠어? 너 불편하지 않겠어?"

"나 너 아니면 저기서 물귀신 되었어."

소랑은 저 멀리 흐르는 강물을 바라보며 허랑하게 말했다.

"그냥 저기서 익사했을 거라고. 시체라도 제대로 찾을 수 있었을까. 이런 개차반 같은 죽음이 또 어디 있니. 너에게 진 목숨 빚 이제 평생 갚을게. 나 이제 더 이상 너에게 상처 주고 밀어낼 권리 없어."

소랑의 눈가가 조용히 젖어 왔다.

"난 정말, 상상도 하지 못했어. 네가 나 따라서 이 절벽에 뛰어들 줄은. 팔도 못 쓰는 애가, 정말 죽기 살기로."

그녀의 말은 점차 울음으로 뒤섞였다.

"만약 반대 상황이라면 내가 할 수 있었을까? 너 구하겠다고 그 높은 절벽에서? 아니, 아마 난 못했을 거야. 용기도 없었을 거고, 많이 무서웠을 거야. 근데 넌⋯⋯."

신원은 내 삶의 은인이었다. 그에게 이번 생을 빚지고 있었다. 그가 아니면 진작 끝났을 생이었다. 그렇기에,

"네 뜻대로 하자, 나는 거기에 따를게."

남은 인생, 신원의 뜻대로 살겠다고 한 것이었다.

그녀의 표정은 담담한 듯 굳건했다. 언뜻 모든 것을 내려놓은 것 같기도 했다. 신원은 우리 집으로 들어오기로 결정한 그녀를 믿을

수 없다는 듯 한참 동안 바라보았다.

✿

송씨 부인은 대문으로 들어오는 아들을 맞으려다가 순간 멈칫했다. 아들의 옆에 웬 여자가 하나 함께 따르고 있는 것이었다.

"신원아, 옆에 아씨는 누구냐? 너는 어쩌다가 꼴이 이렇게 되었고."

송씨는 신원의 추레한 몰골을 위아래로 훑으며 말했다.

"어머니, 모든 걸 말씀드리겠습니다. 우선 안으로 드시지요."

신원은 행랑아범에게 소랑이를 사랑방에서 기다리게 하라 말한 뒤, 어머니와 함께 안방으로 들어갔다.

"잠깐, 신원아. 너 팔이 움직이는 것이냐?"

안방으로 가는 길, 송씨가 소스라치게 놀라 물었다.

"파, 팔이 움직인다고? 아니, 어떻게 이게 가능한 것이냐?"

송씨는 금방이라도 기쁨의 눈물을 흘릴 듯했다. 아들의 오른팔이 단단하게 묶여 있는 걸 보며 언제나 억장이 무너질 것만 같았는데, 그런데 팔을 다시 쓸 수 있게 되다니. 그새 기적이라도 일어난 것일까?

송씨 부인은 기쁨을 감추지 못하며 안방 문을 열었다.

"아이고, 대감. 이것 좀 보세요. 신원이 팔이, 팔이!"

"이게 어찌 된 것이냐?"

들뜬 부모님과는 달리 신원의 표정은 착 내려앉아 있었다. 이제 긴 얘기를 해야 했다. 소랑이와 얽히고설켰던 그 긴 인연에 대해서.

"어머니, 아버지. 드릴 말씀이 있습니다."

"우선 이 차를 마시고 몸 좀 녹이시지요."

행랑아범이 갖다 주는 차에 소랑은 조용히 고개를 끄덕였다.

"아, 네."

"이 집에 딸이 없어서, 옷이 이런 것밖에 없습니다."

그가 가져온 옷은 송씨 부인이 예전에 입었을 만한 펑퍼짐한 옷이었다.

"아니, 안 그러셔도 괜찮습니다."

"아닙니다. 안 그래도 비단쟁이에게 옷을 해오라 일렀습니다. 이곳에서 지내실 동안 입을 옷도 제대로 없으시면 안 되지요."

소랑은 살짝 놀란 채 행랑아범을 바라보았다. 이곳에 지내게 되었다는 것을, 벌써 알고 있는 것인가.

"예전에 그림을 본 적이 있습니다. 이신원 도련님께서 보여 준 그림이요."

"그림이라니요?"

"두 분이서 예전 혼담이 오갔을 때 매파가 아씨의 초상화를 이 집에 전달한 적이 있습니다. 어째 그림보다 실물이 더욱 고우십니다."

아, 신원은 그 때문에 알게 된 것인가. 내가 사라진 예현선임을.

그렇게 소랑과 행랑아범이 이런저런 얘기를 하고 있을 때, 신원이 이야기를 마쳤는지 송씨 부인과 함께 마당으로 나왔다.

"아이고, 아가."

송씨 부인은 애틋하게 그녀에게 다가와서 두 손을 잡아 주었다.

"사연은 들었다. 어찌 그렇게 힘든 일을 다 겪었을꼬."

더없이 따뜻하고 자애로운 손길이었다.

"어, 어머니."

"그래, 앞으로는 그냥 어머니라 부르거라. 엄마라고 불러도 좋고. 아이구, 가엾은 것, 가엾은 것. 이제라도 우리 집에 들어와서 참 다행이로구나. 너를 품을 수가 있어서 참으로 다행이야. 아직 몸이 성치 않다 들었다. 우리 집안 주치의를 불러 줄 테니 조금만 쉬고 있거라. 애, 춘화야. 우리 아가가 지낼 방을 안내해다오."

송씨 부인은 그녀를 안채로 이끌어 그녀가 지낼 방의 문을 열어 주었다.

꽃수가 놓인 발과 고급스러운 자개장이 놓여 있는 방이었다. 오래도록 쓰지 않은 방인 듯했으나, 너무나 아늑한 분위기가 풍기는 곳이었다.

"여기서 얼마나 있든 상관없다. 그냥 편하게만 지내렴. 아랫목 뜨뜻하게 덥혀 놓으라고 이미 얘기했다. 너는 그냥 푹 쉬고 있어라."

그녀는 자개장들을 하나하나 만지면서 말했다.

"얼마나 오랫동안 이 집안에 며느리가 들어오길 바랐는지 모른다. 우리가 딸이 없어서, 예쁜 며느리와 딸처럼 지내기를 오랫동안 바라 왔거든. 그런데 금혼령이 7년이나 이어질 줄이야."

소랑을 바라보는 송씨의 눈빛은 그야말로 너무나 자애롭고 부드러웠다. 신원이가 누구의 눈매를 닮았는지 알 수 있을 것 같았다.

"아가야, 그간 한이 많았다고 들었다. 이제는 다 내려놓으럼. 힘든 것들 다 내려놓으럼."

어쩐지 친어미 김씨 부인이 떠올라 소랑의 눈가가 조용히 젖었다.

"으이구, 왜 울고 그래."

"…… 저희 친어머니가 생각나서요. 제가 너무 어렸을 때 돌아가셔서."

새어머니인 서씨가 자기를 어떻게든 죽이려 했던 것도 떠오르자 더더욱 눈물이 복받쳤다.

만약 7년 전에 그 일이 없었더라면, 나는 진작 자애로운 가족을 만나 새로운 삶을 시작했겠구나, 하는 생각에 묘한 기분이 들었다.

이때, 이정학 대감 댁 주치의가 문을 두드렸다.

"아이고, 너 진료부터 봐야겠다. 나는 들어가 있을 테니 외롭거나 마음이 헛헛하면 언제든지 오거라."

"네, 어머니."

어머니…… 너무나 오래간만에 불러보는 이름이라 더더욱 마음이 애잔해지는 것이었다.

이튿날 아침이 밝았다.

몸가짐을 정리한 소랑은 어제 인사드리지 못했던 신원의 아버지 이정학 대감에게 찾아가 절을 올렸다.

　"그래, 네가 소랑이구나."

　"네. 바로 인사드리지 못해 죄송합니다, 대감님."

　"그냥, 아버님이라 부르거라. 신원이와 이미 막역한 사이니, 아버님이라 부르는 게 낫겠지. 그럼 식사하자꾸나."

　보통은 내외가 따로 식사를 했지만 가족과의 정을 중요시 생각하는 신원의 집에서는 그런 것 구분 없이 다 같이 밥을 먹고는 했다.

　조금 어려운 자리가 될 수도 있었겠지만, 이정학 대감은 그들에게 이런저런 농을 던져 가며 그들을 편하게 해 주었다.

　"어쩜 그리 몸가짐새가 조신한 것이냐."

　송씨 부인이 식사를 하는 소랑이를 보며 한 말이었다. 수저를 드는 것이나, 반찬을 집는 것이나, 어쩜 이리 예쁘고 조신할꼬. 어느덧 그녀도 기나긴 궁중 생활 동안 예법에 맞추는 것이 적응이 된 것이었다.

　"아닙니다. 궐에 오래 있다 보니 그렇지, 실은 엄청난 천방지축인 걸요."

　"이렇게 조신한데 그런 활기찬 면도 있다고 하니, 더욱 귀엽구나."

　송씨 부인은 이정학 대감에게 그저 흡족한 미소를 지어 보였다. 진작에 이런 아이를 며느리로 맞았다면 얼마나 좋았을까, 하는 얼굴이었다.

　"너 좀 많이 변했다. 밥도 엄청 정갈하게 먹고. 원래 안 그러지 않았냐?"

신원은 웬 내숭이냐는 듯, 그녀의 옆구리를 쿡 찌르며 속삭였다.

"변하긴 뭐가 변해. 사람이 뭐, 똑같지."

그녀는 조용히 자신의 밥그릇을 보여 주었다.

"헉, 언제 다 먹은 거야?"

이미 그녀의 밥그릇은 텅 비어 있었다. 남들은 서너 숟가락이나 떴을 때쯤이었다.

"엄청 배고팠거든. 죽다 살아났잖냐."

그렇게 조신한 척을 하면서 언제 이 밥을 다? 아무리 궁중의 예법을 익혔다 한들, 그녀의 먹성은 어디 가지 않았다.

"아이고, 한 그릇 더 하거라. 잘 먹는 것만큼 예쁜 애가 또 어디 있겠느냐."

송씨 부인은 함박웃음을 지으며 그녀에게 고봉밥을 더 주었다.

"그럼! 깨작대는 것보다 복스럽게 잘 먹는 것이 제일 예쁘지."

"그렇다면, 잘 먹겠습니다."

송씨 부인과 이정학 대감은 잘 먹는 소랑이의 모습마저 너무 예쁘다는 듯한 반응이었다. 식사가 끝나고 모두가 물러간 뒤에도, 두 부부의 입가엔 밝은 미소가 가득했다.

"몸이 많이 상해 있길래 걱정했더니, 어쩜. 본디 그렇게 건강한 아이인가 봐요."

"나도 그렇게 먹는 애는 처음 봤소. 어찌 그렇게 야무지게 잘 먹는지."

"하아, 이런 아일 7년 전에 며느리로 데려왔다면 얼마나 좋았을까요."

"그렇겠지? 그땐 또 얼마나 귀여웠을까."

예쁘고 야무지고, 그러면서도 어딘가 가여운 사연이 있는 그녀를 신원의 부모님은 좋아하지 않을 수가 없었다. 그들 역시 얼마나 며느리를 맞기를 기다려 왔겠는가. 진작 이 집에 들어왔다면, 정말 흠뻑 귀여움을 받았을 텐데.

"이 금혼령이 끝나고 나면 꼭 못 다한 혼례를 치렀으면 좋겠어요."

송씨 부인은 설레는 듯 조곤조곤 말을 꺼냈다.

"이렇게 다시 우리 집에 들어온 것도 운명 아니겠어요?"

"아직 제 이름도 못 찾았다고 하지 않았소. 그래서 다른 이름으로 살고 있다고."

"어떤 이름이면 어때요? 소랑이, 소랑이. 이 이름도 너무 귀여운데."

이정학 대감은 고민스럽다는 듯 턱수염을 매만지며 말했다.

"그래도 신중히 생각해 봐야 할 것 같습니다."

"가문의 체면 때문에 그러세요? 사돈댁을 밝힐 수가 없어서요?"

"아니, 막상 애들 생각이 어떤지도 궁금하고, 또."

"또 뭐요?"

"애를 몇 낳을 것인지도 궁금하고."

그 말을 하는 이정학 대감의 얼굴에도 빙긋한 웃음이 번졌다. 그 역시 소랑이를 마음에 쏙 들어 하고 있는 것이었다. 이런 며느리가 생긴다면야, 그리고 둘을 닮은 토끼 같은 손주를 보게 해 준다면야, 이 늘그막에 더한 행복은 없을 것 같았다.

"에이, 이미 마음은 기울었으면서. 신원이 덕에 소랑이도 목숨을 구했고, 소랑이 덕에 신원이 팔도 나았으니 서로에게 더한 인연이 없겠지요."

그렇게 두 부부가 기쁜 웃음을 나누고 있을 때 드르륵— 방문이 열리며 신원이가 안으로 들었다.

"그래, 소랑이는 방에 잘 들어갔고?"

"아가 가는 곳엔 언제나 동행하는 것 잊지 말고. 아직 몸이 안 좋은 아이 아니냐."

그런데 어쩐지 신원의 표정은 무겁게 가라앉아 있었다. 밖에서 그들의 대화를 일부 듣게 된 것이었다.

이 금혼령이 끝나면 그때 못했던 혼사를 진행시키자는 그 얘기를.

"혹시 부모님께서 괜한 기대를 하실까 하여, 해명을 드리고자 들어왔습니다."

괜한 기대라니?

"소랑이는 출궁한 궁녀입니다."

"아니, 그게 뭐 어때서?"

"출궁녀가 혼인을 하려면 전하의 허락이 있어야 합니다. 아무리 궐을 나갔다 하더라도 임금의 여자인 것이지요."

"왜? 전하의 허락을 받는 것이 어려울까 봐 그러느냐?"

이정학 대감은 오히려 아무렇지도 않다는 듯이 얘기했다. 정직한 품성으로 조정의 신뢰를 한 몸에 받고 있는 그였다. 필요하다면 자신이 직접 왕 이헌에게 허락을 받을 생각이었다.

"아마, 그것은 어려울 것입니다."

신원은 씁쓸한 목소리로 말했다. 그간 왕 이헌과 소랑, 그리고 신원의 사이에 있었던 일을 모두 부모님께 설명하기는 어려웠다.

"그럼 소랑이랑 혼인할 수가 없다고?"

"어차피 지금은 금혼의 시대가 아닙니까."

"이제 나라에서 간택을 진행한다 하지 않느냐? 이 몇 달만 지나면 금혼령은 끝날 것이다. 그럼 너도 혼인을 해야 할 것이고."

"그래도……."

자꾸 혼인이 힘들다 말하는 신원에게, 이정학 대감은 승부수를 던지듯 물었다.

"만약 우리가 소랑이 말고 다른 집 여식을 데려와 혼사를 진행하려 하면, 너는 그대로 따를 것이냐?"

신원은 바로 말문이 탁, 막히고 말았다. 그녀가 아닌 다른 여자는 조금도 상상해 본 적이 없었다. 그가 당황하는 것을 눈치챈 이정학 대감은 다시 물었다.

"다른 사람 얘긴 하지 말고 네 마음을 얘기해다오. 너는 어떻게 하고 싶으냐?"

이정학 대감은 이미 짐작하고 있었다. 그 세찬 계곡물에 몸을 던져서 그녀를 구한 것을 보면, 이미 아들의 마음은 명백한 것이었다.

"소랑이에 대한 너의 감정은 어떠하냐?"

그러나 신원은 대답하지 못했다. 그녀에 대한 솔직한 마음이라.

"말씀드릴 수 없습니다."

그걸 말하면 그녀에게 부담을 주어서라도 혼사를 진행시키려 하지 않겠는가.

"그래, 신원아. 우리도 재촉할 생각은 없다. 일단 간택이 끝나야 하니, 조금만 더 기다려 보자."

"그리하더라도 너무 부담을 주시면 안 됩니다. 지금껏 전하를 모신 궁녀이니만큼 아무리 궐에서 나왔다 한들, 아직 혼인에 대해서 생각하긴 이를 것입니다."

"그럼, 우리도 다 눈치가 있는걸. 너야말로 다른 것보다 너와 소랑이의 건강 회복에 가장 우선을 기하도록 하거라."

"네, 아버지."

신원은 그렇게 대화를 마무리하고 방에서 나왔다.

아직까지 고민이 되었다. 그녀가 이 집에 있는 이상 혼인에 대한 압박은 은근히 계속될 것이었다. 부담을 주면 훅— 하고 떠나 버릴까 걱정스러운 그녀였기에 지금은 내 곁에 머물러 주는 것만으로도 감사할 뿐이었다.

그럼에도 불구하고 한편으로는 묘한 기대가 생기기도 했다. 따뜻하고 자애로운 두 부모님 덕에 소랑이가 마음을 바꾸진 않을까?

다시 궐로 돌아갈 수 없다면, 이렇게 우리 집에서 지내는 것이 그녀에게 가장 안전한 길이 아닐까?

그리될 수 있다면, 그럴 수 있다면 정말 참 좋을 텐데. 그녀가 이 집에 오래오래 머물러 주기만 하더라도.

❀

송씨 부인이 안채에서 이불에 수를 놓고 있을 때였다.

"어머니, 저도 도와 드릴게요."

소랑은 버선발로 쪼르르 달려와 그녀의 앞에 앉았다.

"아니, 아직 몸도 좋지 않은데."

"아까 뜸을 한 번 더 맞으니 몸이 훨씬 더 좋아졌어요."

"그래서 할 수 있겠어?"

꽤 어려운 문양을 놓아야 하는 수였다. 반신반의한 송씨 부인의 목소리에 소랑은 야무지게 바늘을 찾아들었다.

"사실 저도 예전에 엄청 못했거든요. 가만히 앉아서 하는 아녀자들 일엔 딱 질색이었는데, 궐에 들어가서 바뀌었어요. 거기서 일 못하면 엄청 혼나거든요."

"그래, 좀 못해도 상관없다. 어차피 대감님 덮으실 이불인데 요새 눈이 침침하니 잘 못 보실 게야."

"에이, 그럼 더더욱 잘해야지요. 이렇게 공짜로 밥 먹고 자는데."

"그렇게 생각하지 말래도. 그냥 친척 집 놀러 왔다 생각하거라."

"네, 어머니."

소랑은 그녀에게 빙긋, 미소를 지어 보이고는 바늘을 들어 수놓기에 집중했다.

'아요, 아무리 봐도 이거 며느리 삼으면 딱인데.'

송씨 부인은 그녀를 아쉽게 바라보며 생각했다. 그녀를 보면 자꾸 만약이라는 단어가 떠올랐다. 만약 7년 전에 둘이 무사히 혼인을 했더라면, 그랬더라면.

"어머니, 제 얼굴이라도 이불에 놓으시게요?"

송씨가 자꾸 자길 쳐다보는 것을 눈치챘는지 소랑이 빙긋, 웃으며 말했다.

"아유, 그럴 수만 있다면 우리 대감님 입이 귀에 걸리지. 예쁜 수를 놓았다고."

"어머니, 이거 보세요. 이 정도면 잘했죠?"

"아이고, 엄청 수작이네. 역시 궁녀 출신이 달라."

"예전에 친어머니는 제가 수놓은 거 보면 막 우셨거든요. 우리 딸 시집 못 갈 것 같다고. 지금이라도 실력 늘어서 참 다행이에요."

"아유, 지금 거 보시면 엄청 좋아하실 거야."

소랑은 조용히 엷은 미소를 지었다. 송씨 부인과 함께 있을수록 자꾸 돌아가신 김씨 부인이 생각났다.

요즘 따라 잊었던 어머니의 정이 그리워져 자꾸 가슴이 젖어 오는 듯한 기분이었다. 송씨는 살짝 어두워진 소랑의 표정을 눈치챘는지 그녀를 향해 양팔을 벌렸다.

"돌아가신 친어머니가 그리워지면 언제든지 나에게로 오거라. 얼마나 어머니 품이 그리웠겠니."

김씨 부인의 얘기에 소랑의 입매가 금방 실룩샐룩해졌다. 금방이라도 울음이 터질 것 같았다.

"이리 오래도."

소랑은 이불을 제쳐 두고 송씨 부인의 품에 포옥— 안겼다. 가슴이 벅찰 정도로 그리운 냄새였다.

이런 것이 가족의 품이었던가? 이렇게 따뜻하고 자애로운 것이?

이때, 출타를 했던 신원이 들어왔다.

"볼일이 있어 나갔다 온다더니, 일찍 다녀왔구나."

"네. 소랑이에게 전할 소식도 있고 해서요."

"나? 뭔데?"

"잠깐 뒤뜰로 좀 올래?"

"무슨 얘길 그렇게 둘이만 숙덕이려 그래? 나도 한참 소랑이랑 재미 좋았는데 말이야."

송씨 부인은 소랑이와 떨어지는 게 아쉬웠는지, 귀엽게 투정을 부렸다.

"얘기, 좀 길어질 수도 있어요. 끝나면 먼저 들어가 쉬셔요."

신원은 어두워진 속내를 숨기고서 송씨 부인에게 엷은 미소를 지어 보였다.

"뭔데 그래?"

그를 따라 뒤뜰로 온 소랑이 두 손을 툭툭, 털며 물었다.

"음, 좋은 소식 먼저 얘기하자면 개이 할배 건강이 많이 좋아지셨어. 애달당으로 옮길 수 있을 정도로."

오늘 그가 박 의원 댁에 가서 듣고 온 얘기였다.

"그래? 아유, 내가 가 봤어야 하는데."

"나랑 해영이랑 알아서 할 테니 넌 걱정 안 해도 돼."

"해영이도 고생이네. 나만 이렇게 여기 있어서 어떻게 해?"

"너야말로 여기 있는 게 도와주는 거랍니다."

"혹시 그다음은 안 좋은 소식이야?"

"음, 고민해 봤는데, 얘기해 줘야 할 것 같아서."

"뭔데?"

"간택령 때문에 전국에서 처녀 단자를 내고 있어. 너네 집도 냈고. 네 이름, 예현선으로."

이에 소랑의 표정은 단숨에 딱딱하게 굳어지고 말았다.

그렇다면 나의 이복동생 예현희가 왕 이헌의 정비가 될 수도 있다는 것인가?

"이번 간택령은 유례없이 경쟁이 치열할 거래. 다들 7년간 칼을 갈면서 준비했나 봐."

경쟁률이 치열해 현희가 간택될 가능성이 없다 하더라도 그녀의 마음은 불편했다. 쿠웅— 무거운 바위에 가슴이 짓눌리는 것만 같았다.

"괜히 얘기했나?"

"아니, 알고 있는 게 나을 것 같아."

신원은 조심스럽게 소랑의 눈치를 살폈다. 그가 마지막으로 하려는 말은…… 따로 있었다. 오늘 그는 서씨 부인을 만나고 왔다. 그리고 우리의 살길에 대해서 협상했었다. 힘들지만 이제, 그 얘기를 꺼내야 했다.

"뭔데 얘길 안 해?"

신원이 말을 머뭇거리고 있는 사이, 뒷골목에서 혼잡한 소리들이 들려왔다. 열려 있는 뒷문으로 동네 아지매들이 떠드는 소리들이 여과 없이 들려온 것이었다.

"들었어, 들었어? 오늘 저 앞 사거리에서 임금님의 행차가 있대."

"그럼 용안을 뵐 수 있단 말이야?"

"에이, 설마. 용포 끝이라도 보면 가문의 영광이지!"

여인네들의 호들갑 소리에 소랑은 그 자리에서 얼음이 되어 버리고 말았다.

전하께서 민가에 나오신다고? 그녀의 고개는 뒷문으로 단단히 고정되어 있었다. 그럼, 요 앞 사거리만 나가면 왕 이헌을 볼 수 있는 거야? 꿈에도 그리던 전하를?

순간, 그리움의 둔덕이 터져 와르르 무너지는 것만 같았다. 그녀는 더 이상 앞뒤를 생각할 겨를이 없었다. 발걸음이 절로 그쪽으로 향할 뿐이었다.

"소랑아, 소랑아!"

신원의 외마디 외침은 이미 들리지가 않았다. 그녀는 자신도 모르게 이미 사거리로 달려나가고 있었다.

〈3권에서 계속〉

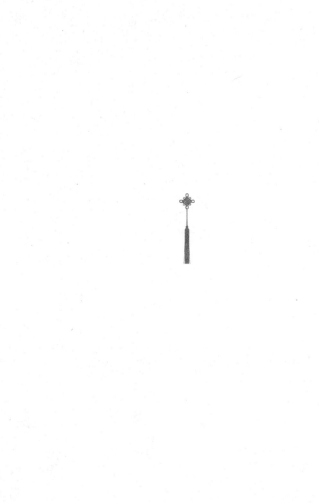

금혼령 2

1판 1쇄 발행 2020년 3월 20일
1판 2쇄 발행 2022년 11월 25일

지은이 천지혜

발행인 양원석
편집장 정효진
영업마케팅 양정길, 윤송, 김지현
펴낸 곳 ㈜알에이치코리아
주소 서울시 금천구 가산디지털2로 53, 20층(가산동, 한라시그마밸리)
편집문의 02-6443-8862 **도서문의** 02-6443-8800
홈페이지 http://rhk.co.kr
등록 2004년 1월 15일 제2-3726호

ISBN 978-89-255-6908-6 (03810)

※ 이 책은 ㈜알에이치코리아가 저작권자와의 계약에 따라 발행한 것이므로
본사의 서면 허락 없이는 어떠한 형태나 수단으로도 이 책의 내용을 이용하지 못합니다.

※ 잘못된 책은 구입하신 서점에서 바꾸어 드립니다.

※ 책값은 뒤표지에 있습니다.